Verlovingstijd

W0354971

Maarten 't Hart

Verlovingstijd

Roman

Uitgeverij De Arbeiderspers
Utrecht · Amsterdam · Antwerpen

Eerste druk augustus 2009
Elfde druk januari 2012

Copyright © 2009 Maarten 't Hart

Niets uit deze uitgave mag worden verveelvoudigd en/of openbaar gemaakt, door middel van druk, fotokopie, microfilm of op welke andere wijze ook, zonder voorafgaande schriftelijke toestemming van BV Uitgeverij De Arbeiderspers, Franz Lisztplantsoen 200, 3533 JG Utrecht. *No part of this book may be reproduced in any form, by print, photoprint, microfilm or any other means, without written permission from* BV *Uitgeverij De Arbeiderspers, Franz Lisztplantsoen 200, 3533* JG *Utrecht.*

Omslagontwerp: Nico Richter
Omslagfoto: Andrew Parkinson / Corbis

ISBN 978 90 295 7927 8 / NUR 301

www.arbeiderspers.nl

In de verlovingstijd, als de paarband nog niet zo sterk is, moeten diverse diersoorten, waaronder de mens, er rekening mee houden dat een rivaal zich van de partner meester kan maken.

Roger Alfred Stamm in Grzimek, *Het leven der dieren*

Inhoud

Uitvaart

Op een zonnige, windstille septemberdag stoven wij naar een groeve in Groningen. Jarenlang had mijn moeder daar met mijn stiefvader in Baflo gewoond. Zij was daar, 'zo dicht onder de poolcirkel', zoals zij zei, langzaam weggekwijnd. Uiteindelijk had zij mijn stiefvader, vlak voor hij begon te dementeren, zo ver gekregen dat hij erin toestemde om te verhuizen naar de landouwen onder Schipluiden, waar mijn moeder en hij geboren en getogen waren. Als voorwaarde stelde hij wel dat hij in Baflo begraven wilde worden. Vandaar dat wij ons drie dagen na zijn overlijden van Zuid-Holland naar Noord-Groningen begaven.

Dat wij die tocht per touringcar zouden maken, was bij wijze van spreken reeds van voor de grondlegging der wereld door God voorbeschikt. In onze clan worden steevast bij kraamvisites, doopplechtigheden, confirmaties, huwelijken en begrafenissen touringcars ingehuurd. Het kan ook moeilijk anders, daar zowel mijn vader als mijn moeder, prettig overzichtelijk, voorzien is van negen broers en drie zussen. Met wederhelften en nakroost erbij vul je dan algauw een dubbeldekker.

Eerder al waren we, vanwege de huwelijksvoltrekking van mijn moeder en stiefvader, met een touringcar diagonaal door Nederland gekruist. Daags na de begrafenis van mijn vader had mijn moeder mij bezworen dat ze nimmer meer zou huwen. Niettemin had ze mij, nota bene aan de telefoon, een dozijn jaar na de dood van mijn vader totaal overrompeld met de volstrekt onverwachte mededeling: 'Ik ga weer trouwen.'

'Met wie?' had ik gevraagd.

'Met Siem.'

'Hoe kom je aan Siem?'

'In de krant zag ik een overlijdensadvertentie van zijn vrouw. Ik heb hem opgebeld om hem te condoleren. Zo is 't gekomen.'

Ze had niet toegelicht hoe uit haar condoleance zo miraculeus snel liefde opgebloeid was, maar uiteraard werden we gesommeerd naar de bruiloft in Baflo te komen. Toen mijn broer hoorde dat ons gehavende gezin dankzij dat condoleancehuwelijk met zes stiefzussen zou worden uitgebreid, had hij een week amper geslapen.

'Niet te geloven, zomaar zes zusjes erbij! Het moet toch gek gaan wil daar niet een sexy stoot bij zijn waar je van omrolt.'

Na onze diagonale dubbeldekkerstocht zaten wij al in het krappe gemeentehuisje van Baflo toen die zes zusjes binnen marcheerden. Zes schonkige, vadsige, wijdbeense wijkverpleegsters. Stuk voor stuk zo hartelijk dat het mij niet deerde dat ze eruitzagen als Deense doggen. Desondanks was mijn broer diep ontgoocheld. Tijdens de trouwdienst-aan-huis weigerde hij om mee te zingen. Toen de dominee, aan het begin van die trouwdienst, bij wijze van alternatief voor het kerkorgel, een taperecorder in de vensterbank had geïnstalleerd en daaruit geen ander geluid tevoorschijn wist te toveren dan hevige bandruis, zei mijn broer: 'Hoor nou toch, lied 33.'

Hoe spijtig uiteraard dat niemand van de aanwezigen daar wist welk lied onder nummer 33 in de onvolprezen zangbundel van Johannes de Heer figureert. Maar zelfs als ik het niet had geweten, zou ik toch dadelijk hebben begrepen dat mijn broer doelde op de fameuze zondagsschoolschlager: 'Daar ruist langs de wolken een liefelijke naam.'

Dat zongen we niet. We zongen psalmen. De dominee verbond mijn moeder in het huwelijk met een man die uit dezelfde mal van de Schepper afkomstig leek te zijn als meester Splunter. Goed, u, beste lezer, weet niet wie meester Splunter is, maar mijn broer en ik hebben allebei bij hem in de klas gezeten. Beiden zijn wij nog van voor de watersnood, maar mijn broer is zeven jaar jonger, dus toen hij bij Splunter in de klas kwam, was de onderwijzer inmiddels zeven jaar ouder. Maar zijn vocabulaire was nog geen spat veranderd. Zijn favoriete uitdrukking luidde:

'Ik zal je ribbenkast blauw verven.' Was hij iets vriendelijker gestemd, dan riep hij: 'Ik zal het Wilhelmus op je ribbenkast tokkelen.' Minder prettig was als hij meedeelde dat hij, in plaats van het Wilhelmus, psalm 119, alle 88 coupletten, op je ribbenkast ten gehore wilde brengen.

Dat we hem, ook al hadden we zijn getokkel overleefd, nu weer terugzagen in de gedaante van Siem Schlump, was uiteraard een kwaad voorteken. Toch overtrof het optreden van de dubbelganger van meester Splunter, die wij vanaf de huwelijksbevestiging meesmuilend Oom Siem noemden, onze stoutste verwachtingen. Nadat mijn moeder in Baflo bij hem was ingetrokken, verbood hij haar om ons op te bellen. Te duur. Op zondagmorgen mocht zij ook niet meer naar haar favoriete tv-programma *Hour of Power* kijken. Dat was te wuft, te werelds, te weinig wedergeboren. Doorkruisten wij diagonaalsgewijs Nederland om onze moeder te bezoeken, dan werden wij door Siem Schlump weggekeken. Dus troffen wij mijn moeder in smoezelige horecagelegenheden van Bethlehem of Winsum, waar zij dan van Baflo uit heen fietste.

Tegen mijn broer uitte mijn moeder in Bethlehem soms een enkele klacht. Maar omdat ze, als ze haar mond al opendoet, leven en dood bestrijkt met staande uitdrukkingen, herhaalde mijn broer lacherig tegen mij wat zij bij andermans klachten altijd paraat heeft: 'Klagers hebben geen nood', 'We sukkelen hier in Baflo zoetjes van dag tot dag voort', 'Golgotha ligt om de hoek', 'We kauwen dapper ons tranenbrood', 'Meer hartepijn dan maneschijn.'

Toen bij Siem Schlump de ziekte van Alzheimer schuchter haar opwachting maakte, veerde mijn moeder op. Het begon ermee dat hij de namen van zijn kleinkinderen amper nog kon opdreunen. Tegen de tijd dat hij zijn zes dochters door elkaar begon te halen, was hij al zo ver heen dat hij niet meer protesteerde als mijn moeder naar *Hour of Power* zapte. Hoogstens zei hij dan tegen haar: 'Mevrouwtje, wilt u dat afzetten.' Want hij was opeens, tot haar grote schrik, u tegen haar gaan zeggen, en haar 'mevrouwtje' gaan noemen. Ze kon ons weer opbellen. Ze wist hem, die nog maar weinig meer wist, ertoe over te halen om te verhuizen naar Maasland.

Voorbeeldig had ze hem na die verhuizing jarenlang thuis verzorgd. Zelfs toen hij als hij van het toilet kwam, zijn productie meebracht en deze, onder verwijzing naar de wonderbare spijziging in het evangelie, blijmoedig aan de aanwezigen uitdeelde, mochten wij het woord 'onhoudbaar' niet in de mond nemen. Aan mijn broer overhandigde Oom Siem altijd gul de grootste brokken. Uiteindelijk bleek een plaats in een verzorgingstehuis onontkoombaar. Tweemaal per dag bezocht mijn moeder hem daar. Ze leed inmiddels zelf aan de ziekte van Parkinson en kon de afstand per fiets, vooral 's winters, niet zo makkelijk overbruggen zonder rustpauze. Bij een veilingrestaurant stapte ze af en streek ze even op het binnentuinterras neer. Ze kreeg te horen dat ze daar niet mocht zitten zonder iets te gebruiken. Ze bestelde een kop koffie. Met haar hevig bevende parkinsonhanden kon ze die niet opdrinken zonder te morsen. Ze vroeg om een rietje, zodat ze haar koffie zou kunnen opzuigen. 'Mevrouw, rietjes serveren we hier alleen bij de ranja,' zei de kelner bars. Onaangeroerd liet mijn moeder haar koffie derhalve telkens staan.

Toen Siem Schlump uiteindelijk na al deze bizarre beproevingen kalm overleed, kon ik er niet achter komen hoe mijn moeder eraan toe was. Voor in de touringcar zat ik naast haar. Mijn broer zat schuin achter ons aan de andere zijde van het gangpad, en we reden naar onze sanitaire verpozingsstop in een aan het Wolderwijd gelegen motel ergens in de buurt van Harderwijk. Het was verbazingwekkend hoe akelig snel wij voortstoven in de dubbeldekker. Toen wij van de A20 afsloegen naar de A12, tikte mijn broer mij op mijn schouder.

'Kom even hier zitten,' zei hij.

'Wat is er?' vroeg ik toen ik naast hem was neergestreken.

'Ze doen wie 't eerst in Baflo is,' fluisterde hij.

Ik keek naar de lijkwagen, die voor ons uit reed. Telkens week hij uit naar de linkerrijstrook om in te halen. Dan volgde onze dubbeldekker meteen. Al snel was mij duidelijk dat de lijkwagen ons probeerde af te schudden. Roekeloos slingerend week hij na zo'n inhaalmanoeuvre waarbij hij naar de rechterrijstrook was teruggekeerd, zonder richting aan te geven opeens onverwacht weer naar de linkerrijstrook uit, gaf dan gas en stoof razendsnel weg. Waarop onze chauffeur dan doorgaans dadelijk ook de linkerrijstrook opzocht en gas gaf.

'Zullen we hier iets aan doen?' vroeg mijn broer. 'Dit is straalbezopen. Waar nog bij komt dat de kist even opveert als die lijkwagen zo flitsend naar de linkerrijstrook schiet. Kijk maar, daar huppelt hij weer.'

Mijn broer had een punt. Telkens maakte de kist bij het uitwijken en invoegen een luchtsprongetje. Als gevolg van die danse macabre was het rouwkleed er reeds half van afgegleden. Open en bloot konden we het gelakte fineer van de kist zien glanzen door de glazen achterruit van de lijkwagen heen.

'Ben je 't ermee eens als ik mij even met de chauffeur versta?' vroeg mijn broer.

'Ik sta pal achter je.'

'Nee, blijf jij maar zitten, jij moet ons moedertje even afleiden, zodat haar ontgaat dat ik met die chauffeur smoes.'

Ik ging weer naast mijn moeder zitten. Mijn broer daalde af naar de chauffeur, fluisterde iets in zijn rechteroor, kreeg een gefluisterd antwoord terug, fluisterde weer iets, waarop de chauffeur stuurs knikte en mijn broer zijn zitplaats opzocht. De voor ons uit stuivende lijkwagen week nogmaals roekeloos uit naar de linkerbaan. Onze chauffeur claxonneerde, maar volgde niet. In de lijkwagen veerde de kist even hoog op en schudde het rouwkleed helemaal af. Lange tijd nog kon ik, omdat wij zo hoog zaten, de lijkwagen volgen in zijn grillige gang van rechter- naar linkerrijstrook en weer terug, totdat hij uiteindelijk uit het zicht was verdwenen.

We bereikten de uitspanning aan het Wolderwijd. Mijn moeder vroeg waar Oom Siem was, mijn broer zei: 'Die is al doorgereden naar Baflo.'

Zo'n dubbeldekker uitladen, iedereen over tafeltjes verdelen, erop toezien dat oud en jong zich, gelet op de lange tocht die nog zou volgen, naar een toilet begeeft, en vervolgens de hele meute weer inladen – dat is een logistieke operatie waar tact, vernuft en uiterste waakzaamheid voor vereist worden. Doorgaans raak je een van die op het toilet dralende bejaarde broers, zusters, schoonzusters, zwagers, neven, nichten kwijt, vooral als ze van de koude kant zijn. Steevast blijkt er, als je denkt dat iedereen weer in de bus zit, een aangetrouwde oom of tante, neef of nicht te ontbreken, en dan moet je eerst achterhalen wie je mist, waarna je vervolgens terugholt naar de uitspanning. Scherp dient er daarbij op toegezien te worden dat niemand van de al weer in de bus geklommen bejaarden je volgt om je te helpen zoeken, want die raak je dan gegarandeerd ook kwijt.

Inderdaad bleek toen mijn broer en ik iedereen weer de bus in hadden gedreven, de oudste broer van mijn moeder zoek te zijn. Mijn broer zei: 'Oom Joost pikken we straks op de terugweg wel weer op', maar daar wilde mijn moeder niet van horen, dus moest ik gaan zoeken, terwijl mijn broer er scherp op toezag dat niemand de bus verliet. Bij een sigarettenautomaat trof ik de oude man aan. Daar stond hij wild op te bonken, alsmaar uitroepend dat hij er geld in had gegooid zonder dat er sigaretten uit waren gekomen. Ik sleepte de hevig tegenstribbelende grijsaard mee naar de touringcar.

Voort ging het weer, onder een blauwe hemel met frisse, hagelwitte Biotexwolkjes, over snelwegen die warempel, naarmate we dichter bij Baflo kwamen, steeds stiller werden. In Baflo parkeerden we bij de gereformeerde kerk. Waren zijn zes dochters met echtgenoten en nageslacht al gearriveerd? Dat bleek nog niet het geval te zijn, maar we hadden de tijd. Even onbegrijpelijk als verontrustend was evenwel dat ook de lijkwagen nog niet gearriveerd bleek te zijn.

'Enig idee waar de lijkwagen uit kan hangen?' vroeg mijn broer aan onze touringcarchauffeur.

'Kan overal zijn,' zei de man uiterst gemelijk. 'U was 't er niet mee eens dat wij bij mekaar in de buurt wilden blijven, dus zodoende.'

'Hij wist toch wel waar hij zijn moest?' vroeg ik uiterst beleefd.

'Griffermeerde kerk Baflo,' zei de chauffeur.

'Hij is voor ons uit gereden. Hij zou hier toch allang hebben moeten zijn?'

'U had ons niet uit elkaar moeten halen.'

'U beiden maakten er een achtervolgingswedstrijd van.'

'Gun ons een verzetje.'

Ook toen de zes dochters, de een na de ander, met al hun wederhelften en nazaten in diverse stationcars gearriveerd waren, kon de kerkelijke plechtigheid nog niet beginnen. Reeds speelde het orgel, reeds had de ouderling van dienst ons uitgenodigd om alvast in de consistoriekamer de hand te drukken van de ruisende taperecorderdominee met zijn onberispelijke, apostolische puntbaardje. Maar nog altijd geen lijkwagen. Omdat de voornaamste zorg van mijn moeder was dat er tijdens de rouwdienst uitsluitend psalmen in de oude berijming zouden worden gezongen, ontging haar dat Oom Siem vooralsnog ontbrak bij zijn eigen begrafenis.

'Kunnen we misschien alvast beginnen?' vroeg ik de dominee.

'Erg ongebruikelijk,' zei hij. 'Kist voor in de kerk, dat is toch wel het minste.'

'Waar kan hij nou blijven?' vroeg mijn broer.

'Is er hier een plaatsje in de buurt waarvan de naam lijkt op Baflo?' vroeg ik aan de dominee. 'Kan hij daarheen gereden zijn?'

'Balloo misschien,' zei de dominee.

'Zou hij daar soms bij de gereformeerde kerk staan?' vroeg mijn broer.

'Balloo ontbeert een gereformeerde kerk,' zei de dominee.

'Weet u 't zeker? Een plaats in Nederland zonder gereformeerde kerk? Daar wil ik gaan wonen,' zei mijn broer.

Vandaag de dag hoeft er, komt zo'n lijkwagen niet opdagen, geen probleem te zijn. Iedereen heeft immers een mobiele telefoon. De chauffeur van de touringcar belde zijn collega, kreeg echter geen gehoor.

'Die vertreedt zich buiten, terwijl z'n mobi nog op z'n dashboard ligt. En in z'n wagen is natuurlijk niemand die hem kan opnemen. Afijn, ik blijf 't wel proberen.'

Dus toen iedereen reeds in de kerk had plaatsgenomen voor

de rouwplechtigheid, wist nog steeds niemand waar het stoffelijk overschot uithing. De organist improviseerde uitbundig over psalm 103, 'Gelijk het gras is ons kortstondig leven', en ik dacht: ook hier, zoals vrijwel overal, zo'n toetsendrukker die zelf niet hoort hoe belabberd dat gebroddel klinkt.

Toen mengde zich een schallende claxon met de donkere bastonen van het zestienvoetspedaalregister van het orgel.

'Daar zul je hem hebben,' zei ik. 'Goddank, moeder heeft nog niets gemerkt.'

In de oude berijming zongen we de ene psalm na de andere, zodat niet alleen ik, maar bovenal mijn moeder alles uit het hoofd kon meezingen. Ze fleurde daar geweldig van op. Toen ze van de kerk direct achter de baar aan te voet tussen mijn broer en mij in naar de groeve schreed, zei ze stralend: 'Wat een heerlijkheid, alle psalmen oude berijming.'

Met een glimlach op haar lippen zag zij toe hoe haar tweede echtgenoot in de groeve verzonk, en toen mijn broer en ik, na koffie en cake in een zijzaaltje van de kerk, onze immens zware logistieke opgave bevredigend hadden afgehandeld, en iedereen uiteindelijk weer in de touringcar zat, prevelde ze toen we Baflo verlieten nogmaals: 'Oude berijming.'

Toen zei ze: 'En ik heb 't wel gezien hoor, jij hebt ook alles uit je hoofd meegezongen, de Heere heeft jou nog lang niet losgelaten. Je broertje wel, de Heere weet zo langzamerhand wel dat dat een hopeloos geval is, maar jou houdt Hij nog vast bij één pink.'

'In 't Woord zijn juist de oudste zonen altijd de slechteriken,' zei ik, 'Kaïn en Abel, Ezau en Jakob, de verloren zoon is ook de jongste van de twee, dus met Pleun komt 't echt nog wel goed.'

'De Heere heeft ze mij omgekeerd gegeven, eerst Abel, toen Kaïn, eerst Jakob, toen Ezau.'

'Kom nou toch,' zei ik, 'je weet zelf dat ik, al ben ik dan nu kaal, over mijn hele lichaam heen net zo behaard ben als indertijd Ezau, terwijl bij Pleun al wat hij aan haar bezit uitsluitend op z'n hoofd groeit.'

'Ja, hij heeft een mooie kop met zwarte krullen,' zei ze trots, 'net als m'n broers en m'n vader.'

Brieke bretels

Zeventig jaar was psalm 141 vers 3 het devies van mijn moeder geweest. 'Heere, zet een wacht voor mijnen lippen, behoed de deur van mijn mond opdat er mij tot geenen stond iets onbedachtzaams moog ontglippen.' Ter compensatie van het feit dat ze zelden praatte, zong ze de hele dag door, bij al haar werkzaamheden, pianissimo psalmen die ze nagenoeg alle honderdvijftig uit het hoofd kende. Hoorde ze, wat niet vaak gebeurde, iemand anders iets zeggen wat haar beviel, dan zei ze ferm: 'Zo is het', en neuriede weer zachtjes de volgende psalm.

Of ze het spreken al in haar jeugd verleerd heeft, ik weet het niet, maar ik weet wel dat haar moeder veruit de spraakzaamste vrouw was uit die toch zo gigantische familie. Een niet te stuiten woordenstroom welde van 's morgens vroeg tot 's avonds laat over haar lippen. Ze zat eens bij ons in de woonkamer, kwetterde maar door, terwijl mijn vader de krant, en ik een boek las. Mijn vader keek enigszins verstrooid op van zijn krant en zei tegen mij: 'Zet die radio eens af.'

Met zo'n moeder verleer je allicht het spreken, maar wie had nu ooit kunnen bevroeden dat na de dood van haar tweede man de spraakgenen, die zij van haar moeder geërfd moest hebben, plotseling zouden opspelen. Of had ze altijd al willen praten, maar was haar de mond gesnoerd door haar twee echtgenoten? Hoe dan ook, toen we tijdens de lange terugreis voor in de touringcar weer naast elkaar zaten, begon ze opeens, volkomen onverwacht, aan haar verhaal.

'Met Siem,' zei ze, 'had ik al een beetje verkering voor ik je vader leerde kennen, nou ja, verkering, dat is misschien een groot woord, maar we zagen elkaar graag, en toen ik zeventien moest worden, vroeg hij me: “Christa, is er iets waar ik je een plezier mee kan doen voor je verjaardag?” “Onze buren hebben een zwart hondje,” zei ik, “dat altijd als ik voorbijfiets woest blaffend komt aanrennen en dan naar mijn kuiten hapt. Vaak heb ik al aan m’n broers gevraagd: ‘Alsjeblieft, geef dat hondje een doodschop, zodat ’t voorgoed kreupel is en ’t voortaan wel uit z’n hoofd laat om naar m’n kuiten te happen’, maar ze willen niet, ze zijn gek met die apenkop, ze aaien en knuffelen dat snertbeestje, ze stoppen ’m soms zelfs een spekzwoerdje toe, dus als jij dat mormel voor mijn verjaardag kreupel wil schoppen, zou ik je heel dankbaar zijn.” Toen zei hij: “Zal ik dat hondje stiekem voor jou verdrinken?” En ik zei: “Nee, Siem, dat hoeft niet, dat is wel erg drastisch, en de buren zijn ook nogal gek met dat hondje, dus nee, doe dat maar niet.” Maar hij fietste een paar keer met me langs het buurhuis en zag toen dat ik elke keer als dat hondje grommend op me af kwam rennen de kluts kwijtraakte. Op een dag was dat krengetje zoek. Stad en land hebben de buren afgezocht naar hun troetelmormel. Zou Siem hem zoekgemaakt hebben, vroeg ik mij af, maar ik dorst er niet naar te vragen. En hij zei niets. Pas die keer dat ik hem opbelde om hem te condoleren, heeft hij me opgebiecht dat hij indertijd op een donkere winteravond dat hondje heeft gevangen en in een jutezak heeft gedaan, en er twee grote bakstenen bij gestopt heeft, en de zak heeft dichtgebonden en die in de vliet heeft gesmeten. Ik zei: “Siem, ik wist wel dat jij ’t gedaan had, en ik ben er je nog altijd dankbaar voor.” ’

Mijn moeder zweeg even, keek me van opzij aan, zei toen beschuldigend: ‘Ja, jij hebt ook zo’n zwart hondje.’

‘Als iemand mijn hondje in een jutezak zou verdrinken, zou ik hem eerst de ogen uitsteken, dan de oren afsnijden, vervolgens wurgen en vierendelen, en de stukken zou ik verbranden,’ zei ik.

‘Jij weet niet wat het is om elke keer als je van huis wegfietst of weer naar huis toe fietst door zo’n snertbeest aangeblaft te worden. Jouw hondje heeft ook van die felle oogjes. Als jij ’m niet stijf vasthield als ik bij je ben, zou hij zo op mijn kuiten neerstrijken.’

'Welnee, mijn hondje heeft nog nooit iemand gebeten.'
'Ik heb 't niet op hondjes.'
'Op katten wel zeker?'
'Ook niet. Beesten, ik heb het er niet op, muggen, spinnen, pissebedden, koeien, schapen, geiten, paarden... Waarom de Heere toch beesten gemaakt heeft, ik snap 't niet, weet je nog dat je vader zei: "Van een paard kun je meer houden dan van een vrouw"? Nou, zo'n paard, ze loeren erop om je een schop te geven. Onder Loosduinen heeft je vader warempel ook eens een keer zo'n schop gehad, sindsdien trok hij met z'n linkerbeen. Och, och, die vader van je! Op een zondag fietste ik na de kerkdienst...'
'Op zondag?' vroeg ik. 'Weet je dat zeker? Je mocht toen toch niet fietsen op zondag.'
'Ja, da's waar, je hebt gelijk, da's nou niet erg goochem van me. Nee, het was niet op zondag, het was op een woensdagavond, na zo'n dankdienst voor 't gewas, in 't najaar was het, ik weet het al weer, het was zo'n mooie avond, ik fietste na die dankdienst naar huis. Siem kwam naast me rijden en we zeiden niks tegen elkaar, we reden door de Westgaag, het was nog zulk stralend weer, maar toen ik opzij keek zag ik dat er tussen onze achterwielen een voorwiel opdook, en dat voorwiel schoof steeds verder op, en Siem week een beetje uit, want 't was best eng, dat griezelige voorwiel zo tussen onze achterwielen in, 't had makkelijk zat onze wielen kunnen raken, dus Siem week nog wat verder uit, en ik ging ook wat meer naar rechts rijden, pal langs de berm, och, ik zie dat hoge gras nog voor me, het moest nodig nog een keertje gemaaid worden, nou ja, en 't eind van het liedje was dat Siem, omdat er ons van de andere kant iemand tegemoetkwam, vaart maakte en voor ons uit reed, en toen reed ik opeens naast iemand anders, en Siem keek om, ik zie 't nog voor me hoe hij keek, ach, zo'n beteuterd gezicht, terwijl ik er toch niets aan kon doen, 't was je vaders voorwiel dat zich zo opdrong tussen onze achterwielen in, je vaders fiets die Siems fiets zomaar wegdrukte, je vader die toen doodgemoedereerd tegen me zei dat ik zijn meisje was.'

‘En dat liet je je zomaar aanleunen? Je had toch kunnen zeggen: “Ben je mal, ik ga al met Siem.”’

‘Dat heb ik gezegd, maar hij zei: “Niks geen Siem, da’s een achterneefje van je, daar mag je niet mee... Nee hoor, jij hebt m’n bretelletjes gemaakt, jij bent mijn meisje.”’

‘Was dat waar? Had je...’

‘Je vader kwam na belijdeniscatechisatie met een van m’n broers mee. Ik had een beetje met ’m te doen. Hij zag er zo onderkomen uit. Zo magertjes. Bij hem thuis werd er niet naar ’m omgekeken. En z’n bretels... ja, die waren lelijk kapot, hij kon ze niet goed meer verstellen, en niet goed meer vastmaken, want knopen... ’t Hing allemaal met veilingtouwtjes en veiligheidsspelden aan mekaar, en ik zat net met naaiwerk op schoot, en zei toen: “Geef me je bretelletjes maar even aan, dan zal ik ’t hoog nodige doen”, dus hij gaat zitten, en duwt die bretels in m’n handen. Ja, zo is ’t allemaal gekomen, als ik die bretels niet opgelapt had...’

‘Dat is me nou ook wat,’ zei ik. ‘Als ik je verhaal goed begrijp, moet ik concluderen dat ik een bijproduct ben van brieke bretels.’

‘Als z’n bretels nog heel waren geweest, zou m’n hele leven anders gelopen zijn. Dan was ik indertijd misschien al met Siem getrouwd.’

‘Ik snap niet dat Siem zich blijkbaar zo makkelijk door een paar gerafelde bretels heeft laten wegdringen.’

‘Wat erbij kwam, was dat we familie waren, achterneef en achternicht. Bij mij thuis tilden ze daar niet zo zwaar aan, maar bij Siem thuis wel. Maar misschien zochten ze bij hem thuis een voorwendsel om hem bij mij weg te houden, want ik denk dat ze mij eigenlijk te min vonden voor Siem. Zijn vader was gemeentesecretaris, mijn vader tuinder. Ik weet nog dat we op een middag samen hand in hand achter in de druivenkas van m’n vader hebben gezeten, ’t rook daar zo lekker, weet je nog.’

‘Nou,’ zei ik, ‘zelfs op ’t eiland Madeira, waar ’t zo allemachtig lekker rook, rook ’t nog niet zo geweldig als daar achter in die kas.’

'Hoe dat nou kwam... ik weet 't niet, 't waren niet alleen die druiven, 't was net, als je daar zat, of je d'r al een voorproefsnuifje kreeg van hoe 't later in de hemel zal ruiken. We hebben daar een hele middag naast mekaar gezeten en geen stom woord gezegd, af en toe kwam er een traan langs, achteraf denk je: naar die middag heb ik, zonder dat ik dat wist, toegeleefd, en toen heb ik er weer van af geleefd, en nooit raak je meer los van die ene middag... dat je daar samen zat, hand in hand, je hart zo boordevol, maar te bedroefd om ook maar iets te zeggen.'

'Kom, uiteindelijk is alles toch goed gekomen, ben je toch met hem getrouwd.'

'Nadat hij eerst bijna veertig jaar met een ander getrouwd is geweest. Die heeft z'n zes dochters grootgebracht.'

'Had jij dan zes doch...'

'M'n moeder zei altijd al: "Zonen, daar heb je niets aan, die zemen geen ramen." Wat gaf haar 't recht om mijn dochters groot te brengen?'

'Als je toen, al voor de oorlog, met 'm getrouwd was, had hij je toen al verboden om naar *Hour of Power* te kijken en op te bellen.'

'Ziet niet te ielen! Klets nou niet uit je nek! Je had toen nog helemaal geen televisie, en ons soort mensen had ook geen telefoon staan.'

'Dat is waar, maar star en onbuigzaam zal hij toen ook al geweest zijn.'

'Nee, dat is hij geworden door dat mokkel. Daar had hij nooit mee moeten trouwen, net zomin als ik ooit met je vader had moeten trouwen. M'n moeder heeft me nog zo gewaarschuwd voor je vader. Die zei: "Dat joch komt uit een heel verkeerd nest. Het zijn daar allemaal vrouwengekken. En z'n vader, die kruidenier... die zegt: 'Eén dweil acht cent, drie in de aanbieding voor een kwartje, zo'n man was dat."'

'Dus je bent aan alle kanten gewaarschuwd, en je wilde hem helemaal niet, je wilde Siem, en toch ben je met 'm getrouwd, hoe moet ik dat nou begrijpen?'

'Je vader kwam altijd na belijdeniscatechisatie met een van m'n broers mee. En d'r schortte altijd iets aan z'n kleren, en dan streek je maar weer de hand over je hart, en zette je een knoop aan.'

'En bij elke knoop die je aanzette, raakte je ook weer wat verder met hem verknoopt. Moet ik het zo begrijpen?'

'Met die snertbretels ben ik op een hellend vlak terechtgekomen. Ik gleed omlaag, al wilde ik niet. Opeens had ik een flinterdun ringetje om en waren we verloofd. Je vader – dat moet ik hem nageven – je vader was heel gezellig, hij kon erg leuk vertellen, dat had Siem niet, die was net als ik, die praatte niet. Als ik zo'n knoop voor je vader aanzette, ging hij erbij zitten en dan zat hij smakelijk te vertellen, en dan moest je lachen, al wilde je niet, hij kon zo leuk vertellen, die vader van je, dat moet ik hem echt nageven, en wat je vader, anders dan Siem, ook had was dat hij geen angst kende. Hij was nergens bang voor. Van kleins af aan ben ik overal bang voor geweest, voor spinnenkoppen, voor pissebedden, voor venters, maar je vader... ik was al met 'm getrouwd, het was oorlog, ik was van jou in verwachting, we fietsten door de Lijndraaierssteeg. Dat wil zeggen, ik fietste, je vader liep want de Duitsers hadden z'n fiets afgepakt. Maar de mijne... dat was enkel maar rammelende velg en roestige spaken, die bliefden ze niet... Dus ik fietste door de Lijndraaierssteeg en je vader liep ernaast, en laat daar nou, 't was toch al avond, controle zijn van persoonsbewijzen. Met m'n dikke buik kon ik zo snel niet afstappen, dus een van die moffen schopte me van de fiets af. Toen greep je vader die mof bij z'n pols – moet je nagaan, zo'n vent met een torenhoge pet op en een geweer op z'n rug –, je vader greep hem bij de pols en keek 'm aan met z'n gifgroene ogen, en die man kromp ineen. Die andere mof raapte mij van de straat op en zei: "Dit is een jodin," en je vader zei: "Nein, nicht wahr," en die twee kerels hebben m'n persoonsbewijs van voor naar achter bekeken en besnuffeld en beklopt en tegen het licht gehouden, en mij toen ook aan alle kanten bekeken, en die ene kerel zei maar steeds: "Dit is een jodin, ganz sicher", en je vader ging daar rustig tegen in, zonder een spoortje van angst... Ik begrijp nog niet dat we toen weer goed zijn thuisgekomen, maar ik heb toen wel besloten om niet meer de deur uit te gaan. M'n broers en m'n zussen en ik... de hele oorlog door hebben we ellende gehad. Alsmaar dachten die moffen als ze d'r een van ons thuis tegenkwamen, dat ze met een joods iemand te maken hadden... Zonder je vader had ik 't niet gered, daar in de Lijndraaierssteeg. Als je vreselijk in 't nauw zit, maar ben je desondanks niet bang, dan dwing je respect af. Onbevreesd maakt onkwetsbaar.'

'Zou het? Overmoed, zelden goed.'

'Je vader was niet overmoedig, die was onverschrokken en onversaagd. Op de dag dat jij geboren werd, was er een razzia. De moffen zaten achter alle jonge kerels aan. Die moesten naar Duitsland. Tewerkstelling. 's Morgens vroeg al was Riekie, de vroedvrouw, gekomen, en 's middags zei ze tegen je vader: "Het gaat niet goed, ik kan het niet alleen af, eigenlijk zou je meissie naar 't ziekenhuis moeten." Maar ja, ziekenhuis? Het dichtstbijzijnde ziekenhuis was in Schiedam. Twintig kilometer. Daarheen, midden in de winter, met een auto, laat staan een ambulance? D'r reed niks meer. Dus ja, dat ging niet. Dat begreep Riekie ook wel. "Als er dan tenminste maar een dokter was," zei ze. "Da's goed," zei je vader, "ik zal hem gaan zoeken." Dus je vader eropuit, terwijl d'r een razzia aan de gang was en je vader ook breeduit in de termen viel om opgepakt te worden. Twee keer hebben ze 'm onderweg aangehouden, twee keer, en alle twee de keren heeft hij die rotmoffen duidelijk kunnen maken dat hij echt niet mee kon, want dat hij op zoek was naar een dokter vanwege een moeilijke bevalling. Eind van de middag kwam hij met dokter Jansen aanzetten. Daar had jij maar beter even op kunnen wachten, maar nee hoor, jij wou d'r zo nodig uit, dus Riekie heeft me ten einde raad helemaal opengeknipt. Zoals je eruitzag toen je net geboren was! Je schedeltje was akelig verwrongen. Je had een soort punthoofdje. Van je ogen was niets te zien, die zaten helemaal weggestopt achter je wangen. Je mond zat scheef, je oren waren nergens te bekennen, een neus had je niet, och, 't was vreselijk. "Als dat nog maar goed komt," zei Riekie, en ik lag daar maar, het was buiten al donker geworden, en licht aan, dat ging ook niet, en toen kwam je vader thuis, met dokter Jansen, en die keek me aan, terwijl ik daar lag, helemaal opengeknipt, een en al bloed, en die zei tegen je vader: "Dat ziet er niet best uit." En toen, ik zie 't nog voor me, 't is alsof 't gisteren gebeurd is, toen begon hij zijn handen te wassen, één keer, twee keer, drie keer, vier keer, vijf keer, zes keer, zeven keer. Zeven keer heeft hij zijn handen gewassen, en elke keer droogde hij zijn handen heel grondig af, en begon hij ze opnieuw te wassen. En ondertussen staarde hij maar naar me. En maar wassen die handen, Pontius Pilatus was er niks bij. Toen begreep ik er niks van. Nou denk ik: hij wist niet wat hij beginnen moest, dus hij waste de hele tijd z'n handen maar. En ik lag daar maar, ik was helemaal niets meer waard, ik bestond nog amper, ik was een meisje van vierentwintig dat er nog helemaal niet aan toe was om te bevallen, maar 't was me toch overkomen, zoals 't zoveel meisjes overkomt, 't wordt je allemaal maar aangedaan zonder dat je met zoveel woorden gevraagd wordt of je 't wel volbrengen kan en volbrengen wil. Ik weet nog goed dat ik toen dacht: dit nooit meer, nooit en nooit meer, dus ik heb je vader daarna zeven jaar lang aardig goed van me af weten te houden, dat wil zeggen, ik heb steeds tegen 'm gezegd: "Haal 'm d'r op tijd uit." Na zeven jaar is dat een keertje misgegaan, en ja hoor, ik kwam meteen weer in de kraam, je broer.'

Alsof hij op het woord 'broer' had gewacht, dook opeens naast ons in het gangpad een van mijn moeders eigen broers op. Hij vroeg mij: 'Leggen wij onderweg nog ergens aan om den inwendige mensch te versterken?'

'Dat moet u aan Pleun vragen, die is vandaag onze opperstalmeester.'

Terwijl mijn oom zich met mijn broer onderhield over de versterking van de inwendige mens, fluisterde mijn moeder toornig: 'Ook nog onderweg met z'n allen gaan eten! Alsof 't allemaal al niet duur genoeg is.' Toen perste ze haar lippen weer op elkaar en keerde terug tot haar gebruikelijke staat van zwijgzame vrouw.

Daardoor kon ik horen wat mijn oom mijn broer toevertrouwde: 'Dus geen gezamenlijke maaltijd? Hoe spijtig! Graag had ik na de soep alvast een en ander verteld over mijn genealogische naspeuringen. Jullie zult ervan opkijken. Het zal ons aller leven op z'n kop zetten.'

Later op de dag bracht mijn broer mij thuis met zijn BMW. Onderweg vertelde ik hem dat mijn moeder mij had onthuld dat wij een bijproduct waren van brieke bretels.

Mijn broer vroeg: 'En? Zit je daarmee?'

'Het is allemaal weinig verheffend,' zei ik.

'Man, wat zeur je nou, bretels verheffen de broek, dus wat wil je nog meer?'

Modder

Een paar weken later fietste ik naar mijn moeder. Zou ze, vroeg ik mij onderweg af, mij nogmaals verrassen met onthutsende onthullingen, of zouden haar lippen weer verzegeld blijken? Toen ik bij haar arriveerde, liet ze net een verbazend aantrekkelijke jongedame uit.

'Wie was dat nou?' vroeg ik.

'M'n huisdokter,' zei ze. 'Ze kwam binnen en zei heel liefjes: "Mevrouw Schlump, ik kom u een griepprik geven." "Maar dat wil ik helemaal niet, dokter, al die snertrommel in m'n lijf, ik moet er niet aan denken," riep ik tegen haar. "U bent al diep in de tachtig," zei ze, "u behoort tot de risicogroepen. Als u griep krijgt, zou u daar zomaar aan kunnen bezwijken." "Dokter, mag ik alsjeblieft ook nog eens een keertje sterven?" zei ik, dus toen ging ze maar weer, want ze begreep wel dat ze haar snerttroep niet aan me kwijt kon. Blij toe ben ik dat jij d'r nog niet was, want anders hadden jullie samen...'

'Welnee, ik zou haar niet geholpen hebben. Van mij mag je gerust een keertje heengaan. Bijvoorbeeld over een jaar of tien.'

'Zo lang nog? Getverderrie!'

'Kom, de tijd vliegt, tien jaar, 't is zo om.'

'O ja? Nou, een dag duurt lang hoor, de uren kruipen, dus tien jaar, da's zowat een eeuwigheid.'

'In die eeuwigheid kun je me dan nog wat meer vertellen over vroeger. Laatst in de bus was je gekomen tot je eerste bevalling. De dokter waste zeven keer z'n handen. En toen?'

'Toen is hij de week daarop iedere dag trouw langs geweest. Hij zei maar steeds: "Meidje, je wilt er stilletjes tussenuit knijpen, maar dat kan niet hoor, je hebt nu een kindje, en dat kindje moet gevoed worden." En dan zei ik: "Het kindje heeft niet eens een neusje," en dan zei hij weer: "Dat komt wel in orde", en inderdaad, op maandag – of was 't dinsdag? – zag ik opeens een soortement neusje, en toen kwamen ook je oogjes tevoorschijn en lag je algauw met van die ontaard heldere kijkers iedereen aan te staren. M'n vader kwam op kraamvisite, je was toen een dag of tien oud, en hij zei: "Toen ik wegliep, lag dat joch me warempel vanuit z'n wiegje na te kijken met die grote ogen van 'm." Zoals je in dat wiegje lag te koekeloeren! Alsof je de hele tijd stomverbaasd dacht: wat is dit voor beestenspul, waar ben ik in vredesnaam nou toch terechtgekomen?'

'Dat klopt,' zei ik, 'dat denk ik nog steeds.'

'Maar al zinde 't je blijkbaar helemaal niet wat je zag, je had d'r geen verdriet om, want je huilde nooit, terwijl dat schaap van Hummelman, Harcootje Hummelman, dat op dezelfde dag werd geboren, en ook tegelijk met jou door dominee Breuk is gedoopt, de hele dag door in z'n wiegje lag te blèren. Ik weet nog goed dat je een keertje huilde. Je was toen al jarig geweest, we liepen in de Westgaag, we waren op weg naar m'n vader en moeder, en 't was zo vreselijk, zo bitter koud, och, mensenlief, wat was 't koud, en 't was net oorlog geweest, dus je had nog niks, wat je aanhad was allemaal flinterdun goed, veels te dun, dus je liep te rillen, en toen huilde je zo, och, och, toen huilde je zo...' Mijn moeders lip begon te trillen.

Ik zei: 'Kom, daar heb ik niks aan overgehouden, of 't moest zijn dat ik toen al gehard ben geraakt en nooit last van kou heb.'

'Ja, dat leeft maar zonder kachel! Hoe je 't uithoudt! Zou je toen... Och, toen huilde je zo, en toen heeft je vader je opgetild, en je half onder z'n wijde jas gestopt en daar liepen we toen, eind van de middag, 't begon al donker te worden, de wereld was zo grauw, zo ijzig, zo akelig, geen mens te zien, krassende kraaien in de gele weilanden, zo'n loodgrijze lucht, windvlagen door het ritselende riet heen, en af en toe borrelde er tussen je vaders revers nog een snikje op, maar algauw huilde je niet meer.'

Ze liep naar haar keuken. 'Ik zal thee voor je zetten, maar je moet zelf je kopje komen halen, want daar bibberen m'n handen te erg voor.'

Ze kwam toen terug, haar woonkamer in, en vroeg: 'Weet je nog dat je ook een keer kwaad huilde toen je uit de bewaarschool kwam?'

'Huilen? Tranen? Als je die keer bedoelt toen Jouri...'

'Ja, die keer bedoel ik. Toen had je al gewaarschuwd moeten zijn. Had toen nou maar naar je vader en moeder geluisterd. Ik herinner me nog als de dag van gisteren hoe je thuiskwam. Je ogen stonden wild. Eerst wou je niet eens zeggen wat er gebeurd was. Pas na een poosje kwam het hoge woord eruit. Je speelde in de zandbak met Ansje Groenveld. Toen dropte juffrouw De Kwaaisteniet een dreumesje in het zand, zo'n spichtig misbakseltje dat er nog steeds niet overheen was dat hij ondervoed was geraakt in de hongerwinter, en dat ventje pakte toen een-twee-drie Ansje van je af. Hoe eigenlijk? Weet je dat nog?'

'Nou en of, het is zowat m'n eerste herinnering. Hij zat eerst een poosje stil om zich heen te kijken. Toen begon hij rustig te graven. Zoals hij is. Akelig precies, en ordelijk, heel anders dan de meeste kinderen. Ans en ik waren samen bezig een zandhuis te boetseren, maar terwijl we bezig waren loerde ze voortdurend naar dat slimme schopje van Jouri... en als een slak zo langzaam kroop ze steeds verder bij me vandaan, totdat ze, toen hij klaar was, vlak naast 'm zat. Toen vroeg ze: "Wat graaf je?" En hij zei trots en kalm: "Een graf." "Voor wie dan?" vroeg ze. "Voor enge beesten," zei hij. "Voor griezelige spinnen?" vroeg ze. "Ja," zei hij, "voor griezelige spinnen, dan kunnen ze jou niet meer bijten." Als je eraan terugdenkt... met een spinnengrafje heeft hij haar versierd, heeft hij haar van me afgetroggeld. Ik zal net vier zijn geweest, dus dat ik daar nogal door was aangedaan...'

'Aangedaan? Je was er kapot van.'

'Overdrijf nou niet. Zo erg was 't ook weer niet.'

'O nee? Je kon er toen je thuiskwam eerst niet van eten, en later ook niet van slapen. Je vader en ik zijn die avond wel drie, vier keer aan je bed geweest omdat je ieder keer weer lag te grienen.'

'Ans was m'n vriendinnetje. Al een paar keer had ik haar thuisgebracht, helemaal op 't Stort, en we hadden al afgesproken dat we later zouden trouwen, en dan komt daar opeens zo'n nieuw jochie in de klas, zo'n dwergmarmotje uit Melissant op Goeree-Overflakkee, en hup, 't is uit tussen Ans en mij. Na dat spinnengrafje mocht hij haar voortaan naar 't Stort brengen.'

'Zie je nou? Je bent er nog steeds kwaad over.'

'Dat komt omdat hij sindsdien...'

'Precies, je had toen al gewaarschuwd moeten zijn, maar in plaats daarvan heb je aangepapt met dat ventje...'

'Dat was de beste manier om hem in de gaten te houden en om de schade zo veel mogelijk te beperken.'

'Ga nou gauw! Je maakt mij niet wijs dat je daarom je leven lang met 'm opgetrokken bent alsof 't je tweelingbroertje was. Je vader en ik hebben vanaf de eerste dag voor 'm gewaarschuwd, dat zul je ons toch moeten nageven. Zelfs toen we nog niet eens wisten dat zijn vader uit Goeree-Overflakkee vandaan geëmigreerd kwam omdat dat heerschap glad fout was geweest in de oorlog, zagen wij al: die deugt voor geen stuiver, vort ermee, als je indertijd nou zo graag een vrindje had willen hebben, waarom ging je dan niet met Harcootje Hummelman om?'

'Begint ze weer over Harco Hummelman!'

'Was daar nou maar mee opgetrokken! Goed, 't was niet zo'n eng pienter jochie als die Jouri, maar laatst is hij toch nog diaken geworden.'

'Dan moet de nood hoog zijn geweest, konden ze niemand anders krijgen.'

'Foei! Zeg toch niet altijd zulke vreselijke dingen! Ik wou dat je indertijd met Harcootje, in plaats van Jouri... Met Jouri ging je diep de polder in, en dan kwam je uren later onder de modder thuis. En soms had je 't dan ook nog in je broek gedaan!'

'Och, och, de mooie sloten die je toen nog had! En wat daar in zat! Ruggenzwemmers, twee soorten salamanders, tubifex, waterpissebedden, zoetwatergarnalen, geelgerande en zwarte watertorren, haften, waterspinnen, en die ongelofelijke waterwantsen en waterschorpioenen... Och, als je daar één van ving...'

'Ja, getverderrie, daar kwam je dan apetrots mee thuis!'

'En moest dan meteen, vort ermee, de deur weer uit.'

'Ja, allicht, ik zie die enge beesten nog voor me. Je bracht zelfs van die kronkelende zwartrode bloedzuigers mee. Wat bezielde je toch?'

'Mij sprak die sloot een tale, mij was 't kroos beleefd, mij groette het altemale, wat God geschapen heeft. En zo is 't nog steeds, met dit verschil dat de sloten rond mijn huis schoon leeg zijn. Je mag blij zijn als je een eenzaam ruggenzwemmertje met een zilveren luchtbelletje op z'n buik voorbij ziet tuffen. Vroeger, als je een vinger in 't water stak, werd je meteen vorstelijk door drie grote ruggenzwemmers gebeten. Kom daar nou nog eens om! En zo'n ongelofelijke waterwants of waterschorpioen, die haal je al helemaal nooit meer op.'

'Als we op de tuin van m'n vader en m'n moeder waren, zat je daar ook altijd maar in de sloot te turen.'

'Ja, dat was ook al zo'n geweldige biotoop! Daar zaten zelfs grote kolonies mosdiertjes onder de vlonder. Niet dat ik daar toen al weet van had, maar ik wist toen al wel als ik zo'n bruingrijs geleiklompje ophaalde dat ik iets bijzonders in handen had.'

'Ik ben blij dat je daar tenminste niet mee thuis bent gekomen. Wat was je toch een akelig vies ventje! Je zat altijd maar aan je gat te krabben en in je neus te peuteren.'

'Ja, en daarom stopten jullie m'n rechterhand in de petroleum.'

'Dat haalde niks aan.'

'Dus bonden jullie m'n rechterhand vast op m'n rug. Waardoor ik, terwijl ik toch rechtshandig ben, m'n leven lang al met m'n linkerhand in m'n neus peuter.'

'Ik begrijp niet waar ik aan verdiend heb dat m'n eersteling zo'n gruwelijk vies varkentje was. Van mij kun je 't niet hebben. Bij ons thuis waren ze schoon en fris en netjes. Wat dat betreft was je broer een verademing.'

'Behalve dan dat hij altijd uit de kolenbak smikkelde.'

'Ook alleen maar toen hij een jaar of vijf was.'

'Welnee, veel langer. Als ik aan 'm terugdenk, zie ik dat zwarte smoelwerk voor me. Had hij weer een smakelijk stukje glinsterend antraciet uit de kolenbak gevist en zat hij dat geduldig als een stuk kauwgum tussen z'n melkgebitje te vergruizen. En omdat hij z'n gekauw met z'n handjes ondersteunde, werd z'n snuit hoe langer hoe zwarter.'

'We zijn d'r soms wanhopig van geworden, je vader en ik. Wanneer hoor je daar nou van? Een kind dat maar altijd uit de kolenbak eet! Niemand wou je geloven als je 't vertelde, dus hulp of advies of goeie raad, ho maar, want niemand had dat ooit bij de hand gehad.'

'Z'n hand in de petroleum, was dat niet een goed idee geweest?'

'Bij Pleun? Als je niet oppaste, dronk hij zomaar de peteroliekan leeg.'

'Nou, dan z'n hand op z'n rug vastgebonden. Bij mij schrok je daar toch ook niet voor terug?'

'Ja, maar jij trok je helemaal nergens wat van aan. Met jou was geen land te bezeilen, behalve als er sneeuw viel, dan zat je zolang de vlokken neerdwarrelden doodstil voor het raam, wat mij betreft had 't toen je nog klein was wel elke dag mogen sneeuwen, maar verder was je een verschrikkelijke doerak, je trok soms zomaar het kleed van tafel met alle kopjes er nog op, en dan kletterde al het serviesgoed op de grond, en lag de hele mikmak in scherven, en een lol dat je dan had! Je schaterde het uit, net zoals je het uitschaterde als je bij mijn vader op de tuin weer met een klomp een kip had geraakt. Want je doet vandaag de dag nou wel alsof je zo gek met dieren bent, maar ik weet wel beter, niks vond je leuker dan die arme kippen maar steeds te bestoken met klompen en takken en stenen. O, als je d'r eentje geraakt had, en dat arme beest z'n snavel d'r zowat af kakelde. Schateren! Zaten wij in huis, hoorden we je gieren van 't lachen, zei m'n vader: "Potverdorie, heeft ie weer een kip geraakt, scheelt ons weer een ei." Zulke streken had Pleun niet. Zoals hij, anders dan jij, ook niet aan z'n plasser zat.'

'Zat ik er wel aan?'

'Alsof je dat niet meer weet! Je was amper zeven en je zat er al fanatiek langs te wrijven, vreselijk, vreselijk, zo'n klein mannetje nog, en toch al zo'n zondaar.'

'Nou, nou, wist ik veel, het voelde als heel lekkere jeuk, was dat nou zo erg?'

'Ik wist me geen raad. Zo'n piepkuiken nog, en toch sjorde je er al aan, daar hoefde je bij Pleun niet bang voor te zijn, je broer was toentertijd veel gezeglijker. Maar ja, die kolen... nou ja, 't heeft niet zo lang geduurd.'

'Toch minstens een jaar of drie, vier.'

'Was ik toen toch maar meteen met Siem Schlump getrouwd. Had ik zes nette dochters gehad, in plaats van zo'n antracietsnoeper en zo'n modderventje dat al je vaatwerk kapotsmijt en andermans kippen bestookt en met bloedzuigers thuiskomt. Zes dochters, denk je toch eens in, eentje om te zemen, eentje om te koken, eentje om te wassen, eentje om te schrobben, eentje om te naaien, eentje om te verstellen, eentje om...'

'Ho, nu ben je al aan zeven.'

'O, dat had ook best gemogen, zeven dochters, in plaats van zo'n doerak die 't maar altijd doodleuk in z'n broek deed.'

'Wees blij dat je, dankzij 't feit dat ik 't in de polder vaak in m'n broek had gedaan, in die provincie al wat ervaring had opgedaan toen Oom Siem begon te dementeren en steeds z'n broek volscheet.'

'O, dat was zo verschrikkelijk. En toch had ik 't nog best kunnen uithouden als hij 't maar goed had gevonden dat ik hem als 't weer was gebeurd, had mogen verschonen. Maar hij wou niet dat ik hem aanraakte. "Mevrouwtje," zei hij dan... O, dat was ook zo verschrikkelijk, dat hij "u" tegen me zei, en "mevrouwtje"... "Mevrouwtje, als u me toch eens aan durft te raken." En dan begon hij meteen als een kangoeroe te boksen. En dan belde ik je broer, en die sprong dan in z'n auto, en stond dan in een ommezien voor m'n deur, die greep 'm bij z'n polsen, en dan stonden ze een poosje met elkaar te worstelen, zoals Jakob met de engel bij de Jabbok, en dan zei Siem opeens met een brok in z'n keel: "Mevrouwtje, ik kan 't niet van dat ventje winnen", en liet dan huilend met zich doen. Ik heb steeds maar weer tegen al die engerlingen van de hulpverlening die langskwamen gezegd: "Dit gaat niet meer", maar dan zeiden ze: "Volhouden, mevrouw, we hebben nog geen plaatsje voor hem." Toen kwam er op een keer een jong ventje, en ik klaagde weer m'n nood, en die zei toen: "Mevrouw, ik mag dit niet zeggen, maar ik zeg het toch: de enige manier om hier een oplossing te forceren is dat u wegloopt." Dus toen ben ik er op een middag toen Siem hier op de bank zat te dommelen, vandoor gegaan. Ik ben naar m'n zus gegaan en ik heb de dominee gebeld en gezegd: "Dominee, ik ben ervandoor gegaan." En de dominee heeft toen weer de dokter gebeld, en die heeft toen een zuster gebeld, en de volgende morgen vroeg zijn ze bij hem gaan kijken. En hij zat daar nog net zo op de bank als toen ik wegging, maar wel met z'n broek mudvol. Ik had toen al de hele nacht bij m'n zus geen oog dichtgedaan, en zo'n mens van de hulpverlening kwam bij m'n zus aan de deur, en zei toen tegen mij: "Mevrouw, hoe hebt u dat toch kunnen doen. Zoals we hem vanmorgen hebben aangetroffen!" En toen keek ze me in 't gezicht, en van wat ze toen zag – ik zag er vreselijk uit na die nacht – schrok ze zo dat ze inbond, en toen zei ze: "Ja, ik begrijp dat 't zo niet langer kan", nou, en een dag later hadden ze toen een plaatsje voor 'm in 't verpleeghuis. Daar had hij 't best naar z'n zin, maar op een middag kom ik bij hem, en zit hij vreselijk te huilen. En opeens zegt hij tegen me: "Christa, waarom moest ik nou bij je weg?" Dwars door de grond ging ik. Iets ergers is me m'n hele leven lang niet overkomen. Ik voelde me Judas. Maar een dag later was 't weer: "Dag mevrouwtje, wat leuk dat u ook gekomen bent." '

'Alzheimer, ik hoop toch vurig dat mij dat bespaard blijft.'

'Lang niet altijd is 't zo erg. Je hebt er ook bij die weer kinderen worden. Daar kun je dan bewaarschoolliedjes mee zingen. Die kennen ze dan nog. En daar genieten ze dan heel erg van.'

'Klokje klingt, vogel zingt, iedereen op zijne wijs, kind ook gij, zingt daarbij, tot des Heeren lof en prijs.'

'Precies, nou, is dat zo erg? Als 't een beetje meezit, gaat zo'n stakker zachtjes zingend heen. Op z'n lippen nog net: "Ja, amen ja, op Golgotha stierf hij voor onze zonden en door zijn bloed wordt ons gemoed gereinigd van de zonden." Ja, als 't een beetje meezit...'

Jouri

Had ik gewaarschuwd moeten zijn? Had ik niet met hem moeten aanpappen? Van mijn bewaarschooltijd herinner ik mij voornamelijk dat het curriculum mij niet beviel. De vakken die daar op het lesrooster prijkten, haatte ik. Omdat ik elke dag weer diep verontwaardigd weigerde te prikken, te kleuren, te plakken, te knippen, kortom: te fröbelen, werd ik als werkonwillige steevast in de hoek gedirigeerd. Ik smachtte ernaar om waterdiertjes te vangen en te bestuderen. In zulke extravagante verlangens voorzag het curriculum niet. Dus schoof je daar maar rond op van die lullige stoeltjes of, als 't redelijk weer was, in de zandbak.

Om mijn bewaarschoollijden te verergeren kreeg ik, althans in de eerste maanden, als ik naar het toilet was geweest voor een grote boodschap, en een half uur later weer moest, dreigend te horen: 'Je bent zonet al geweest!'

'Maar ik moet weer, juffrouw.'

'Je liegt. Dat kan niet.'

'Echt, ik moet, ik...'

En dan probeerde je, na zo'n weigering, wanhopig een en ander op te houden. Meestal lukte dat niet, en hing je dus, stevig geurend, met een broek vol op zo'n kinderstoeltje. Als je ietsje meer geluk had, bevond je je in de zandbak. In 't laatste geval verkeerde je namelijk onder de blauwe lucht en konden de andere bewaarschoolslachtoffers zich uit de voeten maken. In no time had je dan de zandbak voor jezelf alleen. Alles wat nijver met schepjes in de weer was, vluchtte in paniek voor de stank. De enige die nooit vluchtte, hoe ondraaglijk ik ook geurde, was Jouri. Blijmoedig arbeidde hij naast mij op zijn vredige spinnenkerkhof.

Zat je binnen als je 't in je broek had gedaan, dan konden je lotgenoten er uiteraard niet zo makkelijk vandoor. Dus dan zaten ze te zuchten en te kreunen. De wat taaiere exemplaren knepen overdreven hun neus dicht, terwijl de fijngevoeliger typen – ik wil hier niet seksistisch overkomen, maar de waarheid gebiedt te zeggen: dat waren meestal de meisjes – vaak in huilen uitbarstten. Je zou zeggen dat leerkrachten van de bewaarschool al na een dag of wat door hadden moeten hebben dat ze met een permanent schijterig ventje waren opgezadeld, maar dat was beslist niet 't geval. Het leek wel of het domweg niet tot hen vermocht door te dringen dat een mens ook in de provincie der grote boodschappen sterk kan afwijken van de norm. Als je op enig moment van de dag permissie had gekregen om een grote boodschap te doen, was het volgens juffrouw De Kwaaisteniet, en hetzelfde gold later een klas hoger ook voor juffrouw Fijnvandraad, blijkbaar ondenkbaar dat je een half uur later weer moest. Laat staan dat ze vermochten te begrijpen dat je in de loop van de dag daarna nog minstens twee à drie keer moest kakken. Dus zat je maar steeds opnieuw, met een broek vol, en dus geurend als een olieraffinaderij, tussen scheldende jochies en huilende meisjes.

De enige die nooit schold en nooit z'n neus dichtkneep, was Jouri. Onze vriendschap, of ons verbond, of hoe je onze verstandhouding ook wilt benoemen, vloeit derhalve onder andere voort uit mijn zo sterk van de norm afwijkende ontlastingsgedrag. Hij was de enige die 't, zowel op de bewaarschool als later op de grote school, naast mij in de bank uithield. Want zelfs toen eindelijk tot die hardleerse bewaarschoolleerkrachten was doorgedrongen dat je mij als ik in grote nood m'n vinger opstak, terstond ruim baan naar het toilet moest geven, werd daardoor wel voorkomen dat ik 't noodgewongen in mijn broek deed, maar wat zich tussen twee grote boodschappen door, al hield je menigmaal krampachtig je twee bilhelften stijf tegen elkaar aan dichtgeknepen om een en ander te voorkomen, onstuitbaar in de vorm van vaak luidruchtige, en in ieder geval verpletterend geurende veesten naar buiten drong, zorgde ook altijd weer voor kolossale commotie in alle leslokalen waar ik verkeerd heb.

Toen ik bij meester Splunter in de klas kwam, en hij voor 't eerst geconfronteerd werd met zo'n superscheet die klonk alsof een handgranaat ontplofte, brulde hij boven het gelach, gehuil en getier van mijn klasgenoten uit: 'Ik zal je ribbenkast blauw verven', en hij sleurde mij de bank uit, droeg mij naar voren, en timmerde erop los met een langwerpig liniaaltje, daarbij gek genoeg niet mijn ribben, maar mijn billen blauw vervend. Waarop ik, bevend van angst, een scheet produceerde die in klank en stank alles overtrof wat ik tot dan toe had gepresteerd. Splunter trok spierwit weg, zeeg op z'n stoel neer, greep een roodbonte zakdoek en hield deze beschermend voor z'n gezicht, en mijn klasgenoten verhieven zich in hun banken en brulden als gefolterde gibbons. Nog vaak daarna heeft meester Splunter mij bij stankoverlast gedreigd dat hij 'Merck toch hoe sterck' op mijn ribbenkast zou tokkelen. Maar bij dreigen bleef het, zelden ging hij tot musiceren over.

Het zat mij, merkte ik, dwars dat mijn moeder zo nadrukkelijk had gememoreerd dat ze mij al in zo'n vroeg stadium voor Jouri had gewaarschuwd. Ik belde haar op.

'Met mevrouw Schlump,' zei ze monter.

Getver, dacht ik, blijft ze voortaan die naam voeren? Ze is nu toch weduwe? Ze kan nu toch weer teruggrijpen op de achternaam van mijn vader? Of haar eigen meisjesnaam gebruiken? Dat zou ik zelfs toejuichen. Maar Schlump? Alleen die naam al!

Ik overwon de aanvechting om zonder iets te zeggen de hoorn er weer op te leggen, en vroeg plompverloren: 'En? Hoe gaat het?'

'O, ben jij 't? Ach, 't gaat z'n gangetje. Soms raak ik achter, maar dan ga ik even liggen en ben ik zo weer het ventje. De oudste dochter van Siem is langs geweest om wat spulletjes op te halen. Wou ze ook het theeservies meenemen. Want dat was, zei ze, indertijd door haar moeder ingebracht. Ik zei: "Kind, daar hebben je vader en ik zo vaak samen uit gedronken, dat kan ik echt niet zo makkelijk afstaan."'

'Dus je kijkt nog steeds tegen al dat porselein aan?'

'Vind jij dan dat ik 't had moeten meegeven?'

‘Natuurlijk. Vort ermee, om je eigen woorden te gebruiken. Ten eerste is het foeilelijk en ten tweede staat dat servies nu voortaan tussen jou en Geertje in.’

We twistten daarover een tijdje totdat ik abrupt gromde: ‘Laatst zei je dat je me al voor Jouri gewaarschuwd hebt toen ik nog op de bewaarschool zat. Ik heb daar nog eens over nagedacht. Weet je wat ’t was met Jouri en mij? Zowel op de bewaarschool als later op de grote school kregen al zijn klasgenoten thuis te horen dat ze onder geen beding met Jouri mochten omgaan, en met mij wilde niemand omgaan omdat ik leed aan winderigheid, dus klampten Jouri en ik ons als twee koalabeertjes aan elkaar vast.’

‘Och ja, die winderigheid! Ik weet nog goed dat, toen je een maand of drie op de bewaarschool zat, het schoolhoofd... hoe heette die ook al weer...’

‘Juffrouw Lub.’

‘Precies, juffrouw Lub, die was het. Nou goed, die hield me in de Hoekerdwarsstraat staande, die zei: “Mevrouw Schlump.” ’

‘Dat zei ze niet,’ zei ik bits, ’toen was je nog niet met Siem getrouwd...’

‘Wat doet dat er nou toe?’ zei mijn moeder verongelijkt. ‘Juffrouw Lub hield me staande en zei: “Dat zoontje van u, moet die niet eens naar de dokter?”

“Hoezo?” vroeg ik.

“Het arme schaap loopt de hele dag door.”

“Zeg dan dat hij moet blijven zitten.”

“Nee, mevrouw, zo bedoel ik ’t niet. Hij... hoe moet ik ’t nou netjes zeggen... winderigheid, buikloop, diarree, ’t zal thuis toch niet anders zijn?”

“Alles wat je er boven in stopt, komt er linea recta aan de onderkant weer uit.”

“Ja, maar dat is toch niet normaal? Daar moet toch een dokter naar kijken?” ’

Mijn moeder zweeg even, zei toen: ‘Later, toen je op de grote school zat, kwam je bovenmeester daar ook mee aanzetten. “Mevrouw, zou u niet eens met die jongen naar een dokter stappen?”

Ja, die bovenmeester van je, die stond opeens voor m'n neus, op een vrije woensdagmiddag, jij was de polder in naar je bagger en bloedzuigers, ik heb er maar niks van gezegd toen je dik onder de modder thuiskwam... Die bovenmeester vroeg: "Mevrouw, wat geeft u die jongen in vredesnaam te eten? Het lijkt wel of die zoon van u elke dag bruine bonen met stroop voorgezet krijgt. Zoals hij in de klas zit te meuren, het is verschrikkelijk, z'n klasgenootjes zitten misselijk boven hun sommetjes, waardoor er als zodanig van hun staartdelingen niks terechtkomt. Er moet echt iets aan gebeuren, de toestand als zodanig is onhoudbaar, en we kunnen toch echt niet al die stakkertjes als zodanig van gasmaskertjes voorzien, alleen maar omdat één zo'n ventje de hele dag door zit te ruften."'

Mijn moeder haalde even adem, zei: 'Gek hè, zo'n man die elke keer maar weer zegt: "als zodanig".'

'Zo heb je ook mensen,' zei ik, 'die om de andere zin "weet je wel" zeggen, of die om de haverklap het woord "gewoon" gebruiken. Dat zijn als zodanig gewoon stopwoorden, weet je wel. Maar goed, wat heb je toen tegen meneer Koevoet gezegd?'

'O ja, zo heette die snertvent, ja, Koevoet, die naam was ik kwijt, dat krijg je als je oud bent, je raakt de namen kwijt, of zou ik dezelfde kant op gaan als Siem?'

'Zo te merken niet. Je weet blijkbaar alles nog van vroeger. Wat me erg verbaast, is dat je dat altijd allemaal voor je gehouden hebt.'

'Je vader was altijd aan 't woord, daarom hield ik m'n mond.'

'O, was dat het? Wat heb je indertijd tegen Koevoet gezegd?'

'Dat ik er al vaak met de huisdokter over gepraat had, en dat die me had aangeraden om je zo veel mogelijk stopkost te geven, en dat dat geen spat had geholpen, want bij jou was er niks wat stopte, en dat ik je er ook homeopatische middelen voor heb gegeven...'

'Cuprum D3 en Apis D4.'

'Precies, en dat dat ook geen spat hielp, dus dat ik ook met m'n handen in m'n haar zat, en geen oplossing wist, nou, en de rest weet je, toen hebben ze je als 't maar enigszins kon samen met die

Jouri apart gezet in een hokje. Kon je daar je sommetjes maken.'

'Zo vaak is dat jammer genoeg niet gebeurd, want die afzondering beviel Jouri en mij goed. Wij zaten daar heerlijk rustig in die bezemkast. Geen last meer van meester Splunter, die maar de hele dag door "Wilt heden nu treden" op je ribbenkast wou tokkelen.'

'Meester Splinter!'

'Splunter heette hij.'

'Ja, ja, ik hoor je wel, meester Splinter, daar heeft Pleun ook bij in de klas gezeten. Splinter zei altijd: "Mevrouw, eerst zo'n stinkende doerak, en nu zo'n zoet ventje, hoe is 't toch mogelijk." Maar ondertussen! Je zit er toch maar mee, zoons, wat een last! Denk je toch eens in. Als ik direct met Siem getrouwd zou zijn, had ik zes dochters... stel je toch eens voor... zo'n heel ander leven, en je ramen altijd schoon, en geen blubber en bagger en bloedzuigers in huis.'

'Zoons eisen geen theeserviezen op.'

'Nee, maar jij was nog veel erger, jij gooide alles kapot. Als Geertje m'n eigen kind was, zou ze 't niet in haar hoofd hebben gehaald om om dat servies te zeuren. Nou, goed, ik zal haar bellen, ze mag 't hebben, och, och, 't is zulk kostelijk mooi porselein. Wat ik nog vragen wou: had die Jouri er dan, als jullie in die bezemkast zaten, geen last van dat je zo vaak scheten liet, want je vader en ik hebben elkaar ook vaak aangekeken als we weer in de ondraaglijke stank zaten.'

'Jouri zei altijd alleen maar: "Ik heb er weinig last van, 't ruikt eigenlijk wel lekker, behalve als je erwtensoep hebt gegeten."'

'En als je bij Jouri thuis over de vloer kwam?'

'Bij Jouri thuis zaten we altijd bij z'n vader in de werkplaats. En daar stonk het naar olie en roest en naar al die kwastjes en verfjes waarmee hij fietsen moffelde, en naar 't ranzige spul waarmee hij solexonderdelen invette, dus 't viel helemaal niet op als je daar een scheet liet. Als ze al wat hoorden, dachten ze dat hun oude hondje Schorrie... '

'O, ja, da's waar ook, ze hadden daar ook zo'n aftands mormel.'

'Aftands? Schorrie was stokoud, maar nog tamelijk vief, en zo leuk, ach, honden... er is geen aandoenlijker organisme dan de hond.'

'Ik zie dat kreng nog voor me. Z'n ene oortje hing slap omlaag, z'n andere oortje stond recht overeind, je vader zei altijd: " 't Is net of hij met dat ene oortje de Hitlergroet brengt...!" Aan dat hondje met z'n houzeeoortje kon je al zien dat die Kerkmeesters fout...'

'Welja, wrijf dat hondje ook maar aan dat 't fout was in de oorlog.'

Ze gaf daar geen antwoord op, en vroeg: 'En hoe is 't nou eigenlijk vandaag de dag? Ben je nog altijd van 's morgens vroeg tot 's avonds laat aan de schijt?'

'Ik weet zo langzamerhand wat ik moet eten en hoe ik moet eten om een en ander een beetje te reguleren. Ik moet voorzichtig zijn met alle soorten vruchten, behalve banaan, en met peulvruchten. Sojaboontjes moet ik jammer genoeg laten staan. Of ik moet, als ik ze eet, twaalf uur later in een warm bad gaan liggen en m'n aars een beetje masseren. En dan lig ik een half uurtje te borrelen als een geiser op IJsland.'

'Die vrouw van je, die arme stakker... Wees maar blij dat je geen kinderen hebt. Je zal d'r zo eentje bij hebben als jij, zo'n "winden waaien om de rotsen"-ventje die de hele dag door naar achteren moet en al je servies kapotgooit en bloedzuigers in huis haalt. Wat dat betreft was je broer een verademing. Die poepte normaal.'

'Dan ben je zeker vergeten,' zei ik nijdig, 'dat hij voortdurend last had van wormen, van aarsmaden.'

'O, praat me er niet van. Wat we daarmee doorstaan hebben!'

'Eigen schuld. Jullie pakten 't totaal verkeerd aan. Ik zie nog voor me hoe je Pleun 's avonds met z'n buikje naar onderen over een stoelzitting drapeerde. En hoe m'n vader dan z'n twee billetjes uit elkaar trok. En dan kneep jij met een nat washandje de aarsmaden dood die naar buiten kwamen kronkelen. Alsof je daar de tienduizend eitjes van zo'n made mee kwijt was. Die perste je dan juist naar buiten. Die kwamen op Pleuns billen en jouw handen terecht en zorgden dan weer voor nieuwe besmetting. Ik had ook makkelijk besmet kunnen raken, het is onbegrijpelijk dat ik geen last had.'

'O, dat begrijp ik best, die maden bliefden jou niet, die moesten niets van jou hebben, die gingen voor jou op de loop, zo'n ontzettend vies varkentje.'

'Ga toch weg, maden tippelen juist op viezigheid.'

'Alsjeblieft, hou erover op, ik wil niet meer aan dat enge spul herinnerd worden.'

'Ik denk er anders nog vaak aan terug. Een van de redenen waarom ik later parasitologie ben gaan doen, was ongetwijfeld jullie gescharrel met dat washandje. Het blijft iets wonderbaarlijks, zo'n schepping waar alle schepsels vergeven zijn van de parasieten.'

'Daar wil ik niks over horen,' zei ze, 'daarom leg ik nu de hoorn erop.'

Dus toen zat ik daar, met de hoorn nog in mijn handen, en ik dacht aan die betoverende, maar vaak ook lugubere wereld der parasieten. Je hebt van die organismen die bij de mens via de bilspleet naar binnen kruipen, om vervolgens, daarbij overal grote verwoestingen in spieren en organen aanrichtend, het hele lichaam te doorkruisen. Uiteindelijk komen ze dan en masse via de verbrijzelde ogen naar buiten kruipen. Zouden ze onderweg zachtjes psalm 8 neuriën als ze zich te goed doen aan de milt en lever, hart en nieren? 'O, Heere, als ik het werk Uwer handen aanzie, hoe heerlijk is Uw naam dan op de gansche aarde.'

De werkplaats

De vader van Jouri had een kwijnende fietsenmakerij overgenomen. Het woonhuis ervan lag in de buurt van korenmolen De Hoop aan de Zuiddijk. De werkplaats bevond zich onder aan de Dijk, achter het woonhuis. Via een houten buitentrap kon je van de Dijk afdalen, zo de werkplaats in, maar je kon ook via een verhard paadje ernaartoe fietsen van de Fenacoliuslaan af.

Achter de werkplaats strekte zich 'ein weites Feld' uit, dat wellicht in vroeger tijden als siertuin had gediend. Nu groeiden er 's zomers alleen nog brandnetels, vlieren, kleefkruid en venijnig stekende bramen met zoete lichtblauwe vruchten eind september. Een roestig gazen hek scheidde de voormalige tuin van de rurale gronden daarachter. Ganzenvoet tierde daar welig. De gronden werden weer begrensd door een brede sloot barstensvol kleine watersalamanders langs het fabrieksterrein van kistenmakerij De Neef & Co.

In het roestige hek kronkelde de haagwinde 's zomers zo vernuftig omhoog dat het hek rond de langste dag volledig uit het zicht was verdwenen. Zo bitter als ik, nu ik zelf mijn groenten kweek, de haagwinde haat, zo alomvattend was indertijd mijn liefde voor de spierwitte of soms ook heel lichtroze tere bloemkronen van de pispotjes. Als ze licht heen en weer deinden in de zomerbries, kon ik er, als ik in de tuin liep, mijn ogen nauwelijks van afhouden. Bijna niets wilde bij de kelkjes der pispotjes zoemen, maar m'n hele hart ging ernaar uit. En nog eigenlijk. Wat evenaart in broosheid en liefelijkheid het pispotje?

Jo Kerkmeester sr. bleek vooralsnog niet in staat om de zieltogende fietsenmakerij tot dezelfde bloei te brengen als de haagwinde. Zijn enige concurrent, Vlielander op de Markt, was weliswaar een knorrige knoeier, maar die had zich in de oorlog even passief en onopvallend gedragen als de meeste andere Nederlanders.

Dus toen ik, ofschoon dat bij mij thuis onophoudelijk op heftig verzet stuitte, steeds vaker bij Jouri over de vloer kwam, werd ook steeds duidelijker voor me dat de Kerkmeesters straatarm waren. Om te overleven liet de moeder van Jouri van een overslagbedrijf op de Govert van Wijnkade balen erwten komen van zeventig kilo elk. Niet om die erwten te consumeren, maar om ze uit te zoeken. De twee zussen van Jouri, en Jouri zelf, kregen een soepbord met erwten voorgezet en moesten daar de rotte exemplaren uit verwijderen. Ook de moeder van Jouri sorteerde erwten, en als ik mij daar, vol verlangen naar Jouri's boekjes over Arretje Nof, in huis vertoonde, kreeg ik, alsof dat volkomen vanzelfsprekend was, een soepbord met grauwe erwten voorgezet.

Laatst belde een lieftallige jongedame bij mij aan met een reusachtige collectebus vol euromunten, waarmee ze geducht rammelde. Of ik wilde bijdragen aan een koninklijk goedgekeurd fonds ter bestrijding van kinderarbeid in derdewereldlanden.

'Mevrouw,' zei ik, 'als kind heb ik erwten gesorteerd, brood rondgebracht, vleeswaren bezorgd, aardbeien geplukt, zwarte herensokken gebreid, en nog zo een en ander, en van al die kinderarbeid heb ik verbluffend veel geleerd, dus ja, wat is er tegen kinderarbeid? Toen Mozart als knulletje van veertien jaar z'n wondermooie symfonie in A componeerde, KV 114, verrichtte hij toen betwistbare kinderarbeid?'

Ach, zo'n collectebusmeisje. Die denkt dat zij overal waar zij aanbelt, uitsluitend medestanders zal aantreffen. Welk verstandig mens breekt nog een lans voor kinderarbeid? Om haar een hart onder de riem te steken zei ik: 'Dat sorteren van die erwten stond me overigens enorm tegen. Het was stomvervelend werk, het werd slecht betaald, en de rotte erwten werden afgevoerd om als veevoer te dienen. Ook dat haatte ik.'

Van de balen met erwten baalden de Kerkmeesters. Zelfs Jouri, en dat wil wat zeggen, werd humeurig als hij onverbiddelijk weer zo'n soepbord vol sorteererwten kreeg voorgezet. En Schorrie gromde vervaarlijk als de volgende baal werd afgeleverd. Soms deed hij zelfs een uitval naar de benen van de bezorgers.

Daarom zag de moeder van Jouri om naar andere bronnen van inkomen. Een erfenis annex boedelscheiding had haar, behalve drie dikke delen Trommius, en een tiendelige Zoeklicht-Encyclopedie, een sokkenbreimachine opgeleverd. Daarmee probeerde ze de nood der Kerkmeesters te verlichten.

O, die breimachine! Nooit in mijn leven heb ik een geheimzinniger en fascinerender apparaat gezien. Hij was groot, hij was zwart gelakt, hij was cirkelrond, en je moest hem met allerlei klemmen aan een tafelrand verankeren. Opzij ervan was een wiel gemonteerd, voorzien van een handvat dat je voorzichtig moest ronddraaien. Bij elke slag van het wiel doken in de cirkelronde groef van het apparaat venijnige zilveren pennetjes uit de machine op, die langzaam rezen tot de hoogste stand en daarna weer even traag daalden. Via een opstaande stang met een oogje eraan werd de zwarte Setter Set aangeleverd waarmee de sokken gebreid werden.

Begon je te breien, dan zag je al spoedig de boord van de sok onder de machine uit komen. De boord was kinderspel, maar de hiel vereiste een hoger brei-inzicht. Dan moest er afgehaald en ingenomen worden, en mocht je het wiel niet lustig rondwentelen, maar een halve slag vooruit en een halve slag terug draaien. Het luisterde akelig nauw en bij de moeder van Jouri verschenen steevast flinke blossen op haar wangen als ze aan de hiel toe was. Ze was gewoonlijk zo aandoenlijk aardig, maar dan werd ze zoals ze het zelf noemde 'kriegel'. Ze had hetzelfde kalme karakter als Jouri. Ze was nooit boos of humeurig of verbitterd of onvriendelijk, maar de sokhielen zorgden iedere keer weer voor regelrechte vertwijfeling. Als je bij de Kerkmeesters aankwam, en je hoorde Schorrie blaffen, dan wist je dat Jouri's moeder een hiel breide.

Het blaffen van Schorrie verstomde toen Jouri zich verdiepte in het apparaat. Zo'n sokkenbreimachine bleek voor hem geen geheimen te bezitten. Aandachtig bestudeerde hij de bijgevoegde handleiding. Toen breide hij in een ommezien voor mij twee hemelsblauwe proefsokken van de uitgehaalde wol van een truitje van een van zijn zussen.

In de achttiende eeuw voeren Maassluise vissers op IJsland. Ze namen brandewijn en tabak mee om deze waren, hoewel dat door de kleine reders niet werd aangemoedigd, te ruilen tegen sokken die de IJslanders 'in grauwe wintertijd' bij walvisvetkaarslicht hadden vervaardigd. Zelfs in mijn jeugd kreeg ik nog vaak te horen: ach, die onverwoestbare sokken uit IJsland, die kwaliteit zie je vandaag de dag niet meer. Welnu, de sokken van Jouri verwierven al spoedig het predicaat 'IJslandkwaliteit'. Met zijn producten redde hij de Kerkmeesters. Jouri leerde zijn zussen hoe ze met de machine moesten omgaan, hij leerde het mij, want ik watertandde van die machine, hij instrueerde zijn moeder.

Niettemin bleken zijn sokken, ondanks de toegenomen vaardigheden van zijn moeder en zijn zussen, kwalitatief beter dan alle andere sokken. Ze pasten beter, ze omsloten de voet, de hiel en de wreef beter, ze waren kortom perfect. Zelfs voor de horrelvoeten van buurman Stalin breide hij precies op maat horrelsokken, die de grijsaard op zijn oude dag van nieuwe levenslust vervulden. Ik begreep er niets van. Zelfde machine, zelfde wol, niettemin stelden de Jourisokken een standaard waar wij niet aan konden tippen. Jouri kon zelfs, als de klant daarom vroeg, een werkje in de boord of de voet breien, en er waren weinig klanten die daar niet om vroegen, want het waren stuk voor stuk nazaten van de Maassluise vissers die indertijd de IJslanders ook hadden gesmeekt om kleurige klinken in de boorden van hun sokken.

Mede dankzij die veelkleurige klinken overtrof al spoedig de vraag naar Jourisokken het noodzakelijkerwijs beperkte aanbod. Voordat Jouri overspannen kon raken, moffelde zijn vader de fiets van buurman Stalin. Akkoord, zo heette de buurman niet, maar hij leek zo sprekend op de Russische tiran dat iedereen hem koelbloedig Jozef Stalin noemde, ofschoon de dubbelganger telkens in elkaar kromp als hij achteloos als Stalin werd aangesproken.

Aanvankelijk wilde Stalin niets met zijn nieuwe buren te maken hebben, maar toen hij zonder enige verzorging met griep op bed lag, bracht Jouri's moeder hem een pannetje erwtensoep. Eenmaal hersteld vond Jozef dat hij, net als indertijd Stalin zelf, wel een pact kon sluiten met de nazi's. In de praktijk kwam het erop neer dat hij af en toe de werkplaats binnenliep voor een praatje. Nou ja, praatje, Stalin was al net zo zwijgzaam als mijn moeder en de vader van Jouri was zo verbitterd geraakt door zijn naoorlogse detentie dat hij ook maar zelden zijn mond opendeed. Het kwam erop neer dat ze elkaar groetten. Vervolgens schreed Jozef door de werkplaats. Hier en daar pakte hij een moertje op, probeerde of hij een schroefje kon vinden dat erbij paste, en draaide dat schroefje dan een paar slagen vast. Waarna hij het aldus verenigde moertje en schroefje weer neerlegde, en neuriënd op weg ging naar het buurhuis. Voordat hij de werkplaats verliet, bukte hij evenwel altijd bij Schorrie om diens houzeeoortje naar achteren te vouwen.

Jozef Stalin reed op een fiets van voor de oorlog. Een somber brok oud ijzer met een dubbele stang en een heen en weer zwiepend naambordje tussen die beide stangen, waar ooit waarschijnlijk een firmanaam op geprijkt had. Reeds van ver hoorde je de fiets van Jozef Stalin aankomen, ook al waren er, anders dan bij de fietsen van Maassluise jongeren, vaak nog met blokken op de trappers, geen wasknijpers aan de spatbordhouders vastgemaakt om de spaken eens flink te laten ratelen.

Toen Stalin weer een keer schroefjes met moertjes verenigde, zei Jo Kerkmeester: 'Zal ik jouw fiets eens moffelen? Ik heb toch niks te doen.'

'Ik kan m'n fiets geen dag missen,' zei Jozef.

'Dan moffel ik hem 's nachts,' zei Jo.

Toen Jozef Stalin op zijn gemoffelde fiets door de stad kruiste, konden wij onze ogen niet geloven. Het leek of hij op een splinternieuwe Fongers zat.

'Alleen al die fijne gouden dubbele biesjes op het frame,' hoorde je af en toe iemand verzuchten.

Vlielander moffelde ook fietsen. Je bracht een wrak weg en

kreeg iets terug wat alleszins presentabel oogde. Maar Stalins fiets, voorheen door kenners steevast gekwalificeerd als een bonk oudroest, bleek getransformeerd tot een oogverblindend rijwiel.

'Hij ziet eruit als een vuurgoudhaantje,' zei mijn vader verbluft, en ik zei maar niet dat ik dat een rare vergelijking vond.

Stapte Jozef Stalin, als hij de afrol op ging naar zijn huis, eertijds altijd af om zijn loodzware fiets naar boven te duwen, nu kon hij als hij op de Jokweg vaart maakte, moeiteloos tot boven op de Zuiddijk blijven zitten. Ik geloof dat ons dat nog het meest verbaasde.

'Het lijkt wel of die Kerkmeester er een mechanische hond in gemonteerd heeft,' zei mijn vader. 'Als een krielkippenveertje zweeft hij naar boven.'

Hoeveel dat moffelen gekost had, vroegen de Maassluizers aan Jozef Stalin.

'Een schijntje,' zei Jozef, die niet wou prijsgeven dat hij al op zo goede voet stond met zijn buurman dat die hem gematst had.

In huis-aan-huisblad *De Schakel* zagen de Maassluizers een advertentie waarin zij lazen dat je, tegen een scherp concurrerende prijs, je fiets kon laten moffelen bij Jo Kerkmeester.

Toen kwamen al die principiële Maassluizers en masse over de brug. Toen reed de een na de ander op een rijwiel dat flonkerde, fonkelde, glansde, schitterde, en prachtig was afgebiesd op frame en spatborden. Want die welhaast fluorescerende gouden biesjes, daar waren de Maassluizers al net zo dol op als indertijd hun voorvaderen op vuurrode klinken in IJslandsokken. Twee kaarsrechte biesjes naast elkaar op frame en spatborden, dat vonden ze haast nog belangrijker dan zadelcomfort en vederlicht trappen.

Zeker, hier en daar verhief een enkeling zijn stem en wees erop dat het woord 'mof' in het woord 'moffelen' verstopt zat, maar desondanks hoefden er bij de Kerkmeesters geen sokken meer vervaardigd te worden, laat staan dat de Kerkmeesters nog gedwongen waren om erwten te sorteren.

Thuis had ik verteld over de sokkenbreimachine. Mijn moeder was opgesprongen en had weemoedig geroepen: 'O, zo'n machine hadden wij vroeger op de Heerenlaan ook.' Dat had ik op mijn beurt weer doorverteld op de Zuiddijk. Dus toen de machine daar in onbruik raakte, vroeg de moeder van Jouri of mijn moeder hem misschien wilde overnemen. Het kan overigens best zijn dat ze daarmee wat goodwill wou kweken.

Zo zijn wij in het bezit geraakt van een sokkenbreimachine waarop mijn moeder, totdat zij werd getroffen door parkinson, sokken voor mijn broer en voor mij heeft vervaardigd. Geen superieure Jourisokken, maar alleszins redelijke Schlumpsokken.

Toen de wat gefortuneerder Maassluizers hun fietsen hadden laten moffelen, lieten ze vervolgens en masse hun dubbelgebiesde rijwielen opeens staan. Want een nieuwe rage gloorde: de solex!

Wie zou in Maassluis dealer van de solex worden? Vlielander? Kerkmeester? Vanwege zijn omstreden oorlogsverleden kwam de laatste uiteraard niet in aanmerking. Maar Vlielander was oud en knorrig en had geen opvolger, dus ook hij viel af. Maassluis bleef derhalve verstoken van een solexdealer. Wie zo'n wonder wilde aanschaffen, moest naar Motorhome Henk Vink in Maasland. Af en toe zoefde de zoon van Henk Vink, mogelijkerwijs bij wijze van reclamestunt, op een minisolex die zijn vader speciaal voor hem op kindermaat had gemaakt dwars door Maassluis heen naar het havenhoofd. Wie hem zag gaan, wiste het kwijl uit zijn mondhoeken en wilde meteen te voet naar het oeroude, twee kilometer verderop gelegen dorp Maasland. Geen probleem natuurlijk, want wat was er nu aangenamer dan op een zonnige zaterdagmiddag over het jaagpad langs de Zuidvliet, via het Wippersmolentje, naar Motorhome Henk Vink te kuieren? In het schitterende namiddagzonlicht lag de showroom, omzoomd door treurwilgen, blinkend tegenover de veiling aan het water. Daar schafte je dan op afbetaling een solex aan, waarna je vervolgens glunderend langs de Noordvliet over 'de Wegt' terugreed, erop hopend dat je door zo veel mogelijk stadgenoten gezien zou worden.

Helaas bleek al spoedig dat als je solex wat mankeerde, zo'n wandelingetje van ruim anderhalve kilometer naar Motorhome Henk Vink lang zo leuk niet uitpakte. Aan de hand moest je je zware solex meevoeren. Soms moest hij zelfs voortgeduwd worden over 'de Wegt', tot je, geen troost meer puttend uit de leus 'Solex Deo Gloria' in witte letters op een schutting naast de vestiging van Vink, bezweet en uitgeput bij Henk arriveerde.

Menigeen vertikte dat. Onder dekking van de avondschemering duwden ze hun solex naar de werkplaats achter de haagwindehaag. En Jo Kerkmeester repareerde zo'n solex dan zo onvergelijkelijk veel beter en goedkoper dan de Maaslandse monteurs in Motorhome Henk Vink dat al spoedig vrijwel niemand uit Maassluis zijn solex nog naar Maasland duwde. Hoe hij dat voor elkaar kreeg, gelet op het feit dat nieuwe solexonderdelen alleen bij dealers aangeschaft konden worden, ben ik nooit te weten gekomen. Boze tongen fluisterden dat hij daarvoor zijn contacten uit de oorlog weer aansprak. Ook zei men dat hij zijn bijzondere vaardigheden had opgedaan bij zijn werkzaamheden aan motoren van de Wehrmacht.

Bij Motorhome Henk Vink waren ze niet achterlijk. Ze schakelden Solex Nederland in. Er werd een aanklacht ingediend, een proces gevoerd. Kerkmeester werd veroordeeld. Geen solex mocht hij nog aanraken. Het baatte niet. In de vloeiende avondschemering zocht de consument zijn weg naar de haagwindewerkplaats. Velen snorden trouwens op tweedehands solexen, en daar had Solex Nederland al helemaal geen greep meer op.

Bij de Kerkmeesters steeg de welstandgrens. Deze steeg zelfs zo hoog dat de vader van Jouri schoorvoetend overging tot de aanschaf van een grammofoon.

De grammofoon

Ieder weldenkend mens kan begrijpen dat de aanschaf van een heuse grammofoon zo'n diepe bres slaat in de gezinsfinanciën dat daarna de middelen ontbreken om één of meer platen te kopen. Waarbij nog bedacht moet worden dat die geluidsdragers indertijd een vermogen kostten. Toen ik zelf mijn eerste plaat kocht, had ik een studiebeurs van 2400 gulden per jaar, en een lp kostte toen 24 gulden, dat was dus maar liefst één procent van mijn jaarinkomen.

De Kerkmeesters hadden een grammofoon aangeschaft, maar konden het zich derhalve niet veroorloven platen te kopen. Toch was dat niet rampzalig. Wat een genot bleek het te zijn om, ook al lag daar geen zwarte schijf op, naar die gelijkmatig rondwentelende draaitafel te staren. Bovendien kon je hem in drie standen zetten, 33, 45, 78 toeren per minuut. In het laatste geval suisde de draaitafel stoer rond, en werd een propje papier dat je erop legde, er woest van af geslingerd, om vaak opgevangen te worden door een oplettende Schorrie. Zijn vrolijke blaf compenseerde het ontbreken van geluid. Ook draaien zonder platen bleek een verrukkelijk tijdverdrijf. Waarbij nog kwam dat je als je de grammofoon gebruikte om een beetje in trance te raken als je aandachtig naar het wentelen tuurde, 'geen naalden en platen slijt', zoals buurman Stalin terecht opmerkte toen hij een keertje binnenliep om het wonder te aanschouwen.

Een half jaar na de aanschaf van de grammofoon smeekte Puk Corporaal Jouri om een paar teerkleurige sokken met karmozijnrode klinken.

'Ik brei niet meer,' zei Jouri.

'Eén keertje nog,' smeekte Puk. 'Waar haal ik elders zulke wondersokken vandaan?'

'De machine staat bij m'n beste vriend thuis.'

'Brei ze dan daar, ik zal je vorstelijk belonen. Vanuit Zeeland heb ik een zwikkie platen geërfd van m'n oom uit Zijpe, die na een vreselijke schop van zijn stier het tijdelijke heeft verwisseld voor het eeuwige. D'r zit een 45-toerenplaatje bij waar ik niks an vind. Dat stop ik bij 't sokkengeld.'

Zo'n fantastisch aanbod kon uiteraard onmogelijk geweigerd worden. Bij ons thuis breide Jouri, daarbij nauwlettend gadegeslagen door mijn moeder, op een vrije woensdagmiddag zwartbruine sokken met vlammend rode klinken in boord en voetzool. Samen brachten we de sokken naar Puk Corporaal, die op 't Hoofd woonde. Daar ontving Jouri zijn honorarium, alsmede het 45-toerenplaatje.

Wie kan vandaag de dag nog navoelen hoe wij ons voelden toen wij dat plaatje, gehuld in een grauw hoesje, vanaf 't Hoofd via de overweg en de Fenacoliuslaan naar de Zuiddijk droegen? Onderweg werden wij aangesproken door de brugwachter van de Kippenbrug.

'Hebbie daar?'

'Een 45-toerenplaatje.'

'Jezus, mensen!'

Waarna er een lange stilte viel. Toen vroeg hij bars: 'Eerlijk aan gekomen?'

'Gekregen voor een paar sokken.'

'Welke gek geeft een plaatje voor een paar sokken?'

'Puk Corporaal.'

'Liep altijd al een streepje door. Maar dit slaat alles. Nou kunnen ze hem beter meteen in Delft naar 't gekkenhuis brengen.'

Vonden wij ook. Wij begrepen er ook niets van. Wij schreden behoedzaam met het 45-toerenplaatje naar de Zuiddijk. Nadat we het uiterst voorzichtig uit het hoesje hadden geschoven, bespiedden wij het plaatje eerst aan alle kanten. Er stond niets anders op dan kant A en kant B. We stelden de draaitafel af op 45 toeren, en legden toen in diepe eerbied dat plaatje op de draaitafel. We schakelden de draaitafel in, lieten hem eerst even warmdraaien, en zetten vervolgens – nou ja, dat alles deed Jouri natuurlijk, want alleen aan diens fijn bewerktuigde vingers konden zulke delicate taken toevertrouwd worden – oneindig voorzichtig de naald op het plaatje.

Dat is nu ruim een halve eeuw geleden. Maar als ik er onverhoeds aan terugdenk, schieten onveranderlijk de tranen in mijn ogen. Eerst hoorden we alleen het zware ruisen van de naald in de nog lege groeven. Toen verhieven zich, eerst nog aarzelend, en ingehouden, maar allengs helderder en geprofileerder, boven die ruis uit een stuk of wat strijkinstrumenten, en het leek net of die strijkers uit dat reusachtige aanbod van tonen juist die noten aanstipten waar het op aankwam. Steeds hoger grepen ze noten, en dan daalden ze weer af, om weer opnieuw naar maan en planeten te reiken. En toen begon het nog eens. Weer diezelfde reuzenschreden, alsof mij daarmee ingeprent moest worden dat er in mijn ziel krachten scholen waar ik tot dan toe nog nooit weet van had gehad. En niet alleen krachten, maar ook smarten, die liefelijk gelenigd werden door de muziek die ze opriep.

Toen was kant A afgelopen, en Jouri zei enigszins teleurgesteld: 'Vioolmuziek.'

Hij draaide het plaatje om en weer klonk diezelfde wonderbaarlijke reuzenschredenmelodie, nu omspeeld door springerige motiefjes die ertegenaan tikten.

Toen het voorbij was, zei ik schor: 'Nog een keer.'

'Weet je 't zeker? Het is klassiek, denk ik.'

Voor mij droeg dat woord 'klassiek' geen betekenis. Voor mij gold slechts dat ik zeker wist: dit wil ik nog wel duizend keer horen.

'Alsjeblieft, nog een keer,' smeekte ik.

En Jouri legde kant A boven, en daar ving het weer aan, boven de zware ruis uit, dat rustige, moedige, krachtige gebed tot een God van wiens bestaan ik tot op dat moment geen enkel vermoeden had gehad.

Op het plaatje noch op het hoesje was aangegeven welke muziek de stoffige groeven bevatten. Mij deerde dat niet. Amper drong toen tot mij door dat een gewoon mens van vlees en bloed voor het ontstaan van die muziek verantwoordelijk was. Het woord 'componist' ontbrak in mijn vocabulaire.

Wat mij wel deerde, was dat de muziek Jouri nauwelijks beroerde. Vol verbazing, en ook enigszins achterdochtig, aanschouwde hij hoe aangedaan ik was. Hij gaf me een schouderklopje. Het was alsof hij zeggen wilde: kop op, zo erg is het allemaal niet. Ook zijn twee zussen en zijn moeder fronsten hun wenkbrauwen toen zij de reuzenschredenmuziek hoorden.

Maar bij de vader van Jouri, altijd zo nors, zo stuurs, zo zwijgzaam, zakte de mond langzaam open toen hij de woonkamer betrad en de laatste noten hoorde. 'Zet nog eens op bij het begin,' beval hij bars.

En daar kwam het weer. Ik kon het al meeneuriën, zachtjes meefluiten, waardoor het nog aangrijpender uitpakte, hoezeer ik mij er ook voor schaamde dat zachtjes meefluiten in meesnotteren ontaardde.

'Verrot mooi stukkie,' zei de vader van Jouri schor.

'Het gaat nog door op de achterkant,' zei ik.

'Omdraaien,' beval Jouri's vader.

Ik zag een floers in zijn ogen. Zeker, hij was volstrekt fout geweest in de oorlog, en dat bleef onvergeeflijk, maar toch bezag ik hem opeens met totaal andere ogen.

Nadat het verklonken was, vroeg hij: 'Staat er niet op van wie het is?'

'Nee, nergens,' zei Jouri.

'Ik hou 't erop dat 't een stukkie barok is. Van een puike vent. Een Duitser natuurlijk. Waar anders vandaan? Zo'n verrot mooi stukkie. Draai het nog eens.'

'Nee!' riepen de zussen. 'Nee!' riep de moeder. 'Nee!' riep Jouri.

'Geen smaak,' zei senior kortaf. 'Jammer, doe je niks an, grijp je overal naast, pech gehad.'

De boekjes van Arretje Nof, de pispotjes, de breimachine, zijn moeder, die zo ontzaglijk aardig was, het verrukkelijke hondje Schorrie met zijn houzeeoortje, en natuurlijk bovenal Jouri zelf

– daarvoor had ik zo vaak als maar mogelijk was de Zuiddijk beklommen. Nu kwam daar iets bij wat al het andere moeiteloos overtrof. 'Het verrot mooie stukkie.'

Steeds als ik bij de Kerkmeesters binnenstapte, vroeg ik beschroomd: 'Mag ik dat 45-toerenplaatje nog een keer horen?'

Meestal kon het niet, omdat de dames dankzij al die illegale solexreparaties onverhoeds over fondsen beschikten om zelf 78-toerenplaten te kopen. En die gingen natuurlijk voor. Liedjes over nachtegalen in bronsgroen eikenhout en over eenzame cowboys die zonder water over de Veluweprairie dwaalden. Verpletterende rotzooi kortom, die luidkeels werd meegebruld. Waren de dames niet thuis, dan wilde Jouri een enkele keer zijn hand wel over zijn hart strijken, en dan kwam het weer, die ongelofelijke muziek, waar mijn hele ziel en zaligheid in geïnvesteerd leek te zijn.

Soms dook de vader van Jouri op uit de werkplaats, en luisterden we samen naar 'dat verrot mooie stukkie'. Op een dag zei hij kortaf tegen mij: 'D'r is meer van dat spul. Als ik weer es een bak geld bij mekaar moffel, zal ik d'r eens wat van kopen.'

Hij moffelde de dienstfiets van de havenmeester. Hij kocht *Music for the Millions*, deel één. Een 33-toerenplaat. Hij zei: 'Als hier 't spul weg is, zullen wij daar samen eens voor gaan zitten.'

Music for the Millions was zo'n plaat met louter evergreens. 'Liebestraum' van Liszt, de humoreske van Dvořák, de bekendste wals van Brahms, een vioolromance van Beethoven, de impromptu in ges van Schubert, de minutenwals van Chopin, maar ja, als je je leven lang nog nooit ook maar één noot van al die overbekende stukken gehoord hebt, als je groot geworden bent in zo'n hopeloos dorre woestijn waar nimmer ook maar iets opklinkt van het levende water van zelfs maar de bekendste componisten, onderga je zo'n plaat als een openbaring.

Later kocht de vader van Jouri ook *Music for the Millions*, deel twee. En hij sprokkelde in de loop van een half jaar alle onderdelen bijeen voor een zelfbouwpick-up. Hoe hij dat voor elkaar kreeg, onttrok zich aan mijn waarneming. Zoals het zich ook aan mijn waarneming onttrok hoe hij, in zijn werkplaats, al zo snel een weliswaar foeilijke, maar voortreffelijke luidspreker wist te installeren. Daarmee luisterden wij, bondgenoten, naar het inmiddels volledig grijsgedraaide 'verrot mooie stukkie'. En naar *Music for the Millions*, deel één en twee. In lotsverbondenheid neurieden wij zachtjes mee.

Jo Kerkmeester was, anders dan later mijn vrouw, niet zo iemand die bits roept: 'Ik hoor een instrument te veel', als je zachtjes meeneuriet. Integendeel, Jo senior tikte vaak met een Engelse sleutel zachtjes in de maat mee op de spaken of spatbordhouders van de fietsen die hij moffelde.

Als ik terugdenk aan die middagen in de werkplaats, verbaast het mij iedere keer weer dat Jo Kerkmeester senior, die anders nooit sprak over zijn ervaringen tijdens de bezetting, altijd tussen twee platen door, daartoe blijkbaar aangespoord door de muziek, zo langs zijn neus weg nogmaals de opvattingen ventileerde waarvoor hij na de oorlog veroordeeld was.

'Denk niet dat 't tuig was, die lui van de SS. Het waren intellectuelen. Het waren mensen die gestudeerd hadden, ingenieurs, architecten, professoren, het was de elite.'

Gelukkig wist ik toen amper waar de letters SS voor stonden. Noch thuis, noch op school hoorde je ooit iets over de oorlog. Voor zover er al over krijgshandelingen werd gesproken, betrof het de overwinningen bij Heiligerlee en Nieuwpoort, of de tocht naar Chatham. Al mijn kennis over de bezettingstijd verwierf ik uit kinderboeken: *Hollandse jongens in de Duitse tijd* van Aart Romijn, *Met paarden door de nacht* en *Zwarte Tinus, de verliezer* van J. W. Ooms en de driedelige (later met een vierde deel uitgebreide) trilogie van Anne de Vries: *De duisternis in*, *De storm steekt op*, *Ochtendgloren*. In die kinderboeken werd over de SS nauwelijks gerept. Pas toen ik *Engelandvaarders* van K. Norel las, begreep ik eerst goed waar de letters SS voor stonden.

Ik herinner me ook nog goed dat Kerkmeester senior na de vijfde van Beethoven opeens uitriep: 'Stomme Hitler. Verklaart de oorlog aan de VS! Had helemaal niet gehoeven. Was Amerika erbuiten gebleven, dan had Hitler met gemak Stalin kunnen verslaan. Hadden wij nu in de versterkte veste Europa gewoond.

Hoefden we niet bang te zijn voor atoombommen op onze pet uit Moskou. Stomme, stomme Hitler. Waarom deed hij dat nou? De vs de oorlog verklaren? Ik bedoel: ik verklaar Solex, al zitten ze me onophoudelijk op de huid, toch ook de oorlog niet? Ik val ze in de rug aan. Stomme, stomme Hitler.'

Omdat ik toentertijd nog weinig begreep van zijn uitlatingen, en 'stomme Hitler' mij bovendien allerminst in de oren klonk als een lofprijzing, was ik niet geschokt of verbaasd over zijn uitroepen. Waarbij kwam dat ik volledig in beslag genomen werd door al die wonderen die opklonken uit de door Kerkmeester senior gebouwde luidspreker. Ik weet nog dat mijn vader een keer vroeg of de vader van Jouri weleens rare dingen zei. 'Hij scheldt vaak op Hitler,' zei ik. 'Hij roept altijd: "Stomme, stomme Hitler." '

Waarop mijn vader verbaasd opmerkte: 'Zou hij dan toch het licht gezien hebben?'

Mijn moeder voegde daaraan toe: 'Als dat al waar is, houd ik het er toch op dat je daar maar beter uit de buurt kunt blijven. Met m'n eigen ogen heb ik gezien hoe die Jouri hier sokken breide. Zulke smalle vingers, maar o, wat is hij daar griezelig behendig mee. Vroeger, op de Heerenlaan, hadden we af en toe ook zo'n behendig ventje over de vloer. Hij stal de melk uit je koffie zonder dat je er ook maar iets van merkte.'

Trommius

Uiteraard begon op onze Groen van Prinstererschool de dag bij meester Splunter met een gebed waarbij zegen over onze reken- en taallessen werd afgesmeekt. En zowel aan het einde van de morgen als aan het eind van de middag werden de lessen afgesloten met een dankgebed voor de rijke weldaden van breuken en dictees, alsmede van de nuttige handwerken van de meisjes. Het spreekt vanzelf dat wij, als meester Splunter aankondigde dat hij zich rechtstreeks tot de Allerhoogste ging richten, gedwee onze handen vouwden en onze ogen sloten. Wie zijn ogen openhield, liep evenwel nauwelijks risico betrapt te worden. Zou meester Splunter ooit gezegd hebben: 'Voddebaal, waarom vouwde jij je handen niet en deed jij je ogen niet dicht?', dan had hij daarmee impliciet toegegeven dat hij zelf tijdens het gebed evenmin zijn ogen sloot. Alleen een onderwijzer die met open ogen een gebed uitspreekt, kan een leerling betrappen die zijn ogen niet sluit.

Zelfs aan de adelaarsblik van meester Splunter ontging derhalve dat Jouri zijn handen nimmer vouwde en zijn ogen nimmer sloot als hij voorging in gebed. Op een doodgewone, zonnige septemberschooldag drentelde bovenmeester Koevoet evenwel langs ons lokaal, juist toen meester Splunter de Allerhoogste aanriep. Bovenmeester Koevoet verhief zich op zijn tenen en tuurde door het bovenlicht van de klasdeur ons lokaal in. Hij keek recht in de wijd opengesperde ogen van Jouri.

Hij wachtte tot hij meester Splunter met stemverheffing 'Amen' had horen zeggen, klopte toen aan, kwam naar binnen en donderde: 'Er is hier een jongen die zijn handen niet vouwt en zijn ogen niet sluit.'

'Welke jongen?' brulde meester Splunter.

'Die jongen,' schreeuwde meester Koevoet, en hij wees met een uitgestrekte Jerobeam-arm naar Jouri.

Meester Splunter greep zijn lange liniaaltje alsof hij het wilde wetten, legde het weer neer, stapte toen van de vlonder af waarop zijn lessenaar prijkte, en schreed dreigend naar onze bank.

Mijn hart klopte in mijn keel. Het leek alsof het mijn handen en mijn ogen waren die tijdens het afsmeekgebed zwaar hadden gezondigd.

Jouri glimlachte, keek onbekommerd naar de sluipende Splunter, vouwde zijn handen en stutte toen zijn kin met zijn twee duimen. Het was alsof hij daarmee wilde aangeven dat je je handen veeleer om andere dan religieuze redenen samenknijpt.

In ieder geval werd het zo begrepen, want meester Koevoet siste: 'De brutaliteit.' Meester Splunter had onze bank bereikt.

'Jouri Kerkmeester, waarom had jij je handen niet gevouwen en je ogen niet gesloten toen ik bad?' bulderde hij.

'Ik vouw m'n handen nooit en sluit m'n ogen nooit, meester,' zei Jouri uiterst vriendelijk en zonder enige stemverheffing.

Noch bovenmeester Koevoet, noch meester Splunter was blijkbaar voorbereid op zo'n verbijsterende bekentenis. Gedurende enige tijd bleken zij niet in staat om daar adequaat op te reageren. Beiden ademden zwaar en raspend, maar er kwam geen woord uit.

'De hele Bijbel heb ik erop doorgekeken,' zei Jouri, 'en ik heb geen tekst kunnen vinden waarin staat dat je als je bidt je handen moet vouwen en je ogen moet sluiten. Dat staat nergens, dus zie ik geen reden waarom ik mijn ogen zou moeten sluiten en mijn handen zou moeten vouwen als we bidden. Vouwen en sluiten zijn onbijbels, het is traditie, net als de Mariaverering bij de katholieken.'

'Ik zal "Het hijgend hert" op je ribbenkast laten steigeren,' siste meester Splunter.

'Dat kan als zodanig geen kwaad,' zei hoofdonderwijzer Koevoet, 'maar daarmee redden we het niet, Jochem.'

Het feit dat de bovenmeester zomaar een van de best bewaarde schoolgeheimen – de voornaam van meester Splunter! – prijsgaf onderstreepte de ernst van de crisis.

Op het moment dat meester Splunter de rechterhand van Jouri greep om hem daaraan uit onze bank te sleuren, sloeg ik impulsief mijn arm om zijn schouder. Anders dan ik, die al vaak als harp had mogen dienen, was de brave, altijd uiterst beleefde, vlijtige, ingetogen Jouri nog nooit met Splunters liniaaltje in aanraking gekomen. Zo weinig als het mij kon schelen dat Splunter mij regelmatig met zijn liniaaltje bespeelde, zo zwaar nam ik het op dat hij op Jouri's ribbenkast wilde musiceren. Zo'n glaszuiver joch als Jouri, die sloeg je toch niet?

'Zo, dus jij solliciteert ook naar ribbentortuur,' grauwde Splunter tegen mij.

'Laat me maar los,' zei Jouri kalm. 'Meester Splunter wil mij in z'n prachtige, grote bijbel de plaats aanwijzen waar staat dat je als je bidt je ogen moet sluiten en je handen moet vouwen.'

Jouri wees naar de Statenvertaling, waarvan de glanzende koperen sloten op de lessenaar van Splunter fonkelden in het septemberzonlicht, dat schuin van opzij door de hoge vensters binnenviel.

Dat Jouri met dat compliment voor Splunters grootste schat – zijn fameuze Statenvertaling met goud op snee en koperen sloten – de meester recht in het hart raakte, lijkt mij de meest aannemelijke verklaring voor het feit dat Splunter de arm van Jouri weer losliet, en als een slungelachtige arrestant naar zijn lessenaar strompelde.

Daar aangekomen streelde hij over de rug van zijn bijbel alsof het de rug van een deerne was. Toen fluisterde hij: 'Ik zal 't voor je opzoeken.'

Meester Koevoet beende naar onze bank, keek Jouri streng aan, gromde: 'Wat zei jij, ventje? De hele Bijbel had je doorgekeken? Twaalfhonderd bladzijden met piepkleine letters? Kom, kom, jij branieschopper!'

'Bovenmeester,' zei Jouri uiterst beleefd, 'wij hebben thuis de concordantie van Trommius staan. M'n moeder heeft 'm geërfd. Daarin heb ik alle bijbelplaatsen opgezocht over bidden, vouwen, handen, ogen en sluiten. Nergens staat dat je als je bidt je handen moet vouwen en je ogen moet sluiten.'

'O nee? En psalm 141 dan, "mijn beê met opgeheven handen"?'

'Zijn opgeheven handen gevouwen handen, bovenmeester?' vroeg Jouri kalm.

Meester Splunter bladerde in zijn Statenvertaling, las met stemverheffing voor: 'Mijn gebed worde gesteld als reukwerk voor uw aangezicht, de opheffing mijner handen als het avondoffer.' Nog voor hij echter die hele perikoop tot het einde toe had kunnen voordragen, ontschoot vlak na het woord 'reukwerk' een ratelscheet aan mijn al sinds de komst van Koevoet krampachtig toegeknepen billen. Nog jaren nadien schoten mijn ex-klasgenoten als ze mij onverhoeds tegen het lijf liepen, in de lach. De vreugdetranen uit hun ogen wrijvend, zeiden ze dan: 'Weet je nog dat jij een reuzenscheet liet toen Splunter las over gebed als reukwerk?'

Mij montert het, 's nachts als ik weer eens niet slapen kan, ook op als ik terugdenk aan dat gebedsreukwerk, maar op die zonnige septemberdag versplinterde Splunter zijn liniaaltje op mijn afgeharde lijf.

Toen we naar huis liepen, vroeg Jouri: 'Heb je nog pijn?'

Ik hield mij groot, ik zei: 'Het valt wel mee. Mag ik dat boek van Trommius eens zien?'

'Maar natuurlijk,' zei Jouri, en even later zaten wij bij hem thuis in de woonkamer te bladeren in drie dikke delen van Trommius, en Jouri legde mij uit hoe het werkte. Je nam een woord en dan zocht je dat op in de alfabetisch gerangschikte lijst en dan vond je daaronder alle plaatsen in de Bijbel waar die term voorkwam.

Mij leek dat weinig minder dan een wonder, maar wat mij zeer bevreemdde was het gotische schrift.

'Kun jij die rare letters lezen?' vroeg ik Jouri.

'O, dat went wel,' zei hij, 'noem maar eens een woord. Dan zoeken we dat op en dan geef ik je alle bijbelplaatsen waar dat woord voorkomt.'

Eén moment borrelde het woord 'scheet' op, maar ik vermande mij, zei toen kordaat: 'Libelle.'

Jouri bladerde eerst in deel één uit 1685, 'vervattende alle de historische boeken van Genesis af tot Esther incluys', toen in deel twee uit 1691, 'vervattende alle de leer ende profetische boeken van Job af tot Maleachi incluys', toen in het deel uit 1672 'des nieuwen testaments'.

'Het woord "libelle," zei hij ten slotte plechtig, 'staat nergens in de Bijbel.'

'Libelle niet?' vroeg ik verbaasd. 'Staat libelle er niet in? Komen libellen in de Bijbel niet voor?'

'Libellen worden in de Bijbel niet genoemd,' zei Jouri.

'Glazenmakers dan?' vroeg ik.

Weer zocht Jouri vergeefs in de drie delen.

Ik herinner mij nog goed dat ik, eenmaal weer thuis, na het avondeten verbouwereerd in onze eigen bijbel heb zitten bladeren. Repte het Woord inderdaad nergens over libellen en glazenmakers? Maar waarom niet? De Bijbel bestreek toch het 'gansche' leven? De Schrift raakte toch aan alles waar het op aankwam? Hadden libellen dan geen belang? Wat was er nu luisterrijker dan een poldersloot met glazenmakers boven krabbescheer? Toch zweeg God daarover in zijn Woord. Was de Schepper van zulke wondermooie schepsels als de houtpantserjuffer, de glassnijder, de viervlek, de donderbolk en de paardenbijter dan zo bescheiden? Ik begreep er niets van.

Voor mij is nadien het Woord nooit meer hetzelfde geweest. Dat niemand in het Woord ooit, al was er niets verrukkelijkers dan de verheven stilte van bevroren watervlakten, de schaatsen onderbond, viel te begrijpen, gelet op het akelige klimaat in het Heilige Land. En dat, zoals Jouri en ik met behulp van Trommius vaststelden, noch de waterstaafwants, noch de waterschorpioen in het Woord genoemd werd, de ruggenzwemmer ook nimmer, en het spinnenweb maar twee keer, vooruit, daar viel mee te leven, en wat spinnenwebben betrof moest er natuurlijk ook met de tere gevoelens van huisvrouwen rekening gehouden worden, maar dat de Bijbel zweeg over die broze, fragiele waterjuffers, leek ons haast een doodzonde. Daardoor bleek het opeens minder vanzelfsprekend dat de Bijbel het richtsnoer vormde voor het hele leven.

Overigens kwam Splunter noch Koevoet ooit nog terug op die gedenkwaardige septemberdag. Met ongevouwen handen en wijd opengesperde ogen keken Jouri en ik elkaar voortaan altijd glunderend aan als er in de klas gebeden en gedankt werd. Ook tijdens kerkdiensten sloot ik mijn ogen niet meer als de dominee voorging in gebed. Dan spiedde ik om mij heen en zag overal kerkgangers die het Woord blijkbaar ook grondig bestudeerd hadden, want ook zij vertikten het op bijbelse gronden om hun ogen te sluiten en hun handen te vouwen.

De leeuw en het lam

Omdat ik mijn ogen niet meer sloot als meester Splunter voorging in gebed, ontdekte ik dat er in onze klas nog iemand was die glunderend rondkeek als de onderwijzer een zegen over onze rekenlessen afsmeekte: Ria Dons. Een fors meisje met donker krulhaar, woonachtig in 't Paard z'n Bek. Wegens wangedrag was ze van de openbare Prins Bernardschool gestuurd. Zo was ze bij ons terechtgekomen. Pas toen ik ontdekte dat zij evenmin haar ogen sloot, drong tot mij door dat zij nagenoeg onkundig was van het bestaan van onze Zaligmaker en dat zij als daarin geen verandering kwam, voor eeuwig verloren zou gaan. Mij leek dat hier voor mij een taak lag. Vooralsnog wist ik echter niet hoe ik haar ongedwongen met het evangelie vertrouwd moest maken.

Toen meester Splunter het Wilhelmus weer eens op mijn ribbenkast tokkelde, kreeg ik mijn kans. Splunter wilde ons waarschuwen tegen Darwin en diens evolutietheorie. Achteraf gezien enigszins prematuur, want nooit eerder hadden wij, Maassluise dreumesen, ook maar iets over die theorie vernomen. Was Splunter er niet over begonnen, dan zou ik er pas veel later mee in aanraking zijn gekomen.

Splunter legde ons uit dat Darwin ongelijk had. Zesduizend jaar geleden waren hemel en aarde in zes dagen tijd door God in een handomdraai geschapen. Vervolgens hadden Adam en Eva zich in het paradijs vergrepen aan de vruchten van de boom 'in het midden des hofs', de boom van kennis van goed en kwaad, en waren uit Eden verdreven. Om te verhinderen dat zij in de hof van Eden zouden terugkeren om ook van de boom des levens te eten, posteerde God een engel met een vlammend zwaard bij de ingang.

Toen Splunter bij de 'cherubim' met diens 'vlammig lemmer eens zwaards' was aanbeland, stak Jouri zijn vinger op. Meestal negeerde meester Splunter de opgestoken vinger van Jouri, maar ditmaal, nu het erom ging ons bij te brengen dat Genesis de evolutietheorie onverbiddelijk afwees, knikte hij tamelijk welwillend.

'Meester,' zei Jouri, 'ik heb dat vlammende zwaard altijd zo vreemd gevonden. Hadden ze in de hemel dan al zwaarden terwijl het zwaard op aarde nog uitgevonden moest worden?'

'Maar natuurlijk,' zei meester Splunter.

'Dus ze hebben wapens in de hemel? Maar waarom? Het is daar toch een en al vrede?'

'De leeuw ligt daar naast het lam, meester,' vulde ik aan.

'Hou jij je erbuiten,' grauwde Splunter.

'Als ze in de hemel de wapens al hebben die op aarde nog uitgevonden moeten worden,' zei Jouri, 'waarom dan een zwaard? Waarom zette de Heere God dan niet een engel neer met een geladen revolver? Dat schrikt beter af. Of hebben ze in de hemel geen pistolen?'

'Er zijn geen pistolen in de hemel,' riep Splunter gekweld.

'Maar waarom dan wel vlammende zwaarden?' vroeg Jouri.

'Voor vandaag is het wel weer genoeg, Jouri Kerkmeester,' brulde meester Splunter, 'of solliciteer je weer naar een blauwgeverfde ribbenkast?'

'U hadden ze daar bij de ingang van het paradijs moeten neerzetten, meester' riep ik, 'om als je er weer in wou piepen het Wilhelmus op je ribbenkast te tokkelen!'

'Het Wilhelmus bestond toen nog niet,' zei Jouri kalm.

Reeds neuriede Jaap Laferte desondanks achter in de klas het Wilhelmus. Her en der vielen klasgenoten in.

Meester Splunter sprong van zijn vlonder af, rende de klas in, sleurde mij uit de bank, tokkelde minstens drie coupletten van het Wilhelmus op mijn ribbenkast, en smeet mij vervolgens op de gang.

Twee minuten later ging de lokaaldeur open en duwde hij Ria Dons de gang op.

'Heeft hij jou ook geslagen?' vroeg ik ongelovig.

'Een frutje,' zei ze.

'Waarom?'

'Ik nam het voor je op.'

Ze liep weg. Ik liep achter haar aan.

'Waar ga je heen?' vroeg ik.

'Ik ga naar huis, ik ga tegen mijn moeder zeggen dat de meester hier op de christelijke school mij met een liniaaltje heeft afgeranseld. Op de Prins Bernardschool ben ik nooit geslagen. Ook al is dat geen christelijke school, niet één meester daar slaat ooit met een liniaaltje op je bips. Soms geven ze een draai om je oren, dat wel, maar je rammen met zo'n lange liniaal, dat gebeurt daar niet, nooit.'

Achter haar aan liep ik over de stille gangen. Zonder dat iemand ons tegenhield, wandelden wij doodgemoedereerd de school uit. Mij leek het moment gekomen om de Verlosser ter sprake te brengen. Op de Lange Boonestraat lukte het evenwel nog niet, net zomin als op de brug over de Noordvliet. Hoe aan te vangen? Moest je domweg zeggen: jij moet ook in de Heere Jezus geloven? Of moest je beginnen bij de zondeval in het paradijs? Maar die zondeval werd nu vreemd ingekleurd door dat vlammende zwaard. Had Jouri gelijk dat het reuze eigenaardig was dat er in de hemel, zo'n bolwerk van vrede en gelukzaligheid met straten van goud, desondanks blijkbaar reeds wapentuig voorhanden bleek dat op aarde nog uitgevonden moest worden?

We liepen door de Lijndraaierssteeg, bereikten de brug over de Zuidvliet, en kwamen toen terecht in de uitgestrekte wijk der onbewoonbaar verklaarde woningen.

'Breng je me thuis?' vroeg Ria vrolijk.

'Mag dat?' vroeg ik.

'Ik vind het leuk,' zei ze.

We sloegen af, de Sandelijnstraat in. Na de lange tocht, die hele straat door, bereikten we de St. Aagtenstraat, die altijd als 't Paard z'n Bek werd aangeduid.

'Ga je nog even mee naar binnen?' vroeg Ria.

'Da's goed,' zei ik.

Toen we binnen waren, bleek haar moeder niet thuis te zijn. Ria keek mij met glinsterende ogen aan en vroeg: 'Wil je me zoenen?'

Mij overviel dat verzoek. Aan enige gedragshandeling uit het tamelijk eentonige, opmerkelijk voorspelbare en, vergeleken met bijvoorbeeld de fuut, armzalige ethogram van het menselijk baltsgedrag was ik toen nog niet toe. Omdat Ria mij echter vol verwachting aankeek, knikte ik heel voorzichtig met mijn hoofd.

'Voor een stuiver,' zei ze.

Omdat ik geen enkele aandrang had om haar met mijn lippen waar dan ook te beroeren, meende ik dat zij, daarnaar blijkbaar wel smachtend, mij voor zoenen een stuiver wilde betalen. In die tijd was een stuiver voor mij een fortuin. Ik knikte dus al iets enthousiaster.

Ria zei: 'Voor een dubbeltje mag je ook een beetje voelen.'

Toen pas drong tot mij door dat zij mij om betaling verzocht.

'Ik heb geen geld bij me,' zei ik. 'Ik heb nooit geld bij me.'

'Maar je krijgt toch wel zakgeld van je vader?'

'Een stuiver. Op zaterdag om één uur.'

'Zo weinig? O, daarom, dan kun je mij natuurlijk niet betalen. Nou, jammer dan.'

'Ik ga maar weer eens naar huis,' zei ik.

'Nou, dag dan,' zei ze.

Ondanks het feit dat ik niet over geld beschikte om haar voor een zoen te betalen, vroeg ze mij de dag daarop toen de school uitging: 'Breng je me weer thuis?'

Onderweg zei ze: 'Ga kranten rondbrengen. Dan verdien je geld. Dan mag je mij zoenen. En voor een dubbeltje mag je voelen.'

Blijkbaar dacht zij dat ik op enig moment wel gefortuneerd genoeg zou zijn om haar te betalen, want ook de dagen daarop verzocht ze mij om haar thuis te brengen. Omdat ik haar wilde vrijwaren voor de eeuwige verdoemenis, bracht ik haar zwijgend naar huis, mij vooral bij de nadering der Hoekerdwarsstraat steeds maar afvragend hoe ik haar de blijde boodschap even beknopt als effectief moest bijbrengen. Reeds ging in mijn klas de blijde mare rond dat Ria en ik met elkaar liepen.

Nadat ik aldus een week verkering met haar had gehad, achtte Jouri het moment gekomen om mij voor haar te waarschuwen.

'Weet je wel waarom ze van de Prins Bernardschool is getrapt?'

'Nee,' zei ik.

'Omdat ze alle jongens daar eerst het hoofd op hol bracht en dan tegen ze zei dat ze bij haar voor een dubbeltje mochten voelen.'

Dat ze mij dat aanbod ook had gedaan, verzweeg ik. Omdat dat aanbod voor mij toen nog totaal onbevattelijk was, zag ik daar niets verkeerds in. Tegen Jouri zei ik slechts: 'Ze weet dat ik geen geld heb.'

'Pas toch op. Straks geef je om haar en ga je voor haar sparen.'

'Sparen? Waarvan?'

'Van je zakgeld.'

Daar antwoordde ik niet op. Dat ik de stuiver die ik op zaterdag ontving, een week zou bewaren om met de stuiver van de week daarop een dubbeltje gespaard te hebben, was op zichzelf niet uitgesloten, maar dat ik dan dat dubbeltje aan Ria ter hand zou stellen 'om een beetje te voelen' was zo volstrekt ondenkbaar dat ik geen enkele aandrang voelde daarover iets tegen Jouri te zeggen. Het begrip 'voelen' alleen al betekende niets voor me. Voelen? Waar dan? En waarom dan?

Zo liep ik een tiental dagen na schooltijd naast haar, twee bruggen over, de Hoekerdwarsstraat door, de Sandelijnstraat helemaal uit tot diep in 't Paard z'n Bek. Elke dinsdagmiddag splitste onze klas zich. De meisjes kregen van drie tot vier nuttig handwerken, wij werden vertrouwd gemaakt met de eerste beginselen van het handelsrekenen. Haarscherp zie ik nog voor mij hoe wij op die dinsdagmiddag naar buiten renden. Van de handwerkende meisjes nog geen spoor. In een mum van tijd waren alle jongens verdwenen en lag het verlaten schoolplein weer te blikkeren in de namiddagzon. Ik bleef wachten op Ria.

Ik hoorde voetstappen. Jouri, die ook was weggerend, kwam

teruglopen door de Lange Boonestraat, ging naast mij staan, vroeg: 'Wacht je op Ria?'

'Ja,' zei ik.

'Pas toch op,' zei hij, 'straks geef je haar al je zakgeld.'

'Zeik niet,' zei ik.

Ordelijk kwamen de meisjes naar buiten. Ria stapte op mij af, en ik maakte aanstalten om haar te vergezellen.

Jouri keek haar aan en zei rustig: 'Vandaag zal ik jou thuisbrengen.'

'Da's goed,' zei ze verheugd, en naast hem liep ze het schoolplein af. Eenmaal nog keek ze om, met een blik vol triomf, en ik stond daar en ik begreep er totaal niets van. Aangeland ter hoogte van de kantoren der Verenigde Touwfabrieken greep Jouri in de Lange Boonestraat haar vingers, en zij liet dat toe, en rustig slenterend verdwenen ze hand in hand uit mijn gezichtsveld toen ze afsloegen naar de Nauwe Koestraat.

De volgende dag zei Ria toen ik haar opwachtte aan het einde van de middag, met glinsterende ogen tegen mij: 'Voortaan brengt Jouri me thuis.'

Het was geen tragedie. Ik leed nauwelijks. Ik geloof dat ik zelfs enigszins opgelucht was. Mij ontviel de zware taak haar tot bekering te brengen. Op enig moment heb ik Jouri voorgehouden dat hem nu de taak was toegevallen Ria Dons wegwijs te maken in het evangelie. Jouri zei toen: 'Het evangelie...? Ik? Dat gaat haast niet, want we zoenen steeds, en ik mag ook al een beetje voelen.'

'Waar haal je dan al die stuivers en dubbeltjes vandaan?' vroeg ik stomverbaasd.

'Ik hoef haar niet te betalen,' zei hij kalm.

Het monsterverbond

Ria Dons veroorzaakte vooralsnog geen verwijdering tussen Jouri en mij. Door de platenspeler ontstond er wel een scheurtje in ons monsterverbond, zoals meester Splunter onze vriendschap steevast misprijzend aanduidde. Jouri deelde noch mijn liefde voor dat 'verrot mooie stukkie', noch voor alles wat opklonk uit de groeven der twee 33-toerenplaten met *Music for the Millions*. Mij zou dat meer gedeerd hebben als ik in huize Kerkmeester geen enkele medestander had gehad. Gelukkig kon zijn vader mij volgen – of ik zijn vader, net hoe je het zien wilt. En zo de muziek al voor een breekpunt had kunnen zorgen, dan gold toch dat op school keer op keer werd benadrukt hoezeer wij een monsterverbond vormden.

Bij de overgang naar de vierde klas lieten wij de tokkelende meester Splunter achter ons. We kregen meester Passchier. Ook die behandelde Jouri en mij als tweelingbroers. Van misprijzen was echter geen sprake. Over een monsterverbond repte hij niet; hij sprak over een bollebozenverbond. Hij behandelde ons met groot respect, en herhaalde helaas steeds maar dat wij, uitblinkers, met kop en schouders uitstaken boven onze klasgenoten, die hij laatdunkend aanduidde als voddenbalen en zakken tabak. Dat werd ons niet in dank afgenomen. Voor negenen, in de speelkwartieren en vooral na vieren moesten wij vaak rennen voor ons leven.

Toen meester Passchier ons een keer zo zag rennen, zei hij: 'Blijf een poosje na, dan heb je geen last van die voddenbalen. Geef ik jullie een half uurtje Engelse les.'

En zo werden wij, terwijl de grote, met cokes gestookte kachel achter in het lokaal langzaam doofde, met de eerste beginselen van het Engels bestookt. Of wij daar, net tien jaar oud, al aan toe waren, staat te bezien, want wat ik mij vooral van die lessen herinner, is dat wij tamelijk absurde vragen stelden. Ik wilde weten of er in het Engels ook zoveel verschillende woorden waren voor ontlasting. Had je evenzoveel equivalenten voor poep, stront, kak, drol, drek, hoop?

'Jazeker,' zei meester Passchier minzaam, en hij somde olijk op: 'Poop, crap, dung, filth, muck, turd.' Toen zei hij: 'Ach, jongens, de taal is zo rijk, zo spilziek. Vaak zijn er zo allemachtig veel woorden voor een handeling of een voorwerp. Neem alleen het woord "lopen". Wat daar toch niet mogelijk blijkt! Marcheren, stappen, slenteren, wandelen, strompelen, rennen, hollen, drentelen, flaneren, zwalken, waggelen, kuieren, tippelen, stiefelen.'

'En stekkeren, meester, dat zeggen ze op Goeree-Overflakkee.'

'Prachtig, stekkeren, zetten we erbij. En er zijn vast nog woorden die we over 't hoofd zien.'

'Maar kuieren is toch niet hetzelfde als stiefelen, meester?' vroeg ik.

'Wat is het verschil? Wat is het verschil tussen hollen en rennen? Waarom twee woorden voor snel lopen? Wat is het verschil tussen flaneren en drentelen? Waarom is de taal zo verbluffend spilziek?'

'Strompelen is wat anders dan wandelen.'

'Zeker, maar in beide gevallen zet je de ene voet vooruit, en dan weer de andere voet. Meer dan een dozijn woorden voor een activiteit die, of ze snel dan wel langzaam wordt uitgevoerd, in wezen steeds hetzelfde is: eerst de ene voet, dan de andere. O, o, de taal, wat een verkwisting! Zoveel woorden, 't is overbodige luxe.'

Hoewel ik er trots op was dat wij Engels kregen, speet het mij toch ook dat ik daardoor na vieren amper nog tijd had om door te brengen in de werkplaats van Jouri's vader. En ook hij had daar danig de pest over in. Als ik Jouri tenminste mag geloven. Pas toen wij al jaren studeerden, liet hij zich een keer ontvallen: 'Je weet niet half hoeveel het voor mijn vader, die overal uitgekotst werd, betekend heeft dat zo'n knulletje als jij na vieren altijd bij hem naar platen wilde komen luisteren. Hij heeft er, dat kan ik je nu wel zeggen, expres platen voor gekocht. Ribben uit z'n lijf waren het, maar hij dacht: dat ventje zal... kom, noem eens wat... ik ben er zo slecht in thuis. Mij interesseert klassieke muziek geen reet.'

'Wat jammer is dat toch! Het is haast een reden om de vriendschap op te zeggen.'

'Ben je nu een beetje laat mee. Had je dan moeten doen in de dagen van meester Passchier. Maar goed, daar ging 't niet over. Wat ik je wou vertellen, is dat hij indertijd expres een plaat had gekocht waarvan hij dacht dat hij daarmee bij jou zou scoren. En jij vond alles wat uit die stijve hoek kwam even prachtig, als 't maar door een berg violen, door zo'n heel orkest gespeeld werd, en een beetje hups klonk, en met die ene plaat die hij toen speciaal voor jou had aangeschaft, scoorde hij inderdaad enorm. Toen was hij warempel de hele avond daarna in z'n nopjes, wij wisten thuis gewoon niet hoe we 't hadden... Maar ja, welke plaat was dat ook weer... d'r stonden boerenmeisjes op met lange, geruite rokken aan, die een dansje maakten... Kom, je weet 't vast nog wel, welke plaat...'

'Dvořák,' zei ik, 'de negende. Indertijd nog genummerd als de vijfde. *Uit de nieuwe wereld*. Och werkelijk, had hij die speciaal voor mij gekocht?'

'Speciaal voor jou,' zei Jouri plechtig.

'Zoals dat daar klonk, in die werkplaats, tussen al die verschillende soorten solexen, de peperbus, het koffertje, het suikerpotje, het sleutelgat, de OTO. Dvořák, en je vader ondertussen maar zoeken naar een statorflens.'

Ik neuriede het hoofdthema van de negende.

'Zie je wel,' zei Jouri, 'zo'n hups, frivool wijsje, daar val jij voor. Volksdansen op klompen bij de dorpspomp.'

'Kloothaspel,' zei ik.

'Wa's dat?'

'Een kruising tussen een stoethaspel en een kloothommel,' zei ik.

'Wat biologen tegenwoordig toch vermogen! Nog even en ze klonen per ongeluk prionen die de mensheid uitwissen.'

Scherp kwam bij mij de herinnering terug aan die middag waarop ik voor het eerst de negende had gehoord. Tussen de werkbanken door drentelde het hijgende Kerkmeesterhondje met z'n houzeeoortje. Had ik Dvořák toen, die eerste keer, al in mijn hart gesloten? Of had ik er toch een paar keer over gedaan voordat ik er helemaal weg van was? Zoveel was zeker: toen reeds was de kiem gelegd voor een diepe, grote, warme liefde voor die wonderlijke, vrome katholieke slagerszoon uit Nelahozeves met zijn unieke talent voor warmbloedige melodieën.

Een hele week lang hadden we die Dvořák na vieren twee keer gedraaid. Aan het eind van de week had hij, en passant, langs z'n neus weg opgemerkt: 'Zie je nou wel, Tsjecho-Slowakije. Mooi land, met geweldige componisten, Dvořák, en je hebt er nog zo een, zo'n man met een akelig streng gezicht en een fondsbrilletje op, kom, hoe heet hij ook weer... die van *De Moldau*, o ja, Smetana, dat schijnt het Tsjechische woord voor "slagroom" te zijn, nou ja, Verdi, da's Italiaans voor "groen", Giuseppe Verdi is dus niks anders dan Jo Groen, nou, die kan hier bij wijze van spreken op 't Stronikaadje bivakkeren, en Bach betekent simpelweg "beek", Johann Sebastian Bach, da's doodgewoon Jo Beek, ook van 't Stronikaadje dus... Maar wat ik zeggen wou: toch niet zo gek dat de Führer Tsjecho-Slowakije bij 't Rijk inlijfde, echt niet zo gek, de meeste Tsjechen spraken trouwens Duits, Dvořák misschien ook wel, en die meneer Slagroom zeker. Heus, de Führer... zo'n dwaas idee was dat echt niet. En als ze 't wel een dwaas idee vonden, hadden ze maar moeten protesteren. Maar dat deden ze niet. Zij hebben Tsjecho-Slowakije verkwanseld, Chamberlain heeft 't verkwanseld. Hem treft blaam, niet de Führer. Ach, als 't allemaal anders was uitgepakt woonden we nou in de versterkte veste Europa zonder angst voor bommen uit Moskou... Ach, ach, en dan keken ze me er ook niet zo op aan... Wat zit ik toch te leuteren, waar is in godsnaam die statorflens... Gadverdamme, 't is toch zo geen doen, hoe kom je in godsnaam aan nieuwe onderdelen voor het suikerpotje... Ze zitten er bij de solexfabriek met hun blote kont vierkant bovenop... Wat een etters, gelukkig dat je op de beurs tweedehands zo langzamerhand alles krijgen kunt... Hier heb ik 't carter, dus die statorflens... Daar ligt hij! Wat ben ik toch een uilskuiken. Ligt al die tijd voor 't grijpen, kijk ik er al die tijd overheen. Ja, ja, de Führer... nou, die keek bepaald niet over Tsjecho-Slowakije heen...'

Mij ontging uiteraard niet wat hij naar aanleiding van Dvořák in zijn werkplaats verkondigde, maar omdat het, althans toen, mij vrij onschuldig in de oren klonk, en mij ook nooit ook maar iets wijzer maakte over de vraag waarmee ik in bed vaak lag te worstelen – 'Was de vader van Jouri net zo iemand als Zwarte Tinus uit de twee boeken van Ooms?' – liet ik die subversieve taal eenvoudig over mij heen komen zonder erop te reageren. Wat mij pas veel later verwonderde, is dat hij blijkbaar al zijn subversieve opvattingen onverzwakt over al die jaren heen had gehandhaafd, en ze ook nog uitte, ten overstaan van een jongetje dat weliswaar goeddeels een onbeschreven blad papier was, maar dat juist daarom makkelijk uit de school had kunnen klappen. Dat ik destijds mijn mond hield, verbaast me nog altijd. Het is net alsof ik daardoor enigszins medeplichtig ben. Of zou dat te veel gezegd zijn? Voel ik mij schuldig omdat ik een mens ben, net als alle andere mensen, net als alle andere Duitsers? Wat zich tussen 1933 en 1945 in Europa heeft afgespeeld, is immers enerzijds totaal oninvoelbaar en onvoorstelbaar, anderzijds domweg het weloverwogen en vakkundige werk van mensenhanden, en dus zijn daardoor alle mensenhanden voorgoed en onherroepelijk getekend.

Toelatingsexamen

Ik vond dat het weer tijd werd voor een bezoek aan mijn moeder. Ik wachtte op een gunstige wind. Toen hij straf uit het noorden blies, belde ik mijn moeder. 'Morgen kom ik eraan,' zei ik.

Om vijf uur vertrok ik, zodat ik in alle vroegte bij mijn moeder zou kunnen ontbijten. Zij vindt dat even plezierig als ik, mits ik haar zondagen ontzie. Dan moet uiteraard alles wijken voor *Hour of Power.*

Over het jaagpad langs de Trekvliet stoof ik zuidwaarts. Ter hoogte van de natuurgebieden liep, getooid met een diepblauw honkbalpetje, een donkerharige kerel voor mij uit over het pad. Steeds vaker keek hij naar mij om. Hij ging midden op het smalle pad lopen. Ik meende te weten welk gedachteproces onder zijn honkbalpetje vorm kreeg.

'Het is nog vroeg, er is niemand op de weg, dus die man achter mij die zich zo razendsnel op zijn fiets verplaatst, hoeft niet op hulp te rekenen als ik hem zijn dure Koga afhandig maak. Dan kom ik sneller vooruit, terwijl hij moet gaan lopen.'

Een briljante inval. Zonder enige twijfel. Maar ik wilde mijn Koga niet afstaan. Voor mij uit liep evenwel traag nu, en pontificaal midden op het pad, de donkere knul. Links noch rechts schoot veel ruimte over om erlangs te stuiven. Wat te doen? Ik ging langzamer rijden. Ik dacht: zonder enige twijfel verwacht hij dat ik hem links zal willen passeren. Ik ging ineens op de pedalen staan, maakte vaart, en stoof luid bellend (lawaai in zo'n precaire situatie is een eerste vereiste) en mijn stuur op het allerlaatste moment omgooiend, rechts van hem over het jaagpad. Hoe verrast hij ook was, toch lukte het hem, omdat ik vlak langs hem stoof, mijn bagagedrager te grijpen. Daarop had ik echter gerekend. Met mijn linkervoet schopte ik zo venijnig mogelijk tegen zijn klauwende rechterarm. Hij schreeuwde, en liet los. Ik ging op de pedalen staan. 'Hé man,' riep hij.

Hij begon te rennen. Op de honderd meter zou hij een goed figuur geslagen hebben. Toch lukte het hem niet om mij in te halen. Een fietser met een straffe wind in de rug is geen partij voor een marathonloper.

Even voor half zeven arriveerde ik bij mijn moeder. Met broodjes en een grote pot thee zat ze al op mij te wachten. Eenmaal van die godendrank voorzien, vertelde ik haar vergenoegd dat mijn fiets bijna ontvreemd was. Uit mijn mededeling dat het een donkerharige kerel betrof, leidde ze ten onrechte af dat het om een allochtoon ging.

'Al die snertkerels, die Turken, die Marokkanen, die lui van de Antillen, moeten ze er meteen uit flikkeren,' gromde ze, 'vort ermee, korte metten.'

Om haar af te leiden vroeg ik, in de hoop dat haar zwijgzaamheid voorgoed tot het verleden behoorde: 'Waarom was je er indertijd nou zo op tegen dat ik naar het lyceum zou gaan? Bij het vooruitzicht dat ik toelatingsexamen zou doen, liep je hele dagen zielig te huilen. Waarom, in vredesnaam, vond je dat nou zo verschrikkelijk?'

'Ik was bang dat ik je voorgoed kwijt zou raken.'

'Maar ik wilde zo dolgraag naar het lyceum.'

'Precies, je wilde weg, je wilde los van je vader, los van je moeder, en misschien toen zelfs al los van de Heere God.'

'Ik wilde dolgraag doorleren, dat was alles. En jij maar roepen: "Dat kun je helemaal niet. Je hebt nu al altijd hoofdpijn, straks als je op dat lyceum zit, raak je nooit meer van de hoofdpijn af."'

'Ik was zo bang dat je de Heere God daar zou kwijtraken. Je was maar steeds in de weer met de ark van Noach. Volgens jou was er in de ark geen plaats genoeg voor alle dieren. Hele lijsten van beesten had je gemaakt, vogels, slangen, spinnen, leeuwen en beren, noem maar op. Je tobde maar steeds over de kangoeroe. Hoe was dat beestje vanuit Australië in de ark terechtgekomen? Terwijl voor God toch niets te wonderlijk is. En het zo eenvoudig is. Zo'n kangoeroe kan toch heel ver springen, waar of niet, nou, dus hij nam een flinke aanloop en hipte toen met een reuzensprong van Australië naar Nieuw-Guinea, en toen met wat kleinere sprongen van het ene eilandje naar het andere; ik heb al die eilandjes nog op school moeten leren, Ambon, Buru, Ceram, Bali, Java, Sumatra. En toen sprong hij van Sumatra naar Singapore, en van daar kon hij gewoon naar de ark toe kuieren.'

Ze zweeg even, zei toen gegriefd: 'Waarom moet je daar nou om lachen?'

'Ik lach helemaal niet.'

'Je zit driftig van je thee te slurpen om maar niet te laten zien dat je vreselijk om je stokoude moeder moet lachen. Maar ik zeg je, voor God is niets te wonderlijk. Die kangoeroes zijn gewoon vanuit Australië met reusachtige sprongen aan komen zetten.'

Het leek me weinig zinvol daar tegenin te gaan. Ooit had ze toen ik haar vertelde dat geen enkele vis groot genoeg was om Jona in zijn maag te kunnen herbergen, doodleuk gezegd: 'Dan heeft God eventjes een vis geschapen die wel groot genoeg was.' Daar was ik toen fel tegenin gegaan, maar dat had uiteindelijk alleen maar vuurrode koppen opgeleverd, en gebalde vuisten, en langdurig gegriefd zwijgen.

Ik zei: 'Toch begrijp ik het niet. Je was erop tegen dat ik naar het lyceum zou gaan omdat je dacht: hij raakt los van God. Maar dat Groen van Prinstererlyceum... een christelijker school is nauwelijks denkbaar... Daar werd je opgeleid voor tijd en eeuwigheid beide, zoals de rector altijd zei, daar kon ik toch niet losraken van God?'

'Het was niet alleen daarom, het was ook omdat ik dacht dat jij, als je net als de meesten van jouw klasgenoten naar de mulo zou gaan, eindelijk verlost zou zijn van dat ventje.'

'Van Jouri?'

'Ja, precies, van dat ventje met z'n behendige grijpstaartvingers. Waarom was je daar nou zo allemachtig dik mee?'

'Omdat hij de beste van de klas was.'

'Welnee, dat was je zelf.'

'Altijd heb ik geweten dat hij beter was. Ik was braaf, ik werkte hard, maar hij liet z'n huiswerk sloffen en had doorgaans toch hoge cijfers.'

'Weet je wat 't was met jou? Je wilde niet naar het lyceum, je wilde met Jouri naar dat lyceum, je wilde altijd maar alles met hem samen doen, 't was Jouri voor, 't was Jouri na, je was daar bij de Kerkmeesters kind aan huis. Wat hadden ze daar nou wat wij niet hadden?'

'Een breimachine, om maar iets te noemen.'

'Och ja, die mooie machine, om mij te paaien heeft Jouri's moeder die nog bij ons afgeleverd! Nou, ik moest er niks van hebben, van die Kerkmeesters; hoe aardig Jouri's moeder ook was, 't was toch oorlog geweest. Ach, ach, was nou toch naar de mulo gegaan, dan was je nu heel wat beter af geweest.'

'Ik moet er niet aan denken, de mulo.'

'Wat is er zo min aan de mulo? Je broer ging naar de mulo en die is veel beter terechtgekomen dan jij. Die hoeft geen dag te fietsen als hij z'n oude moeder wil bezoeken. Met z'n auto staat hij hier in nog geen twintig minuutjes voor de deur!'

Nijdig zat ze een poosje door een rietje thee te slurpen, zei toen: 'Wat ik, wat Jouri betrof, nog 't allerergste vond, is dat je daar maar altijd zowat bij zijn vader op schoot zat. Zo vaak als ik van die en gene heb moeten horen: "Ik bracht m'n solex naar de werkplaats van Kerkmeester, en weet je wie daar zat? Jouw zoon. Woont hij daar soms?"'

Als een rechercheur keek ze me aan door haar flikkerende brillenglazen. 'Wat trok je in die man? In de oorlog was hij vreselijk fout geweest, alleen dat al...'

'Daar merkte ik tussen al die solexen toch niks van? Wat wist je als kind toentertijd nou van de oorlog? Niemand praatte er toen over, da's pas later gekomen. Op school kreeg je tot in detail te horen hoe de watergeuzen Den Briel hadden ingenomen en hoe Jan de Bakker in Den Haag om het geloof verbrand werd, maar over '40-'45 praatte toen niemand. Ik wist van niks.'

'Daarom. Dat maakte 't juist erger. Jij was nog een onbeschreven blad. Hij kon je alle kanten uit duwen.'

'Dat is niet gebeurd, dus zand erover.'

'Nee, maar er is iets veel ergers gebeurd, ach, was toch naar de mulo gegaan. Dan was je bespaard gebleven om vijf jaar lang naast Jouri in een bank te moeten zitten. Ik geef toe, 't was indertijd een lief ventje, netjes, beleefd, voorkomend, d'r was niks op hem aan te merken, maar toch was ik dolblij toen je op 't lyceum een andere vriend opdeed, ene Tonny Koster. Waarom beklijfde dat nou niet?'

'Omdat hij, toen we nog op de Dijk reden, vroeg: "Maar jij woont toch niet in een van deze armeluishuisjes onder aan de dijk?" En daar woonde ik dus wel. Daar heeft dat notariszoontje uit Schiedam zich niet overheen kunnen zetten. Het was meteen uit.'

'Aan mij heeft dat toen niet gelegen. Tegen die Tonny ben ik heel aardig geweest.'

Ze keek me weer aan met die rechercheursblik, zei toen: 'Kijk me nou eens recht aan. Zeg me nou eens eerlijk, z'n vader en jij... was dat... hoe moet ik dat nou toch zeggen, je hoort daar vandaag de dag zoveel over, oude venters die met jonge knullen vozen, was dat het?'

'Dat was het niet,' zei ik kalm. 'Het was iets heel anders. Hij had daar een pick-up staan, en hij was reuze handig, hij had een heel behoorlijke, vrij grote luidspreker gebouwd, en we draaiden in de werkplaats alsmaar muziek, echte muziek. Nergens, nergens anders kreeg ik echte muziek te horen, terwijl ik daarnaar hunkerde.'

'Ik begrijp er niks van. Van wie kan je die rarigheid nou toch hebben? Ik logeerde eens bij tantes en voor de radio was muziek van... noem er eens een, zo'n hele bekende...'

'Beethoven.'

'Nee, die niet, het was zo'n andere sloeber.'

'Bach.'

'Ook niet. Nog zo'n andere sloeber.'

'Mozart?'

'Ja, die treurwilg was het. Ik zie 't nog voor me. Achter in de Westgaag biggelden bij m'n tantes de tranen over de wangen toen ze uit zo'n zwart bakelieten radiootje vioolmuziek hoorden.

Niks begreep ik ervan. Ik hoor mijn tante nog zeggen: "Die muziek spelen ze in de hemel." Alsof er ooit in de hemel iets gespeeld zou kunnen worden wat afkomstig is uit deze zondige wereld.'

'Dus ze spelen geen Mozart in de hemel?'

'Natuurlijk niet. Ook die muziek is met zonde bevlekt, in zonde gedrenkt, van zonde doortrokken, door zonde gestempeld, in zonde gewassen, met zonde besmeurd.'

'Geen Mozart in de hemel, nou, dan hoef ik daar niet heen.'

'Zeg toch niet altijd zulke vreselijke dingen. De Heere zal het je vergelden.'

Om zichzelf enigszins tot rust te brengen zoog ze met haar rietje enkele slokken thee op. Toen zei ze: 'Dus 't was echt alleen maar vanwege al dat gefiedel dat je daar maar altijd tussen de solexen rommelde? Nou, dat is dan een pak van m'n hart. Want wat er vandaag de dag gaande is! Zelfs bij ons in de kerk willen ze ruimte voor het homohuwelijk. Nou, als ze daaraan gaan beginnen, stap ik subiet de kerk uit. Word ik op m'n oude dag nog christelijk gereformeerd. Want onze kerk... ze willen samensmelten met de hervormden en nog zo'n achterlijk clubje...'

'De luthersen.'

'Precies, die lamlendige luthersen. Nou dan kun je wel op je vingers natellen dat er nooit meer uit de oude berijming gezongen zal worden. Je snapt niet dat ze maar alles op alles zetten om 't leven van zo'n oud mens als ik totaal te vergallen. Zelfs in de kerk, juist in de kerk.'

Pluisjeblazen

Ondanks het heldhaftige, in tranen gedrenkte offensief van mijn moeder deed ik, samen met Jouri, toelatingsexamen voor het lyceum. We slaagden allebei met hoge cijfers, ik met drie negens en een tien, hij met vier negens.

Op een stralende dag begin september fietsten wij naar de zojuist gereedgekomen nieuwbouw van het Groen van Prinstererlyceum aan de Rotterdamseweg in Vlaardingen. Wat een architectonisch mirakel! Waar de hbs van Anton Wachter niet eens van een portiek was voorzien, zag je hier een hoofdingang met een reusachtige luifel en een opengewerkte brede trap waarover je vederlicht naar de hoofdingang steeg. Van zo'n vorstelijke hoofdingang mochten leerlingen uiteraard niet gebruikmaken. Zij moesten achterom. Slechts via de fietsenkelder was het hun vergund kruip door, sluip door het gebouw binnen te dringen, als ratten uit de riolen.

Spoedig merkten Jouri en ik dat wij in de jongensklas 1E van de onderbouw uit de toon vielen. Onze klasgenoten konden bogen op vaders met eerzame beroepen. Het waren geen fietsenmakers die clandestien solexen repareerden, laat staan putjesscheppers. Wij hielden de beroepen van onze vaders angstvallig geheim. Daarnaar gevraagd wilde ik nog wel prijsgeven dat mijn vader 'gemeenteambtenaar' was, maar wat dat inhield, lichtte ik niet toe. Jouri beweerde trots: 'Mijn vader is operator.' Geen klasgenoot die durfde te bekennen dat hij niet wist wat een 'operator' was. Dus met dat woord, dat hij uitsprak met een meester Passchieraccent, kwam Jouri goed weg.

Toch verzeilde Jouri met dat woord 'operator' na een paar maanden in problemen. Waarschijnlijk onder het motto 'Lijf in wat je niet bestrijden kunt' bood het hoofdkantoor van Solex, dat blijkbaar uitgeput geraakt was van alle vergeefse processen die ze tegen de vader van Jouri gevoerd hadden, Kerkmeester senior een directeursfunctie aan bij het Solex Service Station op de Schiedamseweg in Vlaardingen. Jouri's vader aarzelde. Zijns inziens had de trotse solex zijn beste tijd gehad. En hoelang nog zouden de solexrijders zich laten bedotten? Hoelang nog zouden ze geloven dat de Solexine, die zij alleen bij de Solex Service Stations konden aanschaffen, de enige veilige brandstof was voor hun suikerpotje of koffertje? 'Moordende concurrentie rukt op,' voorspelde de vader van Jouri, 'de Mobylette en de Berini zullen de solex wegvagen.'

Desondanks liet Jouri's vader zich overhalen. Mij was, hoewel dat nooit hardop gezegd werd, maar al te goed duidelijk waarom. Anders dan in Maassluis wist in Vlaardingen niemand iets over het oorlogsverleden van Kerkmeester senior. Met een schone lei kon hij daar beginnen. Waar natuurlijk ook bij kwam dat eind jaren vijftig geen mens over de bezettingstijd repte. De verwerking van het reuzentrauma is pas veel later begonnen. Jouri moest echter onder ogen zien dat onze klasgenoten er, toen Kerkmeester senior op de Schiedamseweg ging werken, achter kwamen dat zijn vader geen 'operator' was.

Mijn moeder was dolblij dat de Kerkmeesters verhuisden. Voorbij, voorbij en o, voorgoed voorbij was de tijd dat ik al mijn vrije uren verlummelde in de werkplaats van Jouri's vader. Ze had dat goed gezien. Tijd om Dvořák te beluisteren in die nieuwe werkplaats aan de Schiedamseweg was er nauwelijks. De lessen op het Groen begonnen om tien over acht. Vrij vaak ben ik 's morgens al vroeg van Maassluis naar de Schiedamseweg gefietst om Jouri af te halen, maar dan had ik amper tijd om even in de werkplaats te vertoeven. Soms konden Jouri's vader en ik nog net even naar 'dat verrot mooie stukkie' luisteren, al was het 45-toerenplaatje spijtig genoeg zo grijsgedraaid dat ruis en toon nauwelijks nog van elkaar te onderscheiden vielen.

'We motten es uitzoeken van wie dat verrot mooie stukkie

is, en dan kopen we er een 33-toerenplaat van,' zei Jouri's vader keer op keer.

'Dat zou geweldig zijn,' zei ik, 'maar hoe zoek je zoiets uit?'

Dat wist de vader van Jouri net zomin als ik, dus bleven we aangewezen op dat verheven bijproduct van een paar sokken.

Op het Groen eindigden de lessen 's morgens om tien over half één. Een enkele dag volgde nog een zesde uur, tot half twee, en op twee andere dagen had je ook 's middags les. Iedereen die van ver kwam, uit De Lier, Maasdijk, Maasland, Hoek van Holland, Rozenburg, Maassluis, en zelfs uit Schiedam (waar men de luxe ontbeerde van een christelijk lyceum dat opleidde voor tijd en eeuwigheid beide), bleef dan over. De lessen begonnen weer om kwart voor twee, en eindigden definitief om kwart over vier. Wie overbleef, mocht in de kantine zijn meegebrachte boterhammetjes opeten.

Toen Jouri pas verhuisd was, ging ik vaak met hem mee om bij hem thuis 'over te blijven'. Maar vrij spoedig, dat wil zeggen toen we in de tweede klas zaten, zwichtte ik voor de verleiding om op school over te blijven. In tien minuten kon je in de kantine je meegebrachte boterhammetjes wegschrokken, en dan bleef er, tot kwart voor twee, nog een zee van tijd over. En in die tijd slenterden, flaneerden, tippelden, stiefelden alle overblijvers langs de winkelpanden op de Van Hogendorplaan. Zelfs bleek er tijd genoeg te zijn om nog wat verder weg te kuieren, een nieuwbouwkerkje langs, tot aan of zelfs tot in een miniplantsoen.

Wat aan dat drentelen een glans van betovering verleende, waren de vrouwelijke participanten, de voornamelijk uit Schiedam afkomstige jenevermeisjes uit de parallelklassen die overbleven.

Net als die Schiedamse meisjes drentelde je natuurlijk nooit alleen. Je drentelde altijd samen met een klasgenoot. Ik drentelde steevast met een vlezige jongen uit De Lier. Al drentelend sloegen wij schuchter de ogen op naar de prille verschijningen uit Schiedam. Mijn Lierse vriend glimlachte maar eens en hij kreeg zowaar een glimlach terug. Nou ja, iets wat het midden hield tussen een glimlach en verlegen gegiechel. Ook ik beproefde een glimlach. Ook ik werd beloond met dat gesmoorde gegiechel.

Mijn Lierse makker en ik flaneerden maar eens in de richting van het plantsoentje. Aan gene straatzijde slenterden de giechelende Schiedamse jenevermeisjes ook in de richting van die minuscule groenvoorziening. Al spoedig flaneerden wij toen elke keer als wij overbleven naar het plantsoentje en aan gene straatzijde flaneerden steeds die twee meisjes uit Schiedam van wie mijn Lierse kompaan zelfs de namen via via had weten te achterhalen: Wilma en Carry. Heel verwarrend was dat Wilma en Carry altijd op afstand gevolgd werden door een derde meisje, een eigenaardig wezentje dat nog hinkelde en huppelde alsof ze net van de bewaarschool kwam. Maar al leek ze nog haast een kleuter, als ze ons brutaal aankeek, glinsterden er spotlichtjes in haar ogen.

Op een oktoberdag met nevelsluiers en laaghangende bewolking drentelden mijn Lierse vriend en ik, onder dekking van die Koestlerse 'nacht in de middag', rechtstreeks van de kantine naar het plantsoentje. We zwalkten met de klok mee over de smalle paadjes, liepen telkens Wilma en Carry tegen het lijf, die tegen de klok in liepen. Brutaal bladeren naar ons toe schoppend kwam daarachter dat rare wezentje aan huppelen, dat ons nachtmerries bezorgde.

Hoe lang zijn wij in dat stadium blijven hangen? Verbazingwekkend lang, want pas het voorjaar daarop, toen het plantsoentje helgeel kleurde – trompetnarcissen, forsythia – werd de volgende stap gezet. Midden in het plantsoentje prijkte een gereedschapshokje. Je kon daaromheen lopen. Een ongeschreven wet hield in dat de jongen er links omheen liep, het meisje rechts. Achter het hokje liep je elkaar dan letterlijk tegen het lijf, omdat het paadje daar verbluffend smal was. Wilde je voorkomen dat je tegen de ander aan liep, dan moest je een stap opzij doen, en kwam je terecht tussen de opschietende voorjaarsbrandnetels. Uiteraard kon je van een meisje niet verwachten dat ze uitweek naar de brandnetels. Maar als jij dat evenmin deed, restte nog maar één mogelijkheid. Je moest elkaar vastgrijpen. Onhandig verstrengeld kwam je dan achter dat gereedschapshokje vandaan. Zelfs als je elkaar dan, ten overstaan van degenen met wie je naar het plantsoentje was gedrenteld, weer losliet, gold toch dat het 'aan' was. Schoffels en harken, verborgen in het hokje, hadden je dan samengevoegd.

Aldus raakte het 'aan' tussen Wilma en mij, en tussen Carry en Leendert uit De Lier. Zomaar opeens – nou ja, opeens, na een half jaar drentelen – bleek ik een vriendinnetje te hebben! Trots vertelde ik Jouri hoe ik met kloppend hart om het gereedschapshokje heen was gelopen, en daarachter Wilma had getroffen, en haar had vastgegrepen om te voorkomen dat ze tussen de brandnetels terecht zou komen.

'Wijs me Wilma aan,' zei Jouri in het speelkwartier.

Trots wees ik naar Wilma, die samen met Carry over het speelplein flaneerde.

'Wat is ze eng groot,' zei Jouri met opgetrokken neus.

'Ze is niet groter dan ik.'

'Mij te groot.' Jouri wees op het dwaze meisje dat altijd twee passen achter Carry en Wilma aan huppelde.

'Wie is dat?' vroeg hij.

'Ik weet niet hoe ze heet,' zei ik. 'Ze loopt altijd achter Wilma en Carry aan. Ze is niet goed wijs.'

'Maar wel veel leuker dan die Wilma,' zei Jouri. 'Waarom heb je die niet achter dat gereedschapshokje stevig vastgepakt tussen de bramen en de brandnetels?'

'Misschien wat voor jou,' zei ik.

'Ik zal er werk van maken,' zei hij.

Het was de tijd van de A-griep. Leraren en leerlingen werden en masse geveld. Lessen werden gecombineerd, schoolklassen die gehalveerd waren, werden tijdelijk samengevoegd met andere schoolklassen die halfleeg waren. Ook ik werd ziek. En zo geviel dat onze klas gefuseerd schoolzwom met de parallelklas waarin Wilma en Carry zaten.

Later vertelde mijn Lierse metgezel verontwaardigd dat Jouri 'wel een keer of vier, vijf misschien zelfs' Wilma, handig gebruikmakend van de opwaartse druk van het altijd zo overdreven gechloreerde water van het Kolpabad, had opgetild. Toen had ik nog niet de termen 'archimedisch baltsgedrag' tot mijn beschikking. Dat heb ik pas veel later bedacht, maar over het resultaat van datgene wat toen nog onbenoembaar bleek, kon geen misverstand bestaan. Want toen ik weer tijdens het gewijde overblijfuur met Wilma en Carry en Leendert uit De Lier in het plantsoentje drentelde, werd ik door Wilma onderworpen aan een kruisverhoor betreffende Jouri. Nog scherp herinner ik mij hoe ik, daar onder het volle lover van het al zo zomers ogend parkje, de aanvechting weerstond om Jouri zwart te maken. Hoe gemakkelijk had het gekund! Haar had ik kunnen toevertrouwen dat zijn vader fout was geweest in de oorlog. Haar had ik kunnen zeggen – maar zou dat enige indruk gemaakt hebben? – dat zijn vader mij een keer in de werkplaats had toevertrouwd: 'Die lui van de ss, denk erom, 't waren allemaal intellectuelen, ingenieurs, advocaten, schrijvers, geleerden. Net als wij hielden ze van echte muziek. Het was beslist geen uitvaagsel, integendeel, het was de elite, het waren juist de besten.' Zou dat haar aan het denken hebben gezet? Zoveel is zeker: ofschoon ik Jouri, daar in dat parkje, bij onze rituele ommegang achter het gereedschapshokje om, zonder overigens te reppen over het verleden van zijn vader, een beetje zwartmaakte, weerhield dat haar er niet van om een paar weken later pluisje met hem te blazen op een schoolfeestje.

Voor dat schoolfeestje werd ook ik uitgenodigd door dat huppelende dwergengeltje dat altijd achter Wilma en Carry aan hinkelde. Bij haar thuis zou het plaatsvinden.

'Naar Schiedam,' zei mijn moeder met diep misprijzen in haar stem, ''s avonds laat nog op de fiets naar Schiedam?'

'Een fuifje,' smeekte ik.

'Komt niks van in,' zei mijn vader. 'Jonge meiden en jonge knullen, 't is vragen om zonde.'

'Een klein feestje,' probeerde ik nog.

'Al waren 't twee kleine feestjes tegelijkertijd,' zei mijn vader, 'we willen het niet hebben, je moeder niet, en ik net zomin, en ik begrijp niet dat je opeens zo happig bent op een feestje, want je wilt er nooit bij komen zitten als je moeder of ik jarig zijn, en 't huis hier vol zit.'

'Dan staat het blauw van de rook,' zei ik.

'Zou je geen last van hebben als je zelf ook eens een sigaretje probeerde.'

'Op de Hogendorplaan heb ik tussen de middag al eens een sigaretje geprobeerd. Van een jongen uit onze klas kreeg ik er eentje. Ik nam één trekje, en gaf meteen over. En ik moest meteen ook vreselijk nodig poepen. Ik ben gaan rennen, maar ik heb de wc op school niet gehaald, ik heb m'n onderbroek leeg moeten schudden tussen de struiken bij school.'

'Spaar me je strontverhalen.'

'Ik heb me voorgenomen: ik rook nooit meer.'

'Quatsch! Het is normaal dat je de eerste keer over je tong poept. Je moet het blijven proberen.'

'Ik vind 't vreselijk vies.'

'Da's nou een zoon van mij! Laat ik je dit zeggen: een sigaretje, daar gaat niks boven, dat is nou net 't allerlekkerste wat er bestaat, daar doe je een moord voor. Als jij de oorlog had meegemaakt... Je zat zonder tabak, je moest bocht roken. Och, och, die oorlog, bocht rookte je, triefel. Als je op straat een peuk van een echte sigaret zag liggen, viel je zowat flauw.'

'Alsjeblieft, mag ik nou naar dat fuifje?'

'Niks niet, d'r wordt misschien zelfs gedanst.'

'Vast niet.'

'Vast wel,' besloot mijn vader, 'Schiedam, vroeger zeiden ze niet voor niks: "Veel schuine schimpscheuten, weinig schone schellingen."'

Voor zover ik weet werd er bij dat fuifje inderdaad niet gedanst. Alle aanwezigen brachten de tijd door met pluisjeblazen, een activiteit waarbij de feestgangers, als ik het goed begrepen heb, rond een tafel zaten, en wel zo gerangschikt dat naast elk meisje een jongen zat. Midden op tafel lag een pluisje. Men begon verwoed te blazen. Schoot het pluisje tussen een jongen en een meisje door van tafel af, dan moesten die twee onder de tafel en onder een laken elkaar een zoen geven. Wat zo verraderlijk bleek, was dat een jongen en een meisje die juist graag met elkaar onder de tafel terecht wilden komen, een en ander konden afroepen door expres minder hard te blazen.

In ieder geval is het zeker dat Jouri en Wilma herhaaldelijk werden verbannen naar het laken onder de tafel. Mijn Lierse metgezel, die wel naar het feestje had gemogen, ofschoon De Lier bepaald verder bij Schiedam vandaan lag dan Maassluis, durfde mij naderhand niet te vertellen hoe vaak Wilma en Jouri onder het laken hadden vertoefd. Nee, dat vertelde het huppelende dwergengeltje mij. Zomaar op het schoolplein. Alsof ze ergens wraak voor moest nemen, iets moest rechtzetten.

Nog diezelfde avond fietste ik, kwaad, gegriefd, jaloers, diep verontwaardigd, naar De Lier. Mijn plantsoenvriend ontving mij aan de achterdeur van zijn ouderlijke tuinbouwwoning. Toen ik vroeg of Wilma en Jouri telkens weer onder het laken hadden 'gezoend', knikte hij alleen maar. Na die knik fietste ik weer over de hele lange Burgerweg naar Maasland, en toen nog via de Westgaag en de Noorddijk terug naar Maassluis. Zelfs toen ik hevig transpirerend thuiskwam, was mijn woede nog altijd niet weggefietst.

Met Wilma had ik op de Hogendorplaan een laatste onderhoud.

'Is het uit tussen ons?'

'Ja,' fluisterde ze, 'het spijt me.'

Ik antwoordde niet, keek haar diep bedroefd aan.

'Jouri is zo leuk,' zei ze.

'Leuker dan ik?'

Ze knikte.

'Is het nu aan tussen Jouri en jou?'

Ze knikte weer.

Ook Jouri stelde ik diezelfde vraag.

'Is het nu aan tussen Wilma en jou?'

'Hoe kom je daar nou bij?' vroeg Jouri heel verbaasd. 'Ik met zo'n schonkig Schiedams schatteboutje? Waar zie je mij voor aan?'

Het was maar al te duidelijk. Bij gebrek aan spinnengraven had hij haar, met behulp van de opwaartse druk van het water, van mij weggetild. Vervolgens had hij daar ergens in donker Schiedam, op de Verbrande Erven, zo geraffineerd pluisje geblazen dat hij herhaaldelijk met haar onder een laken terecht was gekomen. Volgens haar was het nu aan, volgens hem helemaal niet. Maar zoveel was zeker: tussen haar en mij zou het nooit meer goed komen. Ik begreep donders goed waarom. Ze had Jouri geproefd, Jouri zelfs gezoend, en Jouri stak nu eenmaal met kop en schouders boven mij uit. Hij was innemend, had vochtig glimmende donkerbruine ogen, en de glimlach van een engel, en doorlopende wenkbrauwen. En hij was slimmer dan ik, veel slimmer, en hij ruftte niet, en hij was voorkomend en beleefd, en hij beschikte, ofschoon hij van Goeree-Overflakkee stamde, over goede manieren. Het enige wat ontbrak was smaak voor echte muziek, maar ja, mij was bij voorbaat al duidelijk dat dat bij Wilma niet telde. Zo ik iets begreep, dan toch vooral dat elk meisje op de wijde wereld altijd aan Jouri de voorkeur zou geven boven mij. Op zich geen probleem, mits er voor mij dan maar een stuk of wat meisjes overschoten voor wie Jouri geen belangstelling had. Niettemin besefte ik, al toen ik onderweg was van De Lier naar Maassluis, en ook al legde ik destijds nog geen verband tussen het spinnengrafje, de gratis zoenen van Ria Dons en het pluisjeblazen, en al doorgrondde ik toen nog bij lange na niet alle finesses van deze bizarre constellatie, dat Jouri, om een meisje te bemachtigen, pas dan al zijn overweldigende charmes in de strijd wierp als ik verliefd op haar was, en zij op mij. Hij moest er zo nodig tussen komen.

Ach, pluisjeblazen, het is al zo lang geleden. Nu kan ik er alleen nog maar om lachen, maar indertijd heeft het me belachelijk veel pijn gedaan. Maar hoeveel pijn het ook deed, en hoe kwaad ik ook was op Wilma, Jouri bleef buiten schot. Op Jouri kon ik niet kwaad worden, al wilde ik het nog zo graag. Zodra ik hem weer zag, weer sprak, leek alles uitgewist, was hij onveranderlijk diezelfde Jouri met wie ik in modderslootjes naar kamsalamanders en waterstaafwantsen had gevist.

Hebe

Hebe woonde in het oeroude solexdorpje Maasland, waar haar vader notaris was. Door de Zuidbuurt fietste ze iedere dag naar het Groen van Prinstererlyceum. Onderweg haalde ze bij de Blauwe Brug op een boerderij een boezemvriendin af. Samen fietsten ze als een onaantastbare twee-eenheid zonder enige haast naar de Rotterdamseweg. Ze gingen vroeger van huis dan ik, maar ze reden trager. Halverwege, ter hoogte van een sluisje, haalde ik hen elke dag in. Soms keek ik zo onopvallend mogelijk even om. Hebe had net zulke glinsterende lippen als Jouri. Hebe kon net zo betoverend glimlachen als Jouri. Ook bij Hebe leek het alsof haar donkere wenkbrauwen in elkaar overliepen, maar anders dan Jouri epileerde Hebe waarschijnlijk dat middenstukje boven de neuswortel. Als ik over Hebe droomde, dan doemde ze in mijn slaap telkens weer op als een zusje van Jouri.

Al op de eerste schooldag was Hebe mij opgevallen. Ik koesterde mijn stille liefde, zei er niets over tegen Jouri. Tegen Hebe keek ik huizenhoog op. Ze was een raadselachtig wezen uit een andere wereld waarin voor zo'n schlemiel als ik zelfs geen plekje overschoot in het stookhok. Zo'n meisje als Hebe, dat was voor mij te hoog gegrepen.

Een week of twee na de tragedie met Wilma slenterden Jouri en ik in het speelkwartier over het schoolplein. Ik zei tegen Jouri: 'Je hebt eigenlijk wel gelijk. Wilma is een schonkig Schiedams scharminkel. Nee, dan Hebe!'

'Wijs mij Hebe aan.'

Ik wees haar aan.

'Zo, is dat Hebe? Waarom heb je 't nooit eerder over haar gehad? Of ben je pas nu op haar verliefd geworden?'

'Ik ben niet verliefd.'

'Wat is er dan aan de hand?'

'Ik adoreer haar.'

'Toe maar!'

Het was eigenaardig dat zo'n kort gesprekje op een winderige oktoberdag, niet meer dan, om met Achterberg te spreken, 'een paar woorden die snel verzwonden in de atmosfeer', alsof er in de tussentijd niets was voorgevallen, ruim een half jaar later werd voortgezet. Na afloop van de Grote Avond in de schouwburg aan, hoe kan het ook anders, de Schiedamseweg liepen Jouri en ik de zaal uit. In de foyer zagen wij Hebe staan. Jouri zei: 'Wat zei je ook weer? Je adoreert haar. Dit is je kans. Ze lijkt moederziel alleen. Ze moet terug naar Maasland. Ze vindt het vast niet prettig om op haar eentje die lange, barre tocht door de Zuidbuurt te moeten maken. Zelfs jou zal ze dolgraag accepteren als haar galante begeleider.'

'Ze is vast niet alleen.'

'Wat let ons om het haar te vragen?'

'Durf je dat?'

'Nou zeg, is daar moed voor nodig?'

'Ik zou het niet...'

'Begrijp ik, want je adoreert haar, en wie adoreert, is weinig weerd.'

Jouri liep zomaar op Hebe af. Hij vroeg iets, zij antwoordde. Vervolgens glimlachten ze naar elkaar. Samen kwamen ze naar mij toe lopen.

'Hebe wil graag door jou thuisgebracht worden,' zei Jouri.

Ik kon het nauwelijks geloven, kon ook geen woord uitbrengen, knikte alleen maar. Weinig later fietsten we over de Schiedamseweg. Minstens tien meter reed ik voor Jouri en Hebe uit. Achter mij hoorde ik ze met elkaar praten, met elkaar lachen. Wat zeiden ze tegen elkaar? Waar hadden ze samen zo'n schik om?

Eenmaal aangekomen bij het Solex Service Station hoorde ik haar zeggen: 'Wat jammer dat jij hier al afhaakt.'

'Mij spijt 't ook dat ik al thuis ben. Maar niet getreurd, ik vertrouw je toe aan m'n beste vriend, door de Zuidbuurt heen zal hij je begeleiden tot Maasland toe. Misschien brengt hij je zelfs tot aan je huisdeur.'

'O, dat hoeft niet.'

Ik begon al weer te fietsen. Maar Hebe volgde nog niet, bleef daar nog staan, had nog van alles te zeggen tegen Jouri, en Jouri op zijn beurt moest blijkbaar ook nog van alles aan haar kwijt. Ze bleven maar converseren. Af en toe grinnikten ze zelfs en leek het haast alsof ze mij uitlachten. Ik keek om, stapte maar weer af. Uitbundig scheen een venijnig, messcherp maansikkeltje op hen neer. Dat Jouri zoveel met haar te bespreken had! En zij ook met hem, en dat ze daarbij zo geanimeerd met hem schertste!

Ten slotte stapte ze dan toch op haar fiets. Ze kwam naar mij toe rijden. Ik maakte alvast vaart, en even later reden we, terwijl het maansikkeltje zich gepikeerd terugtrok achter de wolken, de Schiedamseweg uit. In de Zuidbuurt, waar straatlantaarns ontbraken, fietsten we de duisternis in. Zo donker was het dat ik alleen maar wat vage contouren van Hebe kon waarnemen. Ze reed naast mij op een lage damesfiets met een omlaaggebogen stuur, zodat ze diep voorover zat als een wielrenner. Op mijn gemoffelde herenrijwiel torende ik hoog boven haar uit.

Onophoudelijk probeerde ik iets te bedenken wat ik tegen haar zeggen of aan haar vragen kon. Als mij dat al lukte, gaf ze een kort antwoord, en viel er weer een stilte. Pas toen ik, ter hoogte van het Sluisje, waar ik haar 's morgens altijd inhaalde, over Jouri begon, kreeg ik respons.

'Wat een leuke knul,' zei ze, 'wat jammer dat hij niet bij mij in de klas zit.'

'En niet alleen leuk,' zei ik, 'maar ook slim, heel erg slim. We hadden een ionenrepetitie. De leraar scheikunde had die expres zo moeilijk gemaakt dat iedereen een dikke onvoldoende had. De enige die een voldoende had, was Jouri. Een zes min.'

'Rotstreek om zo'n moeilijke repetitie te geven. 'k Ben blij dat ik die beul niet heb.'

'Zo'n beul is het niet, maar hij stelt wel hoge eisen.'

'Ken je Jouri al lang?'

'Al vanaf de bewaarschool. Hij werd naast mij in de zandbak gezet en groef toen een spinnengrafje. M'n vriendinnetje Ansje was daar zo weg van dat ze meteen opschoof naar Jouri.'

'Zou ik ook gedaan hebben. Ja, Jouri... wat een spetter!'

Die uitdrukking bleef in mijn oren gonzen. Het was alsof daarmee, hoe ondraaglijk banaal het ook geklonken had, het vonnis over mij was geveld. Natuurlijk, zo'n meisje als Hebe, daar hoefde je niet eens over te dromen, laat staan dat je vermetel genoeg zou zijn om op haar verliefd te worden. Maar Jouri? Was het Jouri vergund over haar te dromen? En zo ja, waarom was er dan zo'n groot onderscheid tussen Jouri en mij, terwijl wij toch, reeds vanaf de bewaarschool, zo onafscheidelijk waren dat we haast tweelingbroers leken?

Achtervolging

Ik herinner mij een andere zomeravond. Jouri en ik kwamen uit Schiedam gefietst. Op mijn aandringen hadden wij daar in de Openbare Bibliotheek gezocht naar *De dokter en het lichte meisje* van Simon Vestdijk, een roman die ontbrak in de Christelijke Openbare Bibliotheek in Vlaardingen. Helaas, ook in Schiedam bleek die veelbelovende Vestdijktitel in de bibliotheek te ontbreken.

Bij station Vlaardingen-Oost wachtten wij voor een rood stoplicht. Vlak langs de rooilijn wachtte ook een meisje. Ze keek over haar schouder. Ik staarde haar aan. Ze was tenger, droeg een donkerbruin truitje en een donkergroene broek. Lang, sluik haar omlijstte een ovale gezichtje. Nu zou ik waarschijnlijk over dat meisje heen kijken, maar toen, op die zomeravond, werd ik pijnlijk geraakt door dat gave snoetje. Het leek of ik raden kon wat ze dacht: die enge knul staart me aan, getver, hoe durft die knurft.

Toen verschoof haar blik traag naar Jouri, die, verzonken in een blijmoedige meditatie, zijn ogen op het stoplicht gericht hield. Haar mondje zakte iets open; in haar ogen verscheen even een flikkering die het midden hield tussen paniek, verbijstering en ongeloof. Ze sloot haar mondje, keek mij toen weer aan, glimlachte onzeker.

Het licht sprong op groen. Jouri begon dadelijk te rijden. Het meisje wachtte heel even, reed toen gelijk op met Jouri. Ze keek achterom. Een triomfantelijke blik, alsof ze zeggen wilde: zo, nu rijd ik naast jouw vriendje! Lang hield ze dat niet vol. Ze keek weer achterom. De triomf had plaatsgemaakt voor paniek. Ze maakte opeens vaart, schoot de Van Hogendorplaan op. Ze sloeg af, een zijstraat in.

Jouri had niets gemerkt, fietste rustig voort, merkte even later ook niet dat ze uit die zijstraat weer tevoorschijn was gekomen en achter ons fietste. Toen ging ze op de pedalen staan, en duizelingwekkend snel passeerde ze ons, terwijl haar fiets hevig slingerde. Op het moment dat ze voorbijvloog, keek ze naar Jouri alsof ze hem wilde verslinden. Eén moment keek ze ook naar mij, en dat eigenaardige, besmuikte, verlegen glimlachje rimpelde even over haar gezicht. Het was alsof ze mij wilde zeggen: 'Vooruit, ter wille van jouw metgezel ben ik bereid jou als vazal, lijfeigene, schildknaap van deze kanjer te accepteren.'

Ach, de woorden 'vazal', 'lijfeigene' en 'schildknaap' zullen niet door de synapsen in dat prachtige hoofdje zijn geschoten. Ze was alleen maar, in een split second, in de ban geraakt van Jouri en kon zich klaarblijkelijk niet meer van hem losmaken. Ze fietste steeds voor ons uit, schoot dan een zijstraat in, wachtte tot wij gepasseerd waren, en kwam ons vervolgens achterop rijden. Slingerend passeerde ze ons, waarbij ze telkens Jouri zo indringend mogelijk aankeek. Hoe het mogelijk is dat hij daar niets van merkte, kan ik niet begrijpen, zomin als ik begrijpen kan dat ik angstvallig mijn mond hield. Of moet dat verklaard worden uit het feit dat Jouri een preek tegen mij afstak. Hij zei: 'Waartoe zoveel moeite voor een roman van Vestdijk? Wat zie je in die schrijver? Ik heb eens een paar bladzijden gelezen in *Het vijfde zegel*. Helderheid, nee, eenvoud, nee, eerder het tegendeel daarvan, alles nodeloos ingewikkeld. Zo bar pakt het niet altijd bij alle schrijvers uit, Bordewijk is beter, maar toch: waar dienen romans voor? Wat is bellettrie anders dan de consequente weigering om de beangstigende banaliteit en schrikwekkende alledaagsheid van het naakte bestaan onder ogen te zien?'

'Toe nou toch, wat een hoogdravende kletspraat,' zei ik. 'Dankzij goede romans krijg je enig inzicht...'

'Kom op zeg, inzicht! Waar je mee beneveld en bedwelmd wordt, is op z'n best fraai taalgebruik... en da's niks anders dan listig goochelen met woorden, en net zoals je bij goochelen bedot wordt, word je hier ook bedot.'

'Hoe krijg je dan inzicht?'

'Reduceer het bestaan tot maat en getal. Zoals we hier nu fietsen, kruissnelheid 18 kilometer per uur, windkracht 3, 19 uur 32, op 52 graden noorderbreedte... Zo zou je dit tochtje van a tot z in maat en getal kunnen vangen, en alleen met maat en getal kun je rekenen. Niet dat er dan iets te doorgronden valt, want te doorgronden valt er niets, maar je zou toch, al rekenend, wellicht voorspellingen kunnen doen – veel meer kun je ook niet verlangen, maar je zou dan inzien dat al wat is, logisch voortvloeit uit al wat reeds geweest is, zonder dat je met noties hoeft te werken als motieven, vrije wil, plannen, bedoelingen, schuld, boete, straf, vergelding, want dat is allemaal totale onzin.'

Terwijl hij maar voortdaverde, de ene uitspraak al eigenaardiger en ongebruikelijker dan de andere, bleef ze achter ons aan rijden, wellicht minder uit vrije wil dan als gevolg van het feit dat ze door Jouri betoverd leek. Toen wij aankwamen bij het Solex Service Station op de Schiedamseweg, dook ze bliksemsnel weg in een zijstraat. Ze kwam daaruit pas weer tevoorschijn toen Jouri al naar binnen was gegaan. Ze stond een poosje naar het Service Station te turen, schudde toen haar hoofdje, en stapte traag op haar fiets. Heel even hief ze haar hand, alsof ze me groeten wilde. Daarna reed ze weg in de richting van de Binnensingel.

Later heb ik Jouri gevraagd of hij er iets van gemerkt had dat hij bij een stoplicht een meisje had behekst.

'Ik? Een meisje behekst? Hoe kom je daar nou bij? Jij ziet spoken, fantomen, luchtspiegelingen.'

Frederica

Wij waren doorgedrongen tot de eindexamenklas. Pubers konden wij amper nog genoemd worden. Misschien waren wij het zelfs nooit geweest. Jouri en ik hadden ons opgewerkt tot machtige leenheren in de indrukwekkende schoolbibliotheek. Spijtig genoeg maakten de leerlingen van het Groen nauwelijks gebruik van de facilitaire voorzieningen van de Prinster Librye. Had je op woensdagmiddag dienst, dan mocht je blij zijn als er meer dan drie leerlingen boeken kwamen ruilen. Daarom wisselden Jouri en ik, nadat we aanvankelijk samen dienstdeden, elkaar af, ofschoon ik het bange vermoeden had dat hij, als ik ontbrak, die toch al onwillige boekenlijstlezers 'romans en zulke dingen' krachtig ontraadde.

In die dagen heb ik overigens de magie van het woord 'dienst' leren kennen. Nog altijd heb ik er plezier van. Belt iemand mij op om mij ertoe over te halen iets te doen waar ik geen zin in heb, dan zeg ik rustig: 'Helaas, dat kan ik niet, dan heb ik dienst.' Zo iemand vraagt niet door. Natuurlijk, 'dienst', daarvoor moet alles wijken.

Goed, op een woensdagmiddag in oktober, zo'n zeven maanden voor het eindexamen, had ik dienst. Het was een stille middag. Niemand betrad de Librye. Buiten kletterden af en toe, bij wijze van voorproefje van de winter, hagelstenen tegen de ruiten. Ter afwisseling gierden ook windvlagen over de hockeyvelden van het Groen. Soms klaarde het even op, scheen de zon schel en met bits licht op de glanzende burelen van de Librye. Tijdens zo'n zonnig intermezzo werd er zacht op de deur van de bibliotheek geklopt.

'Kom binnen,' riep ik.

Tergend langzaam zwaaide de deur open.

'Je hoeft hier helemaal niet te kloppen,' zei ik tegen het mmsmeisje dat zich, een en al aarzeling, uiteindelijk over de drempel waagde. Ze sloot de deur achter zich, keek me aan alsof ze zich bij mij wegens ziekte wilde afmelden, vermande zich toen en schreed op haar lange benen naar de tafel waarachter ik mij verschanst had.

'Dat wist ik niet,' zei ze.

In die tijd was ik belachelijk bleu, durfde ik amper het woord tot een meisje te richten, maar als ik dienst had, ontsteeg ik aan mijn verlegenheid en wist ik soms zelfs een hele zin te produceren. De ondersteuning van het gewicht van mijn 'dienst' had ik die middag meer dan ooit nodig, want voor mij stond het meisje dat bij acclamatie door iedereen werd beschouwd als veruit het fraaiste specimen van het vrouwelijk geslacht op het Groen: Frederica Sprenger van Eijck. Ze was hoogblond, ze leek griezelig veel op Catherine Deneuve, ze hockeyde als een beest en had de leraar scheikunde het hoofd op hol gebracht. Ze was op het gymnasium begonnen, daar blijven zitten, toen op de hbs terechtgekomen, daar eveneens blijven zitten, zodat ze uiteindelijk was afgevloeid naar haar eindbestemming: de mms.

Jouri en ik hadden haar natuurlijk, omringd, gevolgd, omstuwd door hofdames, vele malen tijdens de morgenpauze over het plein zien schrijden. Nooit echter hadden wij een woord over haar, laat staan met haar gewisseld, deels omdat ze ouder was dan Jouri en ik, deels omdat al onze klasgenoten de godganse dag over haar meierden, deels omdat wij wisten dat het geen pas gaf dat wij onze ogen opsloegen naar zo'n beeldschone redersdochter, van wie de vader zowat driekwart van de Vlaardingse haringvloot onder zijn beheer had, plus nog allerlei onduidelijke loggers onder buitenlandse vlaggen.

Nu torende ze op haar hoge hakken, in haar volle waardigheid, hoog uit boven de tafel waar ik achter zat.

'Wil je iets lenen?' vroeg ik.

'Nee, ik wil met je praten.'

'Waarover?'

'Over Jouri.'

'Wat is er met Jouri?'

'Dat is toch jouw beste vriend?'

'Ja,' zei ik trots.

'Hoe lang ken je hem al?'

'Al vanaf de bewaarschool.'

'Zo lang al?'

'Ja, hij kwam van Goeree-Overflakkee, werd naast mij in de zankbak gedumpt, en groef in stilte een spinnengrafje.'

Ze keek me aan, en ik dacht: ze is misschien zelfs mooier dan Hebe, hoe komt het dan dat ik met haar praten kan?

'Waarom...?' zei ze.

Ze zweeg en ik wist evenmin iets te zeggen. De hagelstenen kletterden tegen het grote venster.

'Wat een weer,' zei ze. Toen zei ze: 'Ik weet niet hoe ik 't zeggen moet, hoe ik beginnen moet, maar misschien snap je al waar ik heen wil.'

Helaas snapte ik dat niet, of misschien wilde ik het niet snappen. Tamelijk verbaasd staarde ik haar aan.

Ze bloosde, vroeg verschrikt: 'Word ik rood?'

'Ja, het staat je geweldig.' Ik verbaasde mij erover dat ik zo'n vorstelijk compliment niet alleen tot m'n beschikking had, maar zelfs durfde uit te spreken.

Ze keek me lang aan, boog toen naar me voorover, fluisterde: 'Ik ben weg van Jouri.'

Het was prettig dat de hagelstenen andermaal venijnig tegen de ruiten kletterden. Dat gaf ons beiden, na die bekentenis, even respijt.

'Wat een weer,' stamelde ik toen ook maar.

'Ik ben weg van Jouri,' zei ze dromerig. 'Al heel lang ben ik weg van hem, maar hij... Het is net of ik lucht voor hem ben, hij heeft geen oog voor mij, terwijl hier op school de meeste jongens... Waar of niet... Ik schep heus niet op... Vind je dat ik opschep?'

'Nee, bij ons in de klas vinden ze jou allemaal 't mooiste meisje van de school.'

'Ajakkes, wat heb je daaraan? Wat koop je daarvoor? Maar goed, als ze dat vinden, waarom... Jouri... Ik begrijp het niet... zo'n kanjer... Met jou samen zie ik hem maar steeds over het schoolplein drentelen, en jij... jij kijkt altijd naar me, jij kunt je ogen domweg niet van me afhouden, jouw ogen zuigen zich aan mij vast, waar of niet, maar dat vriendje van jou, die Jouri... Hij ziet me gewoon niet, hij kijkt over me heen, langs me heen... Ik... Wat moet ik toch beginnen... Nou ja, daarom ben ik hier. Wie weet kan z'n beste vriend me helpen, me raad geven.'

Zo doe je dat dus als je een mooi meisje bent, dacht ik duizelig en verward. Je wacht niet tot de jongen van je dromen iets onderneemt, welnee, je stapt doodgemoedereerd op z'n beste vriend af.

Haar blos trok langzaam weg. Niettemin bleven haar wangen tamelijk rood. Ik keek haar aan, vond haar, nu ze mij had toevertrouwd dat ze weg was van Jouri, nog aantrekkelijker dan ik haar altijd al had gevonden. En daarom stokten de woorden in mijn keel, wist ik totaal niet wat ik zeggen moest.

Nadat er een lange stilte was gevallen, herhaalde ze wat ze al eerder had gezegd: 'Misschien weet jij raad.'

'Misschien...' herhaalde ik mechanisch.

'Wat voor meisjes vindt hij leuk?'

'Hij vindt meisjes alleen leuk als ik ze leuk vind.'

'Vind je mij dan niet leuk?'

'Ik vind jou geweldig leuk, maar jij mij niet...'

'Klopt, jij bent mijn type niet.'

'Daarom,' zei ik.

Natte sneeuwvlokken gleden parmantig over de bibliotheekvensters omlaag. In het boek dat voor mij op tafel lag, *Bloesemtak* van Bordewijk, sloeg ik maar eens een paar bladzijden om.

Denkend aan een andere titel van Bordewijk, zei ik: 'Jouri heeft een beetje vreemd karakter, Jouri steekt nogal eigenaardig in elkaar, Jouri pakt... Nee, dat is het niet, zo simpel is het niet... Ik kan beter beginnen bij de bewaarschool. Daar speelde ik met Ans in de zandbak. Ans was toen mijn vriendinnetje, ik bracht haar altijd naar 't Stort. Jouri werd ernaast gezet. Hij groef een spinnengrafje en Ans schoof over het zand heen naar hem toe, en sindsdien heeft hij haar altijd naar 't Stort gebracht. Later, op de grote school, ging ik met Ria. Ik bracht haar thuis en had haar, als ik daar rijk genoeg voor was geweest, voor een stuiver mogen zoenen. Toen kwam Jouri ertussen en bracht hij Ria thuis en hij hoefde voor 't zoenen niet eens wat te betalen.'

Ze schoot in de lach, en die onverwachte heldere, klaterende lach, die zo goed mengde met de hagelstenen tegen de ruiten, monterde mij op en maakte mij overmoedig.

'En hier op school, toen we in 2c zaten, kwam 't tussen de middag aan tussen Wilma en mij, en toen tilde Jouri haar op in het Kolpabad, en blies hij in Schiedam pluisjes met haar op een fuifje, en was het uit tussen Wilma en mij. In het Kolpabad tilde hij haar op, want buiten op straat zou hij het niet gekund hebben, ze is groot en hij is klein, hij had daar de opwaartse druk van het water voor nodig, maar toch was het toen gebeurd, ik was haar kwijt.'

Ze had heel aandachtig naar me geluisterd, fronste toen haar prachtige voorhoofd, vroeg: 'Wat wil je daarmee zeggen?'

'Dat Jouri, al vanaf de bewaarschool, altijd vriendinnetjes van me afpakt.'

'En toch is hij nog altijd je beste vriend?'

'Ja.'

'Hoe kan dat nou?'

'Zo erg is het ook weer niet dat hij m'n vriendinnetjes afpakt, hij doet het echt niet expres, hij – het is een beetje vreemd, en ik weet ook niet hoe dat komt – hij zal nooit uit zichzelf tegen mij zeggen: "Dat vind ik een leuk meisje." Het is alsof hij een meisje pas leuk kan gaan vinden als ik haar al een tijdje leuk vind en zij mij op haar beurt ook leuk vindt. Z'n ogen gaan pas open als ik een beetje verliefd ben op een meisje, en zij ook een beetje verliefd is op mij. Dan wordt hij opeens wakker, dan wil hij zo'n meisje ook optillen. Maar ja, hij is daar niet sterk genoeg voor, hij zou jou... Kijk, ik zou jou makkelijk kunnen optillen, je gelooft me misschien niet, maar ik ben beresterk, ik til jou zo over een hek heen, maar hij... Als hij jou zou willen optillen, heeft hij daar de opwaartse druk van het water bij nodig.'

'Dus hij pakt altijd jouw meisjes af. Wat een lijpe snoeshaan.'

'Ja, 't is vreemd, maar toch... zo zit 't in elkaar, ik kan 't ook niet helpen.'

'Dus als jij nu tegen hem zegt: "Let eens op Frederica..."'

'Misschien, ik kan 't proberen, maar ik weet niet of dat genoeg is. Hij raakt pas geïnteresseerd als ik een beetje verkikkerd ben op zo'n meisje.'

'Dus jij moet op mij verkikkerd...'

'Da's niet zo moeilijk,' zei ik verlegen.

'Van mij mag het,' zei ze schalks. 'Doe maar, word maar verliefd op mij.'

'Ja, maar...' zei ik ongelukkig.

'Wat maar?'

'Ik denk niet dat het genoeg is als ik verliefd word op jou. Jij zou ook een beetje verliefd moeten worden op mij.'

'Dat zie ik nog niet direct gebeuren,' zei ze gedecideerd. 'Jij bent helemaal mijn type niet, zoals ik al zei.'

'Ja, maar dan gaat het niet, Jouri komt er pas tussen als... als... wij...'

Ze keek me aan met een blik die ik toen absoluut niet duiden kon, maar nu zou duiden alsof ze zei: zo, zo, wat een slimme, aparte, bijzondere versiertruc!

Ze zei: 'Ik geloof dat ik nu wel zo'n beetje weet waar ik met jou en Jouri aan toe ben. Wanneer zit je hier weer?'

'Over twee weken. Volgende week zit Jouri hier. Waarom ga je dan niet? Misschien dat hij... Als jij nou steeds wat komt lenen...'

'Ik ben hier al een keer of tien geweest als Jouri hier zat,' zei ze korzelig. 'Steeds heb ik hetzelfde boek geleend en weer teruggebracht, maar hij merkte niet eens dat ik elke keer weer *Terug tot Ina Damman* meenam. Hij hielp me altijd heel beleefd, maar het is net alsof ik voor hem domweg niet besta, alsof hij over me heen kijkt, alsof ik een sloofje ben, een voetveeg, een niemendalletje.'

Ze zweeg een poosje, veegde met haar hand denkbeeldig stof van de tafel voor haar, en zei toen: 'Het blijf wel onder ons, hè, wat we hier nu besproken hebben?'

'Ik praat er met niemand over, ook niet met Jouri.'

'Hand erop.' Ze greep mijn hand, omvatte hem met haar hand, kneep er stevig in, zei: 'Da's afgesproken.'

Zonder ditmaal te kloppen stapte ze veertien dagen later opnieuw de Prinster Librye binnen. Het was inmiddels november. Buiten hingen de loodgrijze wolken zowat tegen de grote vensters aan. Een fijne regennevel bewaasde de ruiten.

'Vorige week was ik hier ook,' zei ze.

'En?'

'Tegen Jouri zei ik dat ik jou zo'n leuke jongen vond.'

'Wat zei hij toen?'

'Niets. Hij keek me aan alsof ik niet goed wijs was. Dus toen zei ik: "Hij is toch jouw beste vriend? Dan moet jij toch de eerste zijn die begrijpt dat anderen hem ook leuk kunnen vinden?" '

Ze kneep even haar heel licht opgemaakte ogen dicht om zich blijkbaar precies te herinneren wat Jouri daarop geantwoord had.

' "Leuk," zei hij toen bits, "leuk" is sowieso een rotwoord. Om hem te karakteriseren is dat woord totaal misplaatst. Hij lijkt een stoethaspel, een brekebeen, hij oogt een beetje lomp en onhandig, maar vergis je niet, hij is beresterk en oerslim. Hij is altijd en overal de beste. Toen we in de vierde klas een grote herhalingsrepetitie kregen over de scheikunde die we in de derde klas hadden gekregen, had hij een tien, ik een zes, en verder iedereen in de klas een onvoldoende." '

Frederica zweeg even, keek me aan, vroeg toen: 'Is dat waar?'

'Ik had daar drie weken onafgebroken op gestudeerd,' zei ik, 'maar Jouri had niks gedaan, Jouri is veel slimmer dan ik. Ik moet keihard werken, ik moet m'n huiswerk maken. Hij voert geen spat uit, maar haalt toch hoge cijfers. Als hij net zo hard zou werken als ik, bleef ik nergens. Ik ben alleen maar de beste omdat hij 't vertikt een poot uit te steken.'

'Heeft hij er tegen jou iets over gezegd dat ik jou hier vorige week heb staan ophemelen?'

'Nee.'

'Dus dat werkt niet. We moeten misschien toch... Hoe moeten we dat nou aanpakken? Als jij nou eens... Vrijdag hebben jullie net als wij ook altijd zes uur. Als jij mij nou eens aanstaande vrijdag naar huis brengt? Meestal fiets jij op vrijdag met Jouri mee naar de Schiedamseweg. Wat doe je daar dan?'

'Dan krijg ik daar een hapje van Jouri's moeder en ga ik daarna naar de werkplaats van z'n vader. Om naar platen te luisteren, Beethoven, Brahms, Dvořák.'

'Hou je daarvan?'

'Ja, ontzaglijk veel.'

'Hoe bestaat het! Klassiek! M'n maag draait erbij om, enfin, m'n broertje is er ook dol op. Dus dat treft. Breng mij vrijdag dan thuis. Krijg je bij ons een hapje. Vraag ik aan m'n broertje of je daarna bij hem op z'n kamer naar platen mag luisteren.'

Op vrijdag was het zowaar zonnig. De novemberlucht was strakblauw. Bij de uitgang van de ondergrondse fietsenstalling stond ik op Frederica te wachten. Tegen Jouri zei ik zo achteloos mogelijk: 'Ik kom straks naar jullie toe. Maar eerst breng ik Frederica even thuis.'

'Moet mijn moeder dan een hapje voor je bewaren?' vroeg Jouri.

'Frederica heeft me gezegd dat ik bij haar thuis wat krijg.'

Achterdochtig staarde Jouri mij aan. Hij vroeg: 'Hoe kan dat nou? Zo opeens?'

'Opeens? Nee hoor, niks opeens, ze kwam iedere keer boeken ruilen, ze vroeg of we ook boeken over muziek hadden. Voor haar broertje. Die is gek op Beethoven en wou daarover lezen. Toen zei ik dat ik ook zoveel van Beethoven houd en toen zei ze: "Kom dan een keer mee, dan draait m'n broertje platen voor je."'

Toen ik trots naast Frederica over het schoolplein fietste, en de Rotterdamseweg op draaide, zag ik dat zowel mijn als haar klasgenoten ons stomverbaasd nakeken. In de leraarskamer bewogen de gordijnen. Tussen spleten in het velours werd steels naar ons geloerd. Mij leek dat zelfs de kokmeeuwen die altijd over de waterpartijen van de Rotterdamseweg scheerden, luidruchtiger riepen dan anders.

Met bonzend hart fietste ik naast Frederica. De novemberlucht was bedrieglijk blauw. Ik hoefde niet achter mij te kijken om te weten dat Jouri – hij moest dezelfde kant uit – op gepaste afstand achter ons fietste. We reden de Rotterdamseweg uit, de Schiedamsedijk op, en langs het Oranjepark, dat in Vlaardingen simpelweg als het Hof wordt aangeduid.

Op de Binnensingel zette ik mijn fiets tegen de pui van de villa die Frederica mij aanwees als haar huis. Even later stapte ik een adembenemende vestibule binnen. We liepen door naar een woonkeuken, waar ik door een dienstmeisje met een zwart jurkje aan en een wit schortje voor onthaald werd op gebakken eieren, spekjes, en verrukkelijke bruine broodjes en schijfjes tomaat en schijfjes komkommer.

Na de maaltijd liepen we weer terug naar de vestibule. Frederica riep: 'George!'

Boven ging een deur open. Een slungelachtige lange vent, veel ouder dan ik, dook op bij een balustrade. Hij droeg een echt pak met een vest en een stropdas.

Hij daalde de trap af, drukte mij de hand en zei: 'Dus jij wilt graag wat horen uit mijn collectie?'

Ik knikte.

Over brede, gestoffeerde traptreden zweefden we omhoog. Hij wees mij zijn kamer. Toen ik mij daarin voorzichtig op een stoel liet zakken, zei hij: 'Ik heb laatst iets gekocht waar ik weg van ben. De *Concerti grossi* van Händel. Zal ik daar een van voor je draaien? De laatste? Die vind ik namelijk zelf 't mooist. Akkoord?'

Hij wachtte niet op antwoord. Had ik iets meer lef bezeten, dan zou ik misschien gezegd hebben: 'Händel, daar geef ik eerlijk gezegd niet zoveel om, 't is altijd zo gemaakt vrolijk, Beethoven en Bach vind ik mooier.'

Hij zette een plaat op, zakte weg in een leunstoel, sloot zijn ogen, vouwde zijn handen en boog zijn hoofd.

Gewend als ik was geraakt aan veel ruis en tamelijk slechte apparatuur, kwam de verbluffende helderheid van de opname plus de al even verbluffend mooie klank van zijn superbe luidspreker als een enorme verrassing. Zoals dat daar klonk, die Händel, met die dwaze, bedrieglijke, strakblauwe novemberlucht aan gene zijde van het venster, was het alsof mij ingepeperd moest worden dat ik mij ten aanzien van Händel altijd vergist had. Toen het vlugge eerste deel was afgelopen, keek haar broer mij even stralend aan, zei: 'Mooi, hè?' en verzonk toen weer in gebed.

Toen klonk opeens, volkomen onverwacht, uit die fraaie zwartgelakte speaker de muziek waarmee voor mij alles was begonnen. Eerst kon ik het amper geloven. Ik moest de aanvechting weerstaan om op de luidspreker toe te lopen en eraan te voelen. O, daar was het, en 't werd zo allemachtig mooi gespeeld, het klonk zo helder, zo duurzaam, zo echt, ja vooral, zo ongelofelijk echt. Weer werden die reuzenschreden gezet, en wat voor schreden, ze raakten je tot in het diepst van je ziel. En toen werd het herhaald, en daarna kwamen die omspelinkjes, die kleine speldenprikken, hoog en laag en overal. Händel, het was dus Händel wat Jouri's vader en ik al die jaren zo bewonderd hadden. Geen Bach, geen Albinoni, geen Telemann, maar Händel, Georg Friedrich Händel, die ik niet eens bewonderde, of tenminste toch veel minder bewonderde dan Beethoven en Dvořák. Toen het uiteindelijk verklonken was, wilde ik maar één ding: opstaan en wegrennen om het grote nieuws te brengen aan de vader van Jouri: 'Het is Händel, *Concerto grosso* opus 6 nummer 12 in b-klein.'

Uiteraard bleef ik zitten tot het hele concert was afgelopen. Toen zei ik: 'Ik moet nu gaan.'

'Nu al? Wil je niet nog wat horen?'

'Zou ik wel willen, maar ik heb veel huiswerk, ik moet nu echt gaan.'

'Ik laat je eruit. Kom je volgende week weer?'

'Graag.'

'Moet je nog even Frederica gedag zeggen?'

'Ja,' zei ik.

Maar Frederica bleek al weg te zijn. 'Tennissen,' zei haar moeder.

'Zo verdomd achteloos Frederica toch met haar vriendjes omgaat,' zei haar broer. 'Je kunt wel merken dat ze ze net zo makkelijk oppikt als een mus zaadjes uit paardenvijgen.'

Een paar minuten later rende ik hijgend de werkplaats binnen van het Solex Service Station. De vader van Jouri sleutelde aan een Cymota, zei misprijzend: 'Engelse makelij! Nou, dan weet je het wel. Lijkt aardig wat, zo zonder brandstofpomp en met een vlotterloze carborateur, maar geef mij dan toch 't solexje maar.'

'Händel,' riep ik buiten adem, 'het is Händel, *Concerto grosso*, opus 6 nummer 12.'

'Wat?' vroeg Jouri's vader verbaasd.

'Ons verrot mooie stukkie, dat is Händel.'

'Da's groot nieuws, en da's puik nieuws ook. Want natuurlijk: zoiets prachtigs, dus toch van een Duitser.'

'Die het grootste deel van zijn leven in Engeland heeft gewoond.'

'Die slag is voor jou.'

Op dat moment stapte Jouri de werkplaats binnen. Nijdig keek hij me aan. Hij zei bits: 'Ik dacht al dat ik je stem hoorde. Kom onmiddellijk mee naar mijn kamer.'

Daar aangekomen viel hij scherp tegen mij uit. 'Je wilt toch niet zeggen,' zei hij, 'dat je iets begonnen bent met Frederica Sprenger van Eijck?'

'Omdat ze me in de bibliotheek heeft verteld dat haar broertje – ja, ze zei "broertje", maar hij is veel ouder dan zij – veel platen had en best iets voor mij wilde draaien, ben ik met haar mee naar huis gereden. Dat is alles.'

'Denk erom hoor, vergooi je niet aan zo'n sloerie.'

'Denk jij dat ze een sloerie is?'

'Ze heeft de leraar scheikunde... Die moest daardoor van school af... Ze is...'

'Geen sloerie,' zei ik, 'dat zeg je niet van een mms-meisje.'

'Ze heeft anders zowel in 't Hof en daarbuiten vast en zeker ook al duchtig gevreeën met al dat Schiedamse gymnasiumschuim.'

'Praatjes,' zei ik, 'niks van waar.'

'Het is een slang.'

‘Misschien, maar dan wel een mooie slang.’

‘Vind je haar mooi? Meen je dat echt? Haar haar is geblondeerd. Ze stift haar lippen al een beetje. Bah, niet doen hoor, niet meer met haar meegaan, alsjeblieft. Beloof je me dat?’

‘Ik heb haar broer al beloofd dat ik volgende week weer naar platen kom luisteren.’

‘Die broer, mij best, als je in godsnaam maar bij haar uit de buurt blijft.’

‘Wat ben je streng. Ik begrijp er niks van. Je hebt me nog nooit voor een meisje gewaarschuwd, en nu opeens...’

‘Het is een slang, een slet, een sloerie, een petticoatdel, een h... Echt waar, ik wil er niets mee te maken hebben.’

‘Jij hoeft er ook niets mee te maken te hebben.’

‘Als jij ermee te maken hebt, heb ik er ook mee te maken, al was het alleen maar omdat jij m’n beste vriend bent. Pas maar op, ze maakt je gek, en dan ben ik ook de pineut, dan ga ik ook voor de bijl, alsjeblieft, blijf bij haar uit de buurt, je was toch dol op Hebe... Fiets daar dan mee naar huis, die is toch ook bloedmooi, en die vindt jou een knappe vent.’

‘Nooit wat van gemerkt.’

‘Heus, ik heb ’t laatst nog met Hebe over jou gehad, in stilte is ze al een beetje verliefd op je, je hoeft alleen maar een paar vingers uit te steken... Heus, ga daar dan achteraan als je zo nodig achter een meisje aan moet, maar laat die griezel, dat door de wol geverfde, gehaaide viswijf, die Frederica Sprenger met rust, blijf uit haar buurt, je kunt met mijn vader naar muziek luisteren, daar heb je toch haar broer niet voor nodig?’

‘Die heeft platen die jouw vader niet heeft. En zoals ’t daar klinkt, uit zo’n gitzwarte luidspreker, o, dat was ongelofelijk.’

Mozart

Op de achterste banken in onze eindexamenklas zaten bejaarde zittenblijvers en krachtpatsers die op het gymnasium mislukt waren. Grote, gemelijke kerels waren het. In de lange zomervakanties voeren ze reeds als lichtmatroos op coasters naar de Oostzee. Daar in het hoge Noorden, zo werd gefluisterd, hadden ze in die Oostzeehavens al menigmaal met Zweedse meisjes geslapen. Van grote hoogte keken die norse kerels op ons neer, ook al haalden wij hogere cijfers voor onze proefwerken.

Als er gymnastiek op het lesrooster stond, werden doorgaans twee Oostzeebeulen uitverkoren om twee teams te formeren. Om en om kozen de kerels een teamspeler. Jouri en ik, tenger, weinig lenig, bleven steevast samen over. Dan weigerden de twee beulen tussen ons te kiezen. Onder hoongelach wees de gymnastiekleraar Jouri toe aan het ene, en mij aan het andere team. En met dat hoongelach mocht je dan nog blij zijn. Niet zelden protesteerden de beulen heftig als Jouri en ik achteloos werden toegewezen.

Dat was begrijpelijk. Bij volleybal, basketbal en voetbal handelden Jouri en ik altijd blindelings volgens het principe: blijf te allen tijde zo ver mogelijk uit de buurt van de bal.

Toen we echter op de maandag na die vrijdag waarop ik Frederica had thuisgebracht, weer gymnastiek hadden, en die keuzeprocedure opnieuw zijn beslag kreeg, werd ik al snel door een van de beulen gekozen voor zijn volleybalteam. Was mijn prestige plotseling gestegen? Was ik niet langer een lulletje lampenkatoen met negens en tienen? Wat mij het meest verbaasde, was dat ik, zonder er zelfs maar tegen Jouri over te reppen, allemachtig trots daarop was. En ik merkte ook dat ik die prestigewinst dolgraag wilde vasthouden. Alleen al daarom zag ik reikhalzend uit naar dat fietstochtje, een week later op vrijdag na het zesde uur.

Op die vrijdag werden Frederica en ik weer nagekeken door de norse Oostzeebeulen. In de leraarskamer golfden de veloursgordijnen alsof er een bries doorheen vlaagde. Op het bordes staarde de rector ons na, hevig trekkend aan een reusachtige bolknak.

'Het gaat goed,' zei Frederica onderweg. 'Eergisteren ging ik naar de bibliotheek. Hij zat er. Hij zei bits: "Waarom ruil je steeds dezelfde boeken?" Eindelijk had hij dat opgemerkt. En hij zei ook dat ik jou met rust moest laten. Toen zei ik: "Jouw vriendje fietst met mij mee om bij mijn broer op zijn kamer platen te draaien. Waar maak je je druk over?"'

'Het klinkt nog niet alsof hij al een oogje op je heeft,' zei ik.

'Geeft niet. Het is al winst dat hij me niet meer negeert, niet meer straal langs me heen kijkt.'

'Ik weet niet of hij...'

'Wacht maar! Hij is een beetje bang voor mij, net als jij. Hij knijpt 'm. Da's precies wat je hebben moet. Wie vreest, wordt verliefd.'

Mij klonk dat toen, terwijl we langs de ruisende treurwilgen van het Hof reden, als een raadselachtige, ja onzinnige opmerking. Maar nu, zo'n veertig jaar later, verbaas ik mij er vooral over dat zo'n meisje dat zowel op het gymnasium als op de hbs had gefaald, toen blijkbaar reeds gezegend was met zoveel kijk op de wonderlijke kronkelpaden van de liefde. Keer op keer heb ik in mijn leven bevestigd gezien dat vrees de beste voedingsbodem is voor diepe genegenheid. Zelfs honden houden het meest van de persoon voor wie ze het meest bevreesd zijn. Het lijkt erop dat je je angst omzet in liefde om aldus de scherpste kantjes eraf te slijpen. Vrouwen worden verliefd op de terroristen die hen gijzelen.

Bij haar thuis werd ik, in de grote woonkeuken, door het dienstmeisje weer vertroeteld met gebakken eieren en spekjes. Na al die heerlijkheden besteeg ik de draaitrap in de vestibule. Op zijn kamer zat George al op mij te wachten, een sprietig sigaartje rokend.

'Wat zal ik je nu eens laten horen?' vroeg hij.

'Beethoven,' zei ik, 'een symfonie. Ik ken de vijfde en de zesde. Heb jij misschien de zevende?'

'Die heb ik niet,' zei hij, 'maar ik heb net wel een andere symfonie gekocht. En daar ben ik weg van. Eens kijken wat jij daarvan vindt. Zeg ik nog niet van wie die is.'

Even later klonk uit de zwarte luidspreker gracieuze muziek die lichter van klank bleek dan de muziek van Beethoven. Sierlijker was het, liefelijker, en springeriger.

'Hoe vind je dat?' vroeg hij na het eerste deel. 'Is het niet ongelofelijk? De componist was net zo oud als jij nu bent toen hij dit werk componeerde.'

'Mozart?' vroeg ik verbaasd.

'Mozart,' zei hij plechtig, 'symfonie in A, KV 201.'

Waardoor ik mij, een goed uur later, gedrongen voelde aan de vader van Jouri de vraag te stellen in diens werkplaats: 'Waarom draait u nooit wat van Mozart?'

'Mij te weinig robuust,' zei hij, 'te weinig gespierd, te weinig stoer, te veel verfijnd.'

Toen kwam Jouri al weer aangedraafd om mij nogmaals voor te houden dat ik Frederica moest mijden. Waarop ik nogal nijdig antwoordde: 'Zeik toch niet. Ik heb net de negenentwintigste symfonie van Mozart gehoord.'

'Negenentwintig,' zei Jouri opgewonden, 'da's een priemgetal! Weet je hoeveel hij er in totaal gecomponeerd heeft?'

'Op de hoes van de plaat stond eenenveertig.'

'Niet te geloven, ook een priemgetal! Da's vast geen toeval. Zoek eens voor me uit of de priemgetalsymfonieën de beste zijn.'

'Zal ik doen want ik wil ze dolgraag allemaal leren kennen.'

'Andere vraag,' zei hij, 'heb je haar al gezoend?'

'Hoe kom je daar nou bij?'

'Je gaat toch met haar? En als je met iemand gaat, zoen je haar toch?'

Toen ik, alweer een week later, na het zesde uur met haar naar huis fietste, zei ik argeloos: 'Jouri vroeg of we al gezoend hadden.'

'O,' zei ze opgetogen, 'al die tijd heb ik gedacht dat je mij maar wat hebt voorgelogen, dat je mij een leuk verhaal over een spinnengrafje verteld hebt om mij te versieren, maar warempel, het werkt... Hij... ja, ik wist het wel, hij is een beetje bang. O, wat goed. En wat heb je toen gezegd?'

'Dat we nog nooit gezoend hebben.'

'Och, wat ben jij toch een schat. Wat ben jij een verbazend lieve, lieve jongen. Had nou maar...'

Nadat ik weer vertroeteld was in de keuken, zei ze: 'Je mag zo naar boven, naar George, maar we gaan eerst even de tuin in.'

Ze zei dat met zoveel gezag dat ik zonder ernaar te vragen waarom wij zo nodig die tuin in moesten lopen, haar volgde over het grindpad naar een hoge muur. Daarvoor stond een onooglijk struikje waarvan ik eerst veel later te weten ben gekomen dat hij de sneeuwvlokkenboom wordt genoemd. Het was stil, zonnig decemberweer. Toen we de hoge muur bereikten, sloeg ze, terwijl een roodborstje, hevig protesterend, in paniek kwetterend wegvloog uit die sneeuwvlokkenboom, haar armen onverhoeds stevig om mij heen en drukte vervolgens haar lippen op mijn lippen. Ik schrok ervan. Het smaakte zo vreemd. En het was ook zo totaal anders dan ik mij ooit van zoenen had voorgesteld. Het was zo lijfelijk, zo direct, zo onverbloemd. Die ander was zo allemachtig dichtbij. Ik kon haar voelen ademen en haar adem ruiken.

Het deerde haar niet dat ik weinig respons gaf. Ze streelde mijn wangen, kuste me nogmaals op mijn lippen, zei: 'Nu moet jij ook een beetje terugzoenen.' Ik gehoorzaamde haar en drukte toen mijn lippen ook ferm op haar mooie lippen. Omdat ze zo voorzichtig was en mij zo prettig streelde, en mij steeds maar toefluisterde: 'Lieve, lieve jongen', en: 'Wat ruik je lekker', begon ik er allengs toch plezier in te krijgen, al bleef mij hinderen dat je allerhande luchtjes rook. Ze zei: 'Dit was nu kussen. En nu zal ik je eens een echte zoen geven.' En ze duwde haar tong een heel klein eindje mijn mond in tot hij mijn tong raakte.

Hoe lang zij mij daar, achter in de tuin, gekust en gezoend heeft, daar heb ik geen flauw idee van. Een kwartiertje? Veel langer zal het toch niet geduurd hebben?

Toen we terugliepen naar de villa, zei ze tegen mij: 'Niet tegen Jouri zeggen dat wij gezoend hebben!'

Wat was ze verbazend slim, om niet te zeggen uitgekookt. Zo ik al zou hebben overwogen om voor Jouri te verheimelijken dat wij achter in de tuin gezoend hadden, dan beslist niet na zo'n dringend verzoek. Tegen het idee dat ik iets voor Jouri verborgen moest houden, kwam ik in opstand. Dus toen ik nog diezelfde vrijdagmiddag de solexwerkplaats in liep en Jouri weer kwam aanrennen, zei ik plechtig: 'Ik mag het niet van haar vertellen, maar we hebben gezoend.'

Hij keek me aan alsof hij me met een statorflens te lijf wou gaan. Om zijn woede enigszins te temperen zei ik: 'Het was doodeng.'

'Zal wel,' zei hij verontwaardigd.

Hoelang het toen nog geduurd heeft voordat zij ook hem daar achter in de tuin bij de blinde muur gezoend heeft, hebben zij mij nooit geopenbaard. Zowel Jouri als zij heeft angstvallig voor mij verborgen gehouden hoe het, tijdens de kerstvakantie, tussen hen aan is geraakt. Blijkbaar wilden ze mijn gevoelens sparen. Desondanks deed het verbijsterend veel pijn toen ik merkte dat zij haar doel had bereikt. Al mijn prestigewinst bij de Oostzeebeulen ging terstond teloor. En dat was het ergste niet, het ergste was dat ik wist dat ze nu voortaan Jouri's wangen zou strelen en 'Lieve, lieve jongen' tegen Jouri zou fluisteren; Jouri, die mij nota bene voor haar gewaarschuwd had.

Na de kerstvakantie kwam ze nog één keer op woensdagmiddag in de bibliotheek. Ze zei gul: 'Jij blijft altijd van harte welkom als je bij mijn broer naar platen wilt komen luisteren.'

Ligusterhagen

We deden eindexamen. We lazen het boekje *Na het eindexamen studeren?* Het was een vraag waarop wij het antwoord al wisten. Jouri en ik wilden niets liever. Maar waar en wat? Onze gemelijke klasgenoten reisden definitief af naar de Zweedse meisjes aan de Oostzee. Veel andere klasgenoten bleven dicht bij huis. Zij togen naar de TH in Delft. Jouri en ik waren de enigen die in Leiden wilden gaan studeren, de hoogbegaafde Jouri uiteraard wis- en natuurkunde. Ik vond dat ik daar niet slim genoeg voor was, en reeds als peuter was ik gefascineerd geweest door blubber en bloedzuigers, ruggenzwemmers en waterstaafwantsen, anders gezegd: door alles wat rondzwom en rondkroop in sloot en plas. Dus koos ik voor biologie.

Na het eindexamen in mei viel een reusachtig gat van vier maanden. Pas daags na 3 oktober zouden in Leiden de colleges beginnen. In die vier zomermaanden nam Frederica de lijdelijk tegenstribbelende Jouri echt in de houdgreep. Het lijkt achteraf of ik toen, op de maanloze avonden van die zomermaanden, even dwangmatig als mistroostig achter Frederica en Jouri aan over de Westhavenkade en de Maasboulevard heb gedrenteld. Wat zich, als ik terugdenk aan dat even raadselachtige als verpletterende verdriet om het verlies van een meisje dat ik, om met Vestdijk te spreken, 'nooit had bezeten', steeds maar weer opdringt in de herinnering is de scherpe geur van alle bloeiende ligusterhagen waar wij, op weg naar de Maasboulevard, in de vooravond langs drentelden. Is het zomer en ruik ik die scherpe geur van liguster, dan slenter ik weer over de Maasboulevard, hoewel juist daar, geloof ik, ligusterhagen nagenoeg ontbreken. De wind waait aan over het water. Mijn ogen tranen ervan. Door mijn tranen heen zie ik de dansende lichtjes aan de overkant van de rivier. De eeuwige vlam van Pernis kreunt en zucht. Op de Nieuwe Waterweg wapperen midscheeps witte lakens aan de waslijnen op de binnenschepen die dicht onder de wal voorbijglijden.

Het is net alsof, als ik aan die avonden terugdenk, ze samensmelten tot één verbijsterend lange avond en alsof ik van die ene avond in mijn hoofd een filmopname kan afdraaien. Wat ik toen omdat ik mij zo ellendig voelde niet waarnam, zie ik alsnog haarscherp voor me: eenzame meisjes op de verveloze bankjes aan de Maasboulevard die mij bedeesd aanstaarden met in hun ogen zowel angst als verlangen. Bang waren ze dat ik mij naast hen zou neervlijen, maar tegelijkertijd hoopten ze daar ook op. Eén filmmeisje zit zachtjes te snikken, en bij een ander meisje, wat verderop, biggelen geluidloos tranen over de wangen, en ik word gepasseerd door twee opgedofte heren met gleufhoeden op, van wie ik nu (toen echt niet, toen heb ik ze amper gezien) vermoed dat ze zich van het ene naar het andere huisbezoek begeven, ouderlingen dus, en een van hen zegt: 'Laat Gerrit van Eersel z'n gang maar gaan op het orgel van de Pniëlkerk', en de ander zegt: 'Nee, we moeten daar z'n broertje Kees hebben, die is nog veel beter.'

Waarom zwalkte ik daar in vredesnaam rond? Wat bracht mij ertoe om stiekem Frederica en Jouri te volgen, wat zeg ik, te stalken? Mij hoef je achteraf niet te verwijten dat ik mij 's avonds per fiets telkens naar Vlaardingen begaf. Frederica's broer was zo'n typische liefhebber van klassieke muziek die het liefst de hele avond naar platen luisterde, bij voorkeur echter in gezelschap van een gelijkgezinde. Dus ik was daar altijd welkom. Maar als ik daar dan bij George op de kamer vertoefde, ontging mij nooit, en dat nota bene zelfs een keer dwars door het geweld van de tweede symfonie van Sibelius heen, dat Frederica en Jouri het huis uit gingen voor een ommetje over de Maasboulevard. En dan wilde ik achter hen aan, dan wilde ik telkens maar weer bevestigd zien dat Jouri altijd een beetje tegenstribbelde als zij zich bij bloeiende ligusterhagen innig tegen hem aan drukte. Meestal slaagde ik erin om een smoesje te bedenken, en als mij dat niet lukte, zei ik domweg: 'Nu moet ik er helaas al vandoor', en dan volgde ik hen op gepaste afstand langs de ligusters.

Jouri is allang op haar uitgekeken, dacht ik dan, net zoals hij in no time ook op Ansje en Ria en Wilma en al die anderen was uitgekeken. Het enige waar hij blijkbaar, waarschijnlijk onbewust, naar had gestreefd, was om Frederica bij mij weg te lokken, net zoals hij Ans en Ria en Wilma had weggelokt. Binnenkort zou hij het met Frederica uitmaken.

Als ik tot die slotsom gekomen was, leek het of de geur van liguster mij verschroeide. Want ik wist zeker dat Frederica mij, ook al zou Jouri er een punt achter zetten, nooit meer achter in haar tuin het verschil zou uitleggen tussen zoenen en kussen. Dan mompelde ik een paar regels uit een gedicht van Theodor Storm: 'Und wieviel Stunden dir und mir gegeben, wir werden keine mehr zusammen Leben', en biggelden bij mij net zulke tranen over mijn wangen als bij dat eenzame meisje op het boulevardbankje. En dan wist ik mijzelf soms toch te vermannen en neuriede ik die overmoedige, wonderbaarlijke troostmuziek van Mozart, die negenentwintigste, waardoor ik nu, als ik die muziek weer hoor, terstond weer langs de ligusterhagen drentel, en mijzelf erover verbaas dat je op enig moment in je leven zoveel verdriet kunt hebben om iets wat achteraf een hersenschim lijkt. Of moet je het omdraaien, ben ik nu zo oud geworden en zo afgestompt geraakt dat ik niet meer in staat ben te lijden vanwege een verloren liefde?

Otter

Tijdens die ligusterzomer nam ik een besluit. Eenmaal in Leiden zou ik afstand houden. Moeilijk zou mij dat niet vallen gelet op het feit dat we verschillende studies deden. Nu was het wel genoeg geweest. Je beste vriend, maar ondertussen! Steeds opnieuw archimedisch baltsgedrag!

Ja, afstand houden, maar als ik hem zag, smolt alle verontwaardiging dadelijk weg. Dan ging, zoals het Woord zegt, mijn hart naar hem uit, zoals mijn hart altijd, volstrekt vanzelfsprekend, naar hem was uitgegaan, Ansje en Ria en Wilma en Frederica ten spijt.

Hoe prettig was het bovendien om tijdens die zonovergoten eerstejaarsdagen in september met een vertrouweling het onbekende Leiden te doorkruisen! En om 's nachts met hem in een jeugdherberg te overnachten. En heel geruststellend ook om samen naar een kamer te zoeken.

Bij de Stichting Leidse Studentenhuisvesting kregen we een lijstje met adressen. We begaven ons eerst naar de Hogewoerd. Op ons aanbellen daar werd de deur geopend door een nors heerschap, dat ons, via een smoezelig wenteltrapje, voorging naar een souterrain met een laag plafond, achter in het huis. Een vuil raam zag uit op het rimpelende, smoezelige water van de Nieuwe Rijn. Naast het raam blonk in het halfduister een deurtje.

'Waar voert dat heen?' vroeg ik.

De hospes antwoordde niet, maar stootte het deurtje open. Pal daarachter, vlak boven het water, schemerde een vlondertje. 'Kun je in de zomer zonnebaden.'

'O, wat prachtig,' zei ik, 'hier zou je makkelijk een ottertje kunnen houden.'

'Geen huisdieren,' zei de man.

'Nou, maar een ottertje, dat kan toch geen bezwaar zijn. Die is overdag de hort op, die zwemt de hele tijd rond. Desgewenst kan hij overnachten op de vlonder. Een heel enkele keer komt hij schuchter binnen. Ach, ze zijn zo leuk, otters, in de Middeleeuwen was 't het meest geliefde huisdier. Je hebt er meer plezier van en minder omkijken naar dan naar een hond, mits er water in de buurt is. En dat is hier.'

'Meneer,' zei de hospes dreigend, 'ik zeg u: geen huisdieren.'

'Dan geloof ik niet dat deze kamer...'

'Dat geloof ik ook niet,' zei de man gemelijk. 'U bent ook te groot, u zou hier steeds uw harses stoten.' Toen wendde hij zich tot Jouri. 'Maar wat denkt u ervan? U bent klein genoeg. Of wilt u hier ook zo'n otter...'

'Nee, nee,' zei Jouri allervriendelijkst, 'nee, een otter, da's mij te bewerkelijk.'

'Dat zou ik ook denken,' zei de man.

'Ik zie me hier wel zonnebaden.'

'Dus u neemt de kamer?'

'Ja, tenzij u daar bezwaar tegen hebt.'

'Mag ik dan meteen een maand huur met u afrekenen?'

Jouri betaalde een maand huur, kreeg een sleutel en zei dat hij de kamer binnenkort zou meubileren. Daarna fietsten we naar het volgende adres op ons lijstje: Uiterste Gracht 171.

Onderweg erheen zei ik tegen Jouri: 'Dat je daar wilt wonen! Bij zo'n gemelijk kereltje.'

'Die man is volgens mij best geschikt. En zo'n souterrain, met een vluchtweg naar een vlondertje, wat wil een mens meer. Maar wat een mesjogge malloot ben jij toch! Meieren over een ottertje.'

'En die man dan! Die dacht dat ik het serieus meende, dat ik daar echt een otter wou houden. Zou zo'n man niet weten dat otters in Nederland zijn uitgestorven?'

'Nee, dat weet zo'n man niet.'

Op de Uiterste Gracht werd de deur geopend door een vrouw die even breed als groot was. Had je haar gekanteld, dan zou ze er ongeveer hetzelfde hebben uitgezien. Hoogstens zou je je verbaasd afvragen: waarom zitten die lompe knoopschoenen aan de zijkant? Ze droeg een bril waarin vergrootglazen gemonteerd leken. Ze keek Jouri aan, glimlachte breed, zei: 'U kwam voor de kamer?'

'Ja,' zei Jouri, 'maar ik ben al voorzien, m'n vriend hier...'

Daar ging ze niet op in. We volgden haar door een lange gang, bestegen een trap, kwamen uit bij een vrij grote kamer met foeilelijk bloemetjesbehang en een deprimerend uitzicht op een vaal binnenplaatsje. Eén bloemenwand werd echter grotendeels aan het oog ontrokken door een idioot hoge piano met ouderwetse kaarsenstandaards erop gemonteerd.

Mijn hart sprong op. 'Mag daarop geoefend worden?' vroeg ik aan de vrouw.

'Als er niemand thuis is,' zei ze tegen Jouri.

'Dan wil ik de kamer graag hebben.'

'Dan graag een maand huur vooruit,' zei de vrouw tegen Jouri.

Ik overhandigde de vrouw het geld. Ze schreef meteen een soort kwitantie uit en overhandigde die weer aan Jouri.

'Tot binnenkort,' zei ze tegen Jouri.

Toen wij weer buitenstonden zei ik: 'Ze zal verbaasd opkijken als ik straks verschijn.'

'Welnee,' zei Jouri, 'die vrouw is vrijwel blind, die ziet geen verschil tussen jou en mij.'

Zelfs deze vrouw, dacht ik later, richtte zich dadelijk tot Jouri, terwijl ze over mij heen keek. Daarom was ik innig tevreden toen wij, opgesplitst naar studierichting, op de laatste dag van die eerstejaarsdagen gescheiden wegen gingen.

Voordat ik mij meldde bij de biologen, begaf ik mij eerst naar de muziekschool, waar ik mij inschreef voor pianoles. Toen marcheerde ik naar de Raamgracht. In het Rijksmuseum voor Natuurlijke Historie beklom ik de betonnen trappen. Op de hoogste verdieping stond reeds de deur van een donker collegezaaltje open. Hoefdierskeletten alom, en schedels met geweien erop. Tussen die skeletten zouden wij zo dadelijk toegesproken worden door een rijzige Fries, de hoogleraar-directeur Boschma.

Hij stond al achter een katheder en een voor een keek hij de aankomende biologen aan, en ik keek mee naar de ruggen en achterhoofden van mijn jaargenoten die er al zaten. Vijftien jongens, zeven meisjes. Terwijl ik hem bedeesd toeknikte en ging zitten, viel mijn oog op het achterhoofd van een van die meisjes. Maar dat is Hebe, dacht ik stomverbaasd, hoe kan dat nou? Gaat die hier ook biologie studeren? Maar waarom weet ik daar dan niks van? En waarom heeft ze haar haar laten groeien?

Het zonlicht, dat als het ware over de hoge ramen heen de zaal in gutste, streek liefkozend over haar goudblonde haar. Pas drie kwartier later, toen we het zaaltje verlieten, viel ik opnieuw bijna om van verbazing. Zo zeker was ik ervan geweest dat daar Hebe voor mij zat, dat ik amper kon geloven dat het goudblonde haar toebehoorde aan een ander meisje met wasbleke wangen en korenbloemblauwe ogen. Ze was niet onknap, maar wat was ze akelig bleek! Toch nam ik mij dadelijk voor: straks in oktober ga ik jou het hof maken. Spijtig genoeg namen, zo werd een maand later wel duidelijk, veertien andere jaargenoten terstond dezelfde beslissing.

Op vrijdag 4 oktober, klokslag één uur, ving mijn studie biologie aan met een college natuurkunde. Direct daarna volgde de eerste practicummiddag. Van twee tot half zes tekenden we in de practicumzaal van het Zoölogisch Laboratorium preparaten van eencelligen na die onder de microscoop verkeerden. En dat deden we alle volgende middagen van alle werkdagen tot Kerst toe.

Spoedig bleek dat je de colleges rustig kon verzuimen. Maar bij alle practica werd er akelig scherp op toegezien dat je aanwezig was. Zelfs als je, zoals ik op woensdagmiddag, een half uurtje eerder weg wilde om naar de catechisatie te gaan, moest je aan de practicumleider dispensatie vragen. En die werd je dan uiterst gemelijk verleend.

'Wat? Catechisatie? God bestaat helemaal niet!'

Of ik toen ook al die overtuiging was toegedaan, kan ik mij niet goed meer herinneren, omdat mijn geloof in God uiterst langzaam is verdampt. Toch wilde ik graag naar catechisatie omdat ik daar, althans in ons eerste jaar, Jouri weer trof. Na catechisatie gingen Jouri en ik eten in de mensa. Dan wisselden we onze ervaringen uit.

'Het is vreselijk,' klaagde ik tegen Jouri, 'alle middagen practicum van twee tot half zes. Dwarsdoorsnedes natekenen van sponzen en lintwurmen, of van merysteemblaasjes, getver... getver... getver.'

'Wat denk je van wiskundecolleges die domweg niet te volgen zijn? Niks begrijp je ervan. D'r zijn er bij ons nu al tien weggelopen. Omgezwaaid, spoorloos verdwenen, of definitief afgehaakt. Bij jullie ook?'

'Bij ons zijn drie jongens verdwenen, en één heel knap meisje, dat overigens pas na de eerstejaarsdagen opdook. Dat meisje, Giselle, is gestopt omdat ze opeens in verwachting bleek te zijn.'

'Van een van jouw jaargenoten?'

'Voor zover ik weet niet. Waarschijnlijk van een corpsbal.'

'In mijn jaar zit niet één leuk meisje, ja, zelfs niet een meisje. Wiskunde is blijkbaar te moeilijk voor meisjes. En in jouw jaar?'

'Alleen maar wezens met knotjes en kerkhofgezichtjes,' loog ik.

Over dat ene meisje met het lange, goudblonde Hebehaar zweeg ik. Dat haar bleek afgeknipt in oktober, zodat ik elke keer als ik alleen haar achterhoofd zag weer even op het verkeerde been werd gezet en dacht dat ik Hebe voor me had. Soms, aan het einde van zo'n eindeloze practicummiddag, als een van mijn jaargenoten stiekem wat pure practicumalcohol aanlengde met vruchtensap, en dat distribueerde in kleine bekerglaasjes, verscheen er als ook zij een slokje had genomen, zowaar een vleugje kleur op haar wangen. Dan stak ze doorgaans een sigaret op en drentelde de ene jaargenoot na de andere haar richting uit om door haar microscoop te kijken en bewonderend commentaar te leveren op haar tekeningen. Koppig bleef ik dan op mijn plaats zitten, mij er scherp van bewust dat ik bepaald niet de enige jaargenoot was die haar leuk vond.

Soms ging ik naar mijn jaargenoot Toon, die schuin achter mij zat en ook altijd koppig bleef zitten als zij met behulp van haar sigaretje haar mannenmagneet activeerde. Toon was mijn meest opvallende jaargenoot. Zijn spierwitte haar groeide als een bivakmuts om zijn hoofd heen. Met zijn spierwitte baardje zag hij eruit als een kromme tuinkabouter. Slechts de puntmuts ontbrak. En hij praatte onophoudelijk, niet tegen iemand in het bijzonder, maar tegen allen die toevallig in zijn buurt waren. Zelfs als iedereen weg was, praatte hij nog door. Als een gedreven sportverslaggever becommentarieerde hij de dwarsdoorsnedes die hij onder zijn microscoop aanschouwde. Hij vergeleek wat hij zag met wat hij al eerder had gezien, haalde leerboeken aan, stelde vragen, waarop hij zelf reeds een voorlopig antwoord formuleerde. Van al mijn jaargenoten was deze welbespraakte albinognoom, dit genetische gedrocht, zoals jaargenoot Gerard hem noemde, de meest curieuze verschijning. Vrienden had hij niet en maakte hij ook niet. Hij woonde niet op een studentenkamer, maar bij zijn ouders op het Pieterskerkhof.

Op een druilerige wintermiddag wandelde zij met haar smeulende sigaretje naar Toon toe, keek door zijn microscoop, en vroeg toen plompverloren aan hem: ‘Geloof jij in God?’

Hij keek niet op, hij tekende rustig door en hij zei: ‘God? Mij dunkt dat je tussen het voorhanden aanbod van de helaas zo slordig begrensde propositieverzamelingen die als evenzovele religies het mensdom teisteren, nauwelijks één verantwoord theorema vermag aan te treffen dat een verstandig mens ook maar één moment kan aanspreken, en de minimalistische asymptootvariant die als monotheïsme wordt aangeduid, lijkt mij bij voorbaat alleen al ongerechtvaardigd omdat de wereld nu eenmaal stochastisch in elkaar zit, terwijl de predestinatieleer wel de meest deterministische variant is van dit type altoos zo onheilspellend casuïstiek gekleurde concepten.’

Julia

Mij lukte het in het eerste semester volstrekt niet om ook maar één keer haar aandacht te trekken. Heel geduldig zwierde ze, vier volledige kwartalen, van de ene jaargenoot naar de andere. Kortstondige halve verhoudingen. Het was alsof ze speels elke jongen proefde en weer van de hand deed. Ik leed daaronder, maar dacht desondanks: als ze iedereen probeert, komt ze uiteindelijk misschien zelfs bij mij terecht. Toch heb ik er in ons eerste studiejaar, hoewel we elkaar elke dag bij het practicum zagen, geen kans toe gezien om ook maar één keer iets tegen haar te zeggen of aan haar te vragen. Zelfs toen wij, opgesplitst in kleine groepjes, ter afsluiting van het eerste jaar met diverse hoogleraren op excursie gingen en ik in haar groepje terechtkwam, lukte het mij niet om ook maar één woord met haar te wisselen. De hoogleraren legden altijd dadelijk beslag op haar. Nog zie ik haarscherp voor me hoe onze roemruchte professor Wolvenkamp zich innig vergenoegd met haar aan een slootkant neervlijde om haar attent te maken op het krinklende winklende waterding met 't zwarte kabotseken aan.

Nu fotografeert de hele mensheid, maar indertijd was er maar één jaargenoot die zich geroepen voelde om alles wat wij ondernamen vast te leggen. Ronduit verbazingwekkend is hoe profetisch veel van zijn foto's achteraf zijn gebleken. Op een van zijn kiekjes hurkt Julia tussen hoog trilgras naast onze jaargenoot Rudi. Reeds toen wist hij, de latere bewerker van de befaamde *Flora* van Heukels, alles van plantjes. Kalm rookt ze een sigaret. Driftig determineert Rudi een plantje. Van een verhouding was toen nog geen sprake. Maar als je die foto nauwkeurig bekijkt, verbaast het je niet dat Rudi in ons tweede jaar uiteindelijk verloofd raakte met Julia.

Voor het zover was, gingen we in juni 1963 een week lang op excursie naar Ellecom. Met jaargenoot Theo zwierf Julia de eerste avond door de Middachter Bossen, met jaargenoot Kees verdween zij de tweede avond achter de IJssel, achter op de scooter van jaargenoot Cees reed zij de derde avond naar Arnhem. Ik zag het allemaal aan, ik leed, en ik las biografieën over de grote componisten. Ik dacht: ik wou dat deze excursie een maand duurde. Dan kwam ik misschien ook aan de beurt.

Niettemin heb ik in Ellecom voor het eerst haar aandacht weten te trekken. Als het licht werd stond ik op, en in juni wordt het vroeg licht. Vervolgens beklom ik een hek en las daarop het boek van Hermann Abert over Mozart. Toen ik op een van die verrukkelijke zomermorgens weer in alle vroegte op dat hek zat te bladeren, en een muzikaal paard uit het weitje erachter zijn kop over mijn schouder boog om mee te lezen, kwam opeens uit de schaduw van de jeugdherberg waarin wij ondergebracht waren, een meisje tevoorschijn. Ik keek tegen de zon in, dacht: is het Julia?

Het meisje droeg een lichtblauwe broek en een wit truitje. Ze zag mij zitten, liep traag op mij af en streek liefkozend over de neus van het paard dat ook over Mozart wou weten.

'Waarom zit je hier?' vroeg Julia.

'Omdat ik hier rustig kan lezen.'

'Ga je als 't zulk schitterend weer is, zitten lezen?' vroeg ze verbaasd en ook enigszins verontwaardigd.

'Ja, waarom niet?'

'Omdat je nu heerlijk kunt wandelen. Ga je mee wandelen?'

'Graag,' zei ik.

En toen wandelde ik met Julia in alle vroegte door de geurende Middachter Bossen. Het rook zo verrukkelijk, de door bosranden ingekaderde weitjes dampten. In het bos zelf was nog niemand te zien, en we wandelden maar, en Julia zei niets, en ik zei ook niets. Net als bij Hebe was ik met stomheid geslagen. Wat hadden we ook kunnen zeggen tegen elkaar, wij die reeds een jaar lang nog nooit iets tegen elkaar gezegd hadden? Wat mijn hart vervulde – wat ik zojuist over Mozart had gelezen – daarover durfde ik niet te praten. Al zo vaak had ik als ik over echte muziek begon, bot gevangen bij mijn jaargenoten. Wat voor mij 'het enig nodige' zo glorieus had vervangen, bleek voor hen geen enkele betekenis te hebben.

We staken een onbewaakte spoorwegovergang over. Amper hadden wij een pas in het bos daarachter gezet, of een trein denderde hevig fluitend voorbij.

'Zo, dat scheelde niet veel,' giechelde Julia opgetogen. 'Waren wij haast samen gestorven. Zou iedereen heel erg van hebben opgekeken.'

Op het bospad hipte een verdwaald kikkertje.

'Ach, dat humpie,' zei ze, 'hoe komt die hier nou terecht? Zullen we hem meenemen? Als we dan een beekje zien, kunnen we hem op de oever zetten.'

Ik droeg het kikkertje door de Middachter Bossen. Bij een beekje nam ze het van mij over en zette het uiterst voorzichtig tussen een van de fraaiste en teerste beekoevergewassen: paarbladig goudveil.

Na Ellecom volgde de belachelijk lange academische vakantie. Toen we in oktober terugkeerden in Leiden, bleek het onverhoeds aan te zijn tussen Rudi en Julia. Wij vonden dat ze totaal niet bij elkaar pasten. Wij waren allemaal verbolgen, jaloers, ontevreden, afgunstig. Wij zagen het aan en wij leden.

Aan het einde van dat tweede jaar voorzag het curriculum in een excursie naar Gulpen. Anders dan in Ellecom, waar we op grote slaapzalen waren ondergebracht (jongens en meisjes uiteraard gescheiden), sliepen wij in kleine kamers met kolossale tweepersoonsbedden. Toon en ik deelden een bed. De eerste avond vouwde hij de lakens dubbel. Hij wikkelde zich in een van die lakens, ik wikkelde mij in het andere laken en we lagen zo ver mogelijk van elkaar af. Angstvallig probeerden we elk lichamelijk contact te vermijden. Aan het einde van die excursieweek bleken wij als wij wakker werden, steevast broederlijk tegen elkaar aan te liggen. Af en toe werd ik 's nachts wakker omdat Toon ons bed en onze kamer verliet. Slaapwandelend dwaalde hij over de gangen, daarmee diverse jaargenoten de stuipen op het lijf jagend, vooral als hij draalde bij een steile trap en na lang aarzelen rechtsomkeert maakte.

Daar in Gulpen vingen we boomkikkers, vroedmeesterpadden, vuurbuikjes. Toon huisvestte die thans beschermde amfibieën in ons tweepersoonsbed. Op een avond kwam Julia onze bedvroedmeesters bekijken. Met jaargenoot Gerard bestudeerde Toon het nachtleven in Gulpen. Dus sloeg ik de dekens open en haalde ik voor Julia de vroedmeesters en vuurbuiken en boomkikkers voorzichtig bij het voeteneinde vandaan. Zij stelde voor dat wij twee boomkikkertjes op het vloerzeil naast elkaar zouden neerzetten, we zouden één, twee, drie tellen, ik zou het ene kikkertje een tikje tegen zijn achterste geven, en zij het andere kikkertje. Wiens kikkertje maakte dan de grootste sprong?

Dat bleek een adembenemend spelletje te zijn. De boomkikkertjes werkten een hele springcompetitie voor ons af. Vlak voordat wij toe waren aan de sprongen van de kikkertjes die voor ieder van ons de beste prestaties hadden geleverd, stormde Rudi plotseling de kamer binnen. Hij vertrapte Julia's prijskikkertje en smakte mij op het tweepersoonsbed. Vervolgens bewerkte hij me, daarbij onverstaanbare bedreigingen uitend, vernuftig met de scherpe uiteinden van zijn ellebogen. Het kwam niet bij mij op om mij te verweren. Ik was daar te verbaasd voor. Toen zijn furie was uitgewoed, trok hij Julia woest de kamer uit, en sleepte haar weg over de gang. De deur bleef openstaan, ik lag op het bed, en de verbouwereerde boomkikkertjes werkten onderling nog een tweede springcompetitie af, waarbij diverse exemplaren op de gang terechtkwamen. En sommige vuurbuikjes scheidden van schrik zoveel gif af dat zij begonnen te schuimen.

Een paar dagen later vertelde Julia mij dat ze gedroomd had van twee slangen. Een van die slangen was een aanvallige, zeldzame boekenwurm. Desondanks werd hij bruut door die andere slang verslonden. 'Ach, dat humpie,' zei ze.

'Maak je niet druk,' zei ik, 'dromen hebben geen betekenis. Het is de manier waarop in ons brein de prullenbakken geleegd worden.'

'Het was afschuwelijk. Zo'n grappig, lief boekenwurmpje! Ik had zo met 'm te doen.'

Zelfs een paar dagen later bleek ze nog altijd ontdaan te zijn over die boekenwurmdroom. Ze is er later nog vaak op teruggekomen.

In ons derde jaar moesten wij kiezen. De systematische richting of de experimentele richting. Rudi koos de systematische richting, Julia en ik kozen de experimentele richting. In dat derde jaar liepen we cursussen. De systematici deden cursussen op het herbarium en het museum, de experimentelen cursussen op het Zoölogisch Laboratorium. Bij die cursussen werkte je altijd in koppels. De korte cursus genetica werkte ik met Julia samen. Dat beviel ons beiden uitstekend. Voordat zij biologie ging studeren, had Julia een opleiding gevolgd voor analiste. Daar had zij enorm veel plezier van. Ze was uiterst zorgvuldig, ze kon miraculeus goed titreren (en bedenk wel: niets op deze wereld, met uitzondering van pianospelen, is moeilijker dan titreren!), coupes snijden, minuscule chemicaliënmonsters afwegen. Mij vallen zulke werkzaamheden zwaar, deels omdat ik te haastig werk, deels omdat ik zulk gepriegel verafschuw. Alles wat er echter aan theorie bij die cursussen uit boeken en handleidingen moest worden gepeurd, had geen geheimen voor me, en ik kon het altijd zo glashelder aan Julia uitleggen dat ook zij alles begreep. 'Nog nooit heb ik iemand ontmoet,' zei ze telkens, 'die moeilijke dingen zo glashelder kan uitleggen.' Dan zwol mijn borst van trots.

Na de cursus genetica volgden we een cursus morfologie. Die moesten we allemaal volgen en daarom werkte Julia toen uiteraard weer samen met haar verloofde Rudi. Ze hadden voortdurend woorden. Ik werkte samen met Toon. Helaas vormden wij een tamelijk slecht koppel. Ik kreeg een zes voor die cursus. Ach, had ik die cursus toch ook met Julia mogen samenwerken! Dan had zij die vreselijke coupes voor mij gesneden en zou ik stellig een negen gehaald hebben. Voor alle cursussen die ik met Julia samen heb gedaan, heb ik negens en tienen gehaald. En zij eveneens.

Enfin, na die vreselijke cursus morfologie kregen wij de cursus ethologie. Die cursus hoefden de systematici niet te volgen. Dus werkten Julia en ik weer samen, en maakten wij, vooral dankzij het feit dat Julia en ik zo'n voortreffelijk koppel vormden en wij zulk veelbelovend onderzoek verrichtten aan het baltsgedrag van cichliden, een goede indruk op de cursusleider. Die vroeg ons meteen na de cursus of wij na ons kandidaatsexamen terug wilden komen om bij hem een 'doctoraalonderwerp' te komen doen. Omdat mijn hart toen reeds uitging naar de parasitologie, vroeg ik of ik dan het gedrag van cichliden mocht komen bestuderen die door karperluizen geparasiteerd werden. 'Maar natuurlijk, wat een goed idee,' zei hij.

Julia en ik deden ons cichlidenonderzoek op de grote aquariumzaal van het Zoölogisch Laboratorium. Als wij aan onze experimenten begonnen, sloten wij een canvasgordijn. Daar zaten wij van negen tot vijf uur achter. Op de tweede maandag van de cursus baltste een van onze proefdieren, Kareltje, zo verwonderlijk vernuftig elk heel uur tegen hetzelfde vrouwtje dat wij om vijf uur achter het gordijn bleven zitten. Zou hij zo stipt op tijd blijven baltsen? Dat deed hij, en pas toen hij even na zeven uur weer stipt op tijd zijn wijfje aanschoot, staakten wij onze observaties. In het uitgestorven laboratorium begaven wij ons naar de uitgang. Buiten zongen de merels in de lichte schemer van de voorjaarsavond zo uitbundig alsof ze anticipeerden op de Matthäus-Passion, die diezelfde avond in de Stadsgehoorzaal zou worden uitgevoerd.

Toen we in die lichte schemer het trapje afdaalden van het bordes van het Zoölogisch Laboratorium, zuchtte Julia opeens: 'Weer een hele avond alleen.'

'Waar is Rudi dan?' vroeg ik.

'Het is uit,' zei ze toonloos.

Ik verstond haar niet goed, ik dacht dat ze zei: 'Hij is uit.' Pas toen ik in die zoele, lichte schemer rustig naast haar en naast mijn fiets voortschreed, drong tot mij door dat ze had gezegd: 'Het is uit.'

Tot aan de Breestraat liep ik met haar op. Geen woord kon ik uitbrengen. Ze zei: 'Het lijkt alsof je met mij meeloopt.'

Zo overmand was ik door tegenstrijdige emoties dat ik niets wist terug te zeggen.

Ze zei: 'Het is beter dat je nu naar je kamer gaat, ik moet alleen zijn, ik moet mijn gedachten ordenen, ik moet dit verwerken.'

'Dat is goed,' zei ik.

De dag daarop zaten wij weer achter het gordijn, en Kareltje baltste stipt om negen uur tegen een vrouwtje, en om tien uur weer, en om elf uur, en zo de hele dag door, alsof hij onze heftige emoties wilde bezweren. Die dinsdagavond heb ik mij naar Rudi begeven. Achteraf denk ik dat ik zo vermetel ben geweest om mij in het hol van de leeuw te wagen, omdat ik ook bij hem wou verifiëren of het echt uit was.

Op de hoek van de 3 Oktoberstraat woonde hij in een voormalige winkel. In de etalage zette hij koffie. Hij zei: 'Het is mislukt, ik heb haar niet op kunnen vangen.' Toen vergeleek hij zichzelf met een blind paard. Hij zei dat ze keer op keer tegen hem gezegd had dat ze mij veel aardiger vond. Hij beet mij toe dat ze op mij verliefd was en dat ik op haar verliefd was. Toen deelde hij, alsof hij wilde goedmaken dat hij mij in Gulpen met zijn ellebogen mishandeld had, daarbij en passant een kikkertje vertrappend, zichzelf enkele akelig rake oorvijgen uit. Vervolgens beschreef hij uiterst gedetailleerd hoe verrukkelijk ze kon zoenen. Ik vertelde hem dat ze de hele dag achter het canvasgordijn met papieren zakdoekjes in de weer was geweest. Daaruit putte hij moed. Toen ik gegaan was, is hij dadelijk naar haar kamer gefietst.

Julia vertelde mij de dag daarop dat hij haar de avond ervoor bezocht had. Wat ze besproken hadden – ze heeft het mij niet gezegd, maar van enige somberheid was daarna niets meer te merken. Het enige wat ze zei, was: 'Ik ben voorlopig nog niet toe aan een nieuwe verhouding.' Mij deerde dat niet, want ik was ervan overtuigd dat ze mij aardiger vond dan enige andere jongen, zoals ik haar ook aardiger vond dan enig ander meisje. Als dat zo bleef, zou het vanzelf goed komen.

Ook de volgende cursus, plantenfysiologie, werkten Julia en

ik samen. De hele maand mei en begin juni zagen we elkaar elke dag. Zij fietste met mij naar mijn kamer op de Uiterste Gracht, ik fietste met haar naar haar kamer aan de Haarlemmertrekvaart. Daar beluisterden we – want ze had zowaar smaak voor echte muziek – telkens een van de suites uit het ballet *Romeo en Julia* van Prokofjev. Hoor ik de suite weer, dan zit ik daar opnieuw en lijkt het alsof ik mijn ogen moet toeknijpen vanwege de glinstering van het zonlicht op de golfjes van de trekvaart.

Uit de daarvoor in aanmerking komende letters van haar voor- en achternaam stelde ik een themaatje samen waarop ik een fuga in E-groot componeerde. Het is zowat de enige compositie die ik ooit heb gemaakt, en hij was zeker niet minder goed gelukt dan de fuga's die Simon Vestdijk gecomponeerd heeft. Julia was er in ieder geval verrukt over toen ik hem voor haar op de piano speelde.

Tijdens die cursus plantenfysiologie hebben wij op de avond van 1 mei – zo plechtig als op die leeftijd nog mogelijk is – met elkaar afgesproken dat wij, wat er verder ook met ons zou gebeuren en met wie wij eventueel ook ons leven zouden delen, op 1 mei van het jaar 2000 een hele dag lang weer met elkaar zouden optrekken.

'Daar maken we dan een hele dolle dag van,' zei Julia.

Hoe eigenaardig, die plechtige afspraak! Alsof we toen al wisten dat wij, ofschoon we bij cursussen een wonderkoppel vormden dat grossierde in negens en tienen, samen ons leven niet zouden delen. Toch was ik er destijds nog van overtuigd dat het daar onvermijdelijk op zou uitlopen.

Maar op een avond fietsten we naar mijn kamer. Onderweg erheen was ik ervan overtuigd: nu gaat het gebeuren, nu zal ik haar in mijn armen nemen, nu zal ook ik haar zoenen, strelen, kussen. Mij deerde het niet dat al zoveel andere jongens van mijn jaar haar gekust hadden. Al die tijd was ze immers nog verblind geweest, had ze nog niet beseft dat ik jaar in, jaar uit op haar gewacht had zoals Jakob op Rachel.

Aangekomen op mijn kamer zette ik de radio aan. Verrukt zei ik nadat ik even had geluisterd: 'Goh, Mozart, de Haffner.'

Waarop zij met haar grote korenbloemblauwe ogen stomverbaasd naar mij keek. Toen liet ze zich zwaar in een versleten fauteuil vallen en zei enigszins schamper en wrevelig: ‘Bah, Mozart, al die vlugge fliebertjes.’

Diefsteeg

Om op geheel eigen wijze het einde van mijn derde studiejaar te vieren begaf ik mij op een liefelijke voorzomeravond naar de Stadsgehoorzaal. Onder leiding van Willem van Otterloo zou daar het Residentieorkest voor de pauze zijn eigen orkestbewerking van de *Fantasie* in f-klein van Franz Schubert plus de ouverture *De getemde feeks* van Johan Wagenaar uitvoeren, en na de pauze de zevende symfonie van Antonin Dvořák.

Bij elke uitvoering stroomden de concertgangers, mits de weersomstandigheden dat toelieten, in de pauze en masse even de Breestraat op om een luchtje te scheppen. Als ik mij tussen hen mengde en ook deed of ik een luchtje schepte, kon ik, als het venijnige belletje klonk dat het einde van de pauze aankondigde, tussen hen in meelopen naar de zaal. Aldus kleinschalig frauderend had ik al diverse halve concerten bijgewoond.

Een klaplopersmentaliteit? Maar wat moest ik anders als student met een studiebeurs van 2400 gulden per jaar?

De pauze, zo schatte ik, zou ongeveer om tien over negen beginnen. Misschien iets eerder. Om in ieder geval niet te laat te zijn slenterde ik al om kwart voor negen via Pieterskerkhof en Diefsteeg in de richting van de Breestraat. In de donkere Diefsteeg brandden de straatlantaarns nog niet. Uit het Chinese restaurant Woo Ping scheen bleekrood licht de Diefsteeg in, waardoor het nauwe straatje iets lugubers kreeg. Even overwoog ik om maar terug te lopen, en dan via de Pieterskerkchoorsteeg naar de Breestraat te klimmen. Maar ik vermande mij, dook de schemerzone met het vaalrode licht in, en stapte haastig langs restaurant Woo Ping.

Woo Ping is een vrij groot etablissement. Links van de ingang twee grote ramen, en rechts ervan twee grote ramen. Beide restauranthelften zijn door een gang van elkaar gescheiden.

Toen ik langs het tweede raam marcheerde, keek ik even het restaurant in. Niet gericht, niet met de bedoeling om de aldaar chinezende studenten even scherp in mij op te nemen, maar louter om mijn blik een beetje te laten dwalen. Ik neuriede het hoofdthema van de fantasie in f. Zelfs in het verbijsterende oeuvre van Schubert is die fantasie een van de absolute hoogtepunten, een weergaloze compositie. Mij verbaasde het dat Van Otterloo zich daaraan vergrepen had, daar een orkestversie van had gemaakt.

Enfin, ik neuriede Schubert, wierp een verstrooide blik in Woo Ping, ondertussen rustig voortstappend op de maat van de muziek.

Toen stond ik, ter hoogte van de ingang, abrupt stil. Had ik dat nu goed gezien? Zat daar Julia? Was ze dan nog in Leiden? Ze had mij, op de dag dat de cursus plantenfysiologie afliep, toch gezegd dat ze zou afreizen naar haar ouders?

Ik liep terug, keek nu gerichter het restaurant in. Ja, daar zat ze. Aan een tafeltje midden in de eetzaal. Ik keek haar op de rug. Ik kende haar nu goed genoeg om te weten dat ze zich, daar bij Woo Ping, licht en plezierig en prettig voelde. Haar blonde haar glansde en golfde fraai om haar achterhoofd heen. Als ze gedeprimeerd was, piekte dat altijd.

Ze nam af en toe een klein hapje, en praatte ondertussen gedreven tegen haar metgezel. Bij Woo Ping zijn alle tafels van elkaar gescheiden door hoge rode tussenschotten. Daardoor kon ik niet zien met wie Julia chineesde. Haar metgezel zat veilig opgeborgen achter het schot. Met wie zat ze daar? Een jaarclubvriendin? Een bioloog? Haar tante, die ook in Leiden woonde? Ik stond daar een poosje naar binnen te gluren als Robert in *The cry of the owl* van Patricia Highsmith. Wat zat ze geanimeerd te praten! Wat leek ze, gegeven haar altijd zo melancholieke inslag, verbazend vrolijk. Wie was in staat haar hypochondrische ziel zo aangenaam te kneden en te boetseren dat zij opsteeg naar hoger sferen? Was ik, na die avond waarop we in elkaars armen terecht hadden moeten komen, maar waarop we elkaar dankzij Mozarts vlugge fliebertjes niet in de armen waren gevallen, dan al zo snel weer vervangen door een nieuwe aspirant-minnaar?

Omdat de zaak van Woo Ping uit twee van elkaar gescheiden afdelingen bestaat, kun je door de ene eetzaal heen naar achteren lopen en je dan, ter hoogte van de keuken, achterlangs naar de andere eetzaal begeven. Ik liep door de eetzaal waar Julia en haar metgezel niet zaten, deed één stapje die andere eetzaal in, en wierp een blik op het tafeltje van Julia. Van haarzelf en haar metgezel kon ik slechts de rood verlichte kruinen waarnemen, maar dat was ruimschoots voldoende om dadelijk te weten met wie Julia daar zo aangenaam de avond doorbracht.

'Mineer, hapje eten,' vroeg een Chinees dienstertje, 'tafeltje voor u opzoeken?'

'Nee, dank u. Ik wou alleen maar even kijken of een vriend met wie ik bij de Chinees had afgesproken hier misschien zat. Want ik weet niet meer bij welke Chinees we hadden afgesproken. Maar hier is hij niet, hij zal wel bij Kota Radja zitten.'

'Dag mineer, goedeavond mineer.'

'Goedenavond.'

Door de andere eetzaal wankelde ik naar de Diefsteeg. Jouri daar met Julia, hoe was dat in godsnaam mogelijk? Waar en hoe had hij haar leren kennen? Wist hij dat ik met haar cursussen had gelopen? Was hij erachter gekomen dat we elkaar op de Uiterste Gracht nog net niet gekust hadden omdat de Haffnersymfonie ertussen was gekomen? Of wist hij daar niets van? Stond het feit dat hij daar met Julia chineesde, los van mijn bemoeienissen met haar? Mij leek het, nu hij daar met haar zat, vrijwel ondenkbaar dat hij niet wist dat ik haar aanbad, de vlugge fliebertjes van Mozart ten spijt, en dat ze, nadat ze van zowat al mijn andere jaargenoten de maat had genomen, ook mij eens aan een nader onderzoek had willen onderwerpen. Of vergiste ik mij daarin? Vond ze mij net zo aantrekkelijk als ik haar? Was er wellicht sprake van echte liefde? Waarom niet?

Jouri met Julia bij de Chinees. Nee, de aarde was nog niet vergaan, tolde in 24 uur nog om zijn as, en suisde door de ruimte in zijn baan om de zon, en ik leefde ook nog, klom warempel naar de net wat hoger dan de Diefsteeg gelegen Breestraat en zag daar de keurig geklede concertgangers reeds op straat slenteren. Ik mengde mij tussen de concertgangers, liep ten slotte met hen in de richting van de zaal, werd echter in de hal aangeschoten door een suppoost.

'Meneer, mag ik uw kaartje zien?'

'Dat ben ik helaas kwijt.'

'Meneer, het spijt me, maar dan ben ik helaas verplicht u de toegang tot de zaal te ontzeggen. U probeert, en niet voor de eerste keer, om het gedeelte na de pauze gratis bij te wonen. We hebben u inmiddels op de zwarte lijst staan en houden u in de gaten.'

'Ik ben een straatarme student,' zei ik.

'Meneer, studenten zwemmen in hun vrije tijd. Zoek een baantje, zodat u geld hebt om netjes een kaartje te kunnen kopen voor onze concerten.'

Ik begon weg te lopen, in de richting van uitgang. Voordat ik echter weer op straat stond, werd ik op de schouder getikt. Ik keek om, staarde in het gezicht van de suppoost.

'Meneer,' zei hij, 'zo vreselijk is het toch niet? Zo erg hoeft u het zich toch niet aan te trekken? U loopt weg alsof u naar het schavot gevoerd wordt. Da's nou ook weer niet de bedoeling. Voor één keer nog strijk ik de hand over m'n hart. U mag naar binnen.'

Ik keek hem aan, draaide mij om, stapte in de richting van de zaal.

'Meneer, wat is er aan de hand? Voelt u zich wel goed?'

'Ja,' stamelde ik.

'Moet ik een glaasje water voor u halen?'

'Nee, dank u wel.'

'Meneer, het lijkt wel alsof u ten einde raad bent. Heus, u mag de zaal in, voor één keer nog strijk in m'n hand over m'n hart, kijk maar.' En hij streek met zijn handpalm over zijn hartstreek.

'Het gaat wel weer,' zei ik, 'als ik maar eenmaal zit.'

Voordat ik de zaal in stapte, keek ik nog even over mijn schouder. Met grote, bezorgde ogen stond de suppoost mij na te kijken. Toen ik uiteindelijk een plaatsje had gevonden, kwam hij nog even de zaal in, daarbij spiedend rondkijkend, en ten slotte even knikkend toen hij mij ontwaarde.

Dvořáks zevende is een superieur meesterwerk. Het staat op dezelfde hoogte als zijn andere, grootste meesterwerken: het requiem, en de beide strijkkwartetten, opus 105 en opus 106. Ik hoorde Dvořáks zevende die avond voor de eerste keer. Het leek of dat sombere, dramatische werk uitsluitend geprogrammeerd was om mij daar nog maar eens grondig te confronteren met al mijn smarten. Jouri met Julia bij de Chinees – dus nu was alles verloren. Weer had hij gepresteerd wat hij al zo vaak gepresteerd had, weer had hij ingegrepen, weer had hij een meisje dat ik liefhad, laten zien dat een man veel charmanter, innemender, hartelijker, invoelender kon zijn dan ik ooit, zelfs in mijn beste ogenblikken, zou kunnen opbrengen. Maar waarom? En hoe was hij, terwijl ik zo zorgvuldig over haar mijn mond had gehouden, in vredesnaam op het spoor van Julia gekomen? Wat moest ik, gesteld al dat er ooit nog een nieuw vriendinnetje in beeld zou komen, doen om hem uit de buurt te houden? Zelfs nu had hij, terwijl ik de naam Julia toch nimmer in zijn bijzijn had laten vallen, blijkbaar lucht gekregen van deze nog zo prille, ontluikende voorjaarsliefde. Hoe in vredesnaam?

Het tweede deel begon, veruit de meest ontroerende muziek die Dvořák gecomponeerd heeft. Ik wist dat toen nog niet, hoorde toen ook nog niet dat Dvořák citeert uit *Tristan und Isolde*, maar onderging die muziek desondanks als een hogere openbaring. Een maat of tien voor het slot begon ergens achter de coulissen een kat wild te miauwen. Alle concertgangers schoten in de lach, en weg bleek als bij toverslag de overtuiging dat mij daar, door Dvořák, de middelen werden aangereikt om deze bizarre dreun van het lot te pareren.

Wat stond mij te doen? Hoe achterhaalde ik hoe Jouri mijn Julia had leren kennen? Moest ik hem achteloos vragen: 'Hoe kwam jij nou met Julia bij Woo Ping terecht?' Of moest ik het haar achteloos vragen? Wat zou ik, gesteld al dat ik een bevredigend antwoord kreeg, daarmee opschieten? Ook al zou ik haarfijn uitzoeken hoe zij elkaar hadden leren kennen, dan nog garandeerde dat niet dat ik zoiets in de toekomst zou kunnen voorkomen.

Toen ik, huiswaarts kerend, omliep door de Diefsteeg heen, zaten ze daar niet meer. Was ze nu met hem naar zijn vlonderkamer op de Hogewoerd gefietst? Of bevond hij zich nu op de Haarlemmertrekvaart? Even overwoog ik om mijn fiets te halen en langs beide adressen te rijden. Maar toen ik weer thuis was, bleek ik niet alleen doodmoe te zijn, maar was ik mij er ook zo scherp van bewust dat ik, wat ik ook zou ondernemen, op een hopeloze achterstand was gezet, dat ik maar liever dadelijk onder de wol kroop.

Daar lag ik toen nog urenlang te woelen, mijn hersens pijnigend voor een bevredigend antwoord op de vraag: hoe zijn die twee elkaar tegen het lijf gelopen? Pas tegen het ochtendgloren sliep ik in, nadat ik mijzelf had beloofd de volgende dag haarfijn uit te zoeken hoe het zover had kunnen komen.

Rekenschap

Hoezeer ik mijzelf, de belofte ten spijt, ook voorhield dat ik er niets mee te winnen had om te achterhalen hoe Julia en Jouri samen bij Woo Ping terecht waren gekomen, fietste ik desondanks rond het middaguur naar de Haarlemmertrekvaart. Eind mei was het, het academisch jaar neigde al ten einde, de bloeiende toortsen van de kastanjes kwijnden al weg. Vredig rimpelde het water van de trekvaart, de kalme golfjes glinsterden in het uitbundige voorjaarszonlicht. Niets wees erop dat ik Julia en Jouri een dag eerder bij Woo Ping had aangetroffen. Ter hoogte van de eerste kastanjetoortsen overwoog ik zelfs even om terug te gaan. Alles was toch al verloren.

Toch bereikte ik uiteindelijk, daar waar de bebouwing allengs ijler werd, haar adres. Mij leek het weinig verstandig om haar, als ze al thuis was, te vragen waarom ze haar vertrek naar haar ouders had uitgesteld. Eerst maar eens proberen om erachter te komen hoe ze met Jouri bij Woo Ping terecht was gekomen.

Op mijn bellen werd de deur geopend door haar hospita.

'Komt u voor Julia? Vanmorgen heb ik gestommel gehoord, dus ik geloof dat ze thuis is.'

Ik beklom een trap, klopte op haar kamerdeur.

'Ja,' riep ze.

Voorzichtig opende ik de deur. Haar spiegelbeeld staarde mij aan met grote, vragende ogen. Zag ze mij ook werkelijk? Ik wist het niet.

'Hoi,' zei ze.

Ze deed een pas opzij, verdween uit de spiegel. Ze dook op uit die denkbeeldige wereld van glas.

'En,' vroeg ze, 'staat mij dit?'

Ze droeg een mantelpakje dat een tint lichter was dan haar platinablonde haar. Zo ik al, op weg naar haar kamer, nog had durven hopen dat zij niet over vlugge fliebertjes had gerept om mij te kwetsen, en dat Jouri niet met haar was gaan chinezen om haar bij mij weg te lokken, dan versplinterde dat beeldschone pakje, waarin ze eruitzag als een jonge vorstin die incognito op vakantie was, al mijn illusies.

'Gisteren gekocht,' zei ze, 'samen met m'n tante. Die heeft het ook betaald. Die vond dat ik eindelijk eens iets moest aanschaffen waarin ik er echt netjes uit zou zien. Hoe vind je het?'

'Het staat je fantastisch.'

'Ja, dat zei m'n tante ook. Ik moet er zelf nog aan wennen. Het is net alsof ik iemand anders ben. Zo zou ik niet op excursie kunnen. Ik durf amper een sjekkie te draaien, laat staan te roken. Met zo'n pakje aan moet je een echte sigaret in zo'n lang zilveren sigarettenpijpje steken. En je moet je eigenlijk ook een beetje opmaken. En je kunt er ook geen platte schoenen bij dragen.'

'Een witte hoed of een witte baret zou er ook bij passen.'

'Ja, toe maar! Nee, dat nog maar even niet. Zo is het wel genoeg. Straks reis ik hierin naar huis. Ben benieuwd wat m'n ouwelui hiervan zullen zeggen.'

'Hierin op reis? Maar dan kom je beduimeld aan! Zo mooi als 't pakje is, zo besmettelijk is het ook.'

'Had dat nou niet gezegd. Nu heb ik onderweg geen rustig ogenblik meer.'

'Nou ja goed, maar...'

'Stil nou. Maak het niet erger. Zo dadelijk wou ik overigens weggaan. Heb je tijd en zin om me naar het station te brengen?'

'Maar natuurlijk.'

Dus liepen we even later langs dat glinsterende, rimpelende water naar het station. Uit de kastanjes dwarrelden witte bloemblaadjes omlaag. Het leek of het sneeuwde. Ze schreed naast me voort op roomwitte schoenen. Haar koffer stond op de bagagedrager van mijn fiets. Met één hand hield ik die vast, terwijl ik met mijn andere hand mijn fiets voortduwde.

Ter hoogte van de Heen-en-weerbrug had ik genoeg moed

verzameld om langs mijn neus weg te zeggen: 'Gisteravond, onderweg naar de Stadsgehoorzaal, liep ik door de Diefsteeg. Dacht ik toch, warempel, dat ik jou bij Woo Ping zag zitten.'

'Mij? De godganse dag ben ik met m'n tante op stap geweest, bij haar thuis heb ik 's avonds een hapje gegeten. Mij kun je niet bij Woo Ping gezien hebben. Dat was iemand anders met kort blond haar die op mij leek.'

Eén moment geloofde ik haar, mede omdat ze zo kalm ontkende dat ze daar gezeten had en er ook nog een goede reden voor gaf. Ze had met haar tante gewinkeld en gegeten, dus was het onmogelijk dat ze zich had bevonden in dat Chinese restaurant.

'Ik dacht toch echt...' zei ik verbouwereerd.

'Het was een dolle dag, gisteren, met m'n tante, een heel dolle dag.'

Meer nog dan het besmettelijke roomwitte pakje, dat haar transformeerde tot een onbereikbare mannequin, schiep die zo onbekommerd geuite ontkenning van iets wat ik met eigen ogen aanschouwd en bij Woo Ping zelf geverifieerd had, een onoverbrugbare afstand. Ze loog tegen mij, dus was het echt voorbij, voorgoed, definitief voorbij. Natuurlijk, ik had het al geweten toen ze zo vol walging had uitgeroepen: 'Mozart, bah, al die vlugge fliebertjes', maar toch had toen nog een compromis, een vergelijk tot de mogelijkheden behoord. Ze hield tenslotte van Prokofjev, en dat was al iets ongelofelijks als je bedacht dat vrijwel iedereen op de knieën lag voor die diep bedroevende tinnef van de Beatles en de Rolling Stones en Elvis Presley. Maar glasharde leugens in zo'n pril stadium van de liefde, dat kon absoluut niet. Dan was bij voorbaat al wantrouwen gezaaid waar juist volkomen vanzelfsprekend wederzijds vertrouwen diende op te bloeien.

In het station droeg ik haar koffer naar de gereedstaande trein. Zelfs liep ik mee de trein in om haar koffer in het bagagenet te wurmen, en ik moest mij toen nog haasten om weer uit die trein te zijn voor hij vertrok, want reeds klonk het schrille fluitje. Ze opende een raampje, riep: 'Tot ziens, tot ziens', en zwaaide uitbundig met haar roomwitte armen. Ze zwaaide nog steeds toen de trein knarsend de bocht nam naar Leiden Lammenschans. Het leek alsof ze dacht: laat ik hem, nu het toch de laatste keer is dat ik naar hem wuif, maar eens gul bedelen.

Vanaf het station begaf ik mij spoorslags naar de Hogewoerd. Ook Jouri trof ik thuis. Zo bedaard en kalm en beheerst als hij gewoonlijk was, zo opgewonden bleek hij nu.

'Wat is er aan de hand?' vroeg ik.

'Ik heb groot, heel groot nieuws. En jij bent de eerste die het hoort. Ik heb een brief gehad.'

Hij zwaaide ermee en riep overmoedig: 'Raad eens.'

'Ik herken je amper. Je bent altijd zo kalm. Wat zou jou nou zo van streek kunnen maken?'

'Champagne, ach, had ik nou maar champagne, of in ieder geval bubbeltjeswijn, dan gingen we buiten op het vlondertje zitten om ons te bezatten.'

'Is het zoiets geweldigs dat 't gevierd moet worden?'

'Ja, ik ben uitgekozen in het kader van een uitwisselingsprogramma van de universiteit van Harvard. Ik mag daar een jaar gaan studeren. Ze vinden mij hier in Leiden de briljantste student wiskunde, dus mij hebben ze in Harvard aanbevolen. Gisteren hoorde ik het al in vertrouwen van de decaan en vanmorgen ontving ik de brief waarin het officieel bevestigd wordt. Hoe vind je het? Hoe is het mogelijk! Jouri Kerkmeester van Goeree-Overflakkee. Ik. Niet te geloven.'

'Mij verbaast het niks. Op school was je ook briljant.'

'Welnee, jij was in alles beter. Jij had ook wiskunde moeten gaan studeren, gingen we nu samen naar Harvard. Wat zal ik je daar missen! We moeten elkaar maar veel schrijven. Gôh, Harvard, ik kan er niet over uit. Eigenlijk moet ik nu eerst Frederica eens even bellen.'

'Waarom? Is het dan nog steeds aan met Frederica?'

'Waarom zou het niet meer aan zijn?'

'Al in geen maanden heb ik iets over Frederica gehoord.'

'Wat had ik over haar moeten zeggen?'

'Dat is de vraag niet, de vraag is: waarom heb je over haar gezwegen?'

‘Omdat... moeten we dat echt doorexerceren?’

‘Vul aan: omdat...’

Hij zuchtte, mompelde toen: ‘Omdat ik de indruk heb dat het jou nog steeds belachelijk veel pijn doet dat Frederica jou aan de kant heeft gezet en toen met mij...’

‘Ze heeft mij niet aan de kant gezet. Ik was alleen maar haar sluiproute naar jou toe.’

‘Volgens mij heeft het je nogal aangegrepen. Ik troost me maar steeds met de gedachte dat Frederica niks voor jou zou zijn.’

‘Voor jou zeker wel?’

‘Nee, voor mij eigenlijk ook niet, maar laten we wel zijn, ik had je nog zo gewaarschuwd, ik heb gezegd: “Ze maakt je gek, en dan ben ik ook de pineut, dan ga ik ook voor de bijl.” Maar nee hoor, je moest zo nodig met haar zoenen, en dus... en nu... ik...’

Hij staarde naar me alsof hij mij beschuldigde. Maar voordat ik iets kon zeggen om mij te verdedigen, keek hij mij vol deernis aan met zijn bruine ogen en zei: ‘Zal ik jou eens een goede raad geven? Briljant ben ik als wiskundige, dus wie weet ben ik ’t ook in hartszaken. Jij studeert biologie, maar dat heeft je hoofd, niet je hart. Jij hebt jouw hele ziel en zaligheid geïnvesteerd in de klassieke muziek. Zoek een meisje dat daar net zoveel van houdt als jij, dan zul je gelukkig worden.’

Voordat ik kon uitroepen: ‘Gelukkig worden? Dat wil ik helemaal niet. Ik wil iets groots bereiken in de wereld!’, was hij al opgestaan en naar de deur gelopen, zeggend: ‘Op de Hogewoerd ga ik snel toch even een flesje champagne halen, zet jij alvast stoelen op ’t vlondertje.’

Toen we daar even later waren neergestreken, leek het, nadat ik mij gulzig op mijn glas champagne had gestort, alsof de Geest Gods, die eertijds over de wateren had gezweefd, in mij neerdaalde, zodat mijn geest over het troebele water van de Nieuwe Rijn wiekte. Wat voelde ik mij prettig rozig; het deed er opeens al wat minder toe dat Julia mij, wuivend als een bezetene, achter zich had gelaten. En na het tweede glas champagne op mijn lege maag leek het alsof de vlonder zelf zweefde. De wolken trokken niet van west naar oost, maar van onder naar boven langs de hemel.

Ik hoorde mijzelf zeggen: 'Frederica zal het niet leuk vinden dat je een jaar naar Harvard gaat', en van heel ver weg klonk zijn antwoord: 'Wat kan mij dat schelen? Eerlijk gezegd lijkt het me wel prettig om haar een poosje niet te zien. Ze legt veel te veel beslag op mij. Misschien vindt ze in dat jaar wel iemand anders. Ik geloof niet dat ik daar een traan om zou laten.'

'Iemand anders? Ik misschien weer... zou ze mij...?'

'Nee, nee, niet doen in godsnaam. Ze heeft het vaak over je, ze is dol op je, maar alsjeblieft, blijf uit haar buurt. Ze zal je verstikken, ze zal je versmoren, we komen nooit van haar af als jij weer in haar armen terechtkomt.'

'Maar ze is zo beeldschoon en ze... en ze...'

Ik wilde zeggen: 'Ze kan het verschil tussen zoenen en kussen zo verrukkelijk uitleggen', maar ik hield me in, want hoe dronken ik na twee glazen champagne ook al bleek, toch had ik het gevoel dat het weinig kies was om haar onderricht over het verschil tussen zoenen en kussen te bespreken met haar aanstaande echtgenoot. Reeds kondigde zich bovendien een vage misselijkheid aan, want bij mij komt de kater niet de volgende dag, maar terstond. Omdat ik wilde voorkomen dat ik op zijn vlondertje zou kotsen, kwam ik na die onafgemaakte zin dadelijk overeind en zei: 'Ik ga maar weer eens.'

'Goed,' zei hij, 'dan ga ik nu eerst doen wat ik net wou gaan doen toen jij hier binnenviel. Ik ga Frederica bellen.'

Toen ik slingerend wegfietste over de Hogewoerd, gooide ik de champagne er ter hoogte van de dekenfabriek weer uit. Daardoor enigszins ontnuchterd vroeg ik mij verbaasd af: waarom heb ik met geen woord gerept over zijn uitstapje naar Woo Ping? Was ik bang dat hij er ook op los zou liegen en dat ik hem dan vervolgens nooit meer zou kunnen vertrouwen? Of wilde ik, nu hij zo gelukkig was omdat hij was uitverkoren voor Harvard, de sfeer niet bederven? Maar ik had Julia toch makkelijk ter sprake kunnen brengen toen wij daar op dat vlondertje zo prettig zaten te pimpelen? Of zou het kunnen zijn dat ik eigenlijk helemaal niet weten wilde hoe hij daar met Julia terecht was gekomen?

Ik fietste maar door, Leiden uit, en dwars door Leiderdorp heen, tot ik op de Ruige Kade belandde. In de sloten daarlangs groeit nog krabbescheer en zie je soms daarboven een vlucht zwarte sterns hangen. Helaas, op die dag ontbrak die meest luisterrijke vogel uit de Nederlandse fauna. Dus reed ik toen maar door naar de Wijde Aa, waar ik langs het kabbelende water overal de hemelsblauwe bloemkronen van beekpunge zag opgloeien.

Kotsmisselijk zat ik aan het water. Af en toe spuugde ik, ofschoon alle champagne er allang uit was. Toen ik mij weer wat beter voelde en overeind probeerde te komen, dacht ik: zou er soms logica schuilen in het feit dat het maar aan blijft tussen Jouri en Frederica, terwijl toch mijn indruk is dat hij zich eigenlijk liever van haar los wil maken? Zolang ik om haar lijd, blijft zij voor hem aantrekkelijk. Als ik Frederica zou kunnen vergeten, is hij haar ook dadelijk vergeten. Jammer dus dat het met Julia niks zal worden. Met haar zou ik Frederica misschien kunnen uitwissen. Maar ja, als Jouri het dan uit zou maken met Frederica, pakt hij vervolgens Julia van mij af. Hij heeft er al een begin mee gemaakt, gisteren al... Gisteren al heeft hij met haar gechineesd. Ik had het toch ter sprake moeten brengen, Harvard ten spijt. Zolang ik het niet met hem uitpraat, blijft het tussen ons in hangen. Maar ja, hoe moet ik het ter sprake brengen zonder een zeurpiet te lijken?

Toen al besefte ik vrij goed dat ik ooit gegeneerd aan dit soort amoureuze beslommeringen zou terugdenken. Ik staarde naar de koppige golven van de Wijde Aa en hoorde heel in de verte de torenklok van Woubrugge drie uur slaan. Ik moest maar eens terug naar de Uiterste Gracht.

Toon

Omdat Toon op het practicum schuin achter mij zat, hoorde ik hem, zelfs als er niemand in de buurt was, voortdurend bekvechten. Mij ergerde dat elke dag meer. Wat verbeeldde dat eigenaardige kereltje zich? Waarom moest hij, met dat ongelofelijk hoge stemmetje, zo onvervaard iedereen tegenspreken? En waarom bleef hij altijd hardnekkig doorgaan met redetwisten tot je je gewonnen gaf en erkende dat hij gelijk had? Zelfs de practicumassistenten hadden geen schijn van kans. Waar je ook verkeerde in de practicumzaal, je hoorde Toon snateren. Dat eigenaardige, dunne, heldere geluid persisteerde, ook als er niemand in de buurt was. Dan praatte hij gewoon tegen zijn microscoop. Zijn stem leek net een ijzerzaagje. Niemand had verweer tegen zijn woordenvloed. Een bitse jaargenote probeerde hem af en toe te stoppen, maar ook zij kreeg dan een stortvloed van lange zinnen over zich heen. 'Ja, ja, ik geef toe dat mijn gemiddelde taaleigen doorgaans hoogdravend, omslachtig en gecompliceerd uitpakt en dat mijn woordenschat ongewoon is, maar het bestaan laat zich nu eenmaal niet vangen in simpele formuleringen,' zei hij.

Al in 1962 was de rug van Toon zo krom als een hoelahoep. Zijn bolronde hoofd met de vooruitstekende bril dook op uit een geweldige hoeveelheid spierwit haar, dat even weelderig onder zijn kin als boven op zijn hoofd groeide. Ook naast zijn bleke wangen woekerde zoveel wit krulhaar dat je geen oorschelpen kon waarnemen. Reeds toen wist hij alles van elke evertebraat die zich in de Nederlandse wateren ophield, en zijn specialiteit was de paalworm. Spoedig bleek dat hij in een standaardwerk over de *Teredinidae* was doorgedrongen in een voetnoot!

Het gerucht ging dat hij geen vrienden had. Niemand wilde

omgaan met zo'n zeldzaam eigenwijze betweter. De rector van het Leids gymnasium had een van onze hoogleraren voor hem gewaarschuwd. 'Geef hem nooit het woord, want je krijgt het niet meer terug.'

Snel werd duidelijk dat hij verbijsterend slim was. Nooit ben ik, Jouri uitgezonderd, een intelligenter iemand tegengekomen. Toch had hij, wellicht omdat hij zo verpletterend pienter was, één handicap: domheid bevond zich aan gene zijde van zijn gezichtsveld. Hij kon zich niet voorstellen dat er breinen zijn die nauwelijks werken. Als hij iets wilde uitleggen, ging hij ervan uit dat zijn gesprekspartner redelijk snel van begrip zou zijn. Haast niemand kon hem daarom bijbenen als hij wanhopig probeerde om iets duidelijk te maken. In zijn vertwijfeling kwam hij ertoe de mensheid op te delen in 'domkoppen' en 'hyperbaasjes'. Van die laatste categorie, de hyperbaasjes, waren er volgens hem akelig weinig.

Rond Kerst in mijn tweede jaar deed zich een groot wonder voor. Toen bleek dat Toon ook mij in het zeer selecte, uiterst kleine gezelschap van de hyperbaasjes had opgenomen. Uiteraard wekte alleen al het feit dat hij zo onverschrokken te kennen gaf dat verder geen van mijn jaargenoten tot de hyperbaasjes behoorde, bittere ergernis.

In ons eerste studiejaar leek het weinig waarschijnlijk dat ik ooit met Toon bevriend zou raken. Voor muziek had hij totaal geen belangstelling. Naar eigen zeggen was hij zo toondoof als een manteldiertje. De schone letteren hoonde hij al net zo onvervaard als Jouri, maar met weer andere argumenten. 'In romans wordt de wereld beschreven alsof ze deterministisch is,' zei hij, 'terwijl het hele leven stochastisch is en bestaat uit puntprocessen en Markovketens. Bovendien rommelen die romanschrijvers, zonder nader gedefinieerde of zelfs maar verantwoord omschreven randvoorwaarden, altijd op een onverantwoorde manier aan de tijdschaal. Het ene moment beschrijven ze iets wat twee minuten duurt, daarbij de tijdschaal dus krankzinnig oprekkend, in vijf bladzijden en het volgende moment noteren ze, daarbij de tijdschaal inkrimpend tot het uiterste minimum: zeven jaar waren voorbijgegaan.' Poëzie kwalificeerde hij als navelstaren. In stelling 21 van zijn proefschrift merkt hij daarover venijnig op: 'De enige kennis over de wereld die met navelstaren te verwerven valt, is kennis over navels.'

In ons tweede jaar zat ik echter een paar maanden lang elke middag naast hem bij het practicum plantenanatomie. Daardoor leerde ik hem beter kennen. Aan het einde van zo'n lange middag nodigde hij me uit om mee te gaan naar zijn huis op het Pieterskerkhof. Hij woonde bij zijn vader en moeder, ofwel bij Toon Senior en Edith. Alleen al het feit dat hij zijn ouders bij hun voornamen aansprak, was voor mij iets ongekends. Dat kwam in Maassluis niet voor. Ach, alles wat zich daar op het Pieterskerkhof voor mij ontvouwde, was van een luisterrijke ongewoonheid. Stapte je de gang in, dan viel je oog op allerlei krissen, sabels, klewangs, hartsvangers, pistolen, bajonetten en werpsperen, die zo kunstig aan de muur waren bevestigd dat ze een reusachtig in elkaar grijpende wapencollage vormden. De grootmoeder van Toon, een kras dametje dat ik ook een paar maal heb mogen aanschouwen, had Ambonese voorouders. Vandaar al dat wapentuig. Overigens was de Zuid-Molukse afkomst van Toon reden voor mijn jaargenoot Gerard om hem te betitelen als een 'genetisch misbaksel'. Het was immers onbegrijpelijk dat zo'n spierwitharige albino afstamde van donkere voorouders.

Ook aan de moeder van Toon zag je niet af dat ze een achterkleindochter was van een Ambonese grootvorst. Zij was blond, ze had heel lichte wenkbrauwen en grote, eveneens heel lichte wimpers. Het waren net vlinders, die wimpers. Ze waren zo groot dat je de ogen daarachter nauwelijks ontwaren kon. Als ze praatte, en ze praatte minstens net zoveel als haar enige zoon – dus je luisterde altijd naar een duet als je met hen beiden in één kamer was, want 'zwijgen' stond niet in hun woordenboek – fladderden haar handen op en neer als de onvolgroeide vleugels van een jong vogeltje dat vliegbewegingen oefent. Het eigenaardigst was haar bovenlip. Daarop bevond zich nog een heel stel van die lichte wimpers.

Te midden van zoveel verbaal geweld moest de vader van Toon

zich staande zien te houden. Hij was oud, stokoud zelfs. Ooit was hij gymnastiekleraar geweest. Reeds lang voor de Watersnood was hij gepensioneerd. Een heel enkele keer uitte hij een korte zin, maar meestal zat hij zacht voor zich uit te brommen. Het was onmogelijk om nog iets te zeggen als Edith en Toon samen aan het woord waren. Edith riep overigens telkens tegen Toon: 'Hou nou eens even je kop!'

Het was nooit de bedoeling geweest dat de vader en moeder van Toon met elkaar zouden trouwen. Edith was verloofd met de zoon van de gymnastiekleraar. Deze zoon werd aangeduid als Toon Eén. In het begin van de oorlog was Toon Eén omgekomen. Toen was Edith maar met diens vader, Toon Nul, getrouwd. Uit deze verbazingwekkende verbintenis was Toon Twee voortgekomen. Omdat ook Edith zich beroepshalve bezighield met lichaamsbeweging – ze heeft mij gesmeekt om met pianospel in drie- en vierkwartsmaat een of andere vorm van heilgymnastiek op te luisteren die zij wekelijks met een groep meisjes beoefende – moet het voor de ouders van Toon Twee een zware slag zijn geweest toen zij ontdekten dat zij een zoon geteeld hadden die niets van sport en gymnastiek moest hebben, maar van kindsbeen af uitsluitend in paalwormen en puntprocessen geïnteresseerd was en aan de tijdschaal wilde morrelen.

Op de ruime, maar donkere zolderkamer van Toon bevonden zich allerlei aquaria. Daarin hield Toon, behalve uiteraard paalwormen, zeeanemonen en rode zakpijpen, die met behulp van pipetten en pincetten alsmaar verzorgd en gevoerd moesten worden. De aquaria borrelden en ruisten geruststellend. Midden op de vloer stond een grote houten hond. Uit zijn rug ontsproot een lang ijzeren kettinkje. Trok je eraan, dan opende de hond zijn houten bek en stiet een vervaarlijk gegrom uit. Op een tafeltje stond een kooi met een witte muis erin. Deze eenzame muis werd, tot grote verbazing van Toon, steeds opnieuw zwanger. We noemden haar daarom Maria.

In de dakgoot kweekte Toon in langwerpige bloempotten *Origanum vulgare*, oftewel wilde marjolein. Waarom hij juist deze labiaat zo hardnekkig in bloei probeerde te krijgen, onthulde hij me op een van die vele avonden die ik in zijn zolderkamer doorbracht. Hij was, zo vertelde hij, al sinds jaar en dag verliefd op een meisje dat Marjolein heette. Helaas heb ik deze Marjolein nooit mogen aanschouwen. Ik ben er ook allerminst zeker van of zij wel bestond. Niettemin: als Toon haar, naar eigen zeggen, op zaterdag op de Leidse markt had ontmoet, was hij altijd een paar dagen van slag.

Wat een avondbezoek aan Toon steevast een extra dimensie verleende, was het feit dat in het huis ernaast haast altijd tegen negenen meeslepende muziek opklonk. Een majestueus pianoconcert. Ik kende dat toen nog niet, maar wat vond ik het prachtig, zoals het door de muur heen, en buitenom via de dakgoten en de wilde marjolein, die wondere zeeanemonenwereld van Toon bereikte. Ik neuriede het mee, terwijl Toon zijn anemonen en manteldieren verschoonde. Wat ik hoorde – ik ben daar pas veel later achter gekomen – was het tweede pianoconcert van Rachmaninov. Als ik het weer hoor, dan denk ik niet aan de film *The seven year itch*, maar bevind ik mij weer in het heiligdom van Toon aan het Pieterskerkhof.

Wat kwam ik daar graag! Omdat Toon altijd in de weer was met zijn aquaria en zijn zeeanemonen, en daarmee doorging als ik hem bezocht, meende ik dat het hem niet hinderde dat ik zo vaak langskwam. Op een avond belde ik weer vol verwachting aan. Toon verscheen in de deuropening en zei dat hij nog weg moest. Teleurgesteld slenterde ik weg. Toen ik ter hoogte van het Berkendaalsteegje was, zag ik dat een andere jaargenoot bij hem aanbelde. De deur ging open, Toon verscheen, en ik hoorde hoe hij die jaargenoot niet alleen enthousiast begroette, maar ook binnen noodde. Stomverbaasd zag ik, terwijl ik mij terugtrok in het Berkendaalsteegje, hoe die jaargenoot naar binnen verdween.

Op dat moment schoot door mij heen dat op avonden daarvoor al een paar keer, nadat ik had aangebeld, Edith aan de deur was verschenen om te zeggen dat Toon helaas niet thuis was. Waarop het daar in dat Berkendaalsteegje tot mij doordrong dat hier sprake was van een welbewuste politiek om mij van de deur te houden. Ik had, zoals je in Engelse romans las, 'outstayed my welcome'. Wat deed die ontdekking pijn, absurd veel pijn! Want ik besefte maar al te goed, hoe graag ik ook verontwaardigd had willen zijn over het feit dat er tegen mij was gelogen, dat Edith en Toon noodgedwongen gejokt hadden, en dat ik daar de deur had platgelopen. Sindsdien durf ik nauwelijks nog bij vrienden op bezoek te gaan. En als ik ergens ben, ga ik zo snel mogelijk weer weg. Een halve minuut in het Berkendaalsteegje heeft mij herschapen in een organisme dat uitsluitend bliksembezoeken aflegt.

Ik geloof dat het pas in mijn derde studiejaar voorviel dat ik op een avond bij Toon van de deur gestuurd werd. In ieder geval was het lang nadat ik met hem, zoals ik al eerder vermeldde, een week lang te Gulpen in een tweepersoonsbed had geslapen. Daar, te Gulpen, werd ik in de eerste nacht van ons verblijf in het pension wakker. Naast mij zat Toon rechtop in zijn bed. Hij had de ogen gesloten. Niettemin schoof hij de deken en het laken, waar hij zich zo zorgvuldig in had gewikkeld, van zich af en stapte uit bed. Toen liep hij, de ogen nog altijd gesloten, naar de kamerdeur. Hij opende die en verdween op de gang. Gaat hij naar de wc, vroeg ik mij af. Hij bleef lang weg. Ik hoorde hem op de gang heen en weer lopen. Op welk moment heb ik toen beseft dat hij slaapwandelde? Helaas weet ik dat niet meer, ik herinner mij alleen maar dat ik na enige tijd de gang op ben gegaan en daar Toon zag drentelen. In stripverhalen zie je slaapwandelaars altijd met hun handen naar voren gestrekt door de ruimte schrijden. Toon hield zijn handen langs zijn zij.

In de deuropening van een andere kamer stond Gerard zachtjes te grinniken. Gerard, onze leukste, vrolijkste, grappigste, vermakelijkste jaargenoot – een Zeeuwse Sam Weller – kon natuurlijk niet voor zich houden dat hij Toon midden in de nacht, in diepe slaap verzonken, over de gang had zien flaneren. De nacht daarop stonden diverse jaargenoten in hun deuropeningen om het eigenaardige fenomeen te aanschouwen waarover je gewoonlijk alleen in boeken leest of dat je hoogstens aanschouwt als je een operavoorstelling van *La somnambula* van Bellini of

Macbeth van Verdi bijwoont. In feite ontwaarde je niets anders dan een witharige jongen die opmerkelijk bedaard met gesloten ogen over een lange gang heen en weer slenterde. Als hij bij de trap aankwam, legde hij zijn hand op de leuning, stond langere tijd stil, en keerde dan om. Vooral die pauze in de wandeling joeg mij angst aan. Toch leek het erop dat iemand die slaapt niettemin blijkbaar weet: hier begint de trap, laat ik maar omkeren. Overigens zei Gerard de eerste keer toen Toon daar bij het trapgat draalde, daarbij zijn handen net als Lady Macbeth onophoudelijk over elkaar heen wrijvend alsof hij er iets van af wilde schuren: 'Weet je wat hij daar doet? Onschuldig wast hij zijn handen in de tijdschaal.'

Na drie nachten hadden bijna alle jaargenoten hem over de gang zien slaapwandelen. Toen was het nieuwtje eraf en had hij geen bekijks meer als hij in het holst van de nacht heen en weer drentelde. Als hij zijn bed verliet, werd ik wakker en lag ik te wachten totdat hij teruggekeerd was. Iedere keer weer was ik bezorgd dat hem iets zou overkomen. Maar hij kwam steevast na een minuut of twintig de kamer weer in en wikkelde zichzelf kalm in zijn deken en laken.

Voordat ik al dan niet terecht van de deur werd gestuurd, vergezelde ik Toon vaak naar disputen. Bij het Platodispuut van de studentenvereniging Catena hield hij op een hellend kamertje boven een tweedehandsboekwinkel aan de Langebrug een lezing over de boolealgebra. Omdat hij wist dat er op het kamertje geen bord ter beschikking zou zijn, had hij alle wiskundige formules op de achterkant van een rol behang uitgeschreven. Steeds trok hij de rol, die over de half openstaande gangdeur hing, een stukje verder omhoog. De uitgeputte leden van het Platodispuut hadden na een uur boolealgebra alleen nog oog voor de rol. Wanneer kwam het uiteinde omhoog? Toen het zover was, en iedereen opgelucht ademhaalde, pakte Toon een tweede rol uit zijn tas. Er ging een zucht door het kamertje waar een windmolen urenlang op had kunnen draaien!

Een half jaar later, bij een stafcolloquium, hield hij een lezing over de prooi-predatorrelatie. Hij had een artikel opgedolven over een onderzoeker die zijn secretaresse geblinddoekt naar stukjes schuurpapier had laten zoeken in een grote kamer. Uit de waarnemingen van het zoekgedrag van het meisje had deze man een model gedistilleerd over de wijze waarop een predator zijn prooi zoekt. Het model ging ook op voor een parasiet die een gastheer zoekt. Zonder dat Toon ook maar iets van verbazing of achterdocht liet blijken over een wetenschapper die zijn secretaresse geblinddoekt naar stukjes schuurpapier laat zoeken, schreef hij, razendsnel pratend, enorme formules op het bord van de collegezaal. Het ging maar door. Na anderhalf uur was ik de draad kwijt en vroeg ik: 'Toon, die p daar in de formule, is dat de afkorting van "prooi", van "predator", van "parasiet" of staat die p voor kans?' Waarop Toon zijn betoog onderbrak, en enige tijd de vele p's bestudeerde die her en der in de formules waren opgedoken. Toen zei hij korzelig: 'Het doet er niks toe welke p dat is.'

Een vraagstuk dat telkens opdook tussen de zeeanemonen, en dat helaas zonder een sprankje humor door ons besproken werd, was of er ook hyperbazinnetjes bestonden.

Toon betwijfelde dat. 'Nog nooit heb ik er een ontmoet,' zei hij.

'Ook Marjolein niet?' vroeg ik.

'Nee, die is wel verbazend leuk, mits op de juiste tijdschaal bekeken, maar beslist geen hyperbazinnetje.'

'En in ons jaar zitten dus ook geen hyperbazinnetjes?'

'Nee,' zei Toon, 'ze zijn niet eens gewoon slim.'

'Julia ook niet?'

'Julia? Die is ontzettend traag van begrip.'

'Ja, maar niet dom, omdat ze altijd zo bedachtzaam te werk gaat, lijkt ze traag van begrip, maar dom is ze echt niet.'

'Nou, Julia...'

'Haast elke jongen in ons jaar is verliefd op haar of verliefd op haar geweest.'

'Ach, dat moet je zien als een epidemie. In het begin was er een grote dichtheid van vatbaren, en had je met een eenvoudige benaderingsformule voor de asymptotische verbreidingssnelheid van een zich in de ruimte verspreidende epidemie, vrij gemakkelijk, daarbij de tijdschaal een beetje oprekkend, de gedeeltelijke of totale besmettelijkheid van onze hele jongenspopulatie kunnen becijferen in een min of meer arbitrair gekozen richting. Jij bent ook besmet geweest, maar voor zover ik kan nagaan, ben je er weer overheen.'

'En jij?'

'Uiteraard val ik buiten de populatie van vatbaren.'

Dwarsfluitlerares

Had ik pianoles, in de muziekschool op het Rapenburg, dan klonken, dwars door mijn majeurtoonladders heen, op allerlei verdiepingen, uit allerlei schuilhoeken, mineurtoonladders, drieklanken, verminderde septiemakkoorden en solfègeoefeningen. ‘Iets moois moet je thuis maar spelen,’ zei mijn pianoleraar telkens, ‘want hier komt het niet tot zijn recht.’

Toch speelde ik op een grijze maandagmiddag de dertiende tweestemmige *Inventione* van Bach. Pal boven ons klonken, van een verdieping hoger, de schrille klanken van een slecht aangeblazen dwarsfluit, die een toonladder inzette.

‘Nog even,’ zei mijn pianoleraar, ‘en ze gaat weer lesgeven met haar schoenen.’

Hij doelde op de dwarsfluitlerares. Stampvoetend uitte zij steevast haar ongenoegen over de doorgaans armzalige verrichtingen van haar leerlingen.

‘Een temperamentvol dametje,’ zei mijn leraar, ‘en dat kan ik begrijpen en billijken. Lesgeven is tenslotte niks anders dan goed betaald worden voor het beluisteren van slechte uitvoeringen, maar als ze zo meteen daarboven zo tekeergaat dat hier het kalk van het plafond rechtstreeks de vleugel in dondert, ren ik naar boven, en sleur ik haar naar beneden. Mag ze aanschouwen wat ze aanricht.’

Zijn dreigement bleek vergeefs. Nog was, boven ons, de toonladder niet verklonken of een waar pandemonium barstte los. Het leek of de dwarsfluitlerares met beide voeten op de vloer beukte. In onze lesruimte dwarrelden reusachtige kalksneeuwvlokken omlaag. Mijn leraar sprong op, rende het lokaal uit, holde de trap op. Blijkbaar had hij al zijn overredingskracht nodig om haar ervan te overtuigen dat ze met hem mee moest komen, want het duurde even voor hij met haar terugkeerde.

Mij verbaasde het, zodra ik haar zag, dat zo'n frêle verschijning, zo'n teer, tenger, sprietig leraresje zoveel kalk van het plafond kon stampen. Ze had kort rood krulhaar, grote ogen, vrij dikke lippen, amper boezem. Ze droeg een zeegroen truitje en – toen nog tamelijk ongewoon – een spijkerbroek. Daaronder stevige platte schoenen met profielzolen. Allicht, want met hoge hakjes lukt stampvoeten lang zo goed niet.

'Kijk,' zei mijn leraar, 'verse kalk. Op de vleugel, in de vleugel, op mijn leerling, op de vloer. Zonet omlaaggekomen toen je weer eens uit je slof schoot. Ik geef toe: hoorndol word je soms van je leerlingen, maar dit is te gek. Als je wilt stampvoeten, geef dan les op je sokken.'

'We kunnen van lokaal ruilen,' zei ze gedecideerd, 'jij boven, ik beneden, heb je er geen last meer van als ik doorschiet.'

'De vleugel hierboven is een ramp. Daar geef ik geen les op.'

'Valt best mee.'

'Ik ga niet naar boven. Het is een kleine moeite voor je om niet te stampvoeten.'

'Ik beloof niks.'

Ze stapte nijdig het leslokaal uit. Op de trap naar boven klonken haar voetstappen als donderslagen.

'Wat een ijzerzaag,' zei mijn leraar.

De zaterdag daarop slenterde ik over de weekmarkt, die toen nog op de Hooglandsekerkgracht werd gehouden. Bij een groentekraam hoorde ik een bekende, boze stem.

'Veel te duur, die prei, doe er wat af.'

Benieuwd of het haar zou lukken om de prijs omlaag te krijgen, stond ik even stil.

'Mevrouwtje, gisteren op de veiling ging de prei voor een daalder de kilo. Ik kan er echt niks van af doen.'

'Een daalder een kilo, en nu rekent u een daalder een pond, winstmarge vijftig procent, da's belachelijk.'

'Vijftig procent?' zei ik verbaasd. 'Niks hoor, honderd procent.'

'Bemoei je er niet mee,' beet ze me toe. Toen pas keek ze me aan. Ze fronste haar wenkbrauwen, zei korzelig: 'Ik ken jou ergens van. Waarvan?'

'Kalk,' zei ik, 'de muziekschool.'

'O, wacht, jij had les toen Henk mij uitfoeterde. Jij speelde Bach. Dat deed je niet onaardig. Ik heb een leerling die ook Bach speelt, de fluitsonates. Die zoekt al heel lang iemand die haar kan begeleiden. Zou dat niks voor jou zijn?'

'Ik heb weinig ervaring met samenspel, ik...'

'Mevrouwtje, wil u die prei nou nog of niet?'

'Ja, mits niet duurder dan 1,75 per kilo.'

'Dan kunt u barsten.'

'En u ook.'

We liepen bij de preikraam vandaan.

Ik zei: 'Ik zou het graag doen, maar ik heb nog nooit begeleid, ik weet niet of ik dat kan.'

'Als je niet al te beroerd door die lastige *Inventionen* heen komt, kun je zeker ook sommige begeleidingen van de fluitsonates spelen. Ben je maatvast?'

'Nogal.'

'Dan moet het lukken.'

Ze monsterde me alsof ook ik als veel te dure prei in zo'n kraam lag, en vroeg toen: 'Zin om nu, bij mij thuis, alvast eens even te oefenen? Ik heb een piano staan.'

'Mij best.'

'Dan doe ik de rest van m'n inkopen straks, ik woon hier vlakbij, boven een naaiwinkeltje op de Nieuwe Rijn.'

Zonder verdere plichtplegingen, zonder een kopje thee of koffie vooraf, zette ze me dadelijk achter haar witte piano. Ze stemde haar dwarsfluit, zette toen de bladmuziek van de fluitsonate BWV 1034 in e-klein op de lessenaar, bladerde naar het langzame deel en zei: 'Andante. Moet gaan. Proberen maar.'

Ik speelde langzaam de inleidende maten.

'Iets meer tempo,' zei ze, 'en iets meer body. Niet van die slappe blubbernoten. Kom op, met pit op pad.'

Ik speelde iets vlugger. Ze onderbrak me weer.

'Nog wat strakker in de maat graag. En beter articuleren. Opnieuw.'

Uiteindelijk lukte het mij warempel om die hele inleiding te spelen zonder dat ik onderbroken werd, al hoorde ik haar af en toe vervaarlijk snuiven. Ze viel in. Ik zal het nooit vergeten. Ik kende die sonate niet. Je hoort hem zelden, want over de echtheid ervan zijn Bachjaarboeken volgeschreven. Toch kun je nauwelijks geloven dat de noten van dat andante niet van Bach stammen. Misschien heeft een van zijn zoons iets op papier gezet en heeft vader toen her en der wat nootjes omgezet, geschrapt, toegevoegd. Hoe het ook zij, toen ik die ononderbroken gang van die statische bas zo goed mogelijk probeerde te spelen, klonk daar opeens haar volle, warme toon tegenaan. Het was alsof haar stem smeekte om zich te mogen verheffen op vleugels en alsof mijn basnoten haar tegenhielden, zodat er iets smartelijks begon door te klinken in haar stem. Ja, natuurlijk, ze was een topfluitiste, dus klonk haar aandeel fantastisch, en ik werd daardoor meegesleept, steeg boven mezelf uit. Ik was in tranen toen we tegelijkertijd de slotnoot bereikten.

Ze zag dat, trok haar wenkbrauwen verbaasd op, zei vinnig: 'Ging bepaald niet slecht. Hoe lang heb je al les?'

'Sinds ik als student hier in Leiden ben aangekomen, dus nu bijna vier jaar.'

'Daarvoor nooit les gehad?'

'Nee, ik had 't wel graag gewild, maar bij mij thuis was pianoles ondenkbaar. IJdel, werelds vermaak, dat je maar aftrok van het enig nodige, de Heere Heere en zijn dienst.'

'Jammer, want je kunt eigenlijk niet vroeg genoeg beginnen. Je kunt horen dat jouw vingers nog niet soepel genoeg zijn. Toonladders, toonladders, en nog eens toonladders, dat moet jouw devies zijn. Zullen we het andante nog een keer spelen?'

We speelden het andante nogmaals. En weer schoten de tranen in mijn ogen, weer was het alsof die bovenstem een pleidooi hield voor wat meer vrijheid, en alsof die onderstem die bovenstem in het gareel hield, en daardoor dwong tot een bewogen, liefelijke klaagzang. Na afloop snotterde ik een beetje.

Ze zei koel: 'Hier, alsjeblieft, een papieren zakdoekje', en vroeg toen, iets minder afstandelijk: 'Zin in een zuipje?'

'Heb je een kopje thee?'

'Zal ik zetten.'

Terwijl ze ergens achter in het huis thee zette, speelde ik de sonate in G van Haydn, waarvan ik de bladmuziek daar reeds opengeslagen naast de vleugel had zien liggen. Hoewel het water luid borrelde in een ketel, hoorde ze blijkbaar toch dat ik steeds een fout speelde, want ze kwam aanrennen, ze stampvoette, zei: 'Sukkel. D'r staat daar een as, en jij speelt steeds een a.'

'Neem me niet kwalijk,' zei ik.

Ze rende weer weg. Amper nog durfde ik te spelen. Toen ze uiteindelijk thee had ingeschonken, vroeg ze: 'Doe je?'

'Ik studeer biologie. Heb m'n kandidaats gedaan. Moet nu op drie afdelingen naar keuze een doctoraalonderzoek doen. Zit nu op de afdeling parasitologie. Daar hoop ik na m'n doctoraal te mogen terugkomen. Parasieten, het is zoiets fascinerends. Alle organismen worden geteisterd door parasieten. En sommige parasieten zelf worden ook weer door andere parasieten geteisterd, en die ook weer, soms tot de vierde macht als het ware. Het is allemaal zo bizar, zo verbijsterend gruwelijk vaak ook. Als daar een Schepper achter zit, is het een schepper met ongelofelijk morbide fantasieën.'

'Parasieten? Bedoel je daar mee? Lintwormen bijvoorbeeld?'

'Ja.'

'Ajakkes. En dat vind je leuk?'

'Fascinerend.'

'Je bent niet goed snik.'

'Wil je iets van het leven en van de evolutie begrijpen, dan moet je je verdiepen in parasitisme. Seks, eigenlijk een onnodig verschijnsel, want klonen is duizend maal efficiënter en goedkoper, is waarschijnlijk het antwoord op het alomtegenwoordige parasitisme. Een noodsprong waardoor organismen beter het hoofd konden bieden aan al die griezels die zich in je spieren, darmen, organen, ja zelfs je hersenen en ogen kunnen nestelen.'

'Getver, wat akelig.'

'Als je er weinig van weet, kun je er misschien zo tegen aankijken, maar de draad van Ariadne in het doolhof van het leven, is een lange lintworm, als je dat maar weet.'

'Geef mij de muziek maar. Daar heb ik genoeg aan. Zullen we nog wat spelen?'

'Mij goed.'

En dus speelden we maar door, die hele zaterdagmorgen, en we aten een paar boterhammen, en oefenden weer verder, tot halverwege de middag.

Toen zei ze: 'En nu nog even naar de markt, want nu wordt alles voor afbraakprijzen van de hand gedaan.'

Dus liepen we toen weer samen over de markt, en ik dacht: wat zou Jouri nou denken als hij mij hier zou zien lopen? Zou hij meteen al ingrijpen? Of zou hij dadelijk zien dat deze sprietige dwarsfluitlerares met haar platte schoenen en platte boezem veel te oud voor mij is. En veel te bits bovendien. Om nog maar te zwijgen van het feit dat ze 't blijkbaar haat om er een beetje elegant bij te lopen.

Eigenaardig genoeg dacht ik dat ze veel ouder moest zijn dan ik. Was dat omdat ze al een echte baan had? Hoe dan ook, toen we die tweede keer over de markt slenterden en daarbij constateerden dat de prijs van prei inmiddels gezakt was tot een daalder per kilo, vroeg ze: 'Welk sterrenbeeld ben jij?'

'Eind juli geboren. Leeuw.'

'Hé, ik ben van begin juli. Kreeft.'

'Kreeft? Maar die is toch, volgens de astrologen, verbazend fijngevoelig?'

'Zo, denk je dat ik niet fijngevoelig ben?'

'Iemand die in dolle woede de kalk van het plafond stampt?'

Discipline

Ze had mij de pianopartijen van Bachs fluitsonates meegegeven met de opdracht: 'Oefenen tot je erbij neervalt.' Krachtens welk beginsel ben ik daartoe verplicht, dacht ik elke keer weer als ik de week daarop die pianopartijen opensloeg, maar toch studeerde ik althans van BWV 1034 alle nootjes zo goed mogelijk in. Eerst moesten we maar eens die sonate in zijn geheel spelen, dan konden we daarna verder zien.

Op het eind van die oefenweek, op zaterdag, begaf ik mij naar het naaiwinkeltje op de Nieuwe Rijn. Ik belde aan, ze deed open, keek me nijdig aan, zei stuurs: 'Wat ben je vroeg.'

'We hadden toch om tien uur afgesproken?'

'Tien uur? Weet je 't zeker? Volgende keer elf uur. Tien uur is me veel te vroeg.'

Na die hartelijke ontvangst ging daarna ook werkelijk alles mis. Om te beginnen lukte het haar maar niet om haar fluit goed gestemd te krijgen. Steeds moest ik op haar witte piano een a aanslaan, en dan schoof ze een beetje met een der uiteinden van haar instrument. Ze blies op de kleppen, ze haalde een soort zeempje dat in het oog van een donkerbruin stokje was bevestigd door haar fluit, maar niets baatte. Een goed gestemde a bleek onhaalbaar.

'Dan eerst maar een zuipje,' beet ze me toe.

We dronken thee.

Ik vroeg: 'Ben jij hier geboren?'

'Nee,' zei ze kortaf, 'Stavoren.'

'Ach, het vrouwtje van Stavoren.'

'Rot op.'

Geschrokken blies ik de damp van mijn thee, hief toen om

mezelf met de warmte ervan te troosten, het kopje met beide handen omhoog en zei: 'Zullen we een andere keer spelen? Vandaag lijkt...'

'Geef me even de tijd om op gang te komen. Moet je soms iets hebben van de markt? Ga dat dan eerst halen, kan ik ondertussen nog een beetje rondscharrelen.'

'Goed,' zei ik, 'kom ik om elf uur terug.'

Even later liep ik op de Hooglandsekerkgracht tussen de marktkramen. Luid schreeuwend prezen de standhouders hun uitgestalde waren. Ik slenterde tussen de vele kopers met grote tassen, keek naar de lucht, haalde diep adem en dacht: je bent gek als je teruggaat. Dat mens is een feeks.

Maar ja, ik had gezegd dat ik om elf uur terug zou komen, dus om elf uur belde ik weer aan.

Ze deed open, glimlachte zowaar, zei: 'Sorry voor daarnet. Ik ben onmogelijk, ik weet het.'

Ze stemde nogmaals, blies een haarzuivere a.

'Waarom lukt het nu wel?' vroeg ik.

'Ik heb ondertussen m'n fluit warmgeblazen,' zei ze.

We speelden BWV 1034. Het eerste deel, het adagio, ging vrij behoorlijk, maar het tweede deel, het allegro, mijn god, wat een krachtproef. Ik dacht dat ik dat deel redelijk goed had ingestudeerd, maar overal liet ik nootjes weg om maar in de maat te kunnen blijven. Bij elk nootje dat ik wegliet, kromp ze ineen.

Toen we de dubbele streep bereikt hadden, zei ze: 'Over, en nu langzamer, en wee je gebeente als je weer nootjes weglaat.'

We speelden en herhaalden dat deel net zo lang tot zij min of meer tevreden was. Ik was nijdig, kwaad zelfs. Wat gaf haar het recht mij maar steeds toe te schreeuwen: 'Preciezer. Let op daar. Discipline, dat is het toverwoord. Niet zo hakken alsjeblieft. Sierlijker, simpeler. Maak er een dans van. Bij Bach danst 't altijd. Z'n hele werk is geworteld in al die oude dansvormen, de gigue, het menuet, de allemande, de courante, de sarabande. Zelfs 't slotkoor van de *Matthäus-Passion* is een sarabande. Dansen moet je, huppelen, kom op, je kunt het. Knoeien hoeft niet.'

En toen speelden we weer dat andante. Weer mocht ik die

mooie baslijn spelen die maar onverstoorbaar doorgaat. En zij speelde die fraaie melismen erboven en ik dacht: hoe is het toch mogelijk dat zo'n helleveeg zo'n prachtige, warme, volle toon uit haar fluit weet te halen? Ze moet een groot, warm hart hebben, anders zou ze toch niet zo mooi kunnen spelen? Nadat de slotnoot was verklonken, kwam ze weer aandragen met een papieren zakdoekje. Ze zei koel: 'Wat ben jij snel aangedaan. Hoe komt dat?'

'Ik vind 't zo'n prachtig stuk.'

'Een heel gewoon andante. Bach heeft zoveel van dat soort stukken gecomponeerd. Kom, 't is mooi, maar toch haalt het 't niet bij de sonate in b-klein. Dat is verreweg z'n beste fluitsonate.'

'Moeten we die gaan studeren.'

'Is nog te moeilijk voor jou vrees ik, maar goed, laten we even het begin proberen, het hoofdthema.'

Ze zette de partij voor me neer op de piano, stemde haar fluit. Voorzichtig speelde ik al die nootjes, en zij blies haar partij ertegenin, en al bij de vierde maat ging het mis, en ze zei: 'Zie je wel. Te moeilijk.'

'Speel jouw partij nog eens,' zei ik. 'Ik hoor er iets in, iets bekends.'

Ze speelde haar nootjes.

Ja, daar was het weer. Wat school er in die zestienden? Welke melodie had Bach daar verstopt? Ik zat naar die nootjes te turen, neuriede ze zacht voor me heen, speelde haar partij na op de piano. Opeens zag ik het, hoorde ik het, en ik zei opgetogen: 'Weet je welke koraalmelodie Bach in jouw partij verstopt heeft?'

En plechtig speelde ik op haar piano 'Aus tiefer Not schrei ich zu dir'.

'Kijk maar,' zei ik.

Met grote ogen stond ze mij aan te kijken. 'Dat haal jij er zomaar uit?'

'Ik hoorde meteen al iets bekends.'

'Jij bent... jij had... niks enge parasieten... jij had musicologie moeten gaan studeren... Ongelofelijk.'

'Kom,' zei ik, 'ga mee naar buiten. Gaan we aardbeien en kersen kopen.'

'"Aus tiefer Not schrei ich zu dir", ongelofelijk.' Ze bekeek haar partij nogmaals aandachtig, zei toen: 'Op les heb ik deze sonate met m'n leraar noot voor noot doorgenomen, maar hij heeft er nooit iets over gezegd dat Bach hier varieert op "Aus tiefer Not". Hij zal dat niet geweten hebben. Maar voor de interpretatie is dat heel belangrijk. 't Geeft een aanwijzing hoe je dit moet spelen. Niet hups, niet vrolijk, maar ernstig en plechtig – vanuit diepe nood.'

'Ik zie dat je nog zo'n oude koffergrammofoon hebt staan, met in het deksel de luidspreker. Heb jij soms een plaat van die "diepe nood"-sonate? Ik zou weleens willen horen...'

'Ik draai nooit platen,' zei ze snibbig.

'Waarom niet?' vroeg ik verbaasd.

'Al die muziek in blik – waardeloos. Muziek moet je zelf maken. Passief luisteren, da's net zoiets als 't bekijken van foto's van vlinders. Vlinders moet je buiten levend zien ronddartelen in de zomerzon.'

'Ja, maar de grote symfonieën...'

'Die moet je in een zaal horen. Live.'

'Wat een strenge opvattingen! Maar toch heb je een koffergrammofoon.'

'Een oud beestje van bij ons thuis. Heeft m'n vader me opgedrongen, hier neergezet.'

'Dus je draait nooit iets? Je hebt geen platen?'

'Ik heb één plaat. Van thuis meegejat. Omdat ik die zo vreselijk mooi vind. Brahms, een paar liederen, en de *Altrhapsodie* met Kathleen Ferrier.'

'Ik ken de *Altrhapsodie* niet.'

'Ken jij de *Altrhapsodie* niet? Da's m'n lievelingsmuziek.'

'Laat horen,' zei ik.

'Goed, maar denk erom, laat 't me niet merken als je 't niet mooi vindt, want anders wil ik je nooit meer zien.'

Mooi vond ik de *Altrhapsodie* aanvankelijk allerminst. Wat een verbijsterende somberheid. Wat een door en door grauwe akkoorden. En dan die trage, klagende, zeurende mannenstemmen daarachter. Waarna echter, als je zowat verpletterd bent onder zoveel gruwelijke grauwheid, de muziek opeens opheldert naar c-groot, waarna een zware altstem zingt: 'Ist noch eine Psalter.' Akkoord, het is een soort psalm die Brahms daar aanheft, maar meteen ook de meest ontroerende psalm die ooit uit een mensenhart is opgeweld.

Terwijl ik erop gebrand was mij in haar bijzijn niet te laten gaan – één keer een papieren zakdoekje, dat was echt wel genoeg geweest – en ik net zo verbeten tegen de waterlanders vocht als ik eertijds op de bewaarschool gevochten had tegen de aandrang om mij weer een reuzenscheet te laten ontglippen, kon ik toch niet voorkomen dat er opeens tranen over mijn beide wangen omlaaggleden.

Ze sloot haar grote ogen, deed net alsof ze niet merkte dat ik daar weer stom zat te snotteren. Ze zei alleen maar, toen het allang afgelopen was en ik naar de glinstering van de golfjes staarde in de Nieuwe Rijn: 'Wat ben jij toch gauw aangedaan. Wat schattig is dat.'

Mij lukte het niet dadelijk om daar iets op terug te zeggen. Toch wilde ik uitwissen, ongedaan maken dat ik mij nogmaals in de kaart had laten kijken. Dus zei ik toen maar: 'Zowat iedereen van onze leeftijd zweert bij de Beatles of de Rolling Stones of Elvis Presley. Terwijl je toch ook echte muziek hebt, Bach, Brahms, Händel, Mozart, noem maar op. Snap jij dat nou?'

'Och, die Beatles zijn best aardig hoor.'

'Nou, ik vind 't prutsers, en die Stones, da's gewoon diepbedroevende tinnef, om van die gelikte vetkuif uit Memphis maar helemaal te zwijgen, maar goed, da's allemaal nog tot daaraan toe. Het punt is dat je als je niet houdt van die rotzooi, overal buiten valt.'

'Ik maak me er niet druk om. Ik kom op de muziekschool in 't orkest waar ik speel, alleen maar mensen tegen die net als jij de Beatles en de Stones verafschuwen. Da's net zo goed bekrompen. Laat die lui nou met de Beatles. Het is toch juist prettig dat niet iedereen van Brahms houdt? Hou je van Brahms, dan ben je in select gezelschap. Wat wil een mens meer?'

Dekmantel

Al vanaf de eerste keer dat ik mij boven het naaiwinkeltje had vertoond, was ik erop bedacht dat Jouri erachter zou kunnen komen dat ik Bach speelde met een dwarsfluitlerares. In gedachten voerde ik hele gesprekken met hem over Katja. Dan zei ik bijvoorbeeld: 'Kom nou toch! Er is niks aan de hand. We musiceren samen, da's alles, so what? Je ziet toch zelf wel dat ik nooit op zo'n snibbig, kattig, sacherijnig leptosoompje verliefd zou kunnen worden. Akkoord, ze heeft prachtige meerpoelogen, en dat rode krulhaar is verrukkelijk, maar ze vertikt het om ook maar iets aan te doen waarin ze er nog leuker uit zou zien. Altijd een lange broek. Nooit een leuk rokje. Altijd platte, stevige veterschoenen. Nooit leuke sandaaltjes met een halfhoog hakje. Laat staan naaldhakken. En dat terwijl ze zo klein is. En ook nooit zelfs maar een streepje make-up. Zeg nou zelf, zo'n meisje, da's toch niks voor mij. Een beetje glamour vind ik zo enig, en hoge hakken en ruisende rokken.'

Waarop ik hem hoorde zeggen: 'Ik weet 't toch niet. Je schreden richten zich de laatste tijd wel erg vaak naar de Nieuwe Rijn.'

'Komt omdat 't zo bevredigend is om met haar te musiceren. Ze is een feeks, maar als ze speelt, tovert ze zo'n warme, liefelijke, vorstelijke klank uit haar dwarsfluit dat je haar dadelijk al haar kribbigheden en uitvallen vergeeft.'

'Maar als zij zo goed speelt, moet het voor haar toch een kwelling zijn om met jou samen te spelen?'

'Hoe dat zo?'

'Zo goed ben jij toch niet? Je hebt nog maar een blauwe maandag les. Dus als zij desondanks graag met jou samenspeelt, zit er wat anders achter.'

'Ze leidt me op. Ze heeft een leerling die iemand zoekt om Bach mee te spelen.'

'Heb je die leerling ooit gezien?'

'Nee, maar die zal heus wel een keer komen opdagen.'

'Merkwaardig.'

'Ze speelt met mij samen omdat ze voor zover ik weet niemand anders heeft met wie ze kan samenspelen. En al speel ik dan niet op haar niveau, ik studeer me suf.'

'Aha! En waarom dan wel, als het niet is omdat je toch een beetje verkikkerd op haar bent?'

'Ik? Verkikkerd? Op zo'n harpij, zo'n heks, zo'n helleveeg?'

'Juist daarom misschien. Het zou best kunnen dat jij zo iemand bent die erop kickt om uitgefoeterd en vernederd te worden.'

'Man, schei toch uit, het blijft niet beperkt tot uitfoeteren. Laatst werd ze razend kwaad over een fout akkoord. Toen heeft ze zo'n platte veterschoen uitgetrokken en me daarmee een enorme oplawaai gegeven.'

'En dat liet je toe?'

'Ik onderging het gelaten.'

'Je bent een masochist, je vindt het wel lekker, zo'n klap. Daarom solliciteerde je ook altijd naar de muziek van Splunter.'

Zulke imaginaire dialogen met Jouri putten mij uit. Deze schimgesprekken wilde ik niet voeren. Jouri moest er helemaal buiten blijven, hij moest er nooit lucht van krijgen dat ik met een feeks op de Nieuwe Rijn Bach speelde. 'Ga toch gauw naar Harvard,' smeekte ik hem in gedachten.

Helaas, hij zou pas dat najaar weggaan. De hele zomer lag nog voor ons. Die zomer zou hij natuurlijk grotendeels in Vlaardingen doorbrengen, dicht in de buurt van Frederica en de bloeiende ligusterhagen en de lichtjes van Pernis in de avondschemering.

Zolang hij echter nog in Leiden was, moest ik erop bedacht zijn dat hij mij een keer op de Nieuwe Rijn in het naaiwinkeltje naar binnen zag gaan. Zo ver was de Hogewoerd niet bij de Nieuwe Rijn vandaan. Dus koos ik, als ik mij naar Katja begaf, altijd voor een ingewikkelde omweg. Via de Oude Rijn, Hooglandsekerkgracht, Nieuwstraat sloop ik dan naar de hoek van de Nieuwe Rijn. Daar spiedde ik dan een poosje aandachtig rond of ik Jouri zag. Pas als ik zeker wist dat hij daar niet liep, schoot ik naar het naaiwinkeltje en belde ik aan.

Ik prees me gelukkig dat Katja geen binding had met de universiteit. En ik wist ook vrijwel zeker dat de amuzikale Jouri niemand kende op de muziekschool. Van het bestaan van de instelling als zodanig had hij waarschijnlijk nauwelijks weet.

Mij leken de risico's niet groot. Toch was ik er allerminst gerust op. In het geval van Julia was ik er ook zeker van geweest dat hij nergens van wist, maar ziedaar: lachend en pratend en schertsend, en ongetwijfeld al zijn charmes uitbuitend, had hij haar bij Woo Ping ongetwijfeld een prettige avond bezorgd, daar was ik zeker van. En na die avond had Julia mij meteen aan de kant gezet. Niets had ik sindsdien nog van haar vernomen. Zat ze thuis bij haar ouders te schitteren in haar oogverblindende mantelpakje? Of was ze al weer terug in Leiden? Een paar maal fietste ik, haar leugens ten spijt, langs de Haarlemmertrekvaart. Eenmaal belde ik zelfs aan. Haar hospita deed open, vertelde mij dat ze al heel lang niet meer op haar kamer was geweest.

Waar het na het echec met Julia nu op aankwam, was dat Jouri nooit iets te weten zou komen over Katja en mij. Niet omdat er iets was tussen haar en mij, verre van dat, maar omdat Jouri nu eens ophouden moest te interfereren bij wat voor betrekkingen dan ook die ik met wie dan ook van het andere geslacht onderhield. In het geval van Katja was hij waarschijnlijk mans genoeg om te versjteren dat we zo plezierig met elkaar samenspeelden.

Toen kreeg ik, alsof mijn krampachtige pogingen om mijn toch zo onschuldige betrekkingen met Katja te verheimelijken, met het tegendeel van verheimelijking beantwoord moesten worden, een uitnodiging op geschept papier voor de officiele verloving van Jouri en Frederica. Lang heb ik naar die protserige uitnodiging zitten staren, mij alsmaar afvragend: ben ik er verantwoordelijk voor dat hij zich gaat verloven met zo'n belachelijk mooi glamourmeisje dat totaal niet bij hem past? Het viel niet te ontkennen dat ik een rol had gespeeld bij de voorgeschiedenis. En al evenmin kon ontkend worden dat het mij nog steeds belachelijk veel pijn deed om die twee namen op dat dikke, geschepte papier naast elkaar te zien prijken. Steeds maar weer moest ik terugdenken aan die bedwelmende omhelzing achter in haar tuin, die omhelzing waarbij ze me zogenaamd het verschil tussen zoenen en kussen had geleerd.

'Wacht met verloven tot je terug bent uit Harvard!' riep ik hem in gedachten toe. 'Wie weet ontmoet je daar een briljant wiskundige. En daar, in de Verenigde Staten, wemelt het van monsterachtige spinnen, d'r kruipen daar zelfs zwarte weduwen rond, dus kun je je daar met spinnengraven onsterfelijke verdiensten verwerven. Wacht toch met verloven.'

Maar hij wachtte niet. Op een zomeravond in juni fietste ik naar de Binnensingel in Vlaardingen. Zowel in het huis als in de met lampions versierde tuin drentelden overal mensen rond die ik niet kende. Ze deden zich te goed aan de hapjes kaviaar, de nieuwe haringen, de rauwe tonijn, de zalmsnippers. Frederica zag er betoverend uit. Jouri keek alsof hij nu definitief zijn laatste oortje versnoept had.

Achter in de tuin, daar waar Frederica mij het onderscheid tussen zoenen en kussen had geleerd, bloeide uitbundig in volle luister een sierheester. Trossen witte bloemen hingen omlaag, het had iets onwerkelijks, die bloemen leken met sneeuw bedekte handjes. Daar bij die witte handjes trof ik, onder de lampions, de vader en moeder van Jouri. Kerkmeester senior had zowaar een net driedelig pak aan. Hij leek haast onherkenbaar. Hij liep te glunderen. Het leek alsof hij nu eindelijk voorgoed de zware last van zijn oorlogsverleden van zich af had geschud. Ook de moeder van Jouri straalde, net als trouwens zijn twee zussen, die inmiddels al getrouwd waren en zelfs al ieder een zuigeling op de wereld hadden gezet om, zoals Larkin zo mooi zegt, de misère door te geven.

Toen de vader van Jouri mij aan zag komen met mijn champagneflûte en mijn bordje met vishapjes, zei hij: 'Wat leuk om je weer eens te zien. Kom nog eens langs in de werkplaats. Ik heb twee nieuwe superboxen gebouwd, want we gaan een nieuwe, grootse tijd tegemoet. Het monotijdperk ligt achter ons, het stereotijdperk breekt aan. Stereo, dat gaat het helemaal maken, dat heeft de toekomst, let op mijn woorden. Nou, ik ben er klaar voor.'

'Stereoplaten zijn gemiddeld twee gulden duurder dan monoplaten,' zei ik zuinig.

'Zal niet lang duren. Binnenkort zijn er geen monoplaten meer.'

Zo'n zwoele, warme zomeravond in juni. De zware geur van jasmijn, die nog in kracht lijkt toe te nemen als de nacht valt en de eerste sterren beginnen te fonkelen.

Ik kon mij niet losscheuren van die plek, achter in de tuin, waar Frederica mij het verschil tussen zoenen en kussen duidelijk had gemaakt. Toen het zo donker was geworden dat je elkaar nog amper kon zien, stond ik nog steeds op dat plekje, starend naar de oplichtende sneeuwwitte bloemtrossen van de sierheester. Uit het duister kwam iemand op mij toe lopen. Frederica. Ze zette haar handen op mijn beide wangen, kuste me toen kuis op diezelfde wangen, en vervolgens even langzaam als behoedzaam op mijn lippen.

'Dank je wel,' fluisterde ze, 'o, ik ben zo gelukkig, dank je wel, dank je wel.'

Pas toen ik in de donkere Zuidbuurt fietste, kwam het ervan om mijn verdriet, daar waar toch niemand mij zag, ter hoogte van het Sluisje, waar ik Hebe altijd gepasseerd had, weg te janken, hoewel ik mij daar, hoe donker het ook was, voor schaamde. Tussen de manshoge moerasandoorns en de geurende munt ben ik zelfs even aan het water gaan zitten om tot bedaren te komen, terwijl ik mij steeds maar afvroeg waarom ik nou zo'n belachelijk groot verdriet had om het verlies van een meisje dat ik niet eens goed genoeg vond voor mijn beste vriend. Ik kon het niet nalaten om het mooiste gedicht dat ik kende te fluisteren, en dat kalmeerde mij. Ik raad iedereen aan gedichten uit het hoofd te leren en die onder moeilijke omstandigheden voor jezelf op te zeggen. Het blijken bezweringen te zijn, toverformules om jezelf tot bedaren te brengen. Mij beurde het daar bij het sluisje enorm op om Rilke te reciteren. Het was alsof ik daarmee tegen mezelf zei: 'Je kunt haar terugwinnen, ooit, eens, al kan het jaren duren.'

Lösch mir die Augen aus: ich kann dich sehn,
wirf mir die Ohren zu: ich kann dich hören,
und ohne Füsse kann ich zu dir gehn,
und ohne Mund noch kann ich dich beschwören.
Brich mir die Arme ab, ich fasse dich
mit meinem Herzen wie mit einer Hand,
halt mir das Herz zu, und mein Hirn wird schlagen,
und wirfst du in mein Hirn den Brand,
so werd ich dich auf meinem Blute tragen.

Ichthus

In september vertrok Jouri naar Harvard. We wuifden hem uit op Schiphol – Frederica, haar ouders, zijn ouders, zijn zussen en ik. Zijn ouders en zussen bleven nog daar voor wat sightseeing. Wij reden terug in de auto van Frederica's ouders. Frederica en ik zaten achterin. Ze depte steeds met een papieren zakdoekje haar ogen. Ik streelde haar linkerhand, fluisterde: 'Stil maar, hij komt weer terug.'

'Wie weet wie hij daar ontmoet,' snikte ze.

'Jouri is bezeten van getallen,' zei ik, 'maar niet van meisjes. Nooit geweest ook.'

In Leiden werd ik afgezet op de Korevaarstraat. Toen ik, nadat ik Frederica kuis op haar wang had gekust, uit de auto stapte, het gouden nazomerlicht in, merkte ik dat ik een beetje duizelig was. Duizelig van een bizar soort opwinding.

Nu gaat het beginnen, dacht ik, nu ben ik eindelijk vrij. Nu vangt het aangename jaar des Heren aan. Nu kan ik ongehinderd, ongeremd, zonder pottenkijkers, achter de meisjes aan. O, o, de hormonen daveren door m'n bloedbanen, ik wil zo graag vrijen. Vrijen wil ik, vrijen, vrijen, vrijen.

Nog diezelfde avond begon, geïnspireerd door Wim Paardt uit *Zo de ouden zongen* van Vestdijk, mijn jacht op straatmeisjes. Wat had Wim Paardt ook weer gezegd? Bij de eerste vijf meisjes die je op straat aanspreekt vang je mogelijk bot, maar de zesde gaat met je mee.

Het epicentrum van mijn jacht werd gevormd door de Donkersteeg. Daar drentelde na negenen, als de winkelportieken reeds in duisternis gehuld waren, altijd een ruim aanbod dellen. Ook op de Hoogstraat en vooral op de lange Haarlemmerstraat trof je overal giechelende, slenterende meisjes. Zwikkend op hoge strompelhakken zwalkten ze van etalage naar etalage. In overeenstemming met de toenmalige mode waren hun haardossen vaak zwaar getoupeerd. En de mode schreef toen, halverwege de jaren zestig, ultrakorte jurkjes of rokjes voor, en opengewerkte kanten kousen. Die Haarlemmerstraatmeisjes zagen er ongelofelijk ordinair uit, maar ik was weg van die haardossen, rokjes en kanten kousen. Vreemd eigenlijk, want bij dat soort outfit hoorden vetkuiven en de muziek van de Beatles en de Rolling Stones en dat Brylcreemmonster uit Memphis, en zowel die vetkuiven als die muziek verfoeide ik tot in het diepst van mijn ziel.

Wat mijn schizofrene jacht op zo'n fraai kantenkousenmeisje ernstig bemoeilijkte, was het feit dat de dellen steevast gepaard, en vaak stevig gearmd, door de Donkersteeg drentelden. Om hen te kunnen benaderen moest je zelf ook gepaard optrekken. Dan kon jij ter linkerzijde van zo'n gearmd tweetal gaan lopen, en je vriend ter rechterzijde. Je maakte dan een geintje, schertste wat, en probeerde na verloop van tijd of, als je beiden voorzichtig een arm sloeg om het meisje naast wie je liep, die arm niet meteen verontwaardigd werd weggeduwd. Zo niet, dan had je beet. Dan lieten de twee meisjes elkaar vroeg of laat los, en liepen er twee paartjes van verschillend geslacht.

Dat was de methode. Zo vaak zag ik, arme, eenzame dellenspotter, het gebeuren, dat ik al spoedig begreep: je hebt een buddy nodig. Maar waar zo'n buddy vandaan te halen? Mijn enige echte buddy was Jouri, en Jouri bevond zich in Harvard, om daar de geheimen der priemgetallen te ontsluieren. Waarbij ik me er trouwens van bewust was dat Jouri, ook als hij onder handbereik op de Hogewoerd had verkeerd, zich nooit zou hebben geleend voor de jacht op straatdeernen.

Toch bleef ik, hoewel ik wist dat ik het verkeerd aanpakte, koppig avond na avond door de Donkersteeg en over de Haarlemmerstraat zwalken. Het slenteren en spotten zelf was plezier, vooral als het een beetje miezerde, en je, om met Bloem te spreken, in zo'n atmosfeer van mist en zaligheid van etalage naar etalage drentelde. En ooit, dat wist ik toch vrij zeker, zou het lukken, zou ik op de Hoogstraat zo'n door en door dellerig meisje met een reusachtige bos getoupeerd haar tegen het lijf lopen, zo'n meisje op hoge zwenkhakken en met zwaar aangezette, vuurrode lippen, en lange, puntige, vuurrood gelakte nagels die, mirabile dictu, moederziel alleen van Hoogstraat naar Haarlemmerstraat wankelde.

Op een avond, eind oktober, liep ik weer door al die stegen te dwalen die op de Haarlemmerstraat uitkwamen. Ik had een zware dag achter de rug op het Parasitologisch Laboratorium. We hadden, door het binoculair heen, en met behulp van röntgenapparatuur geprobeerd te filmen hoe een sluipwesp een graankorrel aanboort waarin zich een graankalander verschanst heeft. Nog zag ik, haarscherp, al die beelden voor me die de hele dag over mijn netvlies waren gegleden. Zo'n sluipwesp trommelt met zijn dunne pootjes op een graankorrel. Blijkbaar stelt hij, al trommelend, vast of hij met een ongeschonden korrel te maken heeft, dan wel met een korrel waarin een graankalander bivakkeert. Is het laatste het geval, dan brengt hij zijn legboor in stelling. De graankalander heeft dat getrommel ook vernomen. Blijkbaar weet hij dan reeds dat hij groot gevaar loopt. Want hij kromt zich en wacht af. Vluchten kan hij niet meer, want hij heeft zich volgevreten en zit klemvast in de korrel. Als de sluipwesp gaat boren, heeft de kalander nog een kleine kans. Du moment dat de sluipwespboor door de graankorrelwand heen de holte bereikt waarin zich de kalander bevindt, moet de kalander het uiteinde van de boor tussen zijn kaken vermorzelen. Dat lukt echter hoogstzelden omdat de kalander niet precies weet waar de boor binnenkomt. Meestal is hij te laat en dringt de sluipwespboor ongehinderd zijn kalanderlijf binnen, waarna hij verlamd wordt. De sluipwesp legt zijn eitjes in de kalander, en als die eitjes uitkomen, peuzelen de jonge sluipwespjes die nog altijd levende, verlamde kalander van binnenuit op. O, o, wat is de natuur toch wondermooi! En God zag dat het goed was.

Denkend aan kalanders en sluipwespen en legboren, en mij verwonderend over de geest van Iemand – een Schepper? – die zulke vernuftige gruwelen in haast oneindige veelvoud bedacht had, slenterde ik door de Maarsmansteeg in de richting van de Visbrug. Het had begin van die avond geregend. De straten glommen. De etalageruiten waren nog bespikkeld met regendruppels, die traag omlaaggleden.

Toen ik de Maarsmansteeg uit kwam, greep een windvlaag die over het brede water van de Nieuwe Rijn aan kracht had gewonnen, de panden van mijn jas. Even moest ik mij schrap zetten. Zwaar hing de wolkenlucht omlaag. Het was verbluffend donker, ook al brandden her en der straatlantaarns.

Op de lange, schuine helling die van de Nieuwe Rijn naar de Visbrug leidt, kwam ze, helemaal alleen, en met 'een trantelige stap', zoals Herman de Man zou zeggen, naar de Hoogstraat toe klimmen, de superdel van mijn dromen. Een reusachtige, zwaar getoupeerde haarbos. Een kort nepbontjasje. Een ultrakort rokje. Zwarte visnetkousen. Hoge hakken. Zwaar aangezette dieproze lippen. En zowaar ook lange, puntige, eveneens dieproze nagels. Mijn hart stond stil.

Ze keek me even aan, liep langs me heen, de Hoogstraat op. In de richting van de Donkersteeg. Bij de eerste de beste etalage op de Hoogstraat bleef ze stilstaan, mij bespiedend vanuit haar ooghoeken. De opwinding golfde door me heen. Mijn knieën knikten. Nu of nooit, besefte ik en met loodzware benen deed ik een paar passen haar richting uit. Ze drentelde uiterst langzaam naar de volgende etalage. Weer strompelde ik oneindig traag achter haar aan om uiteindelijk dan toch naast haar tot stilstand te komen.

'Zo,' fluisterde ze, 'alleen op stap?'

'Ja,' hijgde ik schor, 'jij ook?'

'Ja,' zei ze.

'Zullen we samen een eindje oplopen?'

'Goed,' zei ze.

We liepen de Donkersteeg in. Wat nu, dacht ik wanhopig, wat nu? Naar het Van der Werffpark? Maar dat is de andere kant uit.

Zwijgen kon niet, dat was duidelijk, maar wat moest ik in hemelsnaam zeggen? Mij viel niks anders in dan: 'Wat heb je prachtige nagels.'

‘Vind je? Schrik niet hoor, zijn niet echt. Mijn zwager heeft ze voor m’n zus meegebracht uit Engeland. Eyelure, *longline*. M’n zus kwaad op m’n zwager. Zei: “Je denkt toch niet dat ik zulke afschuwelijke nagels opplak”, en wou ze toen in de vuilnisbak gooien. Ik was erbij en zei: “Mag ik ze hebben”, dus zodoende.’

‘Ze zijn geweldig.’

‘Vind ik ook.’

Er viel een stilte. We liepen de Donkersteeg uit, draaiden de Haarlemmerstraat op.

‘Loop je vaak ’s avonds alleen op straat?’ vroeg ze.

‘Ja.’

‘In de hoop een meisje te versieren?’

‘Ja,’ zuchtte ik.

‘Dan is het je vanavond gelukt. Waar zullen we heen gaan? Jouw kamer? Mijn huisje?’

‘Ik woon op de Uiterste Gracht.’

‘Ik woon hier vlakbij, in de Vrouwenkerkkoorstraat. Zullen we dan naar mijn huisje gaan?’

Huisje, dacht ik, heeft ze al een huisje? En toen werd ik me bewust van iets wat ik eigenlijk reeds dadelijk had vastgesteld: dit was geen del van een jaar of twintig, dit was een volwassen vrouw van een jaar of dertig die zich als een del van twintig vermomd had.

Mij deerde dat niet, en mijn mannelijkheid al helemaal niet. Die bleef maar tegen de stugge stof van mijn broek aan bonken, zodat ik als een kreupele kip voortstrompelde. Gelukkig was het niet ver naar haar huisje in de Vrouwenkerkkoorstraat.

Ze ontsloot daar het derde huisje, zei: ‘Kom erin.’

‘Ga zitten,’ zei ze toen we het woonkamertje ervan betraden. ‘Wat denk je van een kopje thee?’

Ze deed het licht aan. Wat zag ze er, ondanks de zware schmink, al oud uit! En mooi was ze bepaald niet, ook al werd dat goed gecamoufleerd door het getoupeerde haar. Wat kan het me schelen, dacht ik, ik wil vrijen, en ze heeft prachtige nagels, als ze daarmee zachtjes over mijn pik streelt... ik kon niet verder denken, kwam al bijna klaar.

Ik keek rond in het woonkamertje. Hoog aan de muur, boven een soort dressoirtje, hing een groot houten kruisbeeld. Op een andere muur was met glimmende punaises een oude zondagsschoolplaat op het behang geprikt: Jezus hoog op de berg die de schare daar diep beneden toespreekt. Akoestisch gezien een mirakel, want wie hoog staat en spreekt, wordt in de diepte niet verstaan, terwijl iemands stem van onder in een amfitheater tot de hoogste rangen toe verstaanbaar is.

Op een derde muur hing een plaat van Jezus die over het water schreed. Naar Petrus, die tot zijn middel in het water was weggezakt, stak hij zijn hand uit. In een nis naast het raam hing een affiche van de studentenecclesia.

Waar ben ik nou toch terechtgekomen, dacht ik, dit is het hol van een oerchristelijk meisje.

Hoe christelijk bleek even later toen ze met twee dampende mokken in het woonkamertje verscheen. Onomwonden vroeg ze: 'Ken jij de Heere Jezus?'

'Ik ben gereformeerd synodaal van huis uit,' bromde ik.

'Waarom loop je dan, als je van huis uit de Heere Jezus kent, over straat te zwalken om zo'n opgedirkt flutmeisje op te pikken?'

'Ik...' stamelde ik.

'Vuige lust,' beet ze me toe, 'alleen maar vuige lust, geef het maar toe, vuige lust, terwijl je weet dat je lichaam een tempel is van de Heilige Geest.'

Om enigszins tot rust te komen nam ik een grote slok thee. Ik zei niets.

'Jij hebt een zetje nodig,' zei ze, 'de goede richting uit. Sluit je bij onze gideonsbende aan.'

Ze wees op een groot affiche dat op de woonkamerdeur was bevestigd en dat ik, omdat de deur open had gestaan terwijl ze in haar keukentje thee zette, niet eerder had kunnen bestuderen.

'Evangelisatiebeweging Ichthus,' zei ze, 'kom erbij. Voeg je bij die Wagen, zoals het Woord zegt. Echt, 't zal niet zo lang meer duren voor de Heere Jezus terugkomt op de Wolken des Hemels. De tijd is maar kort. We moeten redden wat er nog te redden valt, want de grote, doorluchtige dag is aanstaande. Sluit je bij ons aan. We zullen je met open armen ontvangen.'

Toen ik zonder iets te zeggen van mijn thee bleef slurpen, zei ze: 'Ik heb je al een paar avonden gevolgd. Je bent iemand van vaste gewoontes. Stipt om half negen kwam je steeds de Maarsmansteeg uit stappen en dan zag ik je, terwijl ik op de Nieuwe Rijn liep, aan komen lopen. Dan liep ik een poosje op een afstand achter je aan. Het was zo aandoenlijk. Je bent veel te bleu om een meisje aan te spreken. Mij zag je steeds over het hoofd omdat ik m'n daagse kleren aanhad.'

'En daarom heb je je om mij... om... daarom ben je vanavond als del de straat op gegaan?'

'Zie ik eruit als een del? Voor de verandering heb ik m'n campuskleren maar weer eens aangedaan. In Harvard liepen we er op de campus, toen ik daar stage liep als Ichthusevangeliste...'

'Ben je naar Harvard geweest om daar stage te lopen als evangeliste?' vroeg ik verbaasd.

'Nee, nee, ik studeerde daar een jaar psychologie, in het kader van een uitwisselingsproject. Harvard en Leiden wisselen zoals je misschien weet vaak studenten uit. Daar heb ik me toen aangesloten bij een Amerikaanse evangelisatiebeweging, de beweging Flirty Fishing, en daar liepen we er dan altijd zo hip mogelijk bij als we erop uit trokken voor de verkondiging. Dan legde je veel makkelijker contacten. Ach ja, voor de Heere Jezus was ons geen moeite te veel.'

Ik zat haar een poosje aan te staren en zei toen: 'Toch moet je er plezier in gehad hebben om je zo opvallend uit te dossen. Je ziet er adembenemend uit.'

Ze bloosde warempel, hervond zich echter snel, zei bits: 'Ik deed het voor de Heere Jezus.'

'Weet je dat zeker? Vond je 't niet ook leuk, heel erg leuk? Misschien wou je er maar wat graag weer eens uitzien als een del. Kosten noch moeite heb je gespaard. Zelfs de nagels van je zus heb je opgeplakt!'

'In Harvard liepen haast alle campusmeisjes met zulke nagels,' zei ze verontwaardigd.

'Ik ga ook in Harvard studeren,' zei ik spottend.

'Het ging mij er vooral om jouw aandacht te trekken,' zei ze stuurs, 'ik heb jou al een paar avonden zien lopen, ik vond je aardig en aandoenlijk, ik wou je terugbrengen op het rechte pad, maar jij had helemaal geen oog voor mij, dus toen heb ik m'n campusoutfit, m'n Flirty Fishinguniform maar weer eens aangetrokken... Ik heb de Heere Jezus gebeden en die heeft me toen gezegd: "Dos je zo mooi mogelijk uit." '

'En toen heb jij gezegd: "Heere Jezus, maar wat graag, want eigenlijk wil ik er diep in mijn hart zo dellerig mogelijk bij lopen." '

'Stil,' zei ze, 'wat jij zegt wordt je door de Satan ingefluisterd, heus... ik... ik heb de hele dag geworsteld, en de Heere gevraagd: "Moet dat hier nou net als in Harvard? Lippenstift, en getoupeerd haar en Eyelurenagels", en dan zei de Heere: "Ja, Tina, dat moet. Want die jongen, die lieve jongen, moet jij terugbrengen op het rechte pad." '

'Ik wou maar eens opstappen,' zei ik.

'Nu al?' vroeg ze verschrikt. 'Nee hoor, de avond begint pas. Laten we samen eerst eens een flink stuk uit de Bijbel lezen, uit een van de brieven van de apostel Paulus, en dan bidden we samen, smeken we de Heere Jezus dat jij je bekeert en je aansluit bij Ichthus.'

Terwijl ik naar haar zo vakkundig getoupeerde haardos keek, en naar haar prachtige, puntige, dieproze lange nagels, dacht ik: ze kan zichzelf nu wel wijsmaken dat ze zich zo heeft uitgedost omdat de Heere Jezus dat van haar vroeg, maar ergens diep vanbinnen schuilt een meisje dat er misschien wel net zo hartstochtelijk naar verlangt om te vrijen als ik, vandaar dat ze zich zo opgedirkt heeft, Jezus ten spijt, dus als ik nu eerst geduldig onderga dat we samen een stuk uit het Nieuwe Testament lezen, en even geduldig onderga dat we bidden om mijn bekering, wie weet komt 't er dan toch nog van.

Daarom bleef ik vooralsnog zitten, alsmaar gefascineerd naar die nagels starend, die mij aan mijn stoel kluisterden.

Hardop las zij enkele hoofdstukken uit de tweede brief van

de apostel Paulus aan de Thessalonicenzen. Toen zei ze vroom: 'Dan ga ik nu voor in gebed', en ik zei: 'Goed, laten we dan onze vier handen ineenstrengelen.'

Achterdochtig keek ze me even aan, maar toen greep ze mijn handen en vouwden we ze tot één grote bal samen. Ik voelde haar puntige nagels tussen mijn vingers en zuchtte ervan.

Ze bad zo lang dat mijn handen begonnen te tintelen. Maar uiteindelijk klonk dan toch het verlossende woord 'amen' op. Toen zei ze: 'Heb je zin om mee te gaan naar Ichthus? Er is vanavond een vergadering.'

'Da's goed,' zei ik, nog altijd denkend dat wij na die vergadering nog toe zouden komen aan die vuige lusten waarover ze zich zo laatdunkend had uitgelaten.

'Goh, wat geweldig dat je mee wilt! Het is meer dan ik had durven hopen. De Heere Jezus trekt nog aan je, jawel, Hij trekt nog aan je. Hier, nog een kop thee, drink nog wat, dan ga ik mij ondertussen een beetje fatsoeneren, ga ik even wat nets aantrekken, en mijn gezicht wassen, want je begrijpt dat ik daar niet kan verschijnen zoals ik er nu uitzie. Daar zijn ze nog niet toe aan Flirty Fishing, maar mij zijn door discipelen van David Berg folders en flyers en zo beloofd, en daarmee hoop ik hier dan ook een beetje Flirty Fishing van de grond te krijgen. Wat een opsteker zou het zijn als jij mij zou bijstaan, met z'n tweeën sta je toch altijd sterker.'

'Als je Flirty Fishing bij Ichthus wilt introduceren, moet je je nu niet fatsoeneren. In Harvard was dit toch je normale verkondigingsoutfit?'

'Ja, maar hier kan dat jammer genoeg echt nog niet, hier moet ze van de grond af nog bijgebracht worden hoe doeltreffend Flirty Fishing kan zijn.'

'Je zou daar toch kunnen zeggen dat je er zo bij liep om mij, net zoals je in Harvard dan blijkbaar gewoon was, makkelijker van straat te kunnen oppikken en dat we vervolgens rechtstreeks...'

'Dan zou ik liegen.'

'Ach, maar... Nee, trek 't nou niet uit, je ziet er zo mooi uit.'

'Daar kan ik er heus nog maar beter wat minder opvallend uitzien.'

Ik hoorde haar een trap beklimmen, hoorde haar boven mijn hoofd stommelen, dacht toen treurig: ze doet het allemaal uit. Ze heeft het zogenaamd op bevel van de Heere Jezus aangetrokken, hoewel ze er stiekem, misschien zonder zich daar zelf van bewust te zijn, altijd naar verlangd heeft om er niet alleen in Harvard, waar het blijkbaar niet opvalt, maar ook hier eens lekker dellerig bij te lopen. Wat een rare, verknipte vrouw, wat zitten mensen soms buitengewoon vreemd in elkaar.

En toen dacht ik: mee naar Ichthus? Ben je nou helemaal belazerd. Het is maar al te duidelijk dat er van vrijen niks terechtkomt. Dat zou met zo'n Jezusmeisje uiteraard pas mogen als ik eerst met haar zou trouwen. Nou, dat nooit.

Ik stond op en sloop dat woonkamertje uit, en trok uiterst behoedzaam de voordeur van het huisje open. Het regende in de Vrouwenkerkkoorstraat. Ik hief mijn hoofd op naar de hemel en liet het koude water over mijn gezicht stromen.

Ik ben al tweeëntwintig, dacht ik, en al heb ik dan in een achtertuin een beetje gezoend met Frederica, echt gevreeën heb ik nog nooit. Dat is toch te gek om los te lopen.

Flirty Fishing

Indertijd had ik er geen flauw idee van wat ik mij bij deze opmerkelijke Jezusbeweging moest voorstellen. Dankzij Tina met haar Flirty Fishingkousen was uiteraard mijn nieuwsgierigheid gewekt. Mij leek toen dat er voor mij maar één mogelijkheid bestond om iets naders over Flirty Fishing te weten te komen: Jouri moest ik raadplegen. Die zou in Harvard, blijkbaar dicht bij de bron van de beweging, waarschijnlijk wel een en ander voor mij kunnen uit- of opzoeken. Ik schreef hem een brief over allerlei Leidse wederwaardigheden en aan 't eind daarvan meldde ik terloops dat ik een aspirant-psycholoog tegen het lijf was gelopen die als uitwisselingsstudent in Harvard lid was geworden van de Flirty Fishingbeweging. 'Weet jij daar misschien meer van?' vroeg ik hem.

Nu kun je bij Google de zoekterm 'Flirty Fishing' intikken, en prompt word je overladen met allerlei tamelijk tegenstrijdige gegevens over de beweging. In de Nederlandse editie van Wikipedia lees je erover: 'De beweging ontstond in 1968 uit de strandevangelisatie als een reactie op de hippiebeweging, die zich verzette tegen de gevestigde orde en experimenteerde met drugs en vrije seks. De oprichter was David Berg (1917-1994), alias Moses Berg. [...] De leden raakten berucht om hun seksuele mores, wat hen in sommige landen in contact met politie en justitie bracht.' Ontstaan in 1968? Mijn contact met Tina dateert reeds van enkele jaren daarvoor, dus waarschijnlijk klopt dat jaartal niet.

Een en ander klinkt overigens, afgezien van die seksuele mores, nog tamelijk onschuldig, maar in een ander internetartikel lees je: 'Flirty Fishing (FFing) was een vorm van religieuze prostitutie, gepraktiseerd door de Kinderen van God/De Familie vanaf 1974 tot er in 1987, vanwege de aids, een streep onder werd gezet. Flirty Fishing hield in: het gebruik van sexappeal en bijslaap om bekeerlingen te werven.'

Ook lees je: 'In geval van FFing getuig je van de liefde van Jezus met de serieuze opzet om seks en sexappeal te gebruiken als lokaas.' En op de vraag of dat dan ook betekende dat je zou overgaan tot 'kissing and light petting', was het antwoord: 'We suggereren dat je slechts tot masturbatie, pijpen, en echt geslachtsverkeer overgaat. Het is alles of niets, Halleluja!'

De vrouwen van de beweging werd verteld dat zij Gods prostituees moesten zijn, en 'Hookers for Jezus', 'and soon after its launch as a method of witnessing, sex was given to complete strangers'.

Zou ik, had ik dat alles toen reeds geweten, vaker door de Vrouwenkerkkoorstraat zijn geslenterd, of zou ik die straat juist hebben gemeden?

Het laatste vast niet, maar toch: ook toen ik, na een paar weken, een antwoord van Jouri ontving op mijn schrijven, huiverde ik toen ik las: 'Valse jokkebrok! Je probeert mij een oor aan te naaien. Je schrijft dat je een uitwisselingspsycholoog hebt ontmoet. Hier in Harvard kun je precies nagaan wie de laatste jaren uitgewisseld zijn tussen Leiden en Harvard, en daar is niet één psycholoog bij, maar wel een psychologe, Tina Huiberdina Wüst, van wie ze mij hier zelfs een fraaie foto konden tonen. God allemachtig, wat een opgeverfd schepsel! Echt iets voor jou om daarvoor te vallen. Man, gebruik je verstand toch, blijf daar ver bij uit de buurt, ze is al een stuk ouder dan wij, ze heeft een totaal verkeerde studie gedaan, ze is hier inderdaad lid geworden van die Flirty Fishingbeweging waar je naar vraagt, een maffe, griezelige evangelisatie-'movement', waarvan er hier zoveel bestaan. De meisjes die er lid van zijn, doen hun uiterste best om er zo sletterig mogelijk uit te zien, het zijn vreselijk opgedirkte schepsels met brokaatmini-jurkjes en suikerspinkapsels en hoge hakken en vuurrode lippen en *real vampire*-nagels – alles er enkel maar op gericht nette studenten in hun bed te lokken, om ze vervolgens neer te vlijen aan de voeten van een of andere oude klootzak, David Berg heet hij als ik goed geïnformeerd ben, die hen, en passant hun hele studiebeurs uit de zak kloppend, zachtjes masseert in de richting van wedergeboorte.

Waarom heb je mij voorgelogen? Waarom verhulde je in je brief dat je kennelijk verstrikt bent geraakt in de armen van een vrouwspersoon dat hier, behalve zo'n onzinvak als psychologie, de methodieken van Flirty Fishing heeft bestudeerd? Ben je bang dat ik haar, zelfs over de Atlantische Oceaan heen, uit je armen zou weten te takelen? Dolgraag zou ik 't voor je doen, want net als eerder in het geval van Ria Dons en Wilma Wijting zou 't doodzonde zijn als jij je zou vergooien aan iemand die jou niet waard is. Wat ik hier over deze dame gehoord heb, brengt mij ertoe je aan te manen uiterst voorzichtig te zijn. Blijf, herhaal ik, ver bij dit schepsel uit de buurt. Voor je 't weet zit jij, zelfs jij, tot over je oren in de nesten, maak je, flink gehersenspoeld door deze pyschologe (en denk erom: ze heeft ervoor gestudeerd om hersens te spoelen) deel uit van zo'n griezelige Amerikaanse revivalbeweging, waar 't helaas van grimmelt, de mormonen, de Jehova's getuigen, de zevendedagsadventisten.

Je hebt hier zelfs een christelijke beweging van slangenoppakkers. Op grond van de bijbeltekst Markus 16 vers 18: "Slangen zullen zij opnemen", praktiseren deze christenen in hun diensten het zogenaamde *serpent-taking*. Daarbij sneven regelmatig, gebeten door een van de grond opgeraapte ratelslang, gristenen, en dan zeggen de achtergebleven gelovigen: "Zie je wel, dat was geen echte bekeerling, want een echte bekeerling kan, naar het woord van Jezus, onbevreesd een slang oppakken."

Voor jou zou die beweging van de slangenoppakkers nog wel een uitdaging kunnen zijn, maar over de Atlantische Oceaan heen bezweer ik je: blijf uit de buurt van Flirty Fishing. Ter wille van bekering praktiseren ze een losse seksuele moraal. Verleiding als lokaas voor eeuwig heil. Maar de praktijk is: voor je 't weet loop je een of andere enge ziekte op, of een schimmelbesmetting. Of ben je daar juist op uit als aankomend parasitoloog?'

Jouri weer, dacht ik, toen ik zijn brief opvouwde. Waarschuwt mij andermaal, net zoals hij mij eerder waarschuwde voor Ria en

Wilma en Frederica. Het lijkt wel of er sprake is van vaste patronen, het lijkt wel of hij niet anders kan. Altijd koekoek één zang van deze spinnendoodgraver. Maar als hij hier was, zou hij Tina terstond van mij overnemen, om haar vervolgens achteloos ter zijde te schuiven. Wat prettig dat hij zo ver weg zit. Nu kan ik doen en laten wat mijn hart mij ingeeft.

Zeereis

Dankzij het Flirty Fishingmeisje kwam er een abrupt einde aan mijn carrière als straatschuimer. Zelfs overdag leek het, als ik door de binnenstad van Leiden dwaalde, alsof Ichthusogen op mij gericht waren. Eén keer nog waagde ik mij 's avonds in de Donkersteeg. Her en der zag ik al wat opgedirkte, oudere, eenzame straatslijpsters. Waren het reeds door Tina aangeworven leden van de evangelisatiebeweging Flirty Fishing die incognito door de binnenstad schuimden?

Op Hervormingsdag kwam ik rond het middaguur in de Burchtsteeg de FFing-deerne tegen met wie ik gelezen en gebeden had. Omdat ze haar alledaagse kleren aanhad, herkende ik haar niet dadelijk. Maar zij herkende mij onmiddellijk, en riep mij na toen ik haar passeerde. Verbaasd keek ik om, ze wenkte me. O, mijn god, dacht ik, en ik begon te rennen.

Begin november kwam ik haar tussen de middag nogmaals tegen. Op de Breestraat deze keer. Ze had zich weer hoerig uitgedost. 'Op Zijn bevel, nu weer als del,' rijmde ik nijdig. Ze zag er in het diepgrijze novemberlicht zo mogelijk nog overtuigender uit dan op die fatale avond. Ze werd nagekeken, nagefloten zelfs. Mij zag ze gelukkig niet. Desondanks bespeurde ik de aanvechting om haar na te lopen, aan te spreken. Als Jezus haar beval dat ze haar haar moest touperen om een ziel te redden, kon Hij haar ook bevelen dat ze moest vrijen om een zondaar tot bekering te brengen. Maar ik zag mij al weer in dat enge kamertje met de wanhopige Petrus tot zijn middel in het Meer van Galilea en dacht somber: nee, denk maar niet dat ze echt tot Flirty Fishing overgaat, ze slaat de Schrift op en gaat mij voor in gebed.

Toch bleek, toen ik weer terug was in het laboratorium, dat

zij op mijn netvlies gebrand stond. Keek ik door mijn binoculair, dan zag ik geen graankalanders en sluipwespen, maar een woeste bos getoupeerd haar, een minirokje, visnetkousen. Daar in die Vrouwenkerkkoorstraat brandde ongetwijfeld net zo'n hormonaal potkacheltje als er ook in mijn binnenste loeide. Hoe moest ik door de verdedigingslinie van het evangelie heen breken om mij daaraan te warmen?

Eind van de middag werd ik bij de hoogleraar-directeur geroepen.

'We zitten met een probleem. Vanavond zou Joop de nachtboot Hoek van Holland-Harwich naar Engeland nemen om daar morgenochtend in Londen wat sluipwespeieren uit te wisselen. Zij hebben daar soorten die wij nog niet bezitten, wij hebben *Mellitobia*, waar zij naar smachten. Elkaar een en ander sturen, dat gaat helaas niet, dan krijg je groot gedonder met de douane. Maar als je een buisje met wat graankorrels vol belegde kalanders in de voering van je jas naait, glip je meestal probleemloos langs de douane. Zoals ik al zei, Joop zou gaan, maar is ziek geworden. Mijn vraag is: zou jij hem willen vervangen?'

'Vanavond nog naar Engeland?' vroeg ik verbaasd.

'Ja, en morgenavond met de nachtboot terug.'

'Twee nachten op zo'n schip?'

'Je hebt een hut. Je kunt slapen.'

Even nog stribbelde ik tegen. Maar ja, je bent student, je bent ambitieus, je bent gestreeld omdat ze je benaderen voor zo'n missie, dus liet ik mij overhalen. Vakkundig werd door de technische dienst het buisje met de door een *Mellitobia*-vrouwtje bewerkte graankorrels in de voering van mijn jas genaaid. Ach, wat een wonderbaarlijk organisme, *Mellitobia*! Eén mannetje op vierhonderd vrouwtjes, en die moet hij als hij uit het ei komt razendsnel bevruchten. Verdwaasd loopt dat mannetje rond over de graankorrels, op zoek naar die vierhonderd vrouwtjes. Ogen heeft hij niet, zijn hele lichaam is een zak boordevol sperma. Zelfs in de kop zwemmen zaadcellen rond. Von Kopf bis Fuss is dat mannetje op liefde ingesteld.

Joops tickets werden mij aangereikt, alsmede wat Engelse

ponden. Ik fietste naar de Uiterste Gracht, haalde daar mijn paspoort op, en at, hoewel ik van de opwinding nauwelijks eetlust had, nog snel een boterham. Te voet begaf ik mij naar het station. Ik liep zoals ik altijd vanaf mijn kamer naar het station marcheerde: Uiterste Gracht, Groenesteeg, Hooigracht, Haarlemmerstraat.

Ter hoogte van de Coelikerk bonsde mijn hart in mijn keel. Zo dadelijk zou ik de Vrouwenkerkkoorstraat passeren. Passeren? Waarom zou ik niet via die straat, het Vrouwenkerkhof en de Caeciliastraat naar het station lopen? Dat was stellig iets korter. Ik sloeg af, de Vrouwenkerkkoorstraat in. Ik ging langzamer lopen. Ik had nog zeeën van tijd. Mijn boottrein zou pas over anderhalf uur vertrekken.

Het was al donker. De straatlantaarns brandden. Uit haar huisje straalde lamplicht. Haar gordijnen waren open. Ik stak de straat over. Mij leek het onverstandig om zo pal langs haar venster te lopen. Onder het lamplicht zag ik haar zitten. Ik keek tegen haar woest getoupeerde haarbos aan. Wat deed ze? Las ze een boek? De Bijbel wellicht? Ze droeg een knalroze angoratruitje. Daaronder schemerde hetzelfde minirokje dat ze op de Breestraat had gedragen. Ze sloeg traag een bladzijde om. Flinterdun papier, dus tien tegen één een bladzijde uit de Schrift.

Omdat ze met haar rug naar het raam zat, durfde ik het wel aan om de straat over te steken. Ik loerde naar binnen, kon haar nu beter zien, zag haar fraaie, groene kanten kousen, haar hoge hakken. Maar het betoverendst was toch dat gele lamplicht op die Eyelure-*longline*-nagels. Het leek alsof haar vingertoppen in brand stonden.

Roerloos stond ik daar te turen, alsmaar denkend: wat een raar, geschift, verknipt wezen. Nogmaals sloeg ze zo'n flinterdunne bladzijde om met haar gloeiende nagels. Zo te zien las ze weer uit het Nieuwe Testament, de brief aan de Hebreeën waarschijnlijk. 'Gij zijt genaderd tot een tastbaar en brandend vuur, tot donkerheid, duisternis en stormwind, tot het geklank van een bazuin en tot het geluid van een stem, bij het horen waarvan zij verzochten, dat niet verder tot hen gesproken werd, want zij konden dit bevel niet dragen.'

Jij moet niet in het Nieuwe Testament lezen, sprak ik haar in gedachten toe, jij moet in het Oude Testament lezen. Genesis 38. Het verhaal van Tamar. Dat is jouw verhaal.

Opeens wendde ze zich met een reusachtige ruk van haar getoupeerde haarbos naar het venster. Ze keek me recht in het gezicht, maar of ze mij ook werkelijk ontwaarde, weet ik niet. Doorgaans zie je weinig als je uit een verlicht kamertje een donkere straat in kijkt. Toch stond ze dadelijk op. Ik ging er meteen vandoor. Achter mij hoorde ik hoe haar voordeur open werd getrokken. Vervolgens hoorde ik hoge hakken driftig hameren op kinderhoofdjes.

Ze zal nog struikelen, dacht ik, en daarom wachtte ik tot ze mij had ingehaald.

'Jij,' zei ze buiten adem.

'Ja,' zei ik.

'Zin in een kop thee?'

'Zin wel, maar tijd niet. Ik moet de boottrein halen. Ik ga vannacht naar Engeland.'

'Dan loop ik een stukje met je mee.'

'Mij best.'

'Waarom ben je er laatst stiekem vandoor gegaan?'

'Ik had weinig zin om mee te gaan naar Ichthus.'

'Dat had je me dan toch eerlijk kunnen zeggen?'

'Dat had gekund, ja.'

'De Heere Jezus...'

'...heeft je vanavond weer bevolen om je haar te touperen. Wie moet je nu redden?'

'Wist ik nog niet toen Hij me vanmiddag zei: "Maak je klaar", maar weet ik nu. Jij dus weer.'

'Je bent niet goed snik.'

Op de Steenstraat keken zowat alle daar ronddrentelende mannen naar haar om. Soms floten ze zacht tussen hun tanden.

'Hoor,' zei ik, 'hier is heel wat werk voor je te doen. Maar wees toch voorzichtig. Je zou beter samen met een vriendin kunnen opereren. Is er bij Ichthus niet nog een meisje dat zich als Flirty Fishingdel wil uitdossen om zielen te redden?'

'Jammer genoeg niet.'

'Zelfs in het havenstadje waar ik vandaan kom en waar ze evangeliseren als idioten, heb ik nooit meegemaakt dat een vrouw in een minirok de straat op gaat om mannen weer op 't rechte pad te krijgen. Wat een krankzinnige smoes om zo'n prachtig angoratruitje aan te trekken!'

Ze glimlachte. 'Zie je nou wel dat 't niet zo gek is wat ik doe. Trek ik zo'n truitje aan, dan trek ik daarmee jouw aandacht en kan ik jou misschien weer terugvoeren in Jezus' armen.'

'Daar is meer voor nodig dan een truitje alleen. Zal ik in Engeland eens voor jou uitkijken naar iets heel moois?'

'Misschien zou je voor mij, als je er toevallig tegenaan loopt, nog een paar setjes Eyelure-*longline*-nagels willen kopen. Die kun je hier niet krijgen.'

'En kun je juist hier niet ontberen voor de verkondiging?'

'Doe niet zo flauw.'

'Ik zal ernaar uitkijken,' zei ik, 'en een en ander bij jou door de bus stoppen als ik vrijdagmorgen weer naar huis terugloop.'

'Nee, dat wil ik niet, je moet het me aanreiken, dan kan ik je tenminste ook je onkosten vergoeden. Vrijdagmorgen moet ik werken. Breng ze me 's avonds.'

'Da's goed.'

'Afgesproken. En dan ga ik nu terug. Goede reis.'

Op het perron liep ik gejaagd heen en weer. Wat had ik gedaan? Waarom was ik door de Vrouwenkerkkoorstraat gelopen? Waarom had ik mij weer ingelaten met die gestoorde evangeliste? We hadden zelfs een halve afspraak gemaakt. Wat spijtig dat Jouri niet in de buurt was. Als ik hem met de door haar bestelde artikelen naar haar toe kon sturen, dan zou ik waarschijnlijk in één klap van alle narigheid af zijn.

In de boottrein kwam ik dankzij de hoge snelheid enigszins tot rust. We stopten in Schiedam. We daverden langs Vlaardingen-Oost, langs de achterkanten van al die vispakhuizen, langs het hoofdstation, we denderden in een oogwenk door

Maassluis heen. Het leek ondenkbaar, onmogelijk dat iemand zijn jeugd had doorgebracht in zo'n armzalig stadje waar enkel de haagwinde opschoot en je niet eens een solexdealer had.

Hoek van Holland. De *Koningin Juliana*. Hoewel er weinig wind stond, bleek er buitengaats toch sprake te zijn van een koppige deining. Ik dwaalde over de dekken, zag bij de reling een meisje staan in een prachtige lange jas die tot aan haar enkels reikte. In het vale, gele licht van de scheepslampen glinsterde haar rode krulhaar. Klein was ze, maar ze stond zo kaarsrecht dat ze, in haar lange jas, niettemin vrij groot leek. Ik wilde haar gezicht zien, drentelde achter haar langs. Ze keek niet om, ze staarde onafgebroken naar de grijze golven. Wat verderop ging ik ook aan de reling staan. Ik boog voorover en probeerde een glimp op te vangen van het gezichtje dat bij dat fraaie rode krulhaar hoorde. Toen uit de grijze schemer een kleine vlucht strandlopers opdook, keek ze even mijn richting uit.

Verrek, dacht ik, ik geloof dat daar Katja staat.

Weer drentelde ik achter haar langs. Ik plooide mijn lippen, floot 'Aus tiefer Not schrei ich zu dir'.

Abrupt wendde ze zich om.

'Katja,' zei ik, 'jij hier? Ga je naar Engeland?'

'Wat een vraag,' zei ze spottend, 'waar zou ik anders heen kunnen op dit schip?'

'Moet je spelen in Londen?'

'Zo beroemd ben ik nog niet. Nee, ik ga een paar dagen naar m'n broer. Die woont in Zuid-Londen. Ik ga op zijn kinderen passen. Kan hij er met z'n Engelse vrouw een paar dagen tussenuit. En jij?'

'Ik ben op weg naar het Parasitologisch Laboratorium van de Londense universiteit om sluipwespeieren uit te wisselen.'

'O hemel, weer die doodenge parasieten! Wat je daar toch in ziet!'

Bijna angstig omklemde ze de reling en vroeg toen bedeesd: 'Waarom hebben we al zo lang niet meer samen gespeeld?'

'Je speelt honderd keer beter dan ik. Ik speel als een houthakker. Jij bent beroeps. Dat gaat toch niet samen? Het niveauverschil is veel te groot.'

'Dat heeft mij nooit gestoord. En jij... zo'n briljante ontdekking... "Aus tiefer Not" in die b-kleinsonate... zelfs m'n leraar heeft me daar nooit op gewezen. Ik zou het enig vinden om weer samen te spelen. Heb je zin om volgende week zondag een hapje bij me te komen eten? Spelen we daarna weer Bach.'

'Da's goed,' zei ik, 'en dan ga ik nu maar eens m'n hut opzoeken.'

'Ja, 't wordt tijd om onder de wol te gaan. Het is hier vreselijk koud.'

Eenmaal in die hut kon ik de slaap niet vatten. Maar dat was het ergste niet; het ergste was dat ik, als ik mij uitstrekte, telkens zo'n pijnscheutje door mijn maag voelde schieten. Wat je ook hebt als je op een schommel zit en omlaagsuist. Ik ging overeind zitten. Dadelijk bleek dat die pijnscheutjes aan kracht inboetten. Maar toch, erg senang voelde ik mij bepaald niet. Ik deed mijn jas weer aan, voelde of het buisje er nog was. Het was er nog. Frisse lucht, dat zou mij goed doen.

Op het dek sloeg vanuit zee een kille miezerregen neer. Het deerde mij niet. Wat aangenaam om die frisse, koude buitenlucht in te ademen. Aandachtig tuurde ik naar de golven. Als je maar wist hoe het schip het volgende ogenblik zou hellen, kon je daarop anticiperen en kwam je maag niet in opstand. Maar telkens glipte er, hoe angstvallig ik de deining ook in de gaten hield, een onverwachte beweging van het schip doorheen, die met onthutsende venijnigheid je maag in de houdgreep nam.

Pas om drie uur 's nachts begon ik te spugen. Dat ik het nog zolang uithield voordat ik, om met mijn vader te spreken, 'over mijn tong poepte', had ik te danken aan het feit dat ik buiten was gebleven en die ellendige golven scherp in de gaten had gehouden. Overigens was ik bepaald de enige niet die zijn maag telkens over de reling heen omkeerde. Maar dat troostte mij niet, integendeel, ik voelde mij honds beroerd. Want toen ik na drieën begon te spugen, bleek er ook geen houden meer aan. Alsmaar kotsend stond ik aan de reling. Uiteindelijk hing ik, tot op het bot verkleumd, als een zielig hoopje mens tegen die reling aan, steeds maar weer de laatste beetjes bittere gal uit mijn totaal lege maag persend.

Zo zeeziek als ik toen was, ben ik later nooit meer geweest. Destijds was ik er totaal niet op voorbereid dat ik zeeziek zou kunnen worden, en had niets ondernomen om het te voorkomen. Zelfs toen we, vlak bij Harwich, de stille wateren binnenvoeren van een grote lagune, spuugde ik af en toe laatste beetjes gal naar de golven.

'Ach jee,' hoorde ik achter mij een stem. Ik probeerde mij om te draaien, maar een golf van misselijkheid verhinderde dat.

'Hele nacht niet geslapen,' zei ik dof, 'en van drie uur af onophoudelijk gespuugd.'

'Wat ellendig voor je.'

Pas toen we in het kale, onbarmhartige grijze ochtendlicht op de kade stonden, zakte de ergste misselijkheid.

'Hier, neem een droge creamcracker,' zei Katja, 'die heb ik altijd bij me voor het geval dat. En dan zo meteen, in de trein, heel voorzichtig een kopje slappe thee. Zul je eens zien hoe snel je dan opknapt en weer de oude bent.'

Voorzichtig knabbelde ik aan de creamcracker.

'Het ergste is,' zei ik, 'dat ik vannacht weer terug moet. Nog zo'n slapeloze nacht en alsmaar kotsen, dat overleef ik niet. Ik zie er nu al huizenhoog tegenop.'

'Ach, jochie, nog zo'n nacht. Laat het je niet aandoen. Stop vanavond laat, een uurtje voor je aan boord gaat, je maag propvol met witte broodjes. Die verteren maar heel langzaam, dus je maag blijft lang goed gevuld. En slik een pilletje tegen zeeziekte, ik heb ze bij me, ik zal je er een geven. Had ik er gisteravond nou maar aan gedacht! En wat je ook nog kunt doen, is een slaappil nemen. Dan ga je gegarandeerd een flink poosje onder zeil en kom je de nacht waarschijnlijk redelijk goed door.'

'Nog zo'n nacht als deze, en ze kunnen me wegdragen.'

Ruim anderhalf uur zaten wij in een stokoude, rammelende, piepende, knarsende trein voordat wij de grauwe catacomben van Liverpool Street Station binnenreden. Nooit eerder was ik in Engeland geweest. Dus was het een grote schok om te ervaren hoe armelijk en vervallen en lelijk en vies alles oogde – de treinen, de huizen langs de spoorbaan, het personeel op de perrons, de stations.

'Wat een smeerboel hier,' zei ik tegen Katja.

'Waar m'n broer woont, in Zuid-Londen, ziet het er beter uit.'

'Hoe kom je daar?'

'Ondergrondse van Liverpool Street Station naar Waterloo Station. Daar een trein. Overstappen op Clapham Junction. Dan nog een klein uurtje. En waar moet jij heen?'

'Naar een zijstraatje van Tottenham Court Road. Daar is het lab.'

'Kun je 't beste ook de *Underground* nemen.'

Zoals het daar rook. Een graflucht! Daar, in de diepte, die lugubere geur opsnuivend, en telkens opschrikkend van de treinen die zo onverhoeds en spookachtig uit hun tunnels opdoemden, nam ik afscheid van Katja.

'Dank voor je creamcrackers,' zei ik, 'en voor het pilletje.'

'Hier, neem dat aangebroken pak mee. Voor morgenochtend.'

'Dank je wel. Tot zondag over een week.'

'Ja, tot zondag.'

We wuifden elkaar na. Ik zag haar verdwijnen in het ondergrondse labyrint. Ik mompelde: 'Ze is leuker en liever en hartelijker dan ik op het eerste gezicht dacht. Jammer dat ze altijd in een broek loopt, want zo'n lange jas, die staat nog mooier als daaronder een heel kort rokje gedragen wordt waar je af en toe een glimp van te zien krijgt. Jammer ook dat ze blijkbaar altijd platte schoenen draagt. En geen vleugje make-up, niks, puur natuur. Nou ja, dat heeft toch ook iets heel aantrekkelijks, al die schmink, da's toch pure nep.'

Later op de dag, toen ik door Londen dwaalde, moest ik daar nog vaak aan terugdenken. Alleen al op Tottenham Court Road passeerde ik een twintigtal meisjes die er in opengewerkte mini-jurkjes waaronder ze kanten kousen droegen, adembenemend uitzagen. Hoe koud het ook was, een jas droegen ze niet, ze liepen halfbloot op straat.

Na enige omzwervingen stuitte ik uiteindelijk in een onooglijk zijstraatje op het Parasitologisch Laboratorium. Het bleek gevestigd in een oude school. Elke allure ontbrak. Een morsige ingang, akelig donkere gangen, uitgewoonde lokalen.

En in die gangen en lokalen trof ik wetenschappers die eruitzagen als vuilnisophalers. Maar ze waren ontzaglijk aardig, vervroegden spontaan hun koffiepauze omdat ik daar met kalanders in graankorrels vol *Mellitobia*-eieren gearriveerd was.

Toen wij aan de vieze, drabbige Engelse nepkoffie zaten, droegen studenten kleine kooien binnen, waarin allerlei soorten muggen dansten. Elke medewerker kreeg zo'n kooi op zijn ontblote arm gezet 'to feed the gnats'. Het was een aanblik om nooit te vergeten. Al die ontblote armen, en al die daarop balancerende kooien waarin de uitgehongerde muggen, elkaar verdringend, door het fijne gaas heen, massaal in die armen staken.

'Is er ook een kooitje voor mij?'

'Yes, sir, of course, sir,' zei een meisje in minirok met kanten kousen eronder – ook daar! – en ze ging weg en kwam terug met een kooitje, dat aan mijn ontblote arm werd bevestigd. Manmoedig doorstond ik dat de muggen zich op mij stortten.

'Real Dutch blood. They like it immensely!' werd er geroepen.

Vele jaren later, toen ik, inmiddels zelf parasitoloog, daar weer terugkwam, herinnerde men zich nog goed dat ik bij mijn eerste bezoek vrijwillig muggen gevoed had. Zonder dat toen te beseffen had ik daarmee enorme goodwill gekweekt!

Mijn doorwaakte nacht en mijn zeeziekte – het leek met die muggen op mijn arm al zo lang geleden. Mij is mijn hele leven lang opgevallen dat je weinig hinder ondervindt van een nacht zonder slaap. Je voelt je niet zo prettig, maar je kunt alles nog, je functioneert normaal.

Toen ik, verkwikt door voortreffelijke Engelse thee, en een weinig bloedverlies, met een nieuw buisje vol graankorrels in de voering van mijn jas genaaid weer buiten liep, dwars door dat bruisende Londen van de jaren zestig, had ik, ondanks die nacht, het gevoel dat ik de hele wereld aankon.

Meegezogen door al die wondermooi uitgedoste meisjes die in het nog vrij warme novemberzonlicht in de meest gewaagde uitmonsteringen over Oxford Street paradeerden, kwam ik ten slotte terecht in Carnaby Street. Dat bleek de apotheose. Overal meisjes in krankzinnige outfits met lange, kleurige nagels, in winkels, voor etalages, in portieken. Via Regent Street liep ik maar weer terug naar Oxford Street. Het was te veel daar, in Carnaby Street.

In Oxford Street speurde ik naar een winkel waar ik Eyelure zou kunnen aanschaffen voor Tina. Moest je daarvoor bij een drogist zijn? Toen zag ik een winkelruit waarop in reuzenletters het woord 'Sale' prijkte. In de etalage lagen, zwaar afgeprijsd, allerlei soorten kunstnagels en kunstwimpers. Voor een shilling kreeg ik drie setjes Eyelure mee, plus een kunstwimper van een meter lang. Van zo'n wimper, legde mij het winkelmeisje in nagenoeg onverstaanbaar Cockney uit, moest je twee stukjes afknippen en die op je oogleden plakken. Zelf had ze dat ook gedaan, ze zag er dan ook fantastisch uit. Bij haar schafte ik ook een paar slaappillen aan. Vervolgens kocht ik bij een bakker tien witte kadetjes, die ik in de trein naar Harwich wegwerkte met een mok Engelse thee.

Toen we uit Harwich wegvoeren, was de zee bladstil. Toch bewoog het schip alsof er sprake was van een stevige golfslag. Ik stond op het achterdek, alsmaar anticiperend op de volgende beweging die het schip zou maken. Het verraderlijkst waren kleine rukjes opzij. Ook als het schip onverwacht omlaagdook, bleek je akelig kwetsbaar.

Van Katja's pilletje tegen zeeziekte werd ik prettig rustig, maar ik had helaas de indruk dat het mij onvoldoende wapende tegen die onverwachte schommelbewegingen van het schip. Met een bezwaard hart nam ik toen ook maar een slaappilletje in. Eigenlijk ben ik daar fel op tegen, maar nog zo'n doorwaakte kotsnacht, daar zag ik huizenhoog tegenop. Ik sliep warempel in, maar toen ik om vier uur ontwaakte, was ik meteen ook zo helder wakker dat ik besefte: van slapen zal nu niets meer komen.

Ik begaf me aan dek. Het schip stampte en slingerde. Toen ik de kustlijn al vaag zag oplichten in de grauwe ochtendschemer, wierp ik alsnog al die dure Engelse kadetjes over de reling heen.

In de boottrein knabbelde ik op de creamcrackers van Katja, alsmaar aan haar denkend, en steeds maar met zo'n gevoel van spijt. Hoe gemakkelijk zou zij, met haar kaarsrechte figuur, en zo prachtig slank, zichzelf kunnen omtoveren in zo'n verrukkelijk Carnabymeisje.

Uitgeput bereikte ik mijn kamertje op de Uiterste Gracht. Eventjes nog op mijn bed liggen, dacht ik, voordat ik mijn smokkelsluipwespen naar het lab breng. Ik ging liggen en ontwaakte pas toen de middag al bijna voorbij was. Ik repte mij naar het lab, kreeg een uitbrander omdat ik zo laat was, legde uit dat ik tweemaal zeeziek was geweest en in twee nachten bij elkaar maar vijf uur geslapen had, en werd toen weer in genade aangenomen.

Die avond begaf ik mij met een bezwaard hart naar de Vrouwenkerkkoorstraat. Ik smijt die nagels en die meter wimper door haar brievenbus, en maak me dan uit de voeten, dacht ik. Het was of ik nogmaals zeeziek zou kunnen worden. De verlichte etalages in de Haarlemmerstraat deinden op en neer. Zelfs het plaveisel leek te bewegen. Naarmate ik de Vrouwenkerkkoorstraat naderde, werd mijn stap onzekerder. Uiteindelijk sloop ik langs haar huisje. Het licht was aan. Petrus was nog altijd niet door Jezus uit het water getrokken. Met haar angoratruitje aan zat ze, met van de straat afgewend hoofd, weer in de Bijbel te bladeren.

Niet naar binnen gaan, dacht ik, geef 't spul af aan de deur. Maar toen ze weer zo'n flinterdunne bladzijde van de Schrift omsloeg met haar lange, dieproze nagels, gaf ik me gewonnen. Ik tikte op het raam.

Ze sprong op, trok haar voordeur open, zei opgetogen: 'Daar ben je dan. Ik kon amper geloven dat je zou komen.'

'Ik ga zo weer weg. Ik heb twee vreselijke nachten op de boot achter de rug. Ik heb haast niet geslapen.'

'Zeeziek?'

'Vooral de eerste nacht. Maar goed, ik heb die nagels, ze waren afgeprijsd, ze kostten niets, en ik heb ook zo'n kunstwimper van een meter voor je gekocht.'

'Wat moet ik met een kunstwimper van een meter?'

'Het winkelmeisje daar heeft me uitgelegd dat je er steeds kunstwimpertjes van de juiste lengte van af kunt knippen. Die plak je dan op je twee oogleden.'

'Wat spannend. Dat wil ik weleens proberen.'

Dus toen keek ik een kwartier later tegen een vrouw aan die er nu pas goed uitzag als een griezelige vamp.

'Hoe staat het?' vroeg ze.

'Fantastisch, dit is de finishing touch, nu ben je pas goed geequipeerd om jongens zoals ik terug te voeren tot de troon der genade.'

'Ze hebben me bij Ichthus verstoten,' zei ze somber.

'Hoe dat zo opeens?'

'Ze hebben me zien lopen. "Hoer van Babylon", hebben ze me toegebeten.'

'Vind je 't vreemd? Het strookt niet met het evangelie dat je erbij loopt als een meisje uit Carnaby Street.'

'Ik heb ze gezegd dat we in Amerika... ik heb ze folders laten zien van Flirty Fishing... Ach, waarom ben jij er die eerste avond vandoor gegaan? Als ik toen met jou daar was aangekomen...'

'Houd jezelf toch niet voor de gek. Je vindt 't reuze spannend om er bij te lopen als zo'n Flirty Fishingmeisje op de campus van de universiteit van Harvard.'

Gekwetst keek ze me aan. 'Wat is daar nou tegen? Nergens in de Bijbel staat met zoveel woorden dat je je niet mag optutten. Maar ik deed het ook om jouw aandacht te trekken. Ik wilde jou terugbrengen op het rechte pad, echt waar.'

'Dat is je gelukt. Ik heb na die avond nooit meer over straat gezworven.'

'Ja, maar bekeerd heb je je nog niet, daar moet ik nog aan werken.'

'En daarom heb je dus dat prachtige knalroze angoratruitje aan!'

'Ook ik heb de oude mens nog niet helemaal overwonnen. Ik

zou er misschien wat ingetogener uit moeten zien, maar Jezus zegt nergens... Het is zo enig om...'

'Precies, het is zo enig, het evangelie ten spijt, je vindt 't zalig om je op te tuigen als Izebel.'

'Misschien is het de Satan die mij influistert...'

'Hou toch op, eerst heb je je, om mij te redden, op Zijn hoog bevel uitgedost als superdel, en nu is 't opeens de Satan weer die je influistert dat je zo'n truitje aan moet trekken.'

'Misschien is het toch verkeerd, het lijkt toch een beetje zondig. Daar, in Harvard, was het vanzelfsprekend, omdat je niet de enige was die er zo bij liep. Maar hier.... Als ik mij opgetut heb, kan ik alleen maar tot rust komen als ik de Bijbel lees.'

'Je bent op een zielige manier akelig raar verknipt.'

'Ik weet het,' zei ze vol berusting, 'ik heb niet voor niets psychologie gestudeerd. Maar jij, jij bent minstens net zo verknipt, jij bent een fetisjist, je vindt mij niet leuk, jij vindt mijn kousen leuk en mijn truitje en mijn minirokje en mijn nagels en mijn nieuwe kunstwimpers. Als ik alles, daar in een hoekje, op een hoop zou smijten, zou je mij geen blik meer waardig keuren, zou je de hele tijd alleen maar naar die spulletjes loeren en denken: o, als ze dat toch eens aantrok. Goh, een rasechte fetisjist, ik zou een doctoraalscriptie over je moeten maken, kan ik goddank eindelijk afstuderen.'

'Mens, schrijf die scriptie, ik stel me beschikbaar voor onderzoek.'

'Het zou wel een idee zijn. Dan zou ik je uitgebreid moeten interviewen.'

'Vanavond nog?'

'Nee, niet vanavond. Eerst zou ik me eens grondig moeten inlezen.'

'Je ziet maar. Ik wil best meedoen. Ik zou zelf ook graag weten hoe 't komt dat ik van kindsbeen af gefascineerd word door lange, gelakte nagels. M'n moeder fulmineerde er altijd hevig tegen. Misschien komt 't vooral daardoor. Maar jij wordt er ook door gefascineerd. Anders zou je toch nooit Eyelure-*longline*-nepnagels opplakken?'

'Van die nagels krijg je zulke mooie slanke handen. Het staat zo chic. Het haalt je handen enorm op.'

'Dat vind jij. Maar niet iedere vrouw vindt dat, want de meeste vrouwen verafschuwen lange nagels, dus bij jou is ook een steekje los.'

'Welja, kaats de bal maar terug. Jij, jij bent een typische fetisjist, niet ik. Zeg eens heel eerlijk: zou je met me willen vrijen zoals ik er nu uitzie?'

'Wat een vraag! Ik... ik... Ja... ik denk 't wel.'

'En zou je met me willen vrijen als ik m'n alledaagse afdankertjes aanheb?'

'Vast ook wel,' zei ik terwijl het zweet me uitbrak, 'vast ook wel, want ik zou zo graag eens... Ik heb nog nooit echt gevreeen... Ik...'

'Heb jij nog nooit echt gevreeën?'

'Nee,' zuchtte ik.

'Zullen wij dan... Kom maar... Toe maar, sla je armen maar om mij heen. Wat, durf je niet?'

Nee, ik durfde niet, ik zat op een stoel en het leek alsof de zwaartekracht zich plotseling vertienvoudigd had. Ik was niet in staat om uit mijn zetel omhoog te komen.

Ze pakte mijn handen en trok eraan. 'Kom dan toch overeind, sla je armen om mij heen, het is echt niet eng, toe maar, doe maar.'

Ze liet me weer los, streelde mijn wangen, boog voorover en drukte een kuise kus op mijn lippen. Ik keek tegen de kunstwimpers aan, zuchtte diep, overwon dan toch alsnog die vreselijke zwaartekracht, kwam langzaam omhoog, en sloeg mijn armen om haar heen. Toen stonden we daar, bewegingloos, en ik keek die ongelukkige Petrus recht in het gezicht. Ik sloot daarom mijn ogen en voelde hoe haar lippen opnieuw de mijne beroerden, voelde toen hoe haar tong adembenemend langzaam mijn mond binnendrong. Samen met haar tong glipte ook een gifwalm tussen mijn kaken door naar binnen. Ook rook ik haar lijfgeur, en die geur was niet prettig, sterker, die krachtige geur was tamelijk onaangenaam. Maar terug kon ik niet meer, en manhaftig drukte ik haar tegen mij aan, en ik probeerde ook maar eens of ik mijn tong in haar mond kon duwen.

Ik dacht: eindelijk, eindelijk, het is zover, al tien jaar verlang ik er hartstochtelijk naar om te vrijen, al tien jaar, waarom valt het dan nu zo vreselijk tegen? Of valt het niet tegen, maar moet je het leren, net als het roken van een sigaret?

Ze streelde met haar handen over mijn rug, streelde toen met een hand voorzichtig over mijn kruis, permitteerde zich gaandeweg een wat steviger greep. Uiteindelijk kneedde ze met haar hand mijn geslacht, dat nog altijd diep weggeborgen was onder mijn manchester broek en mijn ouderwetse ondergoed.

Ze liet mijn geslacht weer los, drukte nog een zoen op mijn lippen, en zei toen: 'Dit was vrijen, les één. Wanneer heb je tijd voor vrijen les twee? Morgenavond?'

'Ja,' zei ik schor.

'Laten we dan nu nog samen een stukje uit het evangelie lezen.'

'Da's goed,' zei ik berustend, 'en dan zingen we daarna psalm 51 vers 4: "Ontzondig mij met hysop en mijn ziel, nu gans melaats, zal rein zijn en genezen."'

Daar kon ze helaas niet om lachen.

Bij les twee, die zaterdagavond erop, leerde ik niet zozeer de fijnere kneepjes van het vrijen, maar kwam erachter dat haar lijfgeur die ik de avond ervoor alleen maar als onaangenaam ervaren had, mij de avond erop bijna onpasselijk maakte. Ook die gifwalm die steeds met haar tong meekwam, bleek bij les twee veel moeilijker te harden dan bij les één.

En toch vrijde ik met haar, maar kuis, en met kleren aan, en ze zei: 'Ik weet niet hoe jij ertegenover staat, maar ik vind, al strookt dat niet met de filosofie van Flirty Fishing, dat je pas echt met elkaar naar bed mag als je getrouwd bent.'

'Vind ik ook,' loog ik, mij gelukkig prijzend dat mij respijt verleend werd voor een daad die ik toen althans als iets onherroepelijks beschouwde. Met haar naar bed, dat hoefde dus niet, want met haar trouwen: dat nooit.

Na les drie en vier, de week daarop, zei ze: 'Ga je mee, dit weekend, naar mijn ouders? Ik wil je zo graag aan mijn vader en moeder voorstellen.'

'Dit weekend kan ik niet,' zei ik, 'zondag heb ik dienst in het lab.'

'Gaan we vrijdagmiddag heen en zaterdagavond terug.'

'Als jij daar met mij aankomt, denken ze dat wij een stel zijn.'

'Zijn we dat dan niet?'

'Jij bent mijn vrijlerares, ik ben jouw leerling. Dus we zijn beslist geen stel.'

'Maar wel vriendje en vriendinnetje.'

'Nee, lerares en leerling, da's heel wat anders.'

'Mij best. Ga je als leerling mee naar mijn ouders.'

'Als jij naar je ouders gaat, doe je natuurlijk je zondagsschoolkleren aan.'

'Ik kan daar moeilijk aankomen in minirok en angoratruitje.'

'Dat betekent dat ik met een sloof op stap moet,' zei ik somber.

'Zie je nou wel dat je een akelige fetisjist bent. Je geeft niks om mij, je geilt alleen maar op m'n lange nagels.'

'Ik geef om iemand die 't enig vindt om zich te tooien met lange, vuurrood of dieproze gelakte nagels.'

'Met zulke nagels kan ik onmogelijk bij mijn ouders aankomen.'

'Daarom wil ik niet mee naar die ouders.'

'Wat ben jij akelig kinderachtig.'

'Ben ik. En jij bent al oud. Jij bent minstens vijf jaar ouder dan ik. Dus wij een stel... Dat is belachelijk, dat slaat nergens op.'

'Ik denk dat 't beter is dat we de vrijlessen beëindigen.'

'Dat denk ik ook.'

'Toch ben je nog niet van me af. Wacht maar, ik weet precies wat je zwakke plekken zijn. Als ik jou op de Breestraat zie lopen, hoef ik maar met mijn nagels te wapperen en je komt achter me aan. Toen je alsmaar door die Donkersteeg heen en weer schuifelde, had ik al een oogje op je. Daarom heb ik... ja, ik vind je een heel lieve jongen, ik zou 't doodjammer vinden als ik je helemaal kwijt zou zijn.'

O, Jouri, dacht ik, als jij hier nou was, nam je haar mee naar die voormalige kerk aan het eind van de Haarlemmerstraat, waar ze nu een zwembad van hebben gemaakt, en dan tilde je haar op in het water, en dan was ik goddank voorgoed van deze totaal verknipte christin Tina af.

Geur

Nadat ik op zondagmiddag in het laboratorium de ronde had gemaakt langs betrouwbaar brommende broedstoven, begaf ik mij naar de Nieuwe Rijn. Blijkbaar had ze al voor het raam naar mij staan uitkijken, want de deur zwaaide open voordat ik kon aanbellen.

'En?' vroeg ze. 'Nog zeeziek geweest op de terugweg?'

'Alleen aan het eind van de nacht. Dankzij jouw crackers kwam ik er, toen ik eenmaal in de trein zat, weer snel bovenop.'

We bestegen de trap naar haar verdieping.

'Een zuipje?'

'Kopje thee graag.'

Ze zette thee in haar keukentje. Op een ouderwets komfoortje met een flakkerend waxinelichtje erin werd die te trekken gezet.

'Hoe vond je Engeland?'

'Ik heb m'n ogen uitgekeken. Vooral in Carnaby Street. Zoals al die vrouwen en meisjes erbij liepen! Het was nog aardig weer, maar toch, november. Niettemin ultrakorte jurkjes, vaak zonder jas eroverheen.'

'Rotmode! Belachelijk kort. Je krijgt gegarandeerd blaasontsteking.'

'Zou het?'

'Ja, m'n schoonzus loopt ook in die floddergevalletjes. Heeft inmiddels al twee keer blaasontsteking gehad.'

'Niet te ontkennen valt dat het allemaal bijzonder leuk staat.'

'Vind je? Ik trek het niet aan, punt uit.'

'Ik zeg toch ook niet dat jij het moet aantrekken?'

'Jij misschien niet, maar m'n schoonzus wel. Wou met me gaan winkelen. Maar ik verdom het om zulke jurkjes aan te trekken. Ik heb o-benen. Die hoeft niemand te zien. En als je fluit, moet je stevig in je schoenen staan, dus al dat spul aan je voeten met enkel bandjes en hakjes, weg ermee.' Ze keek me nijdig aan. 'Jij gaat toch ook niet in een blotebuiktrui lopen?'

'Als jij dat leuk zou vinden...'

'Zie je wel. Jij wil me ook in zo'n stom minirokje steken. Nou, mooi niet, je zoekt het maar uit.'

'Op de boot had je een lange jas aan. Die stond je fantastisch.'

Het leek alsof ze dat niet hoorde. Al bijna weer stampvoetend zei ze: 'Aan alle kanten wordt er aan je geduwd en getrokken. Steeds maar weer proberen ze je zover te krijgen dat je meedoet aan deze zotte minimode. Ik verdom het. Je draagt kleren om warm te blijven, niet om eruit te zien als een vogelverschrikker.'

'Die lange jas,' zei ik onverstoorbaar, 'die bootjas stond je fantastisch. Je leek groter, haast rijzig. Je stond zo mooi kaarsrecht. Ik had eerst niet door dat jij daar stond, ik dacht alleen maar: wat een prachtig meisje staat daar aan de reling.'

Verbaasd, en vervolgens ook verlegen naar mij opkijkend, schonk ze twee theekopjes vol. 'Wil je er iets bij?' vroeg ze.

'Nee, al dat snoepgoed, daar word je maar dik van.'

'Je houdt niet van dik?'

'Ik verafschuw zwaarlijvigheid.'

'Ik wou dat ik toch een beetje molliger, beetje gevulder was. Ik ben zo'n spriet. En hier heb ik helemaal niets,' zei ze, terwijl ze met haar hand over haar ontbrekende boezem streek.

'De mensaapvrouwtjes, chimpansee, gorilla, orang-oetan, bonobo, hebben geen borsten. Net zomin trouwens als de andere apen. Alleen bij de mens zie je die rare bollen. Waarom? Niemand die het weet. Is er ooit selectiedruk geweest ten gunste van grote melkklieren? Omdat de mannetjes het mooi vonden? Maar borsten zijn slechts korte tijd mooi. Een paar kinderen, en 't mooie is eraf. Ze gaan hangen, ze worden slap, ze gaan rimpelen. Wees blij dat je niks hebt. Wat er niet is, kan ook niet gaan hangen.'

'Ja, maar ik ben helemaal plat, ik lijk wel een jongen.'

'Hoef je dus ook geen bh te dragen. Lijkt me reuze prettig.'

'Jeetje, jij... Ik heb 't altijd zo naar gevonden dat ik... zo plat... en nou kom jij... je beurt me helemaal op... Kom, ik ga maar eens even verder met het eten. Ik zeg je maar meteen: ik ben geen lijkenpikker, dus vlees op tafel, dat zit er niet in.'

'Vis ook niet?'

'Nee.'

'O, da's wel jammer. Vlees is waarschijnlijk tamelijk ongezond, maar vis... al die hoogwaardige eiwitten... Maar ja, de zeeën worden wel in snel tempo leeggeroofd, dus misschien moet je daar ook tegen zijn.'

'Gevangen vissen gaan waarschijnlijk nog akeliger dood dan varkens en koeien in het slachthuis. Ze stikken langzaam.'

'Ja, maar alles wat leeft, verslindt elkaar op gruwelijke wijze. Wijs je de consumptie van vlees en vis af, dan zeg je eigenlijk: God, met deze afschuwelijke schepping wil ik niks te maken hebben.'

'Met God heb ik niks. Die bestaat niet.'

'Ben je van huis uit...?'

'Nee, niks, pure atheïsten zijn wij. M'n vader zegt altijd: "Drie gesels teisteren de mensheid: oorlog, ziekte en godsdienst." Veel oorlogen – want het krijgsbedrijf en de kerkdienst, da's kruis en munt van hetzelfde geldstuk – zijn trouwens godsdienstoorlogen. Dus godsdienst is de grootste gesel. En nu ga ik aan m'n eten. Uit Engeland heb ik een plaat van Kathleen Ferrier meegenomen. Heb je zin om die ondertussen te draaien?'

'Een plaat? Jij? Heb je je principes verloochend?'

Dus toen mocht ik die plaat draaien, terwijl zij in haar keukentje de maaltijd bereidde. Toen hoorde ik voor het eerst die twee wondermooie liederen van Brahms voor alt, piano en altviool, *Gestillte Sehnsucht* en het *Geistliches Wiegenlied*. En op die plaat stond ook dat unieke wonder in het oeuvre van Brahms: de *Sapphische Ode*. Daar kon ik niet genoeg van krijgen. Steeds hief ik de arm van de pick-up, trok hem terug, en draaide ik die *Sapphische Ode* nogmaals, net zo lang tot ik hem helemaal mee kon zingen.

Zo aangedaan was ik door Brahms dat ik amper registreerde hoe spartaans de maaltijd uitpakte die ik voorgezet kreeg. Zilvervliesrijst met taugé en fijngesneden, even aangebakken rode uien. Gebakken plakken selderijknol, schijfjes winterwortel, fijngesneden, even geblancheerde witte kool.

Ik neuriede maar steeds die *Sapphische Ode*. 'Wat een juweel, die Brahms... Op de foto's zie je zo'n oude man met een pluizige baard, zo'n baard waarin de sliertjes vermicelli uit de soep blijven hangen... Zo'n baard, waarbij je denkt: die man, dat kan toch niks wezen?'

'Jammer genoeg heeft hij niets voor fluit gecomponeerd. Alleen in de symfonieën zitten prachtige stukjes fluitsolo. Vooral in 't laatste deel van de vierde. Die solo heb ik een keer mogen spelen bij een uitvoering ervan.'

'Ik vind de tweede zo prachtig. Vooral die paar maten vlak voor het slot van het eerste deel. Pure magie.'

'Wie is jouw lievelingscomponist?'

'Weet ik niet. Ik ken nog zo weinig. Bij mij thuis was klassieke muziek taboe. Alleen psalmen, verder niks. Zelfs Bach waren ze tegen omdat de *Matthäus-Passion* eindigt in tranen, en dus niet vooruit wijst naar de opstanding. Pffff, die opstanding, wat een schandelijk boerenbedrog!'

Ze moest lachen om mijn woede. Wat mij streelde, want ze had een vrolijke, aanstekelijke lach, zo'n lach waarbij het heel even lijkt of alles wat een mens bezwaren en bedrukken kan, zomaar verdwijnt als ochtendnevel in september voor de rijzende morgenzon.

'Ik weet al zowat vanaf m'n nulde wie mijn lievelingscomponist is. Mijn vader vertelt altijd dat ik in de wieg meehumde en met m'n vuistjes meedrumde als hij zachtjes "Voi che sapete" voor mij zong.'

Toen begon ze zachtjes te zingen: 'Voi che sapete che cosa è amor.'

Verder dan 'amor' kwam ze niet. Ze stopte.

'Waarom stop je? Je zingt haast net zo mooi als je fluit speelt.'

Ze keek me somber aan. 'Weet jij het? Che cosa è amore?'

'Wat liefde is? Nee, dat weet ik niet.'

'Ik ook niet.' Ze tuurde door het venster naar het kabbelende water van de Nieuwe Rijn. 'Als je nog in de wieg ligt, vind je "Voi che sapete" misschien het allermooist, maar later ben ik die andere aria van Cherubino nog mooier gaan vinden.'

En ze zong weer: 'Non so più cosa son, cosa faccio.'

'Wat een mooie stem heb je,' zei ik.

'Als bijvak heb ik zang gedaan op het conservatorium. Ze hebben me vaak gezegd: "Ga daarmee verder. Je kunt met die stem zo het podium op." En ik zou ook best graag willen zingen, maar hoe beheers je je emoties? Als je fluit ben je niet zo gauw in tranen, maar als je zingt... Zoiets als dit...'

Weer zong ze Cherubino's aria. Er kwam een waas in haar ogen.

Verschrikt vroeg ik: 'Wat is er?'

'Niks,' zei ze korzelig, en toen zei ze: 'Ik ben een beetje verliefd, geloof ik.'

'Op wie dan?' vroeg ik.

'Op een jongen die geloof ik niet verliefd op mij is.'

'Wat een tragedie.'

'Zeg dat wel.'

'Maar misschien vindt die jongen, al kan 't best zijn dat hij niet verliefd is, jou toch heel leuk.'

'Hij vindt me leuk als ik aan een reling sta met m'n lange jas aan. Maar ja, ik kan moeilijk de hele dag in die jas aan relingen gaan staan. En verder is hij net als al die klootzakken. Hij wil ook dat ik van die flutjurkjes aantrek waar je blaasontsteking van krijgt.'

Traag kwam ik overeind uit mijn stoel. Niet voor niets waren mij in de week die achter mij lag, gratis vrijlessen toebedeeld. Ik trok haar overeind uit haar stoel, sloeg mijn armen om haar heen, schrok even toen ik merkte dat ze beefde als ijle dravik. Voorzichtig drukte ik haar tegen mij aan. Wat was ze toch klein! Ze reikte maar net tot aan mijn schouder. Ik dacht eraan hoe makkelijk het voor Jouri zou zijn om haar in het water op te heffen. Om hem voor te zijn tilde ik haar, met een blik op het vredig kabbelende water van de Nieuwe Rijn, alvast van de vloer, droeg haar door haar kamer, zette haar op een stoof, waardoor haar lippen en de mijne min of meer op gelijke hoogte verkeerden.

Terwijl ik haar droeg en zij dat, nog altijd zo hevig bevend, met gesloten ogen onderging, kneep ik 'm vreselijk dat ik, nu ik weer zo akelig dicht was genaderd tot het vege lijf van iemand anders, nogmaals zo'n eng rioolluchtje zou ruiken. Maar dat gebeurde niet, er gebeurde juist iets heel anders, ik rook haar lijflucht wel, maar die lucht was juist reuze aangenaam en gaf meteen een raadsel op. Waar deed haar geur mij aan denken? Het was of ik weer, met Jouri samen, op de oever van zo'n moddderslootje stond, en roerde tussen de plompenbladeren. Soms was uit zo'n slootje, voorafgegaan door opstijgende luchtbelletjes, opeens een verrukkelijk luchtje opgedoken, dat je maar steeds wilde opsnuiven. Waar was toen die geur vandaan gekomen? Kwam hij vrij omdat ik een plant had gekneusd? Indertijd had ik nooit kunnen ontdekken waar die geur zijn oorsprong vond, die geur die ik nu weer zo sterk rook, en nu tenminste duidelijker dan toen zijn herkomst prijsgaf.

'Wat ruik je lekker,' fluisterde ik zo zacht mogelijk, want eigenlijk wilde ik helemaal niet dat ze dat hoorde. Het zou haar maar op het idee kunnen brengen dat ik, immers van kindsbeen af getekend door het feit dat ik zo vaak winden liet, per definitie nooit lekker rook.

Daarom verbaasde het mij heel erg dat zij zich, al net zo fluisterzacht als ik, en naar het zich liet aanzien niet eens als antwoord op mijn woorden, liet ontvallen: 'Jij ruikt ook zo lekker.'

Of vergis ik mij nu? Heeft ze dat pas later gezegd? Ben ik geneigd dat naar voren te schuiven uit een misplaatste hang naar symmetrie?

Houtblokken

Zeker, ze was een stampvoetende feeks en ze verdomde het om die verrukkelijke minimode te omhelzen, maar als je haar in je armen nam, trilde ze als ijle dravik. En ze lachte zo leuk, en rook zo naar de modderslootjes uit mijn jeugd. Een afdoende verklaring voor het feit dat ik al snel net zo verliefd was op haar als zij op mij? Of was ik niet zozeer verliefd, als wel vertederd?

Zoveel is zeker: na die zondag brachten we al onze avonden samen door. We lagen uren op haar bed, waarbij zich, als je in elkaars armen ligt, steeds het probleem voordeed dat minstens één arm in de knel raakt. Veel tijd gaat heen met zoenen en vrijen en strelen, maar meer tijd nog vliegt voorbij omdat je elkaar vertelt over je jeugd, je ouders, je vrienden en je vorige liefdes. Ze vertelde mij dat ze al vanaf de eerste klas van de lagere school een hartsvriendin had gehad, die op haar zesde al aardig pianospeelde. Met die vriendin had ze altijd samen gespeeld, Blavet, Händel, Bach, de jeugdsonates van Mozart.

Moest ik nu ook vertellen over mijn bewaarschoolvriendje Jouri en zijn spinnengraven? Ik kon er niet toe komen. Ik vertelde haar slechts dat ik vaak spijbelde op de bewaarschool omdat ik zo graag de polder in ging op zoek naar kamsalamanders en waterstaafwantsen. Dat ik in commissie spijbelde, verzweeg ik, zoals ik ook verzweeg dat Jouri en ik samen meester Splunter tot vertwijfeling brachten. Het was een zware, ja schier onmogelijke opgave om over mijn leven te vertellen zonder over Jouri te reppen. Maar zo bevreesd was ik dat hij, al speurde hij in Harvard naar priemgetallen met dozijnen cijfers, mij haar geur en haar lach zou ontnemen, dat ik hem domweg nooit ter sprake bracht. Wel vertelde ik over zijn vader. Ik deed het voorkomen alsof ik daar in de werkplaats met al zijn schatten terecht was gekomen omdat ik mijn fiets had laten moffelen.

Overigens bleek al snel dat er, behalve misschien Jouri, nog iemand anders was die mij Katja wilde ontnemen. Verliet ik 's avonds laat het naaiwinkeltje, dan dook ze, als ik naar de Uiterste Gracht liep, vaak al op uit de Beschuitsteeg of, iets verderop, uit de Hartesteeg. Had ze daar dan op mij lopen wachten? Ze vergezelde mij dan botweg tot de Uiterste Gracht.

'Hoepel toch op,' zei ik telkens tegen haar, maar dat baatte niet.

Meestal zweeg ze eerst een poosje. Pas als we in het Aalmoeshofje waren, barstte ze los. 'Wat zie je in die spriet? Zo'n mager scharminkel, zo'n dwerg die altijd in van die stomme spijkerbroekjes loopt. Jij bent een fetisjist, jij geilt op lange nagels en korte rokjes en kanten kousen, zo'n meisje is niks voor jou, niks, helemaal niks.'

En dan wapperde ze zo hevig met haar handen dat ik soms haar Eyelurenagels, daar in dat Aalmoeshofje, driftig moest wegduwen.

Wat haar bittere verwijten moeilijk te pareren maakte, was het feit dat ze een punt had. Het was waar: ik geilde op de minimode en de daarbij horende kanten kousen, en ik geilde bovenal op lange nagels, en toch deerde het mij niet dat Katja ongetwijfeld nooit zulke nagels zou opplakken. Alles wat misschien ontbrak, werd immers ruimschoots gecompenseerd door haar betoverende lach en haar geur, en het feit dat ze, nog elke keer als ik haar omhelsde, beefde als ijle dravik. Ik kon er echter niet toe komen om dat Tina voor de voeten te werpen. Ze had daar domweg niets mee te maken, dus zei ik alleen maar: 'Ze speelt prachtig dwarsfluit. Het is een feest om met haar samen Bach te vertolken. Ze houdt echt van klassieke muziek. Kom daar eens om, tegenwoordig, nu iedereen achter die abjecte tinnef van de Beatles en de Rolling Stones en dat Brylcreemmonster uit Memphis aan holt.'

'Ik hou helemaal niet van de Beatles.'

'Nee, maar ook niet van Bach.'

'Als jij me wegwijs wou maken, zou ik daar misschien best van kunnen gaan houden.'

'Ach mens, ga toch naar huis. Er is echt niks meer tussen ons. Er is ook nooit wat geweest. Je bent een Flirty Fishinggriezel, je bent akelig verknipt.'

'Niet verknipter dan jij. Onze verkniptheid grijpt naadloos in elkaar. Ach, daarom zouden we het samen zo leuk kunnen hebben.'

'De hele dag door bijbellezen en bidden zeker.'

'En vozen.'

'Met kleren aan, want voor het huwelijk met elkaar naar bed, nee hoor, dat mag niet.'

'Ben je al met die spriet naar bed geweest?'

'Gaat je geen donder aan.'

'Wacht maar, je bent nog niet van me af, ik heb nog macht over je, ik voel het, ik weet het. Straks als je in bed ligt en wegdommelt, stel je je voor hoe ik met mijn lange nagels over je pik strijk. Keer om, ga met me mee, wat kan het mij schelen, ik weet toch allang dat ik voor eeuwig verloren zal gaan, ik heb niks meer te verliezen, dus ik kan me helemaal aan je geven, vannacht nog, als je wilt, ga toch mee. Als je niet meegaat, doe ik mijn lichaam in de aanbieding. Dan huppel ik in de Maarsmansteeg achter de eerste de beste kerel aan die mij nafluit.'

'Chanteer een ander, please, laat me met rust.'

'Wacht maar, morgen zie je me weer.'

Wat spijtig dat indertijd het begrip 'stalker' nog niet aan de Nederlandse taal was toegevoegd. Had ik kunnen benoemen wat mij overkwam, en het kunnen vergelijken met de ervaringen van anderen die gestalkt werden, dan zou het allicht minder beangstigend zijn geweest. Nu zag ik er iedere keer als ik 's avonds laat bij Katja wegging, huizenhoog tegen op om naar de Uiterste Gracht te slenteren. Af en toe lukte het mij haar te ontlopen als ik een andere route naar huis nam, maar meestal dook ze, zelfs al liep ik om via het Levendaal, toch uit een van die donkere Leidse steegjes op.

Daarbij kwam dat ik met haar te doen had. Haar ruw bejegenen, dat lukte mij niet. Bovendien ging het haar steeds beter af om er als een ongelofelijke del uit te zien. Dook ze in het halfduister op uit zo'n steegje, dan piekte mijn hormoonspiegel.

Eén oplossing drong zich als vanzelf aan mij op. Niet naar de Uiterste Gracht gaan, maar 's nachts bij Katja blijven. Aan de gereformeerde burgermansmoraal had ik mij toen echter nog niet volledig ontworsteld. Wilde ik bij Katja blijven, dan moest ik op z'n minst met haar verloofd zijn, liever nog getrouwd. Ja, de tijd drong. Nog even, en dan was Jouri terug uit Harvard. Zou hij, zodra hij er lucht van kreeg dat ik een dwarsfluitvriendinnetje had, dadelijk weer al zijn archimedische spinnentrucs op haar loslaten? Of hoefde ik nergens beducht voor te zijn, nu hij zelf officieel verloofd was met Frederica? Gerust was er ik niet op. Mij leek dat ik hem moest aftroeven, dat ik hem voor een voldongen feit moest plaatsen. Mij leek dat er – ach, wat hopeloos naïef toch! – als Katja en ik al getrouwd waren voordat hij terug zou zijn uit Harvard, niets meer kon misgaan.

Op een drafje naar het stadhuis om Tina en vooral Jouri de wind uit de zeilen te nemen! Dus zei ik op een winteravond plompverloren tegen Katja: 'Zullen we gaan trouwen?'

'Wat een goed idee,' was haar eerste reactie. Toen zei ze: 'Maar dan moet je wel eerst om mijn hand vragen bij mijn vader.'

'Moet dat echt?'

'Ja, daar staat hij op, daar kun je niet omheen.'

O, mijn god, dacht ik, wat een mal obstakel. Om de hand vragen, dat is toch hopeloos ouderwets, dat doe je vandaag de dag toch niet meer? Ik vroeg: 'Moet ik dan een net pak aan en daarin naar jouw ouders toe reizen en belet vragen bij je vader?'

'Welnee, we gaan er 't komende weekend samen heen, en dan vraag je, als je m'n vader een keertje even alleen treft, snel om m'n hand.'

'Ik tref je vader nooit alleen,' zei ik somber.

'Dan arrangeer ik wel dat je een poosje met hem alleen bent. Zeg ik tegen m'n moeder: "Kom, we gaan samen even wandelen." En zodra we weg zijn, sla je toe.'

Het was eigenaardig dat ik, alleen maar vanwege het feit dat ik om haar hand moest vragen, steeds dacht: dan maar helemaal niet, laat dan maar zitten. Het leek of zo'n dwaze verplichting al mijn vrijersgeluk vergalde. Ik betrapte me er zelfs op dat ik dacht: was Jouri maar hier. Dan zou hij Katja in een ommezien het hoofd op hol brengen en was het uit tussen haar en mij en hoefde ik niet om haar hand te vragen.

Was de vader van Katja dan zo'n boeman? Volstrekt niet. Het bleek juist een alleraardigste advocaat met twinkelende helderblauwe ogen achter goudomrande brillenglazen. Er was dus geen reden om, toen ik die avond bij Katja wegging, uit te kijken naar mijn stalkster. Vlak voordat ik ging had ik op de radio het lied 'Der Winterabend' van Schubert gehoord. Het is een lied uit zijn laatste levensjaar en draagt dat stempel van diepe weemoed. Het had me getroffen tot in het diepst van mijn ziel. Van alle grote componisten – dat heeft vanaf die winteravond voor mij vast gestaan – ligt Schubert mij het meest na aan het hart.

Heel zacht zingend liep ik over de Nieuwe Rijn. 'Es ist so still, so heimlich um mich, der Tag ist verschwunden, der...'

Wat zou er gebeurd zijn als Tina was opgedoken? Was ik dan, uit verontwaardiging over het feit dat ik om Katja's hand moest vragen, toch weer met haar meegegaan? Maar leeg en hol en kil oogde de Beschuitsteeg, en de Hartesteeg oogde zo mogelijk nog killer. Er viel een geluidloos regentje. Het was waterkoud. Naarmate ik de Uiterste Gracht naderde, leek het steeds minder bezwaarlijk dat ik om Katja's hand moest vragen. Ik had warempel toch wel voor hetere vuren gestaan?

In het weekend vroeg haar vader of ik met hem mee wilde gaan om houtblokken te halen voor de open haard. Niets weerhield mij toen om in die auto, zodra we stilhielden voor een stoplicht, plechtig te zeggen: 'Mag ik u om de hand van uw dochter vragen?'

Waarop hij onverwacht ernstig zei: 'Mag ik op mijn beurt dan eens informeren naar je vooruitzichten?'

'Ik heb de toezegging dat ik na mijn doctoraal examen als wetenschappelijk medewerker word aangesteld op het Parasitologisch Laboratorium. Bij het ministerie van Defensie zal een onmisbaarheidsverklaring worden ingediend, zodat ik niet in dienst hoef.'

'Denk je dat je je je hele leven met die eigenaardige materie zult blijven bezighouden?'

'Parasieten boeien me enorm.'

'Dat er een goed belegde boterham kan zitten in parasieten kan ik maar moeilijk begrijpen.'

'Het is net andersom, de parasieten zitten in de boterham. In alle voedsel. Daarom is het van levensbelang om ze te bestuderen.'

'Ik dacht dat wij hier in Europa weinig last meer hadden van parasieten.'

'Ieder mens heeft wormen, maar niet ieder mens heeft er last van.'

'Zou ik ook wormen hebben?'

'Ieder mens heeft ze. Echt waar. En nog tal van andere parasieten. Wat echt levensbedreigend is, hebben we hier aardig onder controle, maar bijvoorbeeld in Afrika niet. Meer dan honderd miljoen mensen lijden aan blaasbilharziosis of darmbilharziosis. De parasieten leggen hun eieren massaal in de weefsels van de mens. Bloedingen, woekeringen, doodgriezelige gezwellen zijn er 't gevolg van. Die eieren zijn trouwens prachtig om te zien, ze hebben een stekel...'

'Spaar me je enge verhalen. Wat me bezwaart is dat m'n dochter, als zij met jou trouwt, haar leven lang van die enge verhalen zal horen. Terwijl ze al bang is voor spinnen.'

'Dus u vindt dat ze een man moet zoeken die niks met griezelige beestjes van doen heeft.'

'Ze is dol op jou.'

'Dus u geeft ondanks de wormen uw toestemming?'

Hij antwoordde daar niet op, maar vroeg: 'Hoe staan jouw ouders hiertegenover?'

'O, die zijn mordicus tegen. Omdat, zoals mijn vader zegt, Katja van geen kerk of niks is.'

'Ben je zelf nog gelovig?'

'Als kind kon ik maar niet geloven dat alle dieren in de ark van

Noach hadden gezeten. Die ark leek me daar veel te klein voor. Dat was het kleine gaatje in de dijk waar water doorheen sijpelde. De dijk raakte doorweekt en brak door. En nu staat m'n hele geloof dus metershoog onder water.'

'Ik ben blij dat te horen, want godsdienst... het is iets verschrikkelijks. Waar het woekert, zorgt het voor doffe ellende.'

'Geloof is de bilharziosis van de geest.'

'Dat moet ik onthouden.'

We bereikten de zagerij waar Katja's vader openhaardhout placht in te kopen. Uiteraard hielp ik bij het inladen van de blokken.

Haar vader zei waarderend: 'Ik kan niet anders dan constateren dat je keihard kunt werken. Dus vooruit, de hand van mijn dochter is je van harte gegund. Maar wees terughoudend met verhalen over al die enge beestjes. En wat ik ook nog wil zeggen: mijn vrouw is snel uitgeput. Dan gaat ze snauwen. Katja heeft dat ook. Schrik dus niet als ze tekeergaat. Wees er dan op bedacht dat ze bezig is overwerkt te raken. Ze meent 't niet zo kwaad, maar is snel geïrriteerd als ze moe is. Dat zijn we trouwens waarschijnlijk allemaal, alleen heeft de een meer energie dan de ander. Zo te zien heb jij energie voor twee, dus heb ik er wel vertrouwen in.'

Katja en ik gingen in ondertrouw. We stuurden van die kaarten rond. Toen rees de vraag: zal ik ook een kaart naar Jouri sturen? Lang dubde ik daarover. Wat kon er misgaan als ik hem zo'n kaart stuurde? Zou hij dan het eerste vliegtuig nemen? Onzin natuurlijk. Toch wachtte ik in zijn geval met het sturen van de kaart tot twee weken voor de trouwdatum. Mij leek dat hij, zelfs als hij die kaart nog vlak voor de huwelijksvoltrekking zou ontvangen, vanuit Harvard dan niets meer zou kunnen ondernemen. Niettemin was ik er weinig gerust op. Ik heb zelfs overwogen hem geen kaart te sturen. Maar ja, wat dan te doen als hij terugkwam en zou vragen: 'Waarom heb je mij er niet van op de hoogte gebracht dat je ging trouwen?' Moest ik dan liegen: 'O, maar ik heb je een kaart gestuurd, maar die is dan kennelijk niet aangekomen.'

Op de trouwdag kregen we een gelukstelegram. Uit Harvard.

Van Jouri. 'Wat spijt het me vreselijk dat ik er niet bij kan zijn,' had hij onder de uitvoerige gelukwensen geschreven.

'Wie is Jouri?' vroeg Katja.

'Een briljante jaargenoot,' zei ik luchtig.

Pniëlkerk

Juist toen Anton Bruckners vijfde symfonie aanving, werd er op een avond in september aangebeld. Bruckners contrapuntisch meesterstuk wilde ik, al was mijn radio eigenlijk te klein om het superieure geweld adequaat weer te geven, dolgraag in alle rust beluisteren, dus ik had weinig zin om open te doen. Ik liep naar het raam, tuurde omlaag. Wie stond daarbeneden voor de naaiwinkeldeur? Eén blik op de kruin en ik wist het. Ik vloog de trap af, rende door het winkeltje, ontsloot de deur.

'Ongelofelijk, daar ben je dan weer. Wanneer ben je teruggekomen?'

'Zondag.'

'Kom erin.'

'Zo, dus je woont nu hier. Hoe kom je hier terecht?'

'Katja woont hier. Ik kon bij haar intrekken.'

Even later zat hij al bij het venster in de voorkamer. Ik voorzag hem van spijs en drank, zette de radio met pijn in het hart iets zachter.

Hij vroeg: 'Alleen thuis?'

'Ja, Katja geeft 's avonds vaak les op de muziekschool. De meeste leerlingen kunnen overdag niet. Ze hebben een baan of ze moeten college lopen.'

'Heb je een foto van haar?'

'Niet direct zo bij de hand.'

'Hoe laat komt ze thuis?'

'Meestal rond de klok van tienen.'

'Waarom heb je me nooit over haar geschreven?'

'Had dat gemoeten?'

'Ik vind dat je wel erg sneaky te werk bent gegaan. Stiekem

achter m'n rug om ben je halsoverkop getrouwd.'

'Ja,' zei ik half lachend, 'als ik had gewacht tot je terug was, had je me misschien weer in de wielen gereden.'

'Ach, ga toch weg, van mij had en heb je niks te duchten, dat weet je best.'

'Zo, en Ans dan, en Ria, en Wilma, en Frederica.'

'Dat was toch volstrekt niet serieus? Wees blij dat ik al die wichten onschadelijk heb gemaakt. Zou je nou ooit met zo'n schonkig Schiedams scharminkel als die Wilma je leven hebben willen delen?'

'Daar gaat het niet om, het gaat erom dat jij... Nou ja, wat doet het er ook toe, vertel eens over je Amerikaanse ervaringen. Hoe was het in Harvard?'

'Enerzijds geweldig. Er wordt daar op zeer hoog niveau wiskunde bedreven, en al die lui daar stimuleren elkaar enorm, maar 't is vreselijk jammer dat ze ook allemaal zo met God in de weer zijn. Ik zei maar steeds: "God is een overbodige hulphypothese", en dan begonnen ze terstond te evangeliseren. Heel enghartig, bekrompen, benauwd protestantisme, en dan ook nog met zo'n hallelujascheut erin, zo van: "O, wat verrukkelijk dat we al tweeduizend jaar geleden verlost zijn."'

Op de achtergrond klonk Bruckner maar steeds door de woonkamer. Ik probeerde of ik hem toch, ondanks de aanwezigheid van Jouri, volgen kon. Gelukkig herhaalt Bruckner, net als de zanglijster, zijn motieven vaak vier keer achter elkaar. Dus al mis je er twee, dan heb je er toch twee over.

'Aardige meisjes daar, aan de faculteit?'

'Nee. Wiskunde is daar, net als hier, mannenwerk. En die meisjes daar... Zoveel tijd als die erin steken om zich op te tutten. Ze zijn de hele dag door in de weer met hun crème en krultangen. Nee, ik heb daar niet één sprankelende Amerikaanse ontmoet. Maar ja, jij was ook niet in de buurt om ze voor mij op te sporen. Goh, dat je nou toch geen foto bij de hand hebt van jouw Katja.'

'Jouw type helemaal niet. Klein, graatmager, grote ogen, rood krulhaar. Bij mij thuis waren ze in alle staten toen ik met haar aankwam. M'n vader zei naderhand maar steeds: "Daar heb je toch helemaal geen houvast aan? Dat is een fietsenrekje. En dan ook nog eens een keer van geen kerk of niks." M'n moeder was iets positiever, maar eigenlijk ook alleen maar omdat Katja, zoals zij zei: "Al is ze dan vel over been, Bergen-Belsen in kwadraat, gelukkig geen lak en nikkel op haar bek smeert." M'n moeder zei ook steeds: "Dat ze van geen kerk of niks is, kan alleen maar betekenen dat ze straks, misschien wel bij ons in de kerk, als volwassene gedoopt wordt. O, en dat vind ik toch altijd weer zoiets geweldigs, de volwassenendoop." M'n moeder ging ervan uit dat ik haar in een ommezien zou bekeren. Ze heeft de hoop nog steeds niet opgegeven. "Als jij het haar voorleeft," zegt ze telkens, "gaat ze op een dag toch denken: die grote schat wil ik ook bezitten, vertel mij over de Heere Jezus." '

'Maar hoe kan je moeder dat nou denken? Voorzover ik weet heb jij nog steeds geen belijdenis gedaan.'

'Klopt, en zal ik ook nooit doen. Als ze ernaar vragen, zeg ik: "Wijs mij in het Woord de tekst waarin staat dat je belijdenis moet doen." Zo'n tekst kunnen ze niet aanwijzen. Belijdenis doen, ook weer zoiets, net als bidden met gesloten ogen en gevouwen handen, waar niks over te vinden is in de Bijbel. "Wil je dan," zegt mijn moeder steeds ongelukkiger, "je jawoord niet geven aan de Heere Jezus?" '

'Bij mij thuis hebben ze 't daar goddank niet over. Maar bij Frederica thuis... Binnenkort ga ik ook trouwen. M'n schoonvader heeft een wevershuisje voor ons gekocht op jouw Uiterste Gracht. Ik wou je vragen of je getuige wilt zijn bij het huwelijk. En ook of je, schrik nou niet, orgel wilt spelen in de Pniëlkerk.'

Eerst al mijn viendinnetjes stelen, en nu ook nog mijn adres, dacht ik enigszins verontwaardigd. Maar ik zei daar niets over, ik zei alleen maar: 'O, dus 't huwelijk wordt kerkelijk bevestigd?'

'Ja, daar kom ik goddomme niet onderuit. En daarom hoop ik dat jij als een duivel orgel wilt spelen.'

'Ik heb nog nooit gespeeld bij een trouwdienst.'

'Eén keer moet de eerste zijn.'

'Ik weet niet of ik dat aandurf.'

'Natuurlijk durf je dat. Twee of drie van die psalmen begeleiden, dat kun je toch wel? Je kent al die wijsjes uit je hoofd.'

'Ja, maar zo'n groot orgel. Op 't pedaal kan ik nog niet best uit de voeten.'

'Je hebt nog twee maanden de tijd om dat onder de knie te krijgen. Daar heb ik alle vertrouwen in. Alles waait jou aan, jij bent overal goed in. Hoe laat leven we eigenlijk? Het liefst zou ik nog een poosje blijven, want ik wil dolgraag eens kennismaken met jouw Katja, maar er komt nog iemand bij me langs, kunnen we niet iets afspreken? Met z'n drieën chinezen morgen? Bij Woo Ping?'

'Katja is erg precies op haar eten,' zei ik, 'die krijg je zo'n Chinees restaurant niet in. Die is bang dat ze katten in de babi pangang verwerken. Maar kom hier een keer eten.'

'O da's ook goed. Graag.'

'Alleen geloof ik niet dat morgen... Laat me even overleggen met Katja. Je hoort dan wel. Waar kan ik je bereiken? Heb je je vlonderkamer op de Hogewoerd weer terug?'

'Nee, die kamer ben ik kwijt. Ik zit nu tijdelijk op de Hoge Rijndijk. Da's afzien, maar binnenkort kan ik gelukkig al terecht op de Uiterste Gracht. Ik zal je het telefoonnummer geven van 't huis op de Hoge Rijndijk. Bel me daar dan.'

En daar belde ik hem vervolgens niet. Alleen al het feit dat hij zo achteloos had gezegd: 'Met z'n drieën chinezen morgen? Bij Woo Ping?', had al mijn achterdocht weer gemobiliseerd.

Desondanks was mij duidelijk: ooit zou hij een keer met Katja kennismaken. Dat kon domweg niet uitblijven.

Toch onthield ik haar, toen ze later op de avond doodmoe thuiskwam, de informatie dat Jouri langs was geweest. Hoewel ik steeds dacht dat het beter was als ik haar zo precies mogelijk inlichtte over Jouri, bleek zwijgen vooralsnog zoveel gemakkelijker. En daarbij kwam dat ik maar bleef dubben over de vraag hoe ik haar dat alles moest vertellen. Hoe moest ik de juiste toon treffen? Zo makkelijk immers kon mijn verhaal larmoyant of onwaarschijnlijk klinken.

In die twee maanden tot Jouri's trouwdag lukte het mij waarachtig om Katja uit zijn gezichtsveld te houden. Eenvoudig was dat niet, maar dankzij het feit dat hij zijn wevershuisje op de Uiterste Gracht moest opknappen en inrichten, en dus akelig weinig tijd had, wist ik telkens weer te voorkomen dat er afspraken gemaakt werden. Omdat ik goed ben in klussen, ging ik hem zo vaak mogelijk helpen. Behangen, plamuren, verven, timmeren – ik mag het zo graag doen. En hij was dolblij met mijn hulp, want zijn pandje op mijn Uiterste Gracht vergde een diepte-investering aan hand- en spandiensten.

Toen het pand enigszins bewoonbaar was, doemde weer een andere vraag op: neem ik Katja mee naar die bruiloft in Vlaardingen? Reeds klonk mij haar wanhopige uitroep in de oren: 'Wat moet ik in hemelsnaam aantrekken?' Gelukkig kon ze op de muziekschool niet zomaar een dag gemist worden. Derhalve reisde ik eind november alleen af naar Vlaardingen.

Ik was eerst getuige, vervolgens organist. In de Pniëlkerk. Ik heb een zwak voor dat helaas al weer afgebroken bedehuis, want daar hadden ze de logistieke problemen van dat geschifte Heilig Avondmaal zo vernuftig opgelost. In elke zetel was een piepklein bekertje gemonteerd. Daar schonken ze vooraf de avondmaalswijn in. Ook voor het stukje witbrood was bij elke zetel een voorziening getroffen. Aldus kon al het kerkvolk in een vloek en een zucht eerst een stukje brood en daarna een slokje wijn nemen, zodat tafelen met de Heere in recordtijd kon worden afgehandeld.

Helaas was het Verschurenorgel daar nogal schel en schreeuwerig van klank. Niettemin, toen ik, opnieuw vanbinnen weer helemaal door elkaar geschud bij de aanblik van de stralende, beeldschone bruid, in diepe nood de toetsen aansloeg voor de improvisatie van het voorspel bij psalm 43, toverden mijn vingers, volkomen onverwacht, zo'n wondermooi, blijmoedig, springerig melodietje tevoorschijn. Het was alsof dat themaatje, zo haaks op mijn gemoedstoestand, in de eerste plaats mijzelf moed moest inspreken. O, wat een feest bleek het dat ik, omdat er uiteraard duchtig gecollecteerd werd, lang mocht improviseren. 'Mijn ziel, hoe treurt gij dus verslagen, wat zijt g'onrustig in uw lot.'

Treurnis en onrust, jazeker, het was er, maar dan vrolijk upgejazzd, en het werd nota bene voortgebracht door iemand die niks liever wilde dan janken, schreeuwen, brullen. Hoe was dat in vredesnaam mogelijk? Of gold juist dat een mens hoe beroerder hij eraan toe is, van de weeromstuit stralende muziek produceert? Mozart had toch ten tijde van de dood van zijn vader *Ein musikalischer Spass* gecomponeerd? Maar van *Spass* was in mijn geval geen sprake. Wat mijn rappe vingers en minder rappe voeten moeiteloos voortbrachten, was verbluffend vrolijk, en toch ook verheven, vol wijding, maar niettemin sprankelend. Tijdens het lange gebed van de voorganger noteerde ik haastig het melodietje. Zo'n inval blijkt namelijk meestal net zo snel vervlogen als hij opkwam.

Toen de trouwdienst voorbij was, en iedereen de kerk verliet, speelde ik mijn vondst nogmaals. Ongelofelijk dat ik dat had voortgebracht. Goed, Schubert had zulke invallen vaak meerdere keren per dag, terwijl mij zoiets waarschijnlijk maar één keer in mijn leven overkwam. Toch bleef ik trots op mezelf, en die trots groeide nog onstuimig toen George, later tijdens het grootse huwelijksfeest in hotel Delta, op mij afkwam, en vroeg: 'Wat speelde je tijdens de collecte? Van wie was dat? Magnifieke muziek.'

Ik kon het niet over mijn hart verkrijgen om te zeggen: 'O, dat was een improvisatie van mijzelf', dus loog ik. 'Ja, fraai, vond je niet, dat was een stukje orgelmuziek van de Tsjechische componist Fibich.'

'Fibich? Nooit van gehoord. Is er een plaat van?'

'Niet dat ik weet.'

'Jammer, dolgraag zou ik het nog eens horen.'

'Ik kan het zo weer voor je spelen.'

'Ja, maar hier is geen orgel.'

'Misschien is er ergens een vleugel.'

In een lege zaal vonden we een Steinway. En nogmaals speelde ik mijn inval, mijn vondst, mijn stukje, mijn 'Aus tiefer Not' opgewelde, blijmoedige hartenkreet, en hij zei: 'Op piano klinkt 't ook fantastisch.'

Ik zei: 'Er hoort nog een fuga achter. Wil je die ook horen?'

'Graag,' zei hij.

Dus toen speelde ik mijn Juliafuga, mij er ondertussen over verbazend dat mijn inval en mijn fuga onmiskenbaar verwant waren aan elkaar. Je zult maar componist zijn, dacht ik, dat is zonder enige twijfel het hoogst haalbare in het leven. Schrijven kan iedereen en tekenen gaat de meeste mensen ook redelijk goed af, maar zelfs voor het componeren van een eenvoudig menuetje komt al enorm veel kijken. Mozart en Bach en Schubert en Beethoven en Haydn, die waren toch zonder enige twijfel 'van den schouders opwaarts groter dan alle schrijvers en schilders en wetenschappers voor en na hen'. Zelfs Shakespeare of Leonardo da Vinci of Goethe of Rembrandt konden daaraan niet tippen.

Ontmoeting

Uiteindelijk gebeurde wat uiteraard niet vermeden kon worden. Op een winteravond, diep in december, liepen Katja en ik naar huis, nadat ik haar had afgehaald van de muziekschool. Er viel lichte poedersneeuw. Het waren minuscule vlokjes, maar ze smolten niet. Het Rapenburg was reeds wit uitgemonsterd. Ook de kinderhoofdjes in de Kloksteeg waren bedekt met wit poederdons. Het leek daar of ieder moment, onder die vale rode lucht, de wals van de Suikerfee zou kunnen opklinken. Toen we de bebouwing aan de linkerkant van de Kloksteeg voorbij waren en het ruime Pieterskerkhof in zijn sprookjesachtige witte glorie voor ons opdoemde, kwam daar, dwars over het plein heen, iemand aanglijden.

'Doorlopen,' maande ik Katja.

'Duw niet zo,' zei ze, 'het is hier glad. Ik voel er niks voor om op m'n bek te gaan.'

Ze droeg haar lange jas. Op de kraag ervan glinsterde sneeuw. Ook haar revers waren overtogen met een wit laagje. Het was alsof ik haar voor het eerst zag, en meteen, out of the blue, dankzij die jas en dat laagje sneeuw, verliefd op haar werd. De man die over het Pieterskerkhofplein aan kwam glijden, had zo'n moeite om op de been te blijven dat hij zich niet verwaardigde goed voor zich uit te kijken. Waardoor Katja bijna tegen hem op botste.

'Kijk toch uit,' zei ze verontwaardigd, anticiperend op de botsing die zich niet voortdeed.

Verbaasd keek de glijder op, waarschijnlijk denkend: wat een paniekzaaister. In ieder geval dacht ik dat, en ik greep haar hand, en trok haar voort.

'Laat dat,' zei ze.

De glijder stond stil, keek naar Katja, keek naar mij, richtte zich toen op, zei: 'Nee maar, eindelijk toch!' Waarop hij gul zijn hand uitstak naar Katja.

Ze deinsde terug.

'Ik ben Jouri,' zei de glijder.

'Dat is Jouri,' zei ik.

Nog altijd met ver uitgestoken hand monsterde Jouri gretig het meisje dat voor hem was teruggedeinsd.

'Jouw wederhelft heeft jou de hele tijd voor mij verstopt gehouden, hij heeft jou weggehouden, hij vertikte het zelfs om een foto van je te laten zien. Nu heeft echter het uur der waarheid geslagen. Ik maar denken dat je een bochel had of scheel keek omdat hij jou zelfs aan z'n beste vriend niet wou voorstellen, maar nu begrijp ik zijn heimelijkheid. Met een kroonjuweel pronk je niet, dat houd je achter slot en grendel.'

Omdat ik mij geneerde dat Katja zijn uitgestoken hand negeerde, greep ik zijn hand en schudde hem hartelijk. Toen kon Katja niet achterblijven en ook zij schudde even de hand van Jouri.

'We gaan maar weer eens verder,' zei ik.

'Maar niet nadat we iets hebben afgesproken,' zei Jouri. 'Een etentje op de Uiterste Gracht, om eens wat te noemen. Frederica zal er blij mee zijn, die kent hier nog bijna niemand, en heeft weinig omhanden. Heeft dus alle tijd om een vorstelijke maaltijd te bereiden.'

'Ik geef 's avonds meestal les,' zei Katja stug.

'Ook op zaterdagavond of zondagavond?'

'Nee, dan niet.'

'Wat let ons dan om bijvoorbeeld aanstaande zaterdag af te spreken?'

'Dit weekend komen mijn broer en schoonzus over uit Engeland,' zei Katja.

'Het weekend daarop dan?'

'Dan is het al Kerst,' zei ik.

'Wat je zegt,' zei Jouri, 'en dan moeten Frederica en ik natuurlijk op de Binnensingel dineren onder de rook van de eeuwige vlam van Pernis. Daar valt niet aan te ontkomen. En ook bij mijn vader en moeder zal ik langs moeten. Solex Deo gloria. En daarna gaat Frederica met haar ouders skiën in Oostenrijk... O, o, het schijnt niet te mogen... Hopelijk dan daarna een keer.'

'Spreken we mettertijd wat af,' zei ik.

'Goed,' zei hij, 'dan ga ik nu snel door. Stafcolloquium in de sterrenwacht. Daar moet ik een verhaal houden over de hogere wiskunde van het uitdijende heelal.'

'Geloof jij dat het heelal uitdijt?'

'Sinds Hubble wordt dat algemeen aanvaard.'

'Maar wat is de evidentie? Die roodverschuiving? Zou toch best anders geïnterpreteerd kunnen worden?'

'Ga mee. Werp je bezwaren daar in de groep.'

'Andere keer graag. Volgens mij is die bigbangkosmologie niks anders dan een wetenschappelijke variant van het Genesisverhaal. Een of andere Belgische priester heeft het bedacht; het is godsdienst vermomd als astronomie.'

'Buig jij je nou eerst maar eens over de evolutietheorie. Daar valt ook nog wel een en ander op af te dingen. Gegroet, ik ga door.'

Hij wierp nog een laatste blik op Katja en glibberde toen verder over de kinderhoofdjes in de Kloksteeg.

'Zo, dat was nou Jouri,' zei ik.

'Die jeugdvriend uit Vlaardingen bij wiens huwelijk je orgel hebt gespeeld?'

'Precies.'

'Jouri! Leuke naam!'

'Zo heet hij niet echt, hij is vernoemd naar Hitler en Goebbels, hij heet Adolf Jozef. Na de oorlog hebben z'n zussen de naam Jozef verbasterd tot Jouri.'

Waarom zei ik dat? Wilde ik hem al meteen verdacht maken in haar ogen, wilde ik hem al bij voorbaat belasteren?

Ze schonk echter geen enkele aandacht aan mijn overbodige opmerking, ze zei alleen maar: 'Leuke man. Prachtige ogen.'

'Dat kon je helemaal niet zien in het donker.'

'O jawel, het licht van de straatlantaarn viel erop. Lichtbruine ogen met groene spikkeltjes erin. Erg mooi.'

'Het is een lepe charmeur,' zei ik geprikkeld.

'Ja,' zei ze, 'noemde mij warempel een kroonjuweel', en ze neuriede zachtjes 'Ihr Blümlein alle' van Frans Schubert.

Terwijl ze, blijkbaar opeens goedgeluimd, stevig voortstappend, onbekommerd naast mij liep te neuriën, stampte ik met mijn voeten op de kinderhoofdjes om de opkomende wrevel te lijf te gaan. In de Pieterskerkchoorsteeg doemde uit de Breestraat, onder die vale rode lucht, een vrouw op, die recht op ons af kwam.

Dat kan er ook nog wel bij, die moet zo nodig ook mijn pad nog kruisen, dacht ik verbitterd.

Over het witte plaveisel kwam ze op hoge hakken aanglibberen. Ze botste tegen mij aan, greep zich, om overeind te blijven, aan mij vast. Ik duwde haar zo wild van mij af dat ze tegen een pui op botste.

Met glans zou ze nu slagen voor het snolexamen, dacht ik, even nog naar haar omkijkend zoals ze daar tegen de pui leunde. In het schaarse straatlantaarnlicht oogde ze, onder die rode lucht, als de heks uit *Hänsel und Gretel* van Humperdinck. Ze kromde een hand. Op de witte pui verscheen de groteske schaduw ervan. Mede dankzij de lange nagels leek het alsof zij een reusachtige klauw naar mij uitstak. Ik huiverde.

'Heb je 't koud?' vroeg Katja.

'Nee,' zei ik, 'waarom denk je dat?'

'Je rilt opeens zo.'

'Gaat wel weer over.'

Later op de avond maakte ik nog even een ommetje door die sprookjesachtige straten. Nog altijd was alle plaveisel bedekt met een flinterdun laagje sneeuw. Zelfs in de Haarlemmerstraat was het, hoeveel voeten er ook al overheen waren geglibberd, nog niet gesmolten. Als vanzelf richtten mijn schreden zich naar de Vrouwenkerkkoorstraat. Steeds dacht ik: waarom liep je daar zonder handschoenen aan door die Pieterskerkchoorsteeg? Met handschoenen aan was je onschadelijk geweest. Nu heb je me weer te pakken, kan ik maar beter even bij je langs lopen om je uit mijn systeem te verwijderen.

En dus liep ik langs. Haar gordijnen waren open. Met een van het raam afgewend hoofd zat ze, pal onder het lamplicht, te lezen in het boek met de bladzijden zo dun als de vloeitjes waarmee je sjekkies draaide. Ik wachtte tot ze een bladzijde omsloeg met haar bloedrode supernagels. Toen liep ik verder, eerst haar vervloekend, toen mezelf vervloekend, en ten slotte mijn ouders vervloekend, die mij, terwijl de gaskamers op volle toeren draaiden, verwekt hadden in een gruwelijke, wanstaltige wereld waarin elk verstandig, weldenkend mens het toch volstrekt vanzelfsprekend uit zijn hoofd laat om kindertjes te maken.

Plunjebalen

Op de Nieuwe Rijn was het dunne laagje sneeuw al weer gesmolten toen Katja's broer en schoonzus op zaterdagmiddag even na drieën hun auto pal aan het water parkeerden. Indachtig het aforisme 'Geen zaterdag zo kwaad of de zon schijnt vroeg of laat' vlaagde even wat bleek strijklicht over de kade. Pal naast het venster zat ik te lezen in het fameuze Bachboek van Schweitzer, en zo verdiept was ik daarin dat ik, even opkijkend van mijn lectuur, pas zag dat er een auto aan het water stond met een Engels nummerbord toen de inzittenden al lang en breed waren uitgestapt.

'Daar zijn ze!' riep ik.

Katja kwam aanrennen uit de keuken. Samen tuurden wij naar de *minivan*, die kundig door haar broer langs de waterkant was neergezet en waarvan alle deuren wijd openstonden. Uit de *van* trokken Katja's broer en zijn echtgenote plunjebalen, die naast elkaar op de kade werden neergezet.

'Wat hebben ze toch allemaal bij zich?'

'Geen idee,' zei Katja.

Mijn zwager sleepte een propvolle baal naar de winkeldeur.

'Ga even helpen,' zei Katja, 'dan zet ik ondertussen water voor thee op.'

Ik liep naar beneden, opende de winkeldeur, begroette mijn zwager en schoonzus, en vroeg toen: 'Moeten die drie plunjebalen naar binnen?'

'Ja,' zei mijn zwager trots, 'daar zit een leuk cadeautje in. Voor jullie beiden.'

Dus sleepte ik even later die reusachtige plunjebalen door het winkeltje en droeg ze de trap op naar de eerste verdieping, mij steeds afvragend wat daar nu in kon zitten. Pas toen wij onder het genot van de verse thee in de voorkamer op lage stoelen zaten, openbaarde mijn schoonzus dat aan Katja en mij.

In goed Nederlands vertaald luidde haar toespraak ongeveer als volgt: 'Wij, Jacob en ik, hebben nu twee kinderen, die nu bij *grandpa* en *grandma* logeren. Wij zijn zielsgelukkig met Samantha en Edytha. Maar wij vinden wel dat wij nu onze plicht gedaan hebben en bij die twee willen wij het dus ook *definitely* laten. Meer dan twee kinderen willen we beslist niet hebben, en kunnen we trouwens ook qua financiën en beschikbare woonruimte niet grootbrengen, dus wij hebben al onze babykleren in drie plunjebalen gestopt. En die overhandigen we vandaag plechtig aan jullie beiden, zodat jullie binnenkort alles bij de hand hebt om jullie eersteling in de kleren te steken. Mocht het een boy zijn, dan is er niets aan de hand, al wat wij indertijd gekocht hebben, was uniseks.'

Zo verbijsterd waren Katja en ik vanwege deze royale schenking dat wij beiden vooralsnog niet in staat waren daar adequaat op te reageren. Pas toen de diepe stilte voor mij iets unheimisch kreeg, lukte mij een opmerking.

'Dat jullie dat allemaal zomaar door de douane heen hebben gekregen.'

'O, no problem at all, we told them about the destination of the clothes.'

Weer viel er een stilte. Katja keek alsof ze zojuist gehoord had dat ze met de garrot zou worden omgebracht. Ook mij was het vreemd te moede, maar de schoonzus zei goedgemutst: 'Laten we jullie een goede raad geven. Veel stellen zijn vandaag de dag geneigd om het krijgen van kinderen nog even op te schorten. Eerst de carrière. Of ze willen eerst nog samen van het leven genieten. Doe het niet. Wees verstandig. Hoe eerder je ze krijgt, hoe eerder je er ook weer van af bent.'

'Wat nou?' vroeg ik verbaasd. 'Van kinderen raak je toch nooit meer af?'

'Ik bedoel,' zei ze, 'hoe jonger je ze krijgt, hoe eerder ze het huis uit zijn, en dus geen zorg meer behoeven. Ik kreeg Samantha toen ik negentien was en Edytha toen ik eenentwintig was. Dus als ik achter in de dertig ben, zijn ze volwassen. Heb ik nog een heel leven voor me. Echt hoor, hoe eerder ze komen, hoe beter.'

Waarop ze zich naar Katja toe boog en haast bestraffend zei: 'Jij wordt in juli al 24. Pas op hoor, de tijd dringt.'

'De tijd dringt helemaal niet,' zei ik nijdig. 'Er is geen wet die zegt dat je kinderen vroeg moet krijgen. Sterker, er is geen enkele reden om überhaupt kinderen op de wereld te zetten. Ooit van overbevolking gehoord?'

'Je wou toch niet zeggen,' zei mijn schoonzus, terwijl ze zich dreigend verhief uit haar zetel, 'dat jullie in deze je verantwoordelijkheid niet willen aanvaarden? Je wou toch niet zeggen dat jullie zo'n schaamteloos egoïstisch stel bent dat helemaal geen kinderen wil? Dat zou toch schandalig zijn.'

'Is het een plicht om...?'

'Of course, it's a duty, a boundless duty. You are entitled to get them, as responsible parents, and, mark my words, the sooner, the better. And, if I may say so again, you are already quite late, Kate.'

'Zouden jullie zo goed willen zijn,' zei Katja met een heel lief stemmetje in het Engels, 'om die drie balen zo dadelijk weer in jullie auto te laden?'

Mijn zwager en zijn echtgenote keken elkaar vragend aan, namen allebei een slokje thee, en negeerden Katja's verzoek.

Waarop Katja uit haar stoel sprong en in het Nederlands schreeuwde: 'Ik hoef die snertzooi niet.'

Ik geloof niet dat schoonzus het woord 'snertzooi' kende, maar Katja's broer kende het wel en zei: 'Zusje, pas op je woorden.'

'Ik hoef die snertzooi niet!?' schreeuwde Katja nogmaals. 'Wat denken jullie wel? Hier met voddige kinderkleertjes aankomen om ons eens even te vertellen dat ik halsoverkop de kraam in moet, want hoe eerder, hoe beter, des te sneller ben je ook weer van die narigheid af, alsof 't een akelig soort plicht is, alsof 't gevangenisstraf is, nou ja, je moet 't helaas doorstaan, maar dan graag zo dat je er zo weinig mogelijk last van hebt... Wat een rotmentaliteit...'

Katja rende naar de drie balen en begon woedend tegen een ervan aan te schoppen met haar gezondheidsschoenen.

'Wat denken jullie wel? Dat jullie, na al wat jullie vroeger al geprobeerd hebben te bedisselen, ook nog voor mij bedisselen kunnen of en wanneer wij kinderen moeten krijgen? Altijd maar tegen mij aan duwen, altijd maar aan mij trekken om... Altijd hetzelfde... Trek toch eens een vlot jurkje aan, trek eens een zwart lijntje boven je wimpers, kijk toch eens uit naar wat elegantere schoenen... Alles, alles wil jij voor mij regelen... Niks kun je aan mij overlaten... Nou goed, zo'n rotlijntje, wat kan mij dat schelen, verpest jij je ogen maar met zo'n smerige eyeliner... Maar dat je hier ook nog een vinger, wat zeg ik een hele hand in de pap wilt... Dat je nu ook... Baby's... Sodemieter toch op met je smerige teringzooi.'

Katja bleef maar schoppen, barstte toen opeens in huilen uit en rende de gang op. Ik hoorde haar stevige schoenen roffelen op de trap naar boven. Daar aangekomen stampvoette ze nog krachtiger op de vloer dan ik ooit in de muziekschool had gehoord. Even later klonken, gespeeld op de dwarsfluit, de lange noten g en a. Voor mij was de boodschap duidelijk. En na 'ga' speelde ze, mooier dan ik het haar ooit eerder had horen doen, dat beeldschone stuk van Escher, *Air pour charmer un lézard.*

'Ik begrijp niet,' zei de schoonzus, 'dat ze hier zo hysterisch op reageert. Vrijblijvend brengen wij wat babykleertjes omdat wij ze niet meer nodig hebben. Uiterst voorzichtig geven we een advies. Niemand is gehouden om dat advies, ook al is dat volgens mij nog steeds een heel verstandige suggestie, ter harte te nemen.'

'Toch zou ik die drie plunjebalen maar weer meenemen.'

'Dat doen we niet,' zei mijn zwager laconiek.

'Dan bel ik zo meteen het Leger des Heils om te vragen of ze die drie plunjebalen zo snel mogelijk willen ophalen.'

'Die zijn op zaterdagmiddag niet bereikbaar,' zei mijn zwager, 'laat ze nou rustig staan. Morgen denken jullie er ongetwijfeld al anders over, heus, wat Pam zegt is zo gek nog niet, hoe eerder de kinderen komen...'

'Ja, want dan ben je nog jong, kun je goed tegen de uitputtingsslag van de slapeloze nachten,' zei ik ironisch.

'Precies.' Hij sloeg geen acht op mijn ironie. 'Ik kan je verzekeren dat 't zwaar is, heel zwaar, vooral de eerste maanden, je doet bijna geen oog dicht.'

'En dat alles om een wereld die toch al uitpuilt van de mensen nog wat voller te maken.'

'Al die praatjes over overbevolking,' zei mijn schoonzus, 'da's allemaal *poppycock*. Laatst zag ik op de televisie een documentaire over Groenland. Geen mens te zien.'

'En op Antarctica is het, op een paar pinguïns na, ook nog schoon leeg,' zei ik. 'Dus wat let je om je daar of in Groenland te vestigen.'

'Wat doen wij?' vroeg mijn zwager aan mijn schoonzus. 'Zullen wij maar eens door naar mijn ouders?'

'Ik wou eigenlijk niet weggaan voor Katja weer opduikt. Ik neem toch aan dat ze, als ze een beetje tot bezinning is gekomen, aan mij haar excuses zal...'

'Ik denk dat je dan lang kunt wachten,' zei mijn zwager. 'Vroeger had ze af en toe ook van die hysterische buien. Dan was er geen land meer mee te bezeilen. Dan greep ze haar dwarsfluit en speelde zo'n riedeltje van Bach met een Engels dansje aan 't eind. Gek werd je ervan.'

'Laten we dan maar gaan. Then she will apologize later.'

Zodra ik de autoportieren hoorde dichtklappen, begon ik met het verslepen van de plunjebalen. Een voor een liet ik ze van de trap af rollen. Elke baal knalde daarbij open en allerlei uniseksslabbetjes in felle klaroenstootkleuren spoten naar buiten alsof ze reikhalzend uitzagen naar babylijfjes. Ik raapte al die slabbetjes weer op, duwde ze terug in de diverse balen, sleepte een en ander naar de donkerste hoek van het winkeltje. Vervolgens werkte ik alle drie de balen weg achter een vaal gordijn. Mijn gedachten gingen uit naar de gepensioneerde eigenares van het winkeltje, die zo gehecht was aan de ruimte waar ze een halve eeuw had doorgebracht dat ze er niet toe kon komen om de benedenverdieping uit te ruimen en te verhuren. Het winkeltje moest blijven zoals het altijd geweest was. Mij sprak dat zeer aan. Plus dat het nu goed uitkwam, want ik kon daar die bizarre balen vakkundig wegmoffelen.

Toen begaf ik mij naar boven. Ik wachtte tot de laatste noten van Eschers meesterwerk hadden opgeklonken, en riep: 'Ze zijn weg.'

Hoorde ze het niet of wilde ze het niet horen?

'Ze zijn weg,' riep ik nogmaals, 'en de plunjebalen zijn ook weg, dus je kunt Escher ook beneden studeren.'

Uiteindelijk kwamen er twee boze ogen tevoorschijn. En bewegende lippen.

'Nooit, nooit wil ik kinderen, nooit.'

In geval van zo'n pontificale uitspraak ben je geneigd te zeggen: 'Ach, zeg nooit "nooit",' maar de ervaring had me al geleerd dat je, juist als vrouwen zich zo krachtig uiten, onverkort mee moet jammeren met de andere sekse. Dus zei ik: 'Ik ook niet. Het zegt natuurlijk al genoeg dat 't hele onderwerp bij ons nog nooit ter sprake is geweest. Anders zou ik je wel verteld hebben dat ik op catechisatie herhaaldelijk tegen de dominee heb gezegd dat het veel beter is om nooit kinderen te krijgen, want als ze er niet zijn, dan kunnen ze ook niet van het geloof afvallen, om vervolgens voor eeuwig verloren te gaan. En kwaad, die dominee, woedend. Als je je kinderen biddend voorging op de weg des heils, was het uitgesloten dat ze afvielen. O, o, wat een optimist, die dominee.'

'Plunjebalen met babytroep,' gromde ze.

'Stil nou maar, ze zijn weg, die betuttelende balen, en er zaten niet alleen kleertjes in, maar ook felgekleurde unieksslabbetjes.'

'Hoe weet je dat?'

'Eén baal vloog open toen ik hem van de trap af schopte.'

'Waar zijn die balen nu?'

'Afgevoerd.'

'Vind je dat ik me heb aangesteld?'

'Omdat je tegen die balen aan schopte? Ik wou dat ik daar zelf de moed voor had gehad. Wie komt er nu, helemaal uit Sheffield, met drie balen hummelzooi aanzetten? Onaangekondigd! Je zou in zo'n geval toch op z'n minst eerst eens voorzichtig kunnen polsen of zo'n zending uniseksslabbetjes wel gewenst wordt.'

'Drie plunjebalen met...'

'Stil nou maar, ze zijn foetsie, men kent en vindt hun standplaats zelfs niet meer, we gaan spoorslags naar een drogist en kopen daar voor dertig jaar condooms, we zullen ze in Sheffield een Durexpoepje laten ruiken. "Hoe eerder je dat grut hebt, des te eerder ben je ook weer van dat grut af." Je houdt het toch niet voor mogelijk. Zo deed ik ook altijd mijn huiswerk. Als je meteen begint, heb je 't voor het eten al af, heb je nog de hele avond om heerlijk Jules Verne te lezen. Nageslacht als een onvermijdelijk, akelig soort huiswerk, als een corvee waar je je maar liefst zo snel mogelijk doorheen slaat.'

Twee echtparen

Als je, uit onvrede over het curriculum van de bewaarschool, samen spijbelt, en vervolgens met je vriendje diep de polder in trekt om alle milieuaspecten van de aldaar aanwezige moddersloten grondig te onderzoeken, kun je je onmogelijk voorstellen dat er ooit een dag zal komen waarop je met datzelfde vriendje, samen met zijn en jouw echtgenote, in een alledaagse woonkamer aan tafel zult gaan. Fonkelende glazen, een aperitief vooraf, beschaafde conversatie, dan de eerste gang, een soepje uiteraard, en de tweede gang, normaal gesproken kruimige aardappelen, groenten en een karbonade – dus hier ook, met dien verstande dat vegetariër Katja een omelet kreeg in plaats van dat ribkarbonaadje – en ten slotte een toetje: yoghurt met bosbessensaus. Als je als modderslootdreumes had geweten dat die staat van volwassenheid waarnaar je toen reikhalzend uitzag, zulke etentjes zou genereren, zou je dan toen niet al dadelijk bits met Jeremia uitgeroepen hebben: 'Vervloekt zij de dag, op welken ik geboren ben; de dag, op welke mijn moeder mij gebaard heeft, zij niet gezegend'?

Of kunnen zulke etentjes wel degelijk hun bekoring hebben, mits de beide echtgenotes van de gewezen polderpeuters zich met elkaar kunnen verstaan? Nu, daar was in dit geval geen sprake van. Toen Katja Frederica ontwaarde in het halletje van het wevershuisje op de Uiterste Gracht deinsde ze al terug. En Frederica zat op haar beurt al tijdens het aperitief dat Jouri inschonk, telkens met grote verbaasde ogen heimelijk (nou ja, heimelijk, mij ontging het in ieder geval niet) naar Katja te loeren. Terwijl Katja, anders dan Frederica, die eruitzag als de echtgenote van een popzanger, toch niets aanhad wat opviel.

Toch was ik, toen het etentje uiteindelijk achter de rug was en Katja en ik in de duisternis van een winteravond in januari terugkeerden naar de Nieuwe Rijn, er niet op voorbereid dat Katja in die troosteloze steegjes achter de Haarlemmerstraat zo verbolgen naast mij zou voortstappen dat ze geen woord kon uitbrengen.

Pas toen ze haar verbolgenheid, min of meer stampvoetend voortlopend, aan de straatstenen gesleten had, bracht ze uit: 'Wat een mens, die Frederica. Die Jouri van jou... zo'n aardige jongen... en dan trouwt hij zo'n draak.'

'Wat schort er aan Frederica?'

'Dat is er zo een die alleen maar op behagen is ingesteld. Zo een die er al zowat vanaf de windselen aan gewend is alle mannen om haar vinger te winden. Zo'n lekkerbekje, waar alle mannen blind op af stormen.'

Ze liep weer een poosje stampvoetend over smalle trottoirs, gromde toen vol vertwijfeling: 'Jij bent ook helemaal weg van haar, jij zat telkens maar weer naar haar te gluren, en als ze dat merkte, glimlachte ze betoverend naar je, en dan glimlachte jij verlegen terug. Denk maar niet dat ik het niet gezien heb. Zo'n mens... Nou ja, dat jij nou niet beter weet... Het is me allang duidelijk dat ik met een meisjesgek getrouwd ben, het is een groot wonder dat je mij hebt uitgekozen, ik weet niet waar ik dat aan verdiend heb... Aan Bach, denk ik, "Aus tiefer Not", maar die Jouri... Zo'n aardige, hartelijke, vriendelijke jongen, zo charmant, zo voorkomend, zo... Die ogen... Ik heb ze nu pas goed kunnen bekijken... Het zijn de mooiste ogen die ik ooit gezien heb... En iemand met zulke ogen trouwt zo'n behaagziek poppetje, zo'n pronkend schepseltje dat alleen maar oogverblindend mooi is, maar daarnaast dan ook helemaal niets anders te bieden heeft.'

'Ik vind de woorden "poppetje" en "schepseltje" in deze context tamelijk misplaatst. Ik denk dat je je vergist. Frederica heeft wel degelijk meer te bieden dan schoonheid. Ook al is ze dan van het gymnasium, via de hbs, uiteindelijk afgezakt naar de mms. Toch is ze beslist niet dom.'

'Vanavond heb ik haar niets bijzonders horen zeggen.'

'Wat had ze moeten zeggen? Met jou stokte de conversatie meteen. Alles wat vrouwen normaal onder elkaar bespreken, kleding, make-up, nou ja, noem maar op, loopt bij jou dadelijk dood. Ze kon niks aan jou kwijt, en jij net zomin iets aan haar.'

'Ik vond haar verschrikkelijk.'

'Zij jou waarschijnlijk ook.'

'Dat hoop ik vurig. Dan hoeven we daar nooit meer heen. Goh, hoe is het mogelijk. Zo'n aardige jongen...'

'Pas op, het is primair een charmeur. Elke vrouw die hij aankijkt, is meteen verkocht.'

'Ja, maar hij doet het er niet om, hij is niet behaagziek.'

'En daarom des te gevaarlijker.'

'O, wat een hartveroverende... Hoe bestaat het dat jij zo'n vriend hebt.'

'Ben ik dan zo'n boerenlul?'

'Ben je helemaal niet. Maar je bent wel asociaal, en je maalt niet om charme, je bent niet attent, niet zwierig, je bent niet flatteus, behalve Jouri heb je amper vrienden.'

'Alsof jij zoveel vriendinnen hebt.'

'Met andere vrouwen kan ik niet omgaan. Ze willen altijd maar aan je sleutelen. "Doe je haar eens anders." "Zet je lippen eens aan." "Je bent klein, je zou jezelf eens moeten zien als je schoenen droeg met hoge hakken." En zo gaat het maar door. Altijd maar weer hetzelfde, aan je duwen, aan je trekken, aan je sjorren. En moet je zien hoe akelig scherp vrouwen op elkaar letten. Als je een horlogebandje draagt dat niet meer in de mode is, lig je er al uit.'

Moedermelk

Zelfs toen Frederica ruim een jaar na dat traumatische etentje beviel van een welgeschapen zoon, lukte het mij niet Katja ertoe over te halen samen op kraamvisite te gaan.

'We lopen er langs, wippen er binnen, werpen een blik op de babywolk, feliciteren vader en moeder, en maken dat we weer wegkomen,' probeerde ik nog.

'Nee, ik verdom het, het is al erg genoeg dat ik Frederica soms op straat tegen het lijf loop. Dan ontkom ik er niet aan om haar te groeten, maar daar nog een keer over de vloer, geen denken aan.'

'Ik vind 't best om alleen te gaan, maar wat zeg ik dan als ze vragen waarom jij niet bent meegekomen?'

'Jij bent goed in smoesjes. Verzin maar wat, ik ga niet. Ik heb sowieso de pest aan kraamvisites. Zo'n stomme wieg, ik spuug erop. Pampers, rammelaars, het is allemaal even vreselijk, en stinken, zo'n pasgeboren baby, je houdt 't niet voor mogelijk. En iedereen in een juichstemming. "O, wat een mooi kindje, kijk nou toch, die kleine handjes, en die vingertjes, ze zitten er allemaal al aan." Ja, stel je toch voor dat dat niet zo was, dat er stompjes zouden zitten. Wat moest ik dan beginnen als ze later op fluitles zouden komen? Meteen beginnen ze ook te delibereren of 't op de vader of de moeder lijkt, terwijl zo'n pasgeboren mormel eruitziet als een bejaard, kwijlend mopshondje.'

Op een zonnige zaterdagmiddag liep ik zodoende alleen naar de Uiterste Gracht. Nadat ik had aangebeld, werd de deur geopend door een jong blond meisje.

'Ik ben de kraamverzorgster,' zei ze monter.

Ze ging mij voor, de trap op naar de slaapkamer. Ze zei: 'Ik geloof dat mevrouw net de baby de borst geeft, dus ik zal eerst even vragen of 't nu wel uitkomt, uw bezoek.'

'Ik wacht anders beneden wel.'

'Dan zit u daar alleen, want meneer is even een boodschap doen.'

Ze glipte de slaapkamer in, ik hoorde haar overleggen, ze kwam terug en zei: 'Komt u maar.'

Ik stapte naar binnen. Het was vroeg in het voorjaar. De lentezon wierp ijl licht over het kraambed. Het bejaarde mopshondje, kaal nog, maar reeds uitgerust met flinke wiskundeknobbels op zijn achterhoofdje, zoog even geduldig als hardnekkig aan Frederica's linkerborst. Ook haar rechterborst was ontbloot. Tegen de kraamverzorgster zei ze: 'Ga even een kopje thee zetten voor meneer.'

Het meisje verliet de kraamkamer, daalde de trap af.

'Gefeliciteerd,' zei ik.

'Dank je wel.' Ze keek me aan zoals ze me lang geleden had aangekeken, achter in de Binnensingeltuin bij de sneeuwvlokkenboom, toen ze me met praktijkvoorbeelden het verschil tussen zoenen en kussen duidelijk had gemaakt. Ze vroeg: 'Wat vind je van onze kraamverzorgster?'

'Buitengewoon leuk, kwiek meisje,' zei ik.

'Ze is fantastisch, zo vlug als een vlo, en toch heel precies, en reuze aardig. Het is uit met haar vriendje, ik begrijp niet dat zo'n stomme knul zo'n juweeltje aan de kant smijt. Weet je wat jij moet doen? Jij moet haar een beetje het hof maken, dit zou voor jou de ideale vrouw zijn.'

'Zoals je weet ben ik al getrouwd.'

'Ach,' zei ze korzelig, 'doe dat mormel toch weg. Daar is geen land mee te bezeilen. Dit meisje... ze is hier nog wel even... dit meisje, daar moet je werk van maken, heus, nooit zul je echt gelukkig worden met dat snibbige, kribbige fietsenrek waar je nu... Hoe komt het toch dat je daarmee getrouwd bent?'

'Ik kon jou niet krijgen.'

'Heb je nog steeds verdriet om mij?'

'Ja.'

'Je bent zo'n lieve jongen. Je weet net zo goed als ik dat het nooit mijn bedoeling is geweest om jou verdriet te doen. Jij hebt het allemaal bedacht, jij zei: "Als je doet alsof je een beetje verliefd bent op mij, raakt Jouri geïnteresseerd." Dus ik doe een beetje verliefd, en daardoor word ik warempel ook een beetje verliefd, en jij idem. Maar dat niet alleen, want weet je, volgens mij zit 't nog anders, nog veel ingewikkelder in elkaar. Zolang jij verdriet om mij hebt, zolang jij van mij blijft houden, blijft Jouri ook van mij houden. Iedere keer als Jouri merkt hoe groot jouw pijn is, bijvoorbeeld op die avond toen we ons verloofden, want denk maar niet dat Jouri en ik toen niet gezien hebben hoe zielig je was toen je wegfietste, en toen we trouwden en jij al je smart in je orgelspel hebt gelegd, en vorig jaar ook weer, toen jij met dat mormel hier kwam eten, vlamt de liefde bij Jouri hoog op. Ik hoef er niet m'n best voor te doen om te zorgen dat Jouri van me blijft houden. Waar ik voor moet zorgen is dat jij van mij blijft houden. Raak ik jou kwijt, dan raak ik Jouri kwijt...'

'Wat bazel je, zo simpel is het allemaal niet,' probeerde ik ertussen te brengen, maar ze luisterde niet.

'Het komt goed uit dat je met zo'n furie getrouwd bent. Als je heel gelukkig met haar zou zijn, dan sleet jouw pijn wel.'

'Hoe kom je erbij dat 't een furie is, ze kan juist heel erg lief zijn, ze is alleen maar chagrijnig als ze overwerkt is, en dat is ze nogal snel, want ze heeft niet veel energie. Bovendien heeft ze een loodzware baan.'

'Zie je nou dat je een lieve jongen bent. Zelfs haar verdedig je nog, terwijl ze zo allemachtig veel haar op haar tanden heeft dat 't door haar lip heen groeit. Het is een manwijf, nee, een wijf dat een man had willen zijn. Al haar pinnigheid is niets dan penisnijd. Zelfs Jouri heeft geen schik in haar, en dat wil wat zeggen, want die vindt meisjes alleen maar leuk als jij ze leuk vindt...'

'Dat zie je verkeerd, Jouri mag haar graag.'

'Nou, toch hoef je er niet bang voor te zijn dat Jouri er met haar vandoor gaat...'

'Nee, nu niet meer, maar indertijd zou hij vast en zeker...'

Ze luisterde weer niet, ze vervolgde haar zin: '...wat jammer is, want dan zouden wij logischerwijs op elkaar aangewezen zijn. Soms denk ik weleens: ik wou maar dat hij er met een ander vandoor ging. Want die angst, die wurgende angst om hem kwijt te raken... Hij kan elke vrouw krijgen, ze vallen om als ze hem zien, dus je knijpt hem voortdurend. Was 't maar achter de rug, dan zou je niet meer in angst leven. Hij ervandoor met jouw ijzerzaagje, ja, misschien zou dat een prachtoplossing zijn. Ik heb niet kunnen voorzien dat ik, toen ik jou een beetje opvrijde om Jouri aan de haak te slaan, zo belachelijk veel om jou zou gaan geven. Jij was mijn type helemaal niet, dus ik was daar niet verdacht op. Het gebeurde zonder dat ik er erg in had, en nu... Dus als Jouri en zij... Maar zover hoeft het niet te komen. Alles blijft in evenwicht zolang jij verdriet om mij hebt. Jouw verdriet is de beste garantie dat Jouri het niet aanlegt met jouw mormel.'

'Alsjeblieft, gebruik in godsnaam dat woord "mormel" niet.'

'Ach, jochie, diep in je hart weet je net zo goed als ik dat 't een mormel is. Toch kun je niet velen dat een ander zoiets zegt over jouw liefje. Als een man een vriendin opdoet en tegen haar klaagt over zijn vrouw, moet zo'n vriendin nooit de fout maken dat ze met hem meehuilt. Dat zal die man haar dan altijd blijven nadragen.'

'Hoe weet je dat allemaal? Heb je zelf ooit die rol van vriendin...'

'Ach, welnee,' loog ze snibbig. Toen zei ze: 'Heb jij ooit geproefd hoe moedermelk smaakt?'

'Ja,' zei ik, 'in de oorlog.'

Frederica keek me even stomverbaasd aan, en giechelde toen. 'O, je bedoelt als baby, toen je nog bij je moedertje dronk.'

'Precies.'

'Maar daar herinner je je niets meer van. Dus je weet niet hoe moedermelk smaakt. Het is wat zoeter dan bijvoorbeeld koemelk. Wil je een slokje proberen?'

'Hoe bedoel je?' vroeg ik op mijn beurt heel verbaasd.

'Ik bedoel het heel simpel, ik heb veel te veel melk, het sijpelt er 's nachts zomaar uit, dus ik kan best een flinke teug missen. Hier, neem een slokje, kom...'

Ze wees op haar rechterborst. De bruine tepel richtte zich kordaat op alsof hij op een bevel reageerde. Af en toe welde er zomaar een druppel uit op.

'Doe maar,' zei ze dromerig. 'Vooruit, neem een slokje, dan weet je voor altijd hoe moedermelk smaakt.'

Het was net alsof we weer achter in die Binnelsingeltuin stonden, net alsof ze me weer het verschil tussen kussen en zoenen zou demonstreren, en daarom boog ik voorover naar de rechterborst van Frederica en zoog aan haar tepel. Vrijwel onmiddellijk spoot er een krachtige straal lauwwarme moedermelk in mijn mond. De romige substantie bleek inderdaad veel zoeter te zijn dan koemelk, veel minder waterig ook. Het kwam nog het dichtst in de buurt van de goddelijke smaak van biest. Het was verleidelijk om nog een teugje te proberen, en hoewel ik besefte dat mij dat nog vaster aan haar zou ketenen, kon ik het eenvoudig niet nalaten om een tweede teug uit die borst te nemen, te zuigen, en Frederica glimlachte voldaan. Toen weerklonken de voetstappen van de kraamverzorgster op de trap. Ik liet de tepel los, nestelde mij weer in mijn stoel.

Spijtig genoeg was ik even later wel gedwongen om de thee te drinken die de lieftallige kraamverzorgster voor mij gezet had. Met die thee spoelde ik helaas de romige, zoete, liefelijke moedermelksmaak weer uit mijn mond.

Onderweg naar huis schudde ik mijzelf als een hond. Weg met al die muizenissen! 'Vort ermee,' om met mijn moeder te spreken. Wat deed het er allemaal toe? Al die dwaze, verschaalde, amoureuze hersenschimmen! Het spinnengraf, en alles wat daaruit was voortgevloeid, dat lag toch definitief achter mij? Toch had Frederica mij geraakt met de opmerking dat zelfs Jouri geen schik had in Katja. Wat ze zo onverbloemd had geuit, was vaak genoeg door mijn hoofd geschoten, mij er steeds maar weer over verbazend dat het blijkbaar niet alleen zo was dat ik voor hem meisjes van een keurmerk voorzag, maar dat hij op zijn beurt een van mijn vlammen een keurmerk kon onthouden. Maar wat dan nog? Moest ik mij daar iets van aantrekken? Moest ik tegen Katja zeggen: 'Ga jij maar weg, want Jouri mag je wel, maar echt schik in je, banaal gezegd à la Frederica, heeft hij niet?'

Wat een mallotige gedachten toch! Weg moest ik uit dat vervloekte doolhof van Eros. Het was windstil, en zaterdagmiddag, en 'Geen zaterdag zo kwaad, of de zon schijnt vroeg of laat', had mijn vader altijd gezegd, en de zon wierp inderdaad gul haar goudgele namiddaglicht over gevels en pleinen. Ik streefde ernaar om steeds aan de zonnige kant van de straat te lopen, en daardoor zag ik pas laat dat er aan de schaduwkant, uit de Nieuwstraat, een groepje meisjes de Hooglandsekerkgracht op liep. Iemand riep mijn naam, de meisjes wuifden, en ik tuurde tegen het zonlicht in. Ik was ter hoogte van de lutherse kerk, dus de afstand was te groot om een paar woorden te kunnen wisselen. Wat ik zag, benam me evenwel de adem. Het was of al die meisjes rechtstreeks vanuit Carnaby Street de kerkgracht op waren gelopen. En midden tussen die flowerpowermeisjes, alsof het volkomen vanzelf sprak, kuierde Jouri naast Tina.

Heb je 't dan toch voor elkaar gekregen om hulptroepen te mobiliseren, fluisterde ik in gedachten tegen Tina, en voeren jullie nu je eerste bekeerling mee? Reeds waren ze gepasseerd, en ik keek om naar die betoverend uitgedoste Flirty Fishingproselieten, en Tina keek ook om, en wuifde overmoedig, en ik wuifde terug, en uit de diepte welde iets op wat wellicht op het punt stond 'als reukwerk voor zijn aangezicht' mijn lichaam te verlaten, maar nu de weg omhoog koos om uit te monden in een diepe, smartelijke zucht.

Niet ondenkbaar leek dat Jouri, op weg naar huis, bij toeval tussen die bloemenmeisjes terecht was gekomen, maar waarschijnlijker was dat hij Tina al vaker had ontmoet, bijvoorbeeld op borrels van uitgewisselde Harvardstudenten. Nee, ditmaal was hij niet aan de haal gegaan met een vriendinnetje, en toch stak het mij enorm dat hij daar, omstuwd door al die verrukkelijke flowerpowerwezens, pontificaal voortwandelde. Zo er al iemand tussen zulke meisjes mocht lopen, dan had ik toch de oudste rechten. Het leek haast of ik ze kon horen zingen: 'Komm'! Komm'! Holder Knabe! Lass mich dir blühen! Dir zur Wonn' und Labe, gilt mein minniges Mühn!' Eindelijk weet ik wat hij is, dacht ik: een 'reine Tor', en daaroverheen dacht ik: ach, dat heb ik toch altijd al geweten.

Dwars door mijn gedachtespinsels heen dook een oerbeeld op, Jouri hurkend op de oever van een modderslootje, en ik tot mijn middel erin, terwijl hij vol bewondering, maar ook bezorgd, mijn verrichtingen gadeslaat.

Beproeving

Van mijn jaargenoot Gerard vernam ik dat Toon, die mij uit zijn gezichtsveld had verbannen, een uitzonderlijk Balkanreptiel aan zijn menagerie had toegevoegd.

'Hij heeft hem Griekenland uit gesmokkeld,' zei Gerard, 'hij is er akelig trots op. Kom je hem op straat tegen, dan nodigt hij je meteen uit om naar die schuifelgluiperd te komen kijken.'

Zou dat, als Toon mij op straat tegenkwam, ook voor mij gelden?

Mij leek dat vrijwel uitgesloten. Op het Pieterskerkhof was ik van de deur gestuurd, en nog altijd schrijnde die wond, juist omdat ik maar al te goed besefte dat ik daar indertijd de deur had platgelopen.

Toen ik Toon evenwel op een vooravond tegen het lijf liep bij de Bierbengel op de Langebrug, riep hij mij al van ver toe: 'Ben je gepresseerd of heb je even tijd om naar een bijzonder Balkanreptiel te komen kijken?'

'Ik hoorde er al iets over van Gerard,' zei ik, 'je hebt hem in Griekenland gevangen.'

'Op een gegeven moment heb ik hem daar op straat gevonden. Ik houd het erop dat hij kort daarvoor was aangereden. Echt slecht was hij er niet aan toe, maar hij kon zich nauwelijks nog bewegen, en zou daar, had ik hem laten liggen, gaandeweg plat zijn gereden, want het werd al snel donker. Dus heb ik hem toen maar meegenomen naar mijn hotelkamer en hem daar vertroeteld met balletjes gehakt, totdat hij weer schuifelen kon. In dicht struikgewas had ik hem daar natuurlijk moeten terugzetten, maar ik kon dat niet over m'n hart verkrijgen, ik was toen al zo aan hem gehecht geraakt... Ach, het is zo'n humpie, zo'n knollig beestje... Kom even mee, je moet hem zien.'

Even later betrad ik de halfdonkere gang met al dat bij zestig watt mat glinsterende wapentuig waarvan ik gedacht had dat ik dat nooit meer zou mogen aanschouwen. Toon leidde mij naar de woonkamer, zei dat ik op de bank moest gaan zitten, haalde uit de keuken een balletje rauw gehakt, en riep toen zijn nieuwe huisdier.

'Op een gegeven moment zou hij eigenlijk levend voer moeten hebben,' zei Toon, 'maar hij floreert vooralsnog goed op balletjes gehakt.'

'Wat voor levend voer? Slakken?'

'Jonge muisjes, jonge...'

'Ratjes?'

'O, dat zou prachtig zijn.'

'Daar kan ik makkelijk aan komen. Op Parasitologie kweken we ratten voor onderzoek. Zo nu en dan zou ik je wel aan overtollige borelingetjes kunnen helpen.'

'Daar zou je me op een gegeven moment zeer mee aan je verplichten.'

Hoe eigenaardig toch, dacht ik, dat hij die uitdrukking 'op een gegeven moment' haast in elke zinsnede weet te verwerken. Het vertederde mij; dit was nog altijd diezelfde doodgoeie, oerslimme, reuze aardige Toon die mij indertijd, waarschijnlijk onbedoeld, in het Berkendaalsteegje in een diepe existentiële crisis had gestort. Was het denkbaar dat die bizarre wond alsnog geheeld zou kunnen worden met de regelmatige aanvoer van toespijs voor zijn Griekse reptiel?

'Waar zou Balco uithangen?' vroeg Toon zich af. 'Hier, houd jij even dat balletje gehakt vast, dan zal ik achter de verwarmingsradiatoren kijken. Meestal ligt hij daar te soezen omdat het daar lekker warm is.'

Toon drukte mij die voorbewerkte prooi in handen, bukte zich, keek achter de radiatoren, en ik zat daar, op die bank, en hoorde toen een eigenaardig geritsel, maar ik ging ervan uit dat Toon dat voortbracht. Ik was er totaal niet op voorbereid dat een verbazingwekkend grote slang zich van achter de bank omhoogwerkte langs het ruwe ribfluweel van de bekleding en plotseling, bliksemsnel over mijn rechterschouder langs mijn hals kroop en in mijn gezichtsveld opdook, om vervolgens dat balletje gehakt uit mijn vingers te grissen. Toch besefte ik, zowat bezwijmend van de schrik, terstond dat Toon mij dat balletje gehakt met geen andere opzet in handen had gedrukt dan om zijn huisdier ertoe aan te zetten over mijn schouder te kruipen.

En zonet dacht ik nog: Toon, wat ben je een doodgoeie jongen, jij rotzak, met jouw huiverreptiel.

'Je ondergaat 't nogal kalm,' zei Toon glunderend, 'de meeste andere jaargenoten die hier al gezeten hebben, zijn zowat dood gebleven van schrik.'

'Wat een ploertenstreek,' zei ik, 'maar desondanks, wat een prachtbeest. Wat is het?'

'Een ringslang, en om precies te zijn: een vierstreepslang.'

'Je lokt dus alle mensen van ons jaar hierheen, en zet ze hier op de bank neer met een balletje rauw gehakt in hun handen, zodat dat monster "op een gegeven moment", om in jouw terminologie te blijven, tevoorschijn komt schuifelen om over een schouder heen...'

'Het is zo'n luisterrijk schouwspel, hij weet de weg al, hij klimt altijd achter de bank omhoog en stort zich dan steevast, met de linkerschouder als uitvalsbasis, op dat balletje gehakt. Je had moeten zien hoe Rineke hier opvloog. Die was een half uur later nog totaal van slag. Die heb ik met glaasjes water weer bij de mensen moeten brengen.'

'Je bent een sadist.'

'Je kunt op een gegeven moment goed zien wie tot de populatie der koelbloedigen behoort, en wie niet. Gerard verblikte of verbloosde niet, goed, jij schrok behoorlijk, maar toch ben jij ook tamelijk paniekbestendig. Cees werd woedend, Ada begon te gillen, Joan sloeg zowat m'n bril van m'n hoofd, en Julia...'

'Zo, heb je Julia ook onderworpen aan deze beproeving?'

'Ik kwam haar tegen op de Breestraat,' zei hij.

'En hoe reageerde ze?'

'Ze vond het prachtig, ze streelde m'n aanwinst, geen gilletje, geen verwijt, niets, alleen maar een brede glimlach.'

Vierstreepslang

Dankzij de vierstreepslang werd het contact hersteld. Met een nestje overbodige borelingen vervoegde ik mij eenmaal in de twee weken op de Pieterskerkgracht. Verbazingwekkend was hoe snel de vierstreepslang begreep dat hij, als hij mij in de woonkamer ontwaarde (of rook, wie zal het zeggen?) op een feestmaal getrakteerd zou worden. Met zo'n wonderlijk geluid alsof metalen plaatjes over elkaar heen raspten, kwam hij aanschuifelen. Of dook hij, knetterend als een lasapparaat, op van achter een verwarmingsradiator. Tussen duim en wijsvinger hield ik vervolgens aan zijn krulstaartje zo'n pasgeboren abrikoosje voor zijn bek. In gewijde stilte werd de spartelende, piepende prooi aandachtig gefixeerd. Waarop, altijd toch weer onverwacht, of zoals Toon zei 'puur stochastisch', de vierstreepslang plotseling toesloeg.

Het luisterde nauw. Waar het op aankwam, was dat hij het ratje in één keer zo recht mogelijk naar binnen schrokte. Voor de blinde boreling was dat uiteraard de snelste manier om uit zijn lijden te zijn, dit temeer daar de vierstreepslang zich, als het ratje scheef in zijn bek terechtkwam, geen raad wist. Een zoogdier beschikt over twee voorpootjes om zijn prooi wat rechter in de bek te duwen. Zelfs een gewone pad – en Toon hield een reusachtige rugstreeppad die luisterde naar de naam Irene en die ook graag een pasgeboren ratje mocht verschalken – kan met één voorpoot de prooi wat rechter duwen. Maar een vierstreepslang ontbeert uiteraard poten en daarom buigt hij zich, als de prooi scheef zit, naar de grond en probeert dan met een eigenaardige, ongeduldige veegbeweging de prooi recht te wrikken. Dat kan soms lang duren. Tijdens dat vegen piept zo'n ratje hartverscheurend. Daarom streefde ik ernaar het ratje meteen zo recht en zo diep mogelijk in de slangenkeel te duwen.

Soms kwamen mijn duim en wijsvinger tussen de stompe tandjes van het ondier terecht. En moest ik ze weer lostrekken. Gelukkig nam, toen Toon trouwde, zijn echtgenote de taak van mij over om de vierstreepslang van blinde borelingen te voorzien. Zij bleek al spoedig een volleerd vierstreepvoedster. Zij was dan ook niemand anders dan het meisje met wie ik eerder al voortreffelijk had samengewerkt.

Zelfs nu, ruim dertig jaar nadat Gerard mij toefluisterde dat er volgens hem 'iets broeide tussen Toon en Julia', en ik hem eerst uitlachte, en vervolgens meedeelde dat zoiets totaal ondenkbaar was, kan ik nog steeds niet begrijpen dat deze twee jaargenoten elkaar vonden. Mij had Toon verzekerd dat hij, wat Julia betrof, niet tot de populatie der vatbaren behoorde, en op grond van zijn gedragingen had ik geen enkele reden om hem niet te geloven. Daarbij kwam dat zij ook nimmer enige belangstelling voor hem had getoond. Niettemin, halverwege het vijfde jaar van onze studie, toen wij elkaar uit het oog hadden verloren omdat de gemeenschappelijke colleges en practica voorbij waren, vernam ik dat Toon en Julia samen optrokken. 'Zij is als op één na beste geslaagd voor het koelbloedigheidsexamen,' zei Gerard laconiek, 'en daar komt het door.'

'Wie was dan de beste?' vroeg ik verbaasd.

'Ik natuurlijk,' zei Gerard trots.

'O, en jij kwam niet in aanmerking, dus toen heeft hij haar... Goed, maar dat hij opeens voor haar viel omdat ze zo koelbloedig was, kan ik nog net begrijpen, maar dat impliceert toch niet dat zij hem...'

'Zij valt niet op hem, zij is verliefd geworden op die vierstreepslang. Zij valt op reptielen.'

Zo daar enige waarheid in school, dan leek mij dat onvoldoende reden om te verklaren dat het tussen deze twee tegenpolen aan was geraakt.

Toen ik Julia op de Leidse markt onverwacht tegen het lijf liep, stamelde ik tegen haar: 'Jij en Toon? Hoe is dat in godsnaam mogelijk?'

Waarop ze me eerst wat stuurs, zelfs enigszins grimmig aankeek met haar grote gentiaanblauwe ogen. Toen trilde er een rimpeltje bij haar mondhoek. Vervolgens kwam er een scheef glimlachje tevoorschijn, dat zich langzaam verspreidde over de volle breedte van die nooit door mij gekuste lippen. Terloops mompelde ze, opeens weer wat stuurs: 'Ja, ik weet het ook niet, afwachten maar of het echt wat wordt.'

'En onze afspraak dan,' zei ik, 'op 1 mei 2000?'

'Die afspraak is gemaakt,' zei ze, 'en wordt niet geannuleerd.'

Toen ik weer wat pasgeboren ratjes aanreikte op de Pieterskerkgracht, stelde ik dezelfde vraag aan Toon: 'Jij en Julia? Hoe is dat in godsnaam mogelijk?'

Waarop Toon, die je nooit aankeek, maar altijd tegen de grond sprak, het hoofd even hief, daarbij vrij triomfantelijk loensend. Vervolgens richtte hij zich weer tot de gangplavuizen en zei: 'Ach, de keuze voor een levenspartner is nu eenmaal verhoudingsgewijs een betrekkelijk abritaire zaak. In dit geval komt het erop neer dat wij beiden, toevallig in dezelfde nulfase op de tijdschaal verkerend, tamelijk blind hebben toegetast bij het schaarse materiaal dat nog voorhanden bleek. Maar juist daarom denk ik dat er, met zo'n nulwaarde als uitgangspunt, geen reden is om te veronderstellen dat het mis zal gaan. Het kan nu immers altijd alleen maar meevallen. Bovendien blijken onze minimale toekomstvoorstellingen redelijk op elkaar afgestemd te zijn, met nog als bijkomend voordeel dat we er beiden niet naar talen ons in de reproductiesfeer te begeven.'

Meestal trof ik daarna als ik mijn borelingen bracht, Julia op de Pieterskerkgracht aan. Al spoedig reikte ik haar mijn borelingen over, zodat zij ze, mij ontheffend van die nare taak, in alle rust aan de vierstreepslang kon voeren. Ook toen ze met elkaar trouwden en een trapgevelhuisje betrokken op de Groenhazengracht, bleef ik hun uitdijende reptiel verwennen met pasgeboren ratjes. Vaak trof ik haar alleen thuis, en dan schaakten we in het lange, smalle woonkamertje op de Groenhazengracht. Meestal stond haar radio aan en steevast kneep ik 'm dan dat er een werk van Mozart zou opklinken en zij weer over vlugge fliebertjes zou beginnen.

Doorgaans won ik van haar, maar als zij mij schaakmat had gezet, zei ik bij het weggaan: 'Wat er ook gebeurt, op 1 mei 2000 zal ik mij revancheren.'

'En dan maken we daar een reuze dolle dag van,' zei ze, opgemonterd door haar overwinning.

Op welk moment is haar neergang begonnen? Toen ze begon te doceren? Voor lerares bleek ze niet in de wieg gelegd te zijn. Soms kwam ik haar tegen als ik in de late namiddag op weg was van het Rapenburg naar de Nieuwe Rijn. Vaak op zo'n winderige dag en met zo'n guur motregentje. Dan fietste ze met een spierwit gezicht van school naar de Groenhazengracht. Je kon roepen, je kon wuiven, maar ze hoorde en zag je niet. Zelfs met de wind in de rug reed ze alsof ze tegen een storm optornde. Haar rug gekromd, haar lijkwitte handen verkrampt aan het stuur. Als ik tussen de middag een brood had gekocht bij het Friese bakkertje en over de Groenhazengracht terugliep of -fietste naar Parasitologie, dan zag ik haar bij hem binnen vaak doodstil op de bank liggen. Kwam ik twee uur later weer voorbij, dan lag ze daar nog. En dan overviel mij, bij de aanblik van haar inmiddels zo vadsig en vormloos geworden lichaam, dat gehuld was in een slobbertrui en een wikkelrok, een torenhoog schuldgevoel. Mij leek het alsof ik mijn plicht had verzaakt, alsof ik Toon had opgezadeld met de taak om haar te sturen, op te beuren en door dit barre bestaan heen te loodsen. Ik wist dat ik, al kwam daar stellig ook een ijdele vorm van hoogmoed aan te pas, beter dan enig ander mens het vermogen bezat om haar op te monteren. Wanneer ik haar als een zombie zag fietsen, dan dacht ik: je hebt het erbij laten zitten, je bent voor je verantwoordelijkheid op de loop gegaan, je hebt de vlugge fliebertjes misbruikt om je aan je roeping te onttrekken. Maar als ik mij dan voorstelde dat ze die uitdrukking niet had gebruikt, en voor me zag dat ik met haar getrouwd zou zijn, doortrok een huivering mijn hele wezen. En dan troostte ik mij met de gedachte dat zij mij had gewogen en te licht had bevonden, en niet andersom.

Toen ze ontslag nam als lerares, krabbelde ze weer op. Maar de inertie bleef, het leek alsof ze tot stilstand was gekomen. Ik vernam iets over een stofwisselingsstoornis, een foute hormoonbalans. Wanneer ik mij in de late namiddag met mijn borelingen op de Groenhazengracht meldde, kwam ze van haar ligbank af en leek het alsof ze zich langzaam ontdeed van het pantser dat haar tot onbeweeglijkheid doemde. Ik kon altijd weer de Julia van vroeger, van het allereerste begin, tevoorschijn toveren, ook al ging dat ten koste van mijzelf. Naarmate zij vrolijker werd, opfleurde, werd ik treuriger, mismoediger. Tijdelijk mocht ik haar last dragen.

In het allereerste begin, toen ze nog maar net getrouwd waren, zijn Katja en ik daar warempel samen op bezoek geweest. We hebben toen op een warme zomeravond in het Groenhazengrachttuintje gezeten. We kregen een griezeldrankje aangeboden met een insectenlarve onder in de fles. Katja gruwde ervan. Met mosterd besmeurde vleeshompen werden op een houtskoolbarbecue gelegd. Zelfs mij, toen nog maar ten halve bekeerd tot het vegetarisme, kon die ongegeneerde consumptie van zwartgeblakerde karbonades niet bekoren. En wat mij nog minder bekoorde, was dat ze allebei niet alleen zware shag rookten, maar die rook ook plagerig in ons gezicht bliezen. Blijkbaar was dat etentje vooral bedoeld als onnadrukkelijke demonstratie van het onweerlegbare feit dat wij over en weer als echtpaar niets met elkaar gemeen hadden. Van enig contact tussen ons vieren is daarna dan ook nooit meer sprake geweest.

Eenmaal heeft Katja tamelijk treurig gezegd: 'Door mij ben je al je vrienden en vriendinnen kwijtgeraakt, Toon en Julia, Jouri en Frederica.'

'Welnee,' antwoordde ik bij die gelegenheid, 'Toon en Jouri hebben elkaar gevonden toen ze bij mijn promotie als paranimf optraden. Driftig hebben ze toen samen het ene meesterlijke biomathematische artikel na het andere gepubliceerd waarmee ze enorm opzien gebaard hebben. Mij hadden ze toen niet meer nodig, en toen ging ook de vierstreepslang nog naar de reptielenhemel en hoefde ik dus geen jonge ratjes meer naar de Groenhazengracht te brengen.'

Aangrenzende tuinen

Zowel Jouri als Toon werd in een vloek en een zucht benoemd tot hoogleraar. Ze verhuisden naar kapitale panden in het Wilhelminapark van het doctorandussendorp Oegstgeest, de spraakzame Toon naar de Willem de Zwijgerlaan, en Jouri – als hommage aan Julia? – naar de Julianalaan. Dankzij de eigenaardige topografie van deze welstandswijk met zijn even lommerrijke als kromme lanen, waarin de argeloze bedelaar steevast verdwaalt, grensden hun achtertuinen aan elkaar.

Ook de hoogleraar parasitologie, mijn principaal zogezegd, bewoonde zo'n prachtpand in de Prins Mauritslaan. In de zomermaanden werkte hij vaak thuis en fietste ik er 's avonds soms heen om instituutszaken te bespreken. Dan kon ik het niet nalaten even om te fietsen door de De Zwijgerlaan en Julianalaan. Dan rook ik weer de scherpe geur van de ook daar overal bloeiende ligusterhagen. Dan kwam de zoete pijn terug van die augustusdagen na het eindexamen. Vaak ving ik dan een glimp van hen op in een van die aangrenzende tuinen. Dan zaten ze bij walmende toortsen in de tuin van Toon en Julia of die van Jouri en Frederica en hoorde je een zomeravondbarbecue zacht sissen. Dan wist ik dat ze daar griezellikeuren dronken met larven onder in de fles.

Mij verbaasde het keer op keer dat dat schrijnend hartzeer opriep, terwijl ik toch allang wist dat ik au fond maar weinig met hen gemeen had. Je hoefde heus niet te denken dat je met hen naar *Mirages* of *L'Horizon chimérique* van Fauré zou kunnen luisteren, laat staan dat je een van hen, terwijl de anderen zouden luisteren, op de piano zou kunnen begeleiden in een van de viool- of cellosonates van Fauré, de componist van wie ik toentertijd helemaal weg was. Nóg trouwens, maar toen helemaal, toen leek het alsof dat schrijnende, nutteloze hartzeer in diverse werken van Fauré zo adequaat uitgedrukt werd dat je het daardoor beheersbaar kon maken als je een van de dertien onvolprezen barcarolles of nocturnes instudeerde.

Bij academische plechtigheden kwamen Toon en Jouri, beiden bij elke volgende promotiereceptie dankzij al die larflikeuren alsmede hun sessiele bestaan al weer wat vadsiger, samen vaak glunderend op mij af stappen alsof wij nog altijd boezemvrienden waren.

'Nog altijd bezeten van muziek?' vroeg Toon enigszins bezorgd na de promotie van een van zijn leerlingen over 'biomathematical dynamic aspects of host-parasite relations' die het dynamische deel van zijn onderzoek bij ons op Parasitologie had verricht.

'Zoals je het vraagt, klinkt het alsof je informeert naar een hardnekkige, niet ongevaarlijke aandoening,' zei ik.

'Ach, muziek is tijdverspilling. Hoe eerder je dat inziet, hoe beter. Binnenkort kun je alle muziek van... Noem er eens één... De meeste namen van die lui beginnen met een b, dat geeft al te denken... Kom, noem er eens één,' zei hij tegen Jouri.

'Mozart,' zei Jouri.

'Op een gegeven moment kun je alle muziek van die Mozart invoeren in de computer. Aangezien componeren – al zal er neem ik aan wel veel ruis op de lijn zijn, met flink wat randvariabelen – zich niet uitsluitend ophoudt in de onafgebakende gebieden der random processen, moet de computer niet alleen in staat worden geacht de gedifferentieerde stijlkenmerken binnen niet al te wijd afgebakende marges te berekenen, maar ook om vervolgens zelf superieure Mozartmuziek te genereren.'

'Ongetwijfeld,' zei Jouri.

'Vergelijk het met schaken,' zei Toon, 'dat beheerst de computer nu reeds beter dan een steekproef uit alle spelers die gerekruteerd worden uit populaties vlak onder de deelverzameling der grootmeesters. En op een gegeven moment zullen ook alle grootmeesterverzamelingen van het bord geveegd worden. En zo zal de computer ook onverbiddelijk afrekenen met componistenpopulaties.'

'En op dezelfde manier eveneens met dichters?' vroeg ik.

'Ik denk niet dat enige computeroperator het de moeite waard zal vinden gedichies in te voeren om te zien of... Nee, nee, dat zou...'

'Dus je stelt de muziek toch nog iets hoger dan de poëzie?'

'Laat ik het zo stellen. De muziek heeft meer pretentie. Concertzalen, uitvoeringen, er wordt net gedaan alsof dat iets te betekenen heeft, iets voorstelt, terwijl het hier slechts gaat om luchttrillingen die op een gegeven moment het trommelvlies, met behulp van een tijdschaal die opgerekt wordt door tempovertraging of ingekrompen door tempoversnelling, zodanig ongerandomiseerd beroeren dat sommige mensen dat, mits aan zekere randvoorwaarden voldaan wordt, blijkbaar als aangenaam ervaren, ofschoon er geen enkele reden te bedenken valt waarom de ene toon beter zou moeten klinken dan de andere toon...'

'Inderdaad, één enkele Toon kan soms al een zware beproeving blijken.'

'Mij lijkt dat op een gegeven moment minder relevant...' zei Toon.

'Hou toch op,' zei Jouri tegen Toon, 'hij probeert je te tyfen.'

'Neem van mij aan,' zei Toon, 'dat de computer mettertijd de ene Beethovensymfonie na de andere zal uitspuwen, die alle bestaande Beethovensymfonieën moeiteloos zal overtreffen.'

'Dat je opeens zo'n naam paraat hebt, en zelfs weet hebt van het verschijnsel symfonie, ik sta paf!' zei ik.

Toon hief vol verbazing het hoofd en keek me warempel even recht aan van achter zijn flikkerende brillenglazen. Een grijnsje krulde om zijn vrijwel onzichtbare lippen. Zowel onder als boven die lippen groeide weelderig spierwit haar, waarin, gerandomiseerd neem ik aan, overal kleine speekselbelletjes glinsterden.

Hoezeer ik ook de schurft in had over zijn akelige voorspellingen betreffende de vermogens van de computer – het viel niet helemaal uit te sluiten dat hij gelijk had – toch bleef ik hem, al leek het net alsof de vlugge fliebertjes van zijn echtgenote een futuristisch vervolg kregen, aandoenlijk aardig vinden. Dus zei ik: 'Het is jammer dat we elkaar de laatste jaren zo weinig zien.'

'Kom gerust eens langs,' zei Toon 'Julia zal 't ook leuk vinden. Duikt er voor haar weer eens iemand op met wie ze kan schaken, want daar kom ik niet toe.'

'Maar daar heb je tegenwoordig toch leuke schaakcomputers voor?'

'Ze heeft er al een,' zei hij, 'maar gek genoeg wil ze liever tegen een levend mens schaken, dat schijnt ze gezelliger te vinden.'

'Vaak genoeg drinken we met z'n vieren een glaasje wijn in een van onze tuinen,' zei Jouri. 'Wat let je om er af en toe eens bij te komen zitten? Ik neem aan dat je vaak genoeg in de buurt bent, gelet op het feit dat jouw baas bij ons om de hoek woont. Frederica ziet je soms voorbijfietsen.'

'Binnenkort zal ik eens langskomen,' zei ik.

Maar toen ik een paar dagen na die promotie, op weg naar de hoogleraar parasitologie, in de avondschemering langsfietste en de lichtjes zag in hun tuinen en hun stemmen hoorde en de geur rook van schroeiend varkensvlees, leek het alsof een reuzenklauw mijn keel dichtkneep. Vanwaar toch die raadselachtige pijn?

In elk geval wilde ik niet nogmaals geïnformeerd worden over de vorderingen van het computerwezen. Dat een zeer geavanceerde computer ooit een fletse afspiegeling van een Mozartsymfonie zou kunnen uitspuwen, leek toen niet ondenkbaar, maar ik hoopte destijds vurig dat het daarbij zou blijven. En dat hoop ik trouwens nog steeds, met dien verstande dat ik er inmiddels wat meer gerust op ben dat zelfs in de verre toekomst geen enkele computer ooit een superieur Mozartwerk zal kunnen vervaardigen. Spijtig genoeg vooral ook omdat er in de verre toekomst waarschijnlijk niemand meer zal zijn die nog taalt naar de muziek van Mozart. Maar als het ooit zover komt, ben ik goddank inmiddels al lang dood.

Markovketens

Vlak voor hij met emeritaat zou gaan, overleed ons afdelingshoofd aan een hartstilstand.

'Word jij nu de nieuwe professor parasitologie?' vroeg Katja aan de vooravond van zijn uitvaart.

'Mij zullen ze nooit tot hoogleraar benoemen,' zei ik.

'Waarom niet?'

'Omdat ik niet professorabel ben. Omdat mijn vader rioolwerker was. Omdat ik niet wellevend, niet beschaafd, niet welgemanierd, niet welopgevoed ben. Omdat ik bij zo'n promotie, achter de tafel, makkelijk zat opeens een knallende scheet zou kunnen laten.'

'Je flatulentie heb je de laatste tijd anders vrij goed onder controle, behalve 's nachts als je slaapt, maar dan zit je niet achter die tafel. Goh, dus geen hoogleraar...'

'Hoopte je daar dan stiekem op?'

'Je zou dan veel meer gaan verdienen, en dan zou ik kunnen bekrimpen op m'n lessen. O, wat zou dat heerlijk zijn, het valt me zo zwaar, die muziekschool, dat lesgeven...'

'Maar elke geëmancipeerde vrouw zorgt er vandaag de dag toch voor dat ze zelf een inkomen heeft, dat ze niet afhankelijk is van haar man? Jij hoort toch je eigen brood op de plank te fluiten?'

'Fluit ik ooit? Ik geef les, ik word betaald om naar slecht fluitspel van anderen te luisteren, da's nou juist zo frustrerend.'

'Kom, kom, onlangs ben je nog als solist opgetreden met het Nederlands studentenorkest in 't fluitconcert van Nielsen, in een galajurk nog wel, ongelofelijk...'

'Ja, dat was geweldig, maar dat is voor mij ook wel 't hoogst haalbare... Nou ja, dus je wordt geen hoogleraar, vertel me eens, wat moet ik aan bij die begrafenis?'

'Dat zwarte mantelpakje dat je voor een vriendenprijsje bij die galajurk cadeau hebt gekregen van die modekoning waar je die jurk hebt laten maken.'

'Dat pakje dat hij overhad van een modeshow? Moet ik dat aan?'

'Het stond je vorstelijk, het is zwart, wat zou je anders moeten?'

'Mag ik niet gewoon in een nette zwarte broek...?'

'Dan zou je detoneren tussen al die hoogleraarsvrouwen. Met dat pakje aan zou je daar helemaal bij horen, denken ze misschien wel: haar man moeten we toch maar...'

'Zoals jij altijd alles naar jezelf weet om te buigen, nou goed, dan doe ik dat rottige pakje aan.'

En dus stond ze daar, Katja met de mannequinmaten. In de loop der jaren was ze net wat gevulder geworden, zodat ze haar ergste stakerigheid kwijt was. Met haar ook wat gevuldere, licht blozende wangen tussen al die reeds zo oud ogende hoogleraarsvrouwen zag ze er ronduit fantastisch uit, en ik kon, terwijl we op de gang stonden te wachten totdat de aula, waarin de vorige begrafenisplechtigheid nog aan de gang was, leeg zou zijn, maar moeilijk een gevoel van triomf onderdrukken. Uiteindelijk bleek dan toch maar dat ik indertijd, toen iedereen haar veel te scharminkelig, veel te schriel had gevonden, over een vooruitziende blik had beschikt. Want kijk nu eens hoe zij, terwijl bij al die andere vrouwen het verstrijken der tijd onverbiddelijk zijn zware tol had geëist, juist was opgebloeid. Dichter bij de deur van de aula stonden Jouri en Frederica. Jouri was niet erg veranderd, had alleen van die grijzende slapen gekregen, waardoor hij er nog vertrouwenwekkender uitzag, maar Frederica, al bleef ze een imposante, statige, rijzige verschijning, was bepaald minder oogverblindend dan weleer. Vier kinderen had ze inmiddels, en als je dat in aanmerking nam, kon je je er alleen maar over verbazen dat ze nog zo goed geconserveerd was. Ze keek om, zag mij staan, knikte naar me, glimlachte hartveroverend naar me, en in weerwil van het feit dat ik een seconde eerder had overwogen dat ze minder oogverblindend was geworden, raakte ik desondanks van mijn stuk. Of Jouri dat echt bewust waarnam, weet ik niet, maar hij keek alsof hem een compliment was gemaakt. Toen zag ik hoe Jouri's blik onaangedaan over mijn Katja heen streek, en vol vertwijfeling dacht ik: jij spinnendoodgraver, zie je dan echt niet dat zij uiteindelijk het winnende lot uit de loterij is geweest? Had ik eindelijk een meisje, een vrouw op wie hij zijn spinkundige en archimedische vaardigheden niet wilde loslaten, en was het weer niet goed. Waarom was er mij toch zoveel aan gelegen dat hij haar zou begeren, zoals hij Ans en Ria en Wilma en Frederica had begeerd? Om haar dan des te vaster in mijn armen te drukken met de zekerheid dat hij er ditmaal niet in zou slagen haar uit mijn armen te ontfutselen? Maar hoe zeker kon ik daarvan zijn?

Achter mij hoorde ik een hoge stem. 'Maar je kunt toch best aan de tijdschaal morrelen?'

Ik keek om, daar stonden Toon en Julia, en mijn hart zonk toen ik haar aanschouwde. Doodsbleek stond ze daar, met slierthaar als verlept zeewier rondom haar inmiddels hoekige gezicht. Wat was dat toch met vrouwen dat ze, een enkele uitzondering daargelaten, die jeugdige betovering en glans zo miraculeus snel kwijtraakten, het verval haast wanhopig stuitend met allerhande smeerseltjes en schminkproducten. O, wat kon je daar toch treurig van worden, en eens te meer prees ik mezelf gelukkig dat ik uiteindelijk warempel over een winnend lot bleek te beschikken, want Katja, vrij van schmink, zag eruit alsof ze in de startblokken stond om de wereld te veroveren.

Naast Toon stond een van onze meest lieftallige studentes en tegen haar oreerde hij. Terwijl de toch al grote ogen van het meisje nog groter werden, zei hij: 'Anders dan voor herhaalbare beesten hoeven gereduceerde voorstellingen van toevallige beesten toch niet minimaal te zijn?'

Dat het onderwijs zelfs op het kerkhof in de gang van de aula doorging! Het meisje mompelde iets wat ik niet verstond, en daar kwam zijn hoge, verdragende stem weer. Ietwat ongeduldig zei hij: 'Realiseer je dat het hier gaat om verhoudingsgewijs vrij simpele puntprocessen die je binnen de gestelde domeingrenzen kunt opvatten als tamelijk ongedifferentieerde semi-Markovketens, waarmee je al rekenend voortreffelijk in zee kunt gaan.'

De deuren van de aula gingen open, wij mochten naar binnen en drentelden langzaam naar voren. Ik hoorde achter mij nog iets over 'zuiver arbitraire grenzen die voor herhaalbare beesten getrokken werden', over een 'matrix waarbinnen minimale stochastische Moorevoorstellingen volledig bepaald worden door de verzameling gedragsgebeurtenissen, behoudens de namen die we aan de toestanden geven'. Terwijl ik traag de ene stap na de andere deed, dacht ik vrolijk: zo moet je dat dus doen! Je overdondert iedereen met totaal onbegrijpelijk jargon en omdat niemand wil laten merken dat hij of zij dat jargon vol stochastische Moorevoorstellingen en semi-Markovketens niet begrijpt, benoemen ze je tot hoogleraar in de biomathematica.

Na de begrafenisplechtigheid werd het onderwijs niet alleen gewoon voortgezet, maar werd ik er zelfs bij betrokken. Toen ik naar de uitgang van de aula liep, hoorde ik Toon achter mij tegen hetzelfde meisje zeggen: 'Zelfs herhaalbare beesten kunnen niet in de toekomst kijken.'

Nauwelijks werd mij echter tijd gegund om in de lach te schieten over die prachtige zin, want Toon tikte op mijn schouder en zei: 'Mag ik jou aan Lorna Meijvogel voorstellen? Voordat ze bij mij een doctoraalonderwerp biomathematica komt doen, zou ze er enorm bij gebaat zijn eerst wat gerandomiseerde praktijkervaring op te doen met toevallige en herhaalbare beesten, en waar kan dat nu beter dan op Parasitologie, waar beide categorieën organismen, als we rekening houden met de aldaar voortreffelijk maakbare, zuivere randvoorwaarden, binnen de gestelde grenzen optimaal voorhanden zijn?'

Ik drukte het meisje de hand, ik bekeek haar grondig, want aan een student die onderzoek bij je komt doen, zit je minstens zes maanden vast. Ze was hoogblond, ze herinnerde mij aan Frederica in haar beste dagen, en het liefst had ik tegen Toon gezegd: 'Zijn er elders geen herhaalbare beesten voor dit al te aantrekkelijke meisje?'

Mijn sceptische blik ontging haar niet. Ze zei ironisch: 'Beval ik niet? Da's spijtig, je krijgt nooit een tweede kans voor een eerste indruk.'

En zo geviel dus dat Lorna onder mijn leiding onderzoek kwam doen aan de herhaalbare sluipwesp *Mellitobia*.

Addertong

Zoals je vrijwel nooit, behalve in de opera, een slaapwandelaar tegenkomt, zo kom je ook vrijwel nooit een meisje tegen met de roepnaam Lorna. In romans kun je zo'n naam aantreffen, in *Karakter* van Bordewijk bijvoorbeeld, maar loop je ooit tegen een echte Lorna aan? Toen ik de eerste keer op haar studentenkamer kwam, zag ik daar een boek liggen met de titel *Lorna Doone*. Ze had het, vertelde ze me, vanwege haar naam in de titel, voor een gulden bij De Slegte gekocht.

'Heb je het ooit gelezen?'

'Ik ben niet zo'n lezer.'

'Mag ik het eens van je lenen?'

'Neem maar mee.'

Aldus las ik *Lorna Doone* van Richard D. Blackmore. Het is een ouderwetse draak. Boerenzoon bevecht te Devonshire een roofriddersfamilie, raakt echter al strijdend verliefd op de roofriddersdochter. Blijkt die dochter ontvreemd te zijn. Ze is afkomstig van Schotse adel. Dus kan boerenzoon, eind goed, al goed, dochter uiteindelijk onbezwaard in de armen sluiten.

575 pagina's dichtbedrukte verschrikking, ware het niet dat die Blackmore overal door zijn verhaal heen de meest wonderbaarlijke beschrijvingen heeft gevlochten van de natuur daar in Devonshire, om preciezer te zijn, van de ruige heide van Exmoor. Het is alsof je, terwijl je leest, uit donkergroene baardmossen glinsterende waterdruppels ziet weglekken, en of je aanschouwt hoe kronkelende koningsvarens zich staande proberen te houden in beschaduwde watervallen. Het is alsof de bloedrode heidelibellen vanaf de bladzijden naar je toe komen zweven. Alles waar ik als kind zo onvoorwaardelijk van hield, dat wat er groeit en

leeft op de grens van water en land en zich ophoudt in de modder, heeft hij zo zorgvuldig mogelijk aanschouwelijk gemaakt, zonder er zich ook maar een seconde om te bekommeren dat de meeste lezers zulke uitvoerige natuurbeschrijvingen niet alleen vervelend vinden, maar vaak zelfs overslaan. Dus toen ik dat boek doornam, las ik, alsmaar op zoek naar die lyrische natuurbeschrijvingen, de verhalende gedeelten over boerenzoon John Ridd zo snel mogelijk door. Desondanks verloor ook ik mijn hart aan Lorna.

Nu, daar was niet zoveel voor nodig. Wat een verbazingwekkend kleinood van de Schepper! Of, zoals ze het vol zelfspot formuleerde: 'Wat een bof dat ik een leuk snoetje heb, verder heb ik namelijk weinig te bieden. Hoe moet dat ik als ik straks evenveel rimpels heb als een winderig slootje?' Toen ze mij dat toevertrouwde, fonkelden haar helderblauwe ogen als zonbeschenen waterdruppels onder aan smeltende ijspegels. Op het eerste gezicht was het een echte biologe, dus altijd gekleed alsof ze paraat stond voor een excursie naar een trilveen, maar al snel bleek dat ze oude slobbertruien en vale spijkerbroeken en lompe laarzen droeg omdat ze er graag uit wilde zien als een biologe.

Per ongeluk was ze biofysica gaan studeren. 'Want dat heeft de toekomst, zei mijn biologieleraar op school,' vertelde ze me, 'dus toen ben ik dat gaan doen, en een spijt dat ik had, want al die biologen gingen altijd maar leuk op excursie, en wij zaten daar maar in dat dorre biofysische lab, ajakkes, en dan scheen de zon en wou je erop uit en moest je weer met chlorophyl en een ultracentrifuge aan de slag, o, wat was ik dan jaloers op m'n jaargenotes. Plantjes wou ik leren kennen, maar niks hoor, daar kwam niets van.'

'O, maar dat kun je makkelijk inhalen.'

'Hoe dan?'

'Alsnog op excursie met iemand die goed is in plantjes.'

'Waar vind ik zo iemand?'

'Af en toe wil ik best wat tijd vrijmaken.'

En zo kwam het dat we eerst maar eens, tussen de middag, een excursie maakten naar de oude begraafplaats bij de Groenesteeg, en vervolgens naar de Leidse Hout, met zijn vijf soorten vleermuizen en honderdveertig soorten paddestoelen. Ze bleek echt geïnteresseerd, ze wilde alle plantjes leren kennen, en alle soorten mosjes en varentjes, en wat ook verder maar op onze weg verscheen.

Toen we samen door het Van der Werffpark liepen, waren plantsoenwerkers in de weer met een boom. Ze liep erop af, vroeg: 'Heren, wat doet u?'

'We halen er een dooie boom uit, schoonheid.'

'Wat eigenaardig,' zei ze, 'gaat een mens dood, stop je hem in de grond, gaat een boom dood, haal je hem eruit.'

De drie plantsoenarbeiders staakten hun werkzaamheden, leunden op hun schoppen, keken haar verbaasd aan en fronsten hun wenkbrauwen.

We liepen weer verder, bogen ons over de onooglijke hoofdjes van Canadese fijnstraal, bespraken het composietje, en keken tersluiks nog maar eens om. Nog altijd stonden die heren daar, alsof ze verstard waren geraakt. Slechts de rook van hun shagjes wolkte omhoog.

'Ze zijn op het verkeerde been gezet,' zei ik, 'ze snappen er opeens niks meer van.'

Ze lachte haar gulle, vrolijke lach. Ze was een schoonheid, maar ach, wat deed dat ertoe, niets habitueert zo snel als schoonheid, maar zo'n wonderlach, dat went nooit, dat blijft altijd een bron van verrukking.

Ter wille van weer andere plantjes dan Canadese fijnstraal liepen we door de Leidse Hout. Een rottweiler volgde ons grommend. Ze keerde zich naar de hond en vroeg: 'Waar is je baas?' Deze kwam, vrij ongerust blijkbaar, aanlopen, en honingzoet zei ze tegen de man: 'Uw prachtige hond heeft een oogje op ons, maar wij hebben even geen tijd voor hem.'

'Ik zal hem aanlijnen,' zei de man, en tegen de hond: 'Foei, Jan Peter, gedraag je.'

'Hij meent het zo kwaad niet,' zei Lorna, en ze stapte op het ondier af en streelde het onder zijn kin. Jan Peter sloot verzaligd de ogen.

Toen de man uit ons gezichtsveld verdwenen was, zei ze laconiek: 'Slijm je de baas, dan aai je de hond.'

Ze had iets met honden. Ze vertelde: 'We hadden thuis een pratende papegaai, m'n vader werd zes maanden uitgezonden naar Oman, we gingen mee, we brachten de papegaai met bloedend hart naar het asiel, want we konden niemand vinden die zo lang voor hem wou zorgen. Toen we weer terug waren, haalden we de papegaai op, hij was dolblij om ons weer te zien, maar praten deed hij niet meer, sindsdien blaft hij op zeven verschillende manieren.'

Ik was al getrouwd en Lorna had al een onduidelijk vriendje – ja, welk niet al te onaantrekkelijk meisje van rond de twintig heeft geen vriendje? – dus duurde het nog vrij lang voor datgene zijn beslag kreeg waar ik nooit op uit ben geweest, maar wat achteraf gezien logischerwijs opbloeide uit haar passie voor wilde plantjes en iets onvermijdelijks had, omdat we er elk vrij ogenblik maar steeds samen op uit trokken in dat luisterrijke, vroege voorjaar, met al dat gekwinkeleer in de lucht van merels en lijsters en pimpelmezen en roodborstjes.

Het gebeurde op een avond in de lange lenteschemer 'vom wunderschönen Monat Mai'. Katja gaf tot 's avonds laat les op de muziekschool. Tijd om thuis een hap te komen eten ontbrak zelfs. Ze bleef daar over. Dus hoefde ik niet naar huis om te koken en verorberden Lorna en ik na onze werkzaamheden op Parasitologie om vijf uur een bordje nasi rames bij Woo Ping en fietsten toen gezwind naar de Ruige Kade in Leiderdorp. Daar groeide nog krabbescheer in de brede poldersloten, en boven een van de rozetten hingen als helikopters een paar zwarte sterns met snorrende vleugels. Hier en daar glansden de witte bloemetjes van kikkerbeet tussen de krabbescheer.

'Krabbescheer duldt vrijwel geen andere planten naast zich,' zei ik tegen Lorna, 'alleen soms wat kikkerbeet en hier en daar wat sliertjes hoornblad. Krabbescheer is geen landplant, maar ook geen waterplant, het is geen moerasplant, het is een categorie op zichzelf en als je erbij kunt, vind je er meestal mooie snuitkevers op. En glazenmakers wonen zelden ergens anders. Omdat

’t als plant zo’n eenling is, houdt hij er ook niet van zich geslachtelijk voort te planten. Hij vermeerdert zich aseksueel. Ach, klonen en stekken, dat is ook veel handiger, veel vanzelfsprekender, en miljoenen jaren is dat de praktijk geweest, seksuele voortplanting is het wanhoopsantwoord van de natuur op het alomtegenwoordige parasitisme.’

Plotseling dook een glazenmaker op tussen de krabbescheerbladeren en maakte een proefvlucht. Zijn vleugels ritselden.

‘Daar is er al een,’ zei ik. ‘Ooit werden ze gezien als de engelen van godin Freya, maar toen kwamen de Bonifatiussen, en helaas werden die lang niet allemaal vermoord, en toen werden libellen opeens voor satansnaalden en duivelspijlen en ogenstekers uitgekreten omdat ze zo’n status hadden in de Germaanse godenwereld, en beweerden de christenen dat ze gifangels hadden.’

We fietsten verder. Boven de weilanden buitelden de kieviten. Ze joegen elkaar al na, en ik meende ook een tureluur te horen. Aan de horizon schoven de silhouetten van aalscholvers voorbij. Zangvogels hoorde je niet meer, zelfs de merels zwegen.

‘Ooit aan de Wijde Aa geweest?’ vroeg ik.

‘Nooit van gehoord. Een hoge a, die ken ik.’

We zetten onze fiets bij de smalle houten brug en liepen de lange brug over.

Ik zei plagerig: ‘Beetje mal om naar een vindplaats van zeldzame orchideeën en addertong te marcheren met iemand die hoenderbeet en hennepnetel nog niet uit elkaar kan houden.’

‘Gaan we weer terug.’ Ze draaide zich om.

‘Niet doen,’ zei ik, ‘kom mee,’ en ik greep haar hand.

‘Je hand voelt als de achterkant van een postzegel,’ zei ze.

We liepen weer voort, een rietgors prevelde een avondgebed, een kleine karekiet schraapte zijn keel, een fitis zong verdwaasd zijn indroevige liedje.

Toen we de Wijde Aa in zijn volle luister in zicht hadden, en ik haar eerst beekpunge had gewezen, dat daar altijd op hetzelfde plekje uitbundig langs het water groeit, daalden we aan gene zijde van het pad de glooiende dijkhelling af.

De eerste orchideeën kwamen in zicht, en ik bekende haar dat ik niet wist welke orchis daar stond, de rietorchis, de gevlekte orchis of de mannetjesorchis of misschien zelfs het soldaatje of de harlekijn. 'Waarschijnlijk is het een hybride van al die soorten. Al die promiscue orchissen doen 't met elkaar en dan krijg je kruisingen...'

'Zoals van paard en ezel,' zei ze.

'Precies. En nu eens kijken of addertong er al staat.'

Addertong, hoe bijzonder ook, is een onooglijk plantje dat je niet ontwaart als je je rechtop voortbeweegt over een glooiende helling waar de zwarte zegge hoog opschiet. Ik zeeg dus neer, kroop tussen de grashalmen door, en ze volgde mijn voorbeeld, en we schuifelden samen door het hoge gras.

'Hoe ziet 't eruit?'

'Het is een rechtopstaand ovaalvormig groen blad dat half opgerold is, en in de aldus ontstane holte zie je een rechtopstaande sporenaar.'

Omdat je, al kruipend, in de schemer alle oneffenheden in het terrein niet goed ontwaart, dook ze met één knie opeens in een kuil, en verloor het evenwicht. Ik had haar al beet voordat ze echt was omgevallen, en enigszins geschrokken greep ze mij vast, en toen was er opeens ook geen houden meer aan. Alsof het volkomen vanzelf sprak en voortvloeide uit al die kleine excursies waarbij we ons gebogen hadden over kleverige stampers en stoutmoedig stuifmeel, voerden we in een verbijsterend tempo al die handelingen uit die aan de eigenlijke paring voorafgaan, betasten, strelen, zoenen, kussen, en het is alsof ik haar weer hoor zeggen: 'Wat een paal! Zit daar een rolletje stuivers in?'

Hoe dan ook, dat rolletje stuivers was in een oogwenk uitgegeven, en we lagen daar in het lange gras, nog nahijgend, en ik had andere, helderder ogen gekregen en zag nu zonder mankeren vlakbij addertong staan, maar dat deed er even niet toe, alle geluiden kwamen weer terug, de prevelende zangvogels, de zacht fluitende weidevogels, de wat schellere, sjappendere tonen van de avondzang van de bonte piet, en het raspende geruis van een vlucht overvliegende zwanen.

We waren toch nog vrij vroeg terug in Leiden en probeerden het op haar kamer boven de praktijk van een tandarts aan het Plantsoen kalmer over te doen, wellicht omdat we ons allebei verbaasden over die ongebreidelde, schaamteloze passie aan de Wijde Aa en elkaar wilden tonen dat we ook beschaafder konden vrijen. Maar het liep weer hopeloos uit de hand. Het leek alsof onze lichamen, los van onszelf, zo hevig naar elkaar hunkerden dat het bijna beangstigend was. En zo welhaast beangstigend bleef het in de weken daarna ook, zo totaal van God los, zo heftig, zo wild, zo woest, zo onstuimig, zo ongebreideld. Na afloop lagen we altijd geschrokken naar elkaar te kijken, tot we dan opeens in een bevrijdende lach uitbarstten.

Menigmaal heeft ze gezegd: 'Wat is dit? Dit heb ik nog nooit met iemand meegemaakt. Wie ben jij dat je dit in mij losmaakt?'

'Dat zou ik jou ook kunnen vragen.'

'Hoe krijgen we de geest weer in de fles?'

'Moet de geest terug in de fles?'

Genetisch risico

Aanvankelijk enigszins gegeneerd, maar allengs schaamtelozer vrijden we dat hele voorjaar 'als krolse katten' zoals zij het noemde, alsof we onder een glazen stolp leefden. Vooral 's avonds kreeg onze tomeloze bronst in haar kamer boven de tandartsenpraktijk vleugels. Daar was na zessen alles donker en stil, dus 'niemand kan', aldus Lorna, 'als ik klaarkom, al mijn hoge a's horen'.

Na onze hoge a's draaiden we steevast onze liefdesmuziek, 'Nuit paisible et sereine' uit *Béatrice et Bénédict* van Berlioz, en 'plauderten' we met elkaar. De eigenaardige logica van Eros wil dat gelieven, voordat er over de toekomst gesproken kan worden, na gedane geslachtelijke zaken eerst elkaars amoureuze verleden in kaart brengen. Gebruikelijk is het om elkaar te overstelpen met informatie over vroegere erotische escapades, en toch was ik onthutst, misschien zelfs ontsteld, toen ze, op mijn vraag hoeveel mannen ze al had gehad, achteloos meedeelde: 'Nog net geen honderd, geloof ik.' Door haar moeder, huisarts, was ze reeds op haar vijftiende van de pil voorzien, en sindsdien had ze er op los gevreeën als een cocotte. Schoolvriendjes, leraren, viriele oudooms, jaargenoten, professoren, practicumleiders – ze werden opgesomd alsof het wijnmerken waren die ze stuk voor stuk had geproefd. Uiteraard kon ik daar maar weinig tegenover stellen, en daarom verzon ik er maar wat vriendinnetjes bij, ondertussen zorgvuldig mijn mond houdend over de jeugdvriend die mij mijn schaarse vlammen had ontfutseld.

'Bij nummer honderd,' zei ze, 'stop ik. Nummer honderd moet de man van mijn dromen zijn, daar trouw ik mee, en dan transformeer ik mijzelf in een monogame burgertrut.'

'En dan ook kindertjes?'

'Nou en of, vijf op z'n minst, maar liefst zou ik ze niet van één man willen hebben, liefst van vijf verschillende supermannen om het genetisch risico te spreiden. Eentje van jou bijvoorbeeld. Of misschien wel twee, of... of... misschien toch wel alle vijf, 't zou best kunnen dat jij toch al nummer honderd bent, ik moet 't eens natellen. Zou jij nummer honderd willen zijn?'

Daar wist ik zo dadelijk geen passend antwoord op. Ze kwam omhoog op haar bed, steunde op haar arm, keek me aan met haar ijspegelogen, vroeg opeens ernstig: 'Jij zou toch wel kindertjes met mij willen?'

'O, o, wat een gewetensvraag. Vanaf dat ik een jaar of acht was, wist ik eerlijk gezegd al zeker dat ik nooit kinderen wilde. Er kan veel te veel misgaan. Het leven is een kinderachtige klucht die op ieder moment in een afschuwelijke nachtmerrie kan ontaarden. Het is te erg allemaal, en dan hoef je nog niet eens aan Bergen Belsen of Auschwitz te denken. Ook dichterbij kan de misère zomaar toeslaan. Je hebt één zoontje van negen, en het wordt ontvoerd en verkracht en gewurgd door een tijdschriftcolporteur en in een opgerold oud tapijt teruggevonden, zoals een Amsterdamse uitgever overkwam, en die bladenman werd pas opgepakt toen hij vervolgens een meisje van tien vermoordde, en ondertussen had die uitgever als gevolg van het knagende verdriet al kanker gekregen.'

'Akkoord, da's vreselijk, dat kan helaas gebeuren, maar meestal gaat toch alles goed? Kom zeg, wat is dit voor inktzwart nihilisme? Dat had ik nou niet achter je gezocht. Je bent altijd zo monter, zo goedgemutst. Voor mij ben je een glas champagne, van jou word ik altijd vrolijk.'

'Op catechisatie zei ik al tegen de diverse dominees dat 't veel beter was om nooit kinderen te krijgen, want wat niet geboren werd, kon ook nooit voor eeuwig verloren gaan. Merkwaardig hoe kwaad ze daarover werden! Terwijl het toch zo evident is. Merkwaardig ook dat de meeste mensen kwaad worden over het gedicht "This Be The Verse" van Philip Larkin.'

'Ken ik niet.'

'Ik wel, het is m'n lievelingsgedicht, m'n geloofsbelijdenis. Het gaat zo:

They fuck you up, your mum and dad.
They may not mean to, but they do.
They fill you with the faults they had
And add some extra, just for you.

But they were fucked up in their turn
By fools in old-style hats and coats,
Who half the time were soppy-stern
and half at one another's throats.

Man hands on misery to man.
It deepens like a coastal shelf.
Get out as early as you can,
and don't have any kids yourself.'

' "Soppy-stern", wat betekent dat?'

'Misschien zoiets als sentimenteel-grimmig, of week-meedogenloos.'

'Vind je dat nu echt een mooi gedicht? Nou, ik helemaal niet. Was je dan zelf ook maar liever niet verwekt?'

'Nou en of, geboren zijn is ongemak, zoals Cioran zegt.'

'Maar... maar... het is toch fantastisch dat je een poosje op deze wereld mag rondkijken?'

'Ook als er, om maar eens wat te noemen, een levensgroot risico is dat je naar de gaskamers gevoerd zult worden? Of dat je na ondraaglijk lijden uiteindelijk aan prostaatkanker crepeert? Of dat je... Het kan allemaal zo vreselijk slecht uitpakken. Darwin zei al: "There seems to be too much misery in the world." '

'Die had toch zelf een hele sliert kinderen, maar hou op zeg, ik vind dit geen prettige discussie. Wat jammer, voor mij was je tot nu toe nummer honderd, maar... Ach, ach, nu blijk je toch pas nummer 99 te zijn, wat jammer, je bent zo ontzettend leuk, je kunt zo fantastisch vrijen, je bent virieler dan al je voorgangers...

Als je met jou naar bed bent geweest, lijkt het wel alsof een warme brandingsgolf over je heen is gespoeld, de zee... de zee... Pasgeboren kindertjes ruiken zo heerlijk naar de zee... O, o, o, wat kun je je soms toch verkijken op mensen, wie had dat nou achter je gezocht. Ben je soms een ongewenst kind?'

'Niet dat ik weet.'

'Dan begrijp ik niet waar dat inktzwarte nihilisme vandaan komt.' En bij wijze van oversprongbeweging greep ze mijn geslacht en zonder mankeren vulde dat zich met bloed, en ze zei vol bewondering: 'Jij bent een menselijke vorm van *Mellitobia*. Och, och, dat blinde, dove stakkertje, als hij uit z'n ei kruipt, staat hem maar één ding te doen, het bevruchten van zo'n vierhonderd vrouwtjes. En ook nog eens binnen een uur. Wat een droeftoeter!'

Toen, nadat we andermaal uitgehijgd waren, zei ze, terwijl ze waarschuwend haar wijsvinger hief: 'Als iedereen er zo over dacht als jij, zouden er geen kinderen meer geboren worden.'

'Zou dat erg zijn?'

'Dan zou alles tot stilstand komen.'

'Nou en? Dan kan de laatste mooi het licht uitdoen. Vervolgens zou je dan een kolossale zucht van opluchting horen.'

'Een zucht? Van wie?'

'Van alles wat leeft. Wij staan immers alles naar het leven. De mens is het meest abjecte product van de evolutie. Niets is heilig of veilig voor hem, behalve z'n krankzinnige godsdiensten. Wat een weldaad als hij zou oprotten. Vort ermee, om met mijn moeder te spreken.'

Ze richtte zich weer op in haar bed, steunde haar hoofd onder haar rechterarm, keek me vol verbazing aan.

'Filosofen,' zei ik, 'beijveren zich altijd om het verschil tussen mens en dier te definiëren. Weet je wat het voornaamste verschil is tussen mens en dier?'

'Nou?'

'De mens is het enige organisme dat 't volstrekt vanzelfsprekend vindt om z'n eigen soortgenoten, alsmede ook alle andere organismen, ze daarbij en passant vaak ook nog martelend, kwellend, folterend, van hun vrijheid te beroven, op te sluiten, gevangen te zetten. "Wat is de mens dat Gij zijner gedenkt," zegt psalm 8, "toch hebt Gij hem bijna goddelijk gemaakt." Wat een verbijsterende misvatting. Het tegendeel is het geval. De mens is erger dan Satan, hij schrijdt over lijken om zijn doelen te bereiken.'

'Gelukkig maar dan dat er zoveel hongersnoden zijn in Afrika, en dat daar steevast duizenden kindertjes bij omkomen, gelukkig maar dat Pol Pot er miljoenen over de kling heeft gejaagd. De mensheid, vort ermee, ja, ja, de blijde boodschap van een *Mellitobia*-specialist. Wordt het geen tijd voor je om op alle straathoeken een zeepkist te bestijgen?'

'Geen hond die mijn dovemansorenevangelie horen wil. Jij ook al niet.'

'Nee, ook ik niet.'

'Jij wilt toch een echte bioloog zijn?'

'Krijgen biologen geen kinderen?'

'Biologen staan pal voor milieubehoud. Kinderloosheid is op afstand veruit de beste bijdrage aan milieubehoud. Alleen met zeer stringente geboortebeperking zou er nog iets gered kunnen worden, maar waarschijnlijk is het al te laat.'

'Hou alsjeblieft op.

Slangenkuil

Na die avond, met dat gedicht van Larkin, bleek er helaas iets veranderd. Nog was het vuur niet gedoofd, maar de vlammen laaiden minder hoog op. Daarbij kwam dat haar tijd bij ons op Parasitologie erop zat – van herhaalbare beesten wist ze inmiddels genoeg – dus overdag zag ik haar niet meer, en daardoor was het lastiger avondafspraken te maken. En toen werd het ook nog eens zomer, en kreeg Katja vakantie en ze wilde, net als ik trouwens, niets liever dan afreizen naar het hooggebergte. Niets is immers verrukkelijker dan boven de boomgrens in het Berner Oberland over zo'n adembenemend smal bergpaadje te klauteren. Overal donkerblauwe gentiaantjes, en het mooiste plantje van de schepping, *Soldanella*, en *Murmeltiere*, en het alomtegenwoordige geluid van zacht klaterende bergbeekjes. Toen we terugkwamen uit het Berner Oberland, was Lorna eropuit getrokken, en bij haar terugkeer was er sprake van een schimmige verkering met een knul die ze, dwalend door Oost-Europa, aan het Bajkalmeer tegen het lijf was gelopen. Dus opeens was het, zonder dat daarbij overigens sprake was van veel hartzeer, uit tussen Lorna en mij.

Lang echter voordat het zover was, gebeurde er iets wat mij in de voorzomer volledig overrompelde. Al ben je nog zo voorzichtig, het is haast ondoenlijk voor het oog van de wereld te verbergen dat je een verhouding hebt. Een gebaar, een blik, een half woord kan genoeg zijn voor iemand die ogen en oren wijdopen heeft. Ik was er niet opuit om te verheimelijken dat ik iets met Lorna had, en zij nog veel minder. Wat ik primair wilde voorkomen, was dat Katja iets zou merken. Plus natuurlijk dat Jouri lucht zou krijgen van wat zich boven de tandartsenpraktijk afspeelde.

Van Katja, zo leek me, had ik weinig te duchten. Achterdochtig was ze niet, ze ging op in haar lespraktijk en kwam 's avonds altijd doodmoe thuis. Wie had haar, daar op de muziekschool, ooit moeten vertellen dat haar man vreemdging? Van al haar leerlingen was er niet één die connecties had met de universiteit.

Jouri vreesde ik echter, om het bijbels te zeggen, met grote vreze. Ach, die herders, daar in het veld bij Bethlehem, ten tijde van Jezus' geboorte. Die 'vreesden ook met grote vreze'. Omdat mijn grootvader steevast met een frees zijn land bewerkte, dacht ik als kind dat die herders daar 's nachts, toen de engel aan hen verscheen, juist bezig waren om met grote frezen hun land te frezen. Dus iets liefelijks heeft het woord 'vrees' altijd voor mij gehouden, iets van vruchtbare landouwen, en boeren of tuinders aan 't werk, en zo, in liefelijke zin, vreesde ik dus Jouri. Wanneer hij erachter zou komen dat ik iets had met Lorna, zou hij, alsof het volstrekt vanzelfsprekend was, haar zonder mankeren van mij afnemen, daar was ik – al zou de hele wereld mij hebben toegeroepen: 'Hij is inmiddels ouder en wijzer geworden, zoiets zal hij heus niet nogmaals uithalen' – niet alleen heilig van overtuigd, maar ook beducht voor. Ik droomde een keer dat hij met Lorna in een Fokker 100 stapte. Eenmaal in de lucht veranderde het vliegtuig in zo'n primitieve dubbeldekker. Vlak boven mijn hoofd scheerde hij voorbij, hij wuifde naar me, in het stoeltje achter hem zat Lorna.

Toen verscheen ook aan mij, in de persoon van Frederica, een engel des Heren om mij iets aan te kondigen. Ze belde mij op, zei: 'Ik wil in alle rust iets met je bespreken. Kun je binnenkort op een morgen, als m'n kinderen naar school zijn, en Jouri naar 't instituut, een kop koffie komen drinken?'

'Ik drink nooit koffie.'

'Thee dan?'

'Waarover wil je me spreken?'

'Een dringende aangelegenheid.'

Op zo'n typisch Hollandse zomermorgen fietste ik naar het Wilhelminapark. Het was kil, winderig weer. Het motregende toen ik van huis ging, maar ter hoogte van het Wilhelminapark kwam er een waterig zonnetje door. Onderweg rook ik – een kwaad voorteken? – herhaaldelijk de scherpe geur van liguster. Eenmaal daar in de serre, met dampende thee voor me, zag ik in hun achtertuin dezelfde sierheester als in de tuin op de Binnensingel. Ook hier bloeide hij uitbundig, met zijn omlaaghangende sneeuwwitte trossen.

'Wat is dat toch?' vroeg ik Frederica. 'Die struik daar, die zo uitbundig staat te bloeien? Jullie hadden 'm ook op de Binnensingel.'

'Ja, ik heb zaad meegenomen. Ze zeiden me dat 't nooit zou lukken om 'm uit zaad op te kweken, maar ja, met mijn knalgroene vingers... Je ziet, het is gelukt, de kenners staan versteld.'

'Wat is het?'

'Ik dacht dat jij alle plantjes kende.'

'Ik ken alleen wilde planten. Van tuinplanten, kweekplanten, weet ik helemaal niets; onze prof, Kees Kalkman, verbood ons expliciet om ze te leren kennen.'

'Het is de sneeuwvlokkenboom, *Chionanthus virginicus*. Wordt nog wel eens verward met *Halesia carolina*, de sneeuwklokjesboom.'

Ze richtte zich op in haar serre, blokkeerde mijn zicht op die uitbundig bloeiende, wonderbaarlijke verlovingsboom. De zon ging weer schuil achter de wolken, het licht werd vaal en dreigend, bovendien viel het fletse buitenlicht achter haar rug naar binnen. Dat gaf haar iets dreigends, iets van een schikgodin.

Ze zei, en 't leek opeens alsof ze op een preekstoel stond: 'Ik heb je hier niet laten komen om je mijn bloeiende sneeuwvlokkenboom te laten zien, maar voor iets heel anders. Je houdt het met een studente van je, met een meisje dat Lorna heet.'

'Hoe kom je daar nou bij?'

'In maart, bij die begrafenis van jouw baas, stelde Toon je aan haar voor. Toen al zag ik dat je meteen weg van haar was. Jouri heeft het gelukkig niet gezien. Een maand of wat later, op een avond, reed ik uit Leiderdorp met de auto naar huis. Wie kwam ik daar in Leiderdorp tegen op de Hoofdstraat? Twee fietsers.

Vanuit de auto heb ik als een bezetene naar je zitten wuiven, maar je zag mij niet of je wou mij niet zien...'

'Hoor eens, als je op de fiets zit, is het, zeker 's avonds als het schemert, heel moeilijk te zien wie er in een auto naar je zit te zwaaien.'

'Ach kom, je wou mij niet zien, je ging helemaal op in dat schepseltje. Och, mijn hemel, wat keek je verliefd naar dat schaap. En zij ook naar jou. Bij m'n clubje Body Balance heb ik een vriendin opgedaan, een slim mens. Heeft een gat in de markt ontdekt. Krijgt opdrachten van vrouwen om mannen te bespioneren die hun alimentatieverplichting proberen te ontduiken. Wou ook best voor mij een klusje doen. Heb ik achter jou en dat schaap aan gestuurd.'

'Allemachtig, dat gaat wel heel erg ver.'

'Ik wed dat je er niks van gemerkt hebt. Echt iemand die ik je kan aanbevelen. Efficiënt, precies, discreet, sluw. Wist me te vertellen dat je zo vaak als je daarvoor maar in de gelegenheid bent – en dat ben je vaak want jouw blinde mormel brengt haar avonden door op de muziekschool – 's avonds bij dat schaap op haar kamer zit. Nou ja, zit... Wat je daar uitspookt, heeft ze niet kunnen achterhalen. Is ook niet nodig. Is zo wel duidelijk.'

'We determineerden plantjes die we bij onze tochtjes geplukt hadden. Ze wou alle plantjes leren kennen, waar vind je dat vandaag de dag nog, een meisje met zo'n hartstocht voor wilde plantjes...'

'Maak dat een ander maar wijs. Plantjes!'

'Echt waar, op die avond dat je ons in Leiderdorp zag fietsen, zijn we voor addertong naar de Wijde Aa gereden.'

Frederica schoot in de lach. Ze had zelfs zoveel plezier dat er vreugdetranen over haar wangen biggelden en ze erbij moest gaan zitten.

'Krachtens welk beginsel heb jij het recht mij, als ik een meisje wat kennis wil bijbrengen van onze wilde flora, daarvoor hier bij jou, in jouw serre, op het matje te roepen? Ben ik soms met jou getrouwd?'

'In zekere zin ben jij met mij getrouwd. Dankzij jou ben ik

met Jouri getrouwd. Dankzij het feit dat jij nog steeds dol op mij bent, blijft Jouri bij mij.'

'Wat een onzin. Dat is, en dat heb ik al eerder tegen je gezegd, veel te simpel gedacht, veel te kort door de bocht.'

'Best mogelijk, maar ik wil geen risico lopen. Als Jouri erachter komt dat jij iets hebt met deze Lorna, rent hij tien tegen één meteen achter haar aan. Het is toch al geen meisje waar je overheen kijkt...'

'Kom nou, ze is, omdat ze met Toon biologische wiskunde bedrijft, vaak genoeg op z'n instituut geweest, maar ik wed dat Jouri altijd over haar heen heeft gekeken.'

'O, vast, maar er is er één, en ook niet meer dan één, die z'n ogen kan openen, een die haar voor hem in de adelstand kan verheffen, en dat ben jij... Toen je mij, die eerste keer, daar in dat hol met al die lijstboeken, zo aandoenlijk vertelde dat Jouri alleen maar verliefd wordt op een meisje waar jij verliefd op bent en die ook een beetje op jou verliefd is, dacht ik: wat een maffe versiertruc. Maar inmiddels weet ik wel beter. Een jaar of wat terug was ik met hem bij zo'n borrel van uitwisselingsstudenten. Daar was ook een griezelig, zwaar opgedirkt, enorm opgeverfd schepsel... Wat een eng mens. Wist warempel opeens toch z'n aandacht te trekken. En waarom? Omdat ze liet vallen dat ze jou kende, en lang geleden een beetje met jou gevreeën had.'

'Gevreeën! Daar is het potdomme nooit van gekomen. Hooker for Jesus, maar ondertussen... Ze durfde niks, was toch gewoon een preuts Hollands meisje, ook al had ze in Harvard een beetje aan Flirty Fishing gesnuffeld.'

'Nou ja, hoe dan ook, Jouri wou toch het naadje van de kous weten. Als 't een leuk, jong ding was geweest, dan zou hij... Enfin, dat was het niet, ze zag eruit alsof ze mee wou gaan doen aan een Dolly Parton-lookalikecompetitie maar onderweg erheen van haar fiets was gevallen en daarbij met straatvuil besmeurd was geraakt.'

'Dolly Parton is best leuk.'

'Als je dat meent, ben ik diep beledigd dat jij mij ook leuk vindt. Kom, hou op zeg, kraam geen onzin uit, wat ik maar wil zeggen is: op enig moment komt Jouri erachter dat jij iets hebt met deze Lorna, en dan... Koste wat 't kost moet dat voorkomen worden, Jouri is nu op zo'n leeftijd waarop die stomme sukkels er met van dat soort schapen vandoor gaan en aan een tweede leg beginnen, ik zie 't overal om me heen gebeuren, ik moet er toch niet aan denken dat ik opeens alleen kom te zitten. Dat ik een gescheiden vrouw ben, dat ik moet rondkomen van een armzalig beetje alimentatie, mijn god, dat zou verschrikkelijk zijn. Doe me dat alsjeblieft niet aan.'

'Ben helemaal niet van plan om je dat aan te doen.'

'Zet dan hier in godsnaam een punt achter. Doe die Lorna weg. Maak het uit. Ik bezweer je: stop ermee.'

'Denk je nou heus dat ik alleen maar op jouw gezag tegen haar zal zeggen: "Van Frederica mag 't niet, dus helaas..."'

'Als je er niet mee stopt, vertel ik jouw oude moeder...'

'Ben je nou helemaak gek? Mijn moeder? Waarom in vredesnaam?'

'Mannen houden tegenover hun moeder dolgraag de schijn op dat ze deugdzaam leven. Zelfs gangsters vinden 't niet prettig als hun oude moeders erachter komen wat ze uitspoken. In Italië kun je maffiabazen via hun moeders onder druk zetten.'

'Ja, goed, Italië, natuurlijk, daar is La Mamma oppermachtig, maar...'

'Ik ben ervan overtuigd dat je 't niet prettig zou vinden als jouw moeder zou weten dat jij voost met een studente.'

'Je kent mijn moeder helemaal niet.'

'O nee?'

Ik keek haar aan, ze keek mij aan, ik vroeg mij af: kan ze mijn moeder ooit ontmoet hebben? Ik probeerde mij te herinneren of dat het geval kon zijn.

Ze wachtte echter niet op de uitkomst van dat gedachteproces en zei: 'Lieve jongen, luister nou naar me, heus, je speelt met vuur. Jouri is... Jouri maakt zich zorgen... Hij wordt ouder... Hij krijgt hem niet makkelijk meer omhoog... Daar heb jij vast geen last van, wed ik. Jouri zal denken: jong, fris meisje, ja, dan hervind ik m'n oude vuur wel weer... Heus, als jij hem op een idee brengt... Alsjeblieft, zet haar aan de kant. Ik begrijp best dat je thuis tekortkomt, zo'n mormel dat zich maar altijd op de muziekschool uitslooft en aftobt... Natuurlijk, die slaapt 's nachts als een blok, daar heb je niks aan, zeker zo'n man als jij niet, zo'n stuk graniet... Dat ik dat indertijd toch niet gezien heb, maar je was zo bleu, je was zo aandoenlijk, och, och, wat was je nog pril, nog onontgonnen, en tegelijkertijd zo'n vreselijk lief jongetje... Zo'n heel ander type dan die stoere binken waar ik toen op viel... Het gekke is dat ik toen, al realiseerde ik mij dat niet terwijl ik het toneelstukje opvoerde dat ik verliefd op je was, krankzinnig veel van je ben gaan houden, en dat is ook nooit overgegaan, net zomin als 't bij jou ooit is overgegaan, maar ja, ik wou die charmante en attente Jouri hebben. Wist ik veel dat jij je zou ontpoppen tot een geile knuffelbeer, en hij tot zo'n uitgebluste, uitgedroogde, alsmaar cijferende professor die 'm alleen nog omhoog krijgt als hij mijmert over priemgetallen. Maar als je dan zo nodig met iemand anders dan je eigen vrouw plantjes moet determineren... Sneeuwvlokkenboom, dat klinkt toch heel wat vriendelijker dan addertong. Weet je overigens bij welke plantenfamilie hij hoort...'

'Geen idee, maar als we er even heen lopen, kan ik 't je zo zeggen.'

'Erheen lopen? Kun je dat van hier af niet eens zien? Weet je er dan maar zo weinig van af? Ach, jochie, wat heb jij dan nog veel te leren. Die sneeuwvlokkenboom hoort bij de Olijfachtigen, net als de sering en de liguster... Met mij kun je ook naar hartelust determineren... Ik kan jou al die sierheesters, voorjaarsbloeiers, zomerkoningen, herfsttijlozen, winterakonietjes leren kennen, kom, laten we er nu een begin mee maken, op de slaapkamer heb ik, behalve een *Schlumbergera* in een hangmand, ook een allemachtig mooie *Mammillaria* staan, o, ik zie aan je ogen dat je niet eens weet wat dat zijn. Dat zijn cactussen, meneer de bioloog, en die cactussen heb ik behandeld zoals Joan Collins zegt dat je mannen moet behandelen, "Treat them mean, to keep them keen". En bloeien dat ze doen...'

Onverhoeds liet ze zich opeens op mij neervallen, ze bedolf

mij in haar serre, ze nam mijn wangen tussen haar handen, net zoals ze dat indertijd, achter in haar tuin op de Binnensingel, ook had gedaan, en daar was haar betoverende geur, en al die zoete pijn van toen kwam terug, en het hooglied van de liefde van toen, de octaafsprongen en repeteernoten waar Mozart 29 mee begint, en waar hij, nog maar achttien jaar oud, zo'n wondermooie tegenstem tegenaan heeft gecomponeerd, en weer onderwees ze me het verschil tussen zoenen en kussen, maar ze ging ditmaal verder dan ze indertijd, achter in haar tuin bij die sierheester, was gegaan, ze greep naar mijn geslacht, kneedde het, zei: 'Zie je wel, ik wist wel dat jij een knuffelbeer bent, dat er bij jou nog niks aan de hand is, en ook in geen lengten van jaren nog iets aan de hand zal zijn, ik wist wel dat jij... Kom maar, ik zal je mijn *Mammillaria* eens laten zien...'

Sneeuw in april

Jaren later rinkelde op een ongebruikelijk laat tijdstip de telefoon. We lagen al in bed, maar ik sliep nog niet. Met grote tegenzin en voornamelijk om te voorkomen dat Katja wakker zou worden, gleed ik snel uit bed en rende naar de telefoon. Wie belde er in vredesnaam zo laat nog op?

'Hallo,' zei ik zo bars mogelijk.

Aan de andere kant van de lijn hoorde ik slechts een zucht. Niettemin wist ik dadelijk wie ons nummer had ingetoetst en ik dacht: o, mijn god, hij is erachter gekomen dat Frederica en ik inmiddels al vele jaren zo vaak als we daar de kans voor krijgen in elkaars armen vertoeven. Wat nu?

'Jouri,' vroeg ik, 'wat schort eraan?'

'Hebe is omgekomen bij een verkeersongeluk.'

'Wat?' vroeg ik tamelijk korzelig. 'Hebe? Hoe weet je dat? Had je daar dan nog contact mee?'

Hij antwoordde niet, vroeg alleen maar: 'Ga je mee naar de crematie?'

'Vanzelfsprekend,' zei ik.

'Kom ik je zaterdag om half negen halen.'

Het was april, maar die zaterdag sneeuwde het licht. Niet waar we reden, maar verderop, in de weilanden waar we langs kwamen. Het leek net alsof er overal plaatselijk heel kleine sneeuwbuitjes voor een lichte wemeling in de lucht zorgden. Her en der daalden vlokjes neer, die de grond nooit bereikten. Hogerop, naar het leek vlak onder de wolken, verschenen soms reuzenvlokken, die al dalend uiteenspatten in broze minivlokjes. Soms kwam er zo'n minivlokje op de voorruit neer, om dan terstond te verdampen.

We konden niet snel rijden. Overal zorgden die vluchtige sneeuwbuitjes voor langzaam verkeer en korte files.

'Goed dat we tijdig weg zijn gegaan,' zei Jouri, 'anders zouden we misschien nog te laat komen.'

'Hebe,' zei ik, 'ach, ach, Hebe, ik was weg van haar, maar eerlijk gezegd heb ik in geen dertig jaar aan haar gedacht. Jij wel?'

'Ze is nooit uit mijn gedachten geweest,' zei Jouri.

We zwegen. Ik keek naar die lichte vlokjes die zo eigenaardig wit oplichtten onder de diepblauwe wolkenlucht.

'En niet alleen nooit uit mijn gedachten,' voegde Jouri er na een tamelijk lange stilte aan toe, 'maar ook nooit uit mijn leven.'

'Maar zag je haar dan nog?'

'Heel vaak.'

'En waarom heb je mij daar dan nooit iets over gezegd?'

'Omdat ik dacht dat jou dat pijn zou doen. Jij bent over haar begonnen, jij hebt haar mij aangewezen, ik heb ervoor gezorgd dat je haar thuis mocht brengen, maar toen heb je het er verder bij laten zitten, toen heb je nooit meer naar haar omgekeken...'

'Is dat een verwijt?'

'Nee, een constatering.'

Daar kwam weer zo'n buitje, zo'n wemeling van vlokjes. Vlakbij, maar niet op de weg, wel in de weilanden.

'Al had ik nog zo m'n best gedaan,' zei ik, 'ik zou haar nooit hebben kunnen krijgen. Ik had er geen flauw idee van wat ik tegen haar kon of moest zeggen. In haar aanwezigheid was ik letterlijk met stomheid geslagen.'

'Enkel maar omdat je nog verliefder op haar was dan je later zelfs ooit op Frederica bent geweest, en doordat je zo belachelijk verliefd op haar was, werd ik het ook. Je stak me aan.'

'Welja, maar jij had er, toen we na die grote avond naar jouw huis fietsten, geen enkele moeite mee om iets tegen haar te zeggen. Wat hadden jullie het leuk samen, daar achter mij. Jullie stemmen klonken alsof jullie meteen al dolverliefd op elkaar waren geworden.'

'Ik denk dat dat toen inderdaad het geval is geweest, ik denk dat we toen al... Ach, Hebe, waarom moest je toch weer zo nodig ver boven de honderd over de weg stuiven?'

Het werd lichter. De vlokjes transformeerden tot regendruppels. Jouri zette de ruitenwissers aan.

'Wat jij niet weet,' zei hij, 'en wat niemand weet, en wat niemand ook verder ooit hoeft te weten, is dat Hebe en ik vanaf die grote avond een paar vormden.'

'Hoe bedoel je? Maar waarom ben je dan niet met Hebe getrouwd?'

'Ze wilde niet trouwen, ze zei altijd: "Als je met elkaar trouwt, ben je elkaars bezit, dan zegt de man: 'Mijn vrouw', en de vrouw zegt: 'Mijn man', net zoals de man zegt: 'Mijn auto', en de vrouw zegt: 'Mijn wasmachine.' Maar ik wil niet iemands auto zijn, ik wil niet door het leven gaan als het bezit van iemand anders." '

'Dus ze is nooit getrouwd?'

'Nee. Ze heeft zelfs nooit een vriendje gehad. Ze was de mijne... Al mocht ik dat nooit zeggen, ze werd zelfs al nijdig als ik tegen haar zei: "Jij bent mijn liefste priemgetal." '

'Zei je dat? Echt waar? "Je bent mijn liefste priemgetal." Hoe kom je erop. Wat grappig. Ben ik soms ook een priemgetal?'

'Natuurlijk, jij bent mijn oudste en dierbaarste priemgetal, maar zij... zij was mijn liefste priemgetal, en omdat ze mijn liefste priemgetal was, wilde ik haar helemaal voor mezelf houden. Daarom heb ik zelfs nooit iets tegen jou gezegd, want anders had ik haar misschien met jou moeten delen.'

'Maar toch ben je met een ander getrouwd... Hoe keek ze daar dan tegen aan?'

'Dat deerde haar niet omdat ze maar al te goed wist dat ik weliswaar aan Frederica vastgeklonken ben, maar niet echt van haar houd, althans niet zo van haar houd als ik van Hebe heb gehouden. Ik geloof zelfs dat ze 't wel prettig vond dat ik getrouwd was, want daardoor kon ik geen claim op haar leggen... Ze was daar heel touchy in. Zodra 't ook maar leek alsof je een beetje beslag op haar wilde leggen, trok ze zich al terug.'

We kwamen terecht in een minifile, we stonden stil. In de wegbermen zag ik uitrustende fratertjes.

Hij zei: 'Wat erbij kwam, was dat ze ongelofelijk somber kon zijn. En ze vond dat ze 't een ander niet kon aandoen om met zo'n depressieve vrouw het leven te delen. Maar ze kon ook heel vrolijk zijn. Toen we in Harvard waren...'

'Ben je met haar in Harvard geweest?'

'Ja, ze was daar au pair toen ik daar...'

'Allemachtig, dus met haar ben je daar een heel jaar opgetrokken, en daar heb ik nooit wat van geweten, dat onthul je nu pas...'

'Ik wou haar voor mezelf houden en jouw gevoelens sparen.'

'Wat nobel van je! Jammer alleen dat je toen pas op dat idee gekomen bent.'

'Alsof ik daarvoor...'

'Kom, kom, met behulp van een spinnengrafje heb je Ans van me afgepakt. En omdat je niet sterk genoeg bent om meisjes op te tillen, riep je Archimedes te hulp toen je Wilma van me afpakte in het zwembad. En bij Ria hoefde je niet eens een trucje te gebruiken, die voerde je doodleuk aan de hand bij me weg.'

'Nooit heb ik doelbewust vriendinnetjes van jou...'

'Ach, ga toch weg, zodra ik een hand uitsteek naar een meisje sta jij klaar om haar andere hand te pakken.'

'Nee,' zei hij, 'da's pertinent onjuist, zo zit het niet in elkaar... Nee, 't is totaal anders... Meisjes... Eigenlijk zijn 't toch mallotige wezens. Met uitzondering dan van Hebe. Maar neem nou alleen die twee zussen van me, wat een uilskuikens. Altijd maar van die beuzelarijen. Wasjes doen, kleren in orde maken, poetsen, schrobben, boenen, stof afnemen. M'n moeder... stokoud inmiddels, maar niks veranderd... een schat van een mens, maar 't is net een paard met oogkleppen op. Niks wat zich afspeelt buiten de vier muren van haar huis heeft haar interesse. 't Lijkt wel of er maar één waarde is in 't leven: dat je netjes voor de dag komt. Alles moet blinken, moet altijd schoon zijn, en daarom zijn meisjes en vrouwen ook altijd met water in de weer. Let maar op. Ze zeggen toch dat alle leven in zee ontstaan is en dat landdieren eigenlijk zeedieren zijn die op het strand zijn gekropen. Nou, vrouwen zijn halverwege blijven steken, die zijn nooit echt van harte het strand op gegaan, die verlangen hun hele leven terug naar het water. Vandaar dat je op stranden en in zwembaden het makkelijkst meisjes versiert.'

'Als dat allemaal al waar is,' zei ik, 'begrijp ik er al helemaal niks van waarom jij telkens maar weer zo'n malle zeemeermin van mij hebt afgepakt.'

'Echt niet? Begrijp je dat echt niet?'

'Nee, ik snap er geen barst van.'

'Hoe moet ik je dat nou uitleggen?'

'Kom, je bent erkend briljant, probeer eens.'

'Ik heb altijd huizenhoog tegen je opgezien.'

'Tegen mij? Jij? Jij bent in alles beter dan ik.'

'Toen we nog op de bewaarschool zaten en de polder in gingen, stapte jij doodgemoereerd in die stinkende, smerige modderslootjes om al die enge beestjes te grijpen. Je ging soms kopje-onder en dan stond ik doodsangsten uit. Maar je kwam altijd weer boven, met kroos in je ogen en je haar en hoornblad bungelend uit je neusgaten en met handenvol enge beestjes en dan glunderde je. Nergens deinsde je voor terug, terwijl ik 't zowat in m'n broek deed.'

'Ik deed 't ook in m'n broek.'

'Niet omdat je bang was, maar omdat je hoognodig moest. Dat vond ik ook zoiets ongelofelijks. Ik zou 't toch nooit hebben aangedurfd om naar huis te gaan met een volgescheten onderbroek. Maar jij... En zonder blikken of blozen liet je enorme scheten. Zelfs bij meester Splunter. En die sloeg erop los... Die tokkelde zowat om de dag 't Wilhelmus op jouw ribbenkast, maar je gaf geen krimp, je huilde niet, je brulde niet, je onderging het stoïcijns... Daar had ik toch zo'n bewondering voor. En toen hij op een keer mijn ribbenkast wou bewerken, hield jij 'm doodgemoedereerd tegen, waar de bovenmeester bij was.'

'En daarom pakte jij al mijn vriendinnetjes af.'

'Je begrijpt 't nog steeds niet. Huizenhoog keek ik tegen jou op. Jij was altijd de beste in alle klassen waar we samen in gezeten hebben. Ik was altijd nummer twee. Jij had altijd net iets hogere cijfers.'

'Ook alleen maar omdat je lang niet zo hard werkte als ik.'

'Ik zei altijd dat ik niks aan m'n huiswerk deed, maar...'

'O, je hebt me al die tijd besodemieterd.'

'Het was omdat ik zo tegen je op keek. Ik wou de afstand verkleinen. En omdat ik zo hoog tegen je op keek, woog jouw oordeel enorm zwaar. Dus als jij een meisje leuk vond, ja, dan moest ze wel leuk zijn, in weerwil van het feit dat 't, op de helaas zo roekeloze Hebe na, toch eigenlijk stuk voor stuk maffe, onbenullige wichten zijn. Nou ja, Frederica is bepaald niet onbenullig, maar wel koel en berekenend. Vond jij een meisje aardig, dan leek het alsof ze een stempel had gekregen, een waarmerk.'

'Ook toen al? In de zandbak van de bewaarschool?'

'Jij zat zo zoet met dat meisje te spelen. Ik was meteen jaloers, het was mij in Melissant op de bewaarschool nog nooit gelukt om zo zoet met een meisje te spelen.'

'En toen groef je doelgericht een spinnengrafje?'

'Nou, doelgericht, dat weet ik niet hoor, 't was zomaar een inval, denk ik, ik kan me niet goed meer herinneren hoe ik daar nou op kwam.'

'De verklaring is eenvoudig: ook toen was je al briljant.'

'Hou toch op.'

'Wie van ons beiden is hoogleraar?'

'Wat doet dat er nou toe? Moeiteloos had je ook hoogleraar kunnen worden, maar je wou niet, omdat je asociaal en eigenzinnig bent, en je wilt nog steeds niet. Maar ach, wat maakt het uit... Hebe is dood, ik heb het zien aankomen, ik denk dat ze met opzet zo roekeloos heeft gereden, ik heb nog gezegd: "Deze depressie is erger dan alle voorgaande, laat je toch opnemen."'

Weer kwamen we terecht in een file. Sneeuwvlokjes spatten tegen de voorruit. Het leek alsof de avond viel.

'Ze heeft dus een jaar met jou in Harvard gezeten.'

Hij draaide zijn hoofd opzij, keek mij even aan en zei toen: 'Weet je nog dat ik tegen je zei dat jij de eerste was die hoorde dat ik naar Harvard mocht?'

'Nou en of.'

'Dat was niet waar. Zij was de eerste die 't, al een dag daarvoor, te horen heeft gekregen, ik heb toen tegen je gelogen.'

'Dat is niet zo mooi van je.'

We moesten allebei lachen. Hij zei: 'Ik heb opgebeld en toen is ze naar Leiden gekomen, en hebben we samen bij een Chinees gegeten en daar opperde ze toen dat 't misschien een idee zou zijn om te proberen als au pair in Harvard aan de slag te gaan.'

We reden weer, hoewel het opeens stevig sneeuwde.

Zacht voor zich uit mompelde hij: 'Harvard, dat was zonder meer het mooiste jaar van mijn leven.'

Mij viel, terwijl hij dat mompelde, opeens iets in wat nauwelijks een gedachte genoemd kan worden. Eerder een vermoeden, een brainwave, iets wat snel geformuleerd diende te worden, anders zou het al weer vervluchtigd zijn.

'Een vraag: heb jij toen met Hebe bij Woo Ping gegeten?'

'Woo Ping? Moet ik dat nu nog weten? Ja, 't zou best kunnen, maar waarom wil je dat weten?'

'Op weg naar de Stadsgehoorzaal liep ik door de Diefsteeg. Ik zag een achterhoofd. Ik dacht: daar zit Julia. Ik ben toen naar binnen geglipt en heb gekeken met wie Julia daar zat, zag toen ook jouw achterhoofd. Maar ik heb me vergist, jij zat daar niet met Julia, jij zat daar met Hebe.'

'Ik kende Julia toen nog helemaal niet.'

'Nee, daarom vond ik het ook zo vreemd dat je daar met Julia zat. Ik dacht toen dat je bezig was ook Julia van mij af te pikken, net zoals je al die andere meisjes van me had afgepikt. Daarom kwam ik de volgende dag verhaal halen, maar jij was toen zo vol van je uitverkiezing dat ik niks over Julia gezegd heb. Achteraf jammer, want ik had er flink veel hartzeer van dat je 't ook al weer met Julia had aangelegd.'

'Wat een onzin, daar was geen sprake van.'

'Het had anders best gekund.'

'Julia lijkt op Hebe. Die kan ook wegzinken in een diepe depressie.'

We arriveerden bij het crematorium. We parkeerden de auto, gingen naar binnen, kwamen terecht in een zaaltje waar uitsluitend mensen zaten die wij niet kenden. Er waren twee toespraakjes, een van de zus van Hebe, die voortijdig eindigde omdat de spreekster in tranen uitbarstte. Over de mogelijkheid van zelfmoord repte niemand.

Na afloop vroeg een zwaargebouwde man achterdochtig: 'Waar kenden jullie Hebe van?' Jouri zei: 'Wij hebben bij haar op school gezeten.' 'O, zodoende,' zei de man.

En toen gingen we weer, en de lucht was leigrijs, maar ondanks de sneeuwvlokjes die bleven neerdwarrelen, zongen de merels. Al spoedig stonden we opnieuw in de file. Het deerde ons niet. De lucht was diepblauw. Sneeuwvlokjes dansten alle kanten op.

Jouri zei: 'Daar in Harvard hebben we, al heb ik het eigenlijk van het begin af aan een vochtig, kledderig en nogal primitief gedoe gevonden, toch vaak met elkaar gevreeën. Maar later hoefde dat gelukkig niet meer, lagen we alleen maar naast elkaar op bed, elkaar af en toe knuffelend en de meeste tijd vredig met elkaar pratend. Och, wat een verschil toch met Frederica. Die wil altijd maar zoenen en vrijen en neuken. Hoogstzelden ben ik daarvoor in de stemming. Dat neemt ze me hevig kwalijk. Goddank heeft ze nu al weer jaren geleden kennelijk iemand anders gevonden met wie ze vrijen kan.'

'Waarom denk je dat?' vroeg ik zo achteloos mogelijk.

'Ik denk dat omdat ze van de ene op de andere dag opeens radicaal ophield te zeuren over het feit dat ik er totaal geen lol meer in heb om met haar te vrijen, zo ik dat al ooit gehad heb.'

'Dus je denkt dat ze een minnaar heeft?'

'Ik weet het vrijwel zeker.'

'Enig idee wie?'

'Ik heb een vrij scherp omlijnd vermoeden.'

We zwegen een poosje. Ik keek naar de blauwe hemel. Blijkbaar was het niet de bedoeling dat het die zaterdag nog licht zou worden.

Jouri zei: 'Nu Hebe er niet meer is, is er ook niets meer wat mij hier nog in Holland houdt. Ik denk er sterk over om weer naar Harvard te gaan.'

'Willen ze je daar dan hebben?'

'Och man, jaar in, jaar uit word ik van daaruit benaderd.'

Weer viel er een stilte. Nadat we minstens vijf kilometer hadden afgelegd, zei hij: 'Ga ik naar Harvard, dan gaat Frederica zonder enige twijfel mee, want scheiden wil ze beslist niet. Maar dan laat ze haar geweldige minnaar hier achter, en begint dus het gezeur in bed opnieuw.'

'Ze is nog altijd beeldschoon, dus ze kan zich daar, als ze dat wil, zo weer een nieuwe minnaar verschaffen.'

'Zal best, maar ik zou dat toch erg, heel erg vervelend en vernederend vinden. Deze minnaar die ze nu heeft, och, daar kan ik wel min of meer vrede mee hebben, al kun je er moeilijk van zeggen dat 't allemaal erg fijntjes is, maar goed, vooruit, het zij zo, en bovendien schuilt er ook wel een zekere logica, ja zelfs iets onvermijdelijks in. Die arme minnaar en Frederica, ach, het zijn toch twee aan elkaar vastgeklonken galeislaven van de liefde. Ik doe er goed aan ze uit elkaar te halen. Maar Frederica in bed met de een of andere yankee... Gadverdamme... Nou ja, alles in dit leven heeft een prijs. In de grote boekhouding van het heelal ligt mogelijkerwijs reeds vast dat ik die cowboy-minnaar maar op de koop toe moet nemen in ruil voor toegang tot een van de grootste computers ter wereld waarmee je priemgetallen kunt vinden, veel groter nog dan de getallen die tot nu toe gevonden zijn. Denk je toch eens in, een priemgetal van... van tien miljoen cijfers... Weet je dat daar een beloning op staat van honderdduizend dollar? Nou ja, wat kunnen mij die dollars schelen, ik wil zo'n getal vinden... Tien miljoen cijfers... Och, och, wat een vooruitzicht... Ja, ik doe het, ik ga naar Harvard.'

Straten van goud

'M'n zoons kijken niet naar me om,' zei mijn moeder.

'Nou zeg, ik ben er nu toch? Twee uur ben ik naar je onderweg geweest, tegen een straffe wind in.'

'Dan heb je 'm straks mee, ja, ik mag in mijn handen klappen dat je er nu bent, maar hoe vaak zie ik je nou helemaal?'

'Je zou me vaker zien als ik op zondag mocht komen. Dan heb ik tijd.'

'Je weet dat ik niet wil hebben dat je op zondag naar me toe komt fietsen. Dat doet de Heere zo'n zeer.'

Met hevig bevende handen zette ze thee voor me neer.

'M'n zoons kijken amper naar me om,' nuanceerde ze, 'van de dochters van Siem hoor ik nooit meer wat, en m'n broers zie ik al helemaal niet meer.'

'Hoe dat zo?'

'Die zitten in Israël. Willen daar gaan wonen. M'n jongste broertje heeft uitgezocht dat mijn moeder een ondergeschoven kindje was. Van een joodse jongen en een joodse dienstbode. Dus nou zijn we opeens allemaal joods, vandaar dat we 't zo spaans benauwd hadden in de oorlog.'

'En vinden ze daarom dat ze zich in Israël moeten gaan vestigen?'

'Precies, nou, als ze maar niet denken dat ik op m'n oude dag nog naar Israël verhuis. Baflo was al ver zat. En wat je daar ook hebt... M'n zus Geertje is bij m'n broers wezen kijken. Een van m'n broers bivakkeert daar in een huis met griezels, en toen ze er was, zat m'n broer ergens achter een gordijntje en m'n zus dacht: toch eens kijken wat hij achter dat gordijntje uitspookt, dus ze kijkt voorzichtig achter dat gordijntje, ziet ze dat hij met een venter aan 't rollebollen is.'

'Dat gebeurt hier anders ook.'

'Twee venters op z'n hondjes, dat hebbie daar toch meer,' zei mijn moeder gedecideerd. Ze ging zitten en dronk thee met een rietje. 'Zou je me willen helpen? Aan de overkant woont een vrouw van 94. Die zat de hele dag door vanuit de badkamer naar me te koekeloeren, wat ze eraan vindt op die leeftijd, dus ik kijk terug, ik zie dat badkamergordijntje maar steeds bewegen, komt er een stokoude man met een hond langs, een aardige man trouwens, en al is hij oud, je kunt hem nog van alle kanten bekijken, en die ziet dat ik naar dat bewegende gordijntje kijk, die begreep meteen wat er aan de hand was, en die heeft er toen dadelijk werk van gemaakt, dus toen is ze afgedropen uit die badkamer, maar toen hield ze me de hele dag door vanuit de achterkamer in de gaten. Telkens zag ik de glazen flikkeren van haar verrekijker waarmee ze me zat te beloeren. Daarom deed ik m'n gordijn half dicht, en bleef ik daarachter, zodat ze me niet kon zien. Maar nou heeft ze zo'n toestel aangeschaft wat ze ook in onderzeeboten hebben en waarmee je om een hoekje kunt kijken. Zo'n... zo'n... noem het woord eens.'

'Een periscoop.'

'Precies, dat bedoel ik, dus nou kijkt ze glashard om m'n gordijn heen.'

Ik begaf mij naar het grote voorkamerraam, tuurde naar de overkant. Aan gene zijde van de brede verkeersweg verrees een kloek herenhuis met een donker voorkamerraam. En vanuit dat huis zou mijn moeder, net als in *Rear Window*, bespied worden met behulp van een periscoop, door een vrouw van 94?

'Wat wil je dat ik doe?' vroeg ik.

'Schrijf een brief aan de burgemeester hier.'

'Dat zal ik doen,' loog ik.

'En nou nog wat, d'r is iets anders wat ik je ook wil vragen, wat ik je al heel lang wil vragen, iedere keer schiet 't door me heen, en dan denk ik: dat moet ik die doerak nou toch eens vragen, maar als je dan hier bent, denk ik er niet aan, maar nou bof ik, nou denk ik er warempel aan, en kan ik 't je eindelijk eens vragen. Ja, 't is een lang verhaal, maar om 't kort te maken... Je vader en ik zaten een keer op een zaterdagmiddag thee te drinken, wordt er gebeld, je vader naar de deur, komt hij terug, helemaal beverig, en met een knalrode kleur op z'n wangen. "Meisje aan de deur," zei hij.'

Mijn moeder verrees van haar stoel, stak haar bevende hand met een priemende wijsvinger naar mij uit, en gromde: 'Die kwam voor jou.'

Ze ging weer zitten. Ze slurpte thee met haar rietje, zei: 'Van dat piepkuikentje was je vader helemaal de kluts kwijt, die was totaal van slag af, maar ja, jij was er niet, in Leiden was jij met enge wespen in de weer, en ik heb haar bij die gelegenheid niet gezien, en jij had toen geloof ik ook al kennis aan dat fluitende meisje... Ik begrijp er niks van dat ze nog steeds bij je is. Ik zou d'r meteen vandoor gaan, altijd maar in de kou...'

'Van 's morgens vroeg tot 's avonds laat zit ze op de muziekschool, en daar loeit de centrale verwarming.'

'Tuurlijk... Die vlucht weg, die wil niet de hele dag thuis zitten bij zo'n vies ruftend ventje. Zo'n kereltje dat nooit zindelijk is geworden. O, o, o, zo'n vies varkentje als je toch bent, ik begrijp niet van wie je 't hebt, bij mij thuis waren ze, hoe arm we 't ook hadden, schoon en netjes, maar jij... Pernis is er niks bij, zelfs je vader was schoner.'

'Ik ben heus wel een beetje ten goede veranderd.'

'Daar geloof ik niks van, en wat meiden betreft ben je net als je vader. Waarom ben ik toch niet bij hem weggegaan? Eén zo'n pril mokkeltje aan de deur en hij is een week van slag, terwijl dat mokkeltje voor jou kwam, niet voor hem.'

'Voor mij een meisje aan de deur? Wie kan dat nou geweest zijn? Weet je een naam?'

'En of ik een naam weet, maar jaag me nou niet op, laat me 't nou rustig vertellen. Goed, waar was ik, o ja, dat ding was dus aan de deur geweest, maar jij was er niet, en toen stond ze na een week of drie, vier weer aan de deur. Gelukkig was je vader toen niet thuis, dus toen kon ik haar in alle rust van alle kanten bekijken, en ik heb haar ook nog binnen gehaald, want ik wou weten waar ze op uit was, en ze heeft een kopje thee met me gedronken, en kreeg ik een verward verhaal te horen... Ze had verkering met dat joch waar jij zo hoognodig mee de polder in moest, naar bagger en bloedzuigers toe, en wat ik ervan begreep was dat 't niet erg wou vleugen met die verkering, en dat ze jou raad wou vragen, omdat jij immers de beste vriend was van dat joch... Zoveel begreep ik ervan.'

Ze zweeg, schoof haar theekop met het rietje kwaad van zich af en keek me nijdig aan. 'Zoals ze over jou praatte... Ik hoorde onderdoor alles wat ze over dat knulletje... Kom, hoe heette hij ook al weer, 't is allemaal al zo lang geleden...'

'Jouri.'

'O ja, Jouri, nou goed, ik hoorde dus onderdoor alles wat ze over die Jouri en over jou zei dat ze eigenlijk helemaal niet zo erg dol op hem was. Ik voelde aan m'n water dat 't niet erg wou vleugen met die verloving. Het kan wel zijn dat ik dat zo hoorde omdat ik dat akelig beleefde ventje altijd een mispunt heb gevonden, maar wat ik in ieder geval zeker weet, is dat ze, al had ze dat zelf amper in de gaten, op de een of andere manier flink door jou was aangedaan, en daar was ik echt niet blij mee, want ik wou d'r beslist niet als schoondochter.'

'Waarom niet?'

'Zo'n opgetuigd meisje? Nog zo jong, en toch al van dat spul op d'r snoet, en lippenstift, en... Hè get, nee hoor, zo'n akelig knappe verschijning... Je vader was helemaal van slag af, je zal d'r zo een als schoondochter hebben, elke keer dat ze op visite komt is je man een week lang de kluts kwijt... Je vader was toch al zo'n vrouwengek... In de kerk zat hij maar altijd naar andere vrouwen te gluren... Ik werd er niet goed van, ik was blij dat je met dat magere scharminkel, dat fietsenrekje aankwam, daar zag je vader helemaal niks in, maar dit meisje... Ze is later ook nog weer een paar keer aan de deur geweest, ook toen ze allang met die Jouri getrouwd was, en jij ondertussen met jouw fietsenrek. Zomaar voor de aardigheid kwam ze dan langs, tenminste dat zei ze, ze zei dat ze gehoord had dat m'n man dood was, ze zei: "U zult nu wel veel alleen zijn..." Dacht ze zeker dat ik blij was met zulke visite... Nou, ik dacht alleen maar: je hebt nog steeds een oogje op m'n zoon en daarom strijk je bij z'n oude moeder neer... Dus wat ik je nou op de man af wou vragen is: heb jij ooit met dit mokkel in bed gelegen?'

'Nee,' zei ik.

'O, o, er staat met kanjerletters op je voorhoofd dat je liegt, o, o, m'n eigen zoon, waar moet 't toch heen met de wereld, 't is een en al verwording, zelfs in onze kerk willen ze 't homohuwelijk instellen, m'n eigen zoon... Ik wist 't wel...'

'Hoe kom je erbij dat ik lieg? Weet wel dat Jouri uiteindelijk, nadat hij daar keer op keer voor was benaderd, in Harvard een hoogleraarsbenoeming heeft aanvaard, en dus naar de States is geëmigreerd...'

'O, dus daarom kreeg ik haar niet meer aan de deur? Toch is ze nog onlangs weer eens geweest. En weet je wat ze van me wou weten?'

'Nou?'

'Waar je naartoe verhuisd was. Ze zei dat ze over was uit Amerika. Ze was bij haar oude moeder langs geweest in Vlaardingen en omdat ze toch in de buurt was, wipte ze ook maar even bij mij aan. Tenminste, dat zei ze en ze zei ook dat ze je graag wou opzoeken, maar dat je niet meer op je oude adres woonde, zodoende.'

'Heb je dat nieuwe adres gegeven?'

'Ik heb tegen d'r gezegd: "Hoe heette 't daar ook weer, zo'n achterafbuurtje, de huilende gracht..." 't Was een klein leugentje, maar ik moest wel, want ik had er geen cent zin in om haar jouw adres te geven, ik dacht: laat ze maar op die treurige huilende gracht gaan zoeken, da's nou net de plek waar ze thuishoort. Alsof ze niet mans genoeg is om jouw nieuwe adres zelf te vinden, ik woon toch ook ergens anders dan vroeger, en toch stond ze weer aan de deur. Indertijd dacht ik steeds: dit deugt niet, die houdt 't met m'n zoon, en nou heb ik daar de bevestiging van... Weer stond ze aan de deur, want ze wou de draad met jou oppakken, zie je wel dat ik er goed aan gedaan heb om haar jouw adres niet te geven, maar ja, of dat helpen zal... Die roeit door ruiten om haar doel te bereiken, vroeg of laat ligt ze weer met jou in bed, o, wat verschrikkelijk... Weet je wat ik de laatste jaren vaak denk?'

'Vertel het me eens.'

'Vaak denk ik: toen m'n eerste geboren werd, is 't bijna misgegaan, ik moest aan alle kanten ingeknipt worden, en desondanks was jouw hoofdje totaal misvormd en je schedeltje verkreukt, en had je geen neus en zaten je oren ondersteboven. Makkelijk zat had je een hersenbeschadigingetje kunnen oplopen, net zoals Harcootje Hummelman, al is die er een-twee-drie uit gefloept, en moet je nou zien hoe goed Harcootje toch nog terecht is gekomen... Hij is zelfs nog diaken geworden, en moet je hem 's zondags in de kerk zien zitten, een en al aandacht, hij slurpt de woorden van de dominee op, als er ergens een kind van God rondloopt, is hij het. "Worden als een kind," zegt onze Zaligmaker, nou, hij hoeft geen kind te worden, hij is altijd een kind gebleven, je ziet de glans van de eeuwigheid al op z'n gezicht, en naar vrouwen loert hij niet, want vrouwenvlees zit er bij hem helemaal niet aan...'

'Je bedoelt: wat jammer dat m'n zoon bij de geboorte geen hersenbeschadiging heeft opgelopen?'

'Precies, dat bedoel ik, 't had makkelijk zat kunnen gebeuren, een klein tikje maar, ja, natuurlijk niet zo een waarbij je je hele leven lang gekwijld had, maar zo'n kleintje als bij Harcootje, dan was je nou ook diaken, en had je nu ook al de glans van de eeuwigheid op je gezicht, terwijl je nu, als je maar zo keihard blijft doorgaan de Heere af te wijzen, linea recta naar de hel gaat... O, o, en dan heb je ook nog eens een keer met dat opgepoetste mokkel in bed gelegen, vreselijk, vreselijk... M'n eigen zoon, ik wist 't wel, ze kwam hier maar aan de deur... M'n eigen zoon en z'n vader lijken als twee druppels water op elkaar...'

'Die heeft anders nooit met een opgepoetst mokkel in bed gelegen.'

'Zul jij weten,' stoof mijn moeder op. 'Ik zal je eens wat vertellen waar je grote oren van zult opzetten, ik heb 't nog nooit eerder aan iemand verteld, jij bent de eerste. Ik ging je vader een keer koffie brengen...'

Ze zweeg, zoog een slok thee op en dacht na.

'Nee, ik moet m'n verhaal anders beginnen. Met zand hadden ze jouw Sluispolder opgehoogd om hem bouwrijp te maken, zowat tot aan Maasland toe. Ik wou dat ze 't eerder hadden gedaan, dan had jij daarvandaan niet met bagger en bloedzuigers naar huis kunnen komen. Het was één grote zandvlakte geworden, als de woestijn waar de Israëlieten doorheen trokken. Het eerste wat er toen moest gebeuren, was 't aanleggen van de riolen. Dus reden er van die grote wagens af en aan met van die grote witte betonnen ronde rioolbuizen, en die smeten ze her en der voor 't vaderland weg neer. Toen moesten al die stukken buis natuurlijk de grond in, en je vader hadden ze er alvast op af gestuurd om met paaltjes en plankjes en lijntjes aan te geven waar die buizen precies moesten komen. Tegen mij zegt je vader: "Wil je me daar alsjeblieft koffie komen brengen, want d'r is daar niks, geen huis, geen mens, enkel maar zand." Dus ik ga erheen, met een grote tas met twee koffiebekers en twee thermosflessen erin. Eén fles met koffie, één fles met warme melk. Het was nogal winderig en druilerig, en toen ik daar bij die zandvlakte aankwam stoof het zand me in het gezicht, m'n bril besloeg, ik zag bijna niks meer, m'n schoenen knarsten. Zowat op de tast ben ik toen over die vlakte heen geploegd, m'n schoenen zonken weg in dat rulle zand, ik kwam haast niet vooruit. En telkens knalde die zware tas tegen m'n benen aan. Ik voelde me als een Israëliet in de Sinaï. Toen woei de wind in enen m'n bril even schoon, en ik tuur, en ik zie heel in de verte als een dwergje je vader, en ik denk: wat is hij nou toch aan 't doen, want hij was stevig in de weer met iemand anders, en ik tuur nog wat beter en ik zie dat hij in de weer is met een wildvreemd mokkel, hij had haar tegen zo'n rioolbuis aangedrukt en... en... Nou krijg ik 't warempel spaans benauwd...'

'Kalm aan,' zei ik, 'sla dat deel van je verhaal maar over, ik begrijp toch wel wat je bedoelt.'

'M'n bril besloeg weer, en ik strompelde op de tast verder, af en toe even uitrustend tegen zo'n wit stuk beton aan, ik ploegde maar voort, nee, 't duurde geen veertig jaar zoals bij de Israelieten in de woestijn, maar toch leek het wel veertig jaar, en ik ben ook bijna veertig jaar met je vader getrouwd geweest, dus al met al ben ik wel degelijk veertig jaar door de woestijn getrokken, want als ik op straat over zo'n rioolput liep, dacht ik altijd: wat zou m'n man daaronder uitspoken met een of ander mokkel?'

'Denk je nou echt dat m'n vader in 't donker met vrouwmensen in die riolen voosde? Kom nou toch, je krijgt toch geen enkele vrouw zo gek dat ze met jou afdaalt in 't riool om dan in 't stikkedonker tussen de drek en de ritselende ratten...'

'Je zal ze de kost moeten geven die dat juist heerlijk vinden, maar waar was ik ook weer gebleven?'

'In de woestijn.

'O ja, en terwijl ik daar in die woestijn wankelde, stak de wind nog wat meer op, en hij joelde door die betonnen buisdelen heen, zo'n soort knisperend, grimmig gemompel, alsof er overal in die buizen grommende honden zaten die d'r vreselijk veel trek in hadden om me te verscheuren. Uiteindelijk kwam ik met overal blauwe plekken op m'n benen dan toch meer dood dan levend bij je vader aan, en toen was hij weer helemaal alleen, maar ik wist: ergens hier in een van die rioolbuizen heeft hij een mokkel verstopt, en in een andere buis heeft hij haar fiets verstopt...'

'Haar fiets?' vroeg ik verbaasd. 'Had je die fiets dan al eerder gezien? Of een bandenspoor in 't zand? Maar waarom zou ze op de fiets over dat zand zijn gereden? Nou ja goed, dat kan helemaal niet, je zakt meteen weg in 't rulle zand, je komt geen meter vooruit. Dus als ze daar met een fiets was gekomen, dan had ze ernaast gelopen, maar da's toch erg onwaarschijnlijk. Als er daar al een vrouw was, was ze te voet.'

'Nee,' zei mijn moeder koppig, 'ze was op de fiets, ik weet 't zeker, en je vader had haar ergens in een buis verstopt, en die fiets in een andere buis, en voor mij was er geen beginnen aan om al die snertbuizen een voor een na te lopen om haar en haar fiets te vinden, er lagen daar zo wel dertig, veertig van die grote stukken beton. Nee, dat was dus geen doen, en trouwens wat had ik ermee gewonnen als ik dat mokkel had gevonden? Ze zou toch gezegd hebben dat ze daar toevallig in de buurt was...'

'Ik herinner me die betonnen segmenten nog goed,' zei ik. 'Ze waren wel groot, ik paste er makkelijk in, maar je kon er echt geen fiets in kwijt.'

'Wat zit je nou te ielen? Overal lagen van die grote stukken beton. Daartussen kon je makkelijk zat een fiets wegmoffelen.'

'Goed, maar dan ertussen, niet erin.'

'Ik heb toch niet gezegd dat haar fiets in zo'n buis zat?'

'Dat had ik anders wel uit je verhaal begrepen.'

'Wat doet het ertoe? Je vader had daar een mokkel verstopt in een rioolbuis, en d'r fiets had hij ook weggemoffeld, en hij dronk koffie met mij alsof er niks aan de hand was, alsof daar geen vrouw in een van die rioolbuizen verstopt zat, en haar fiets erbij... En toen de koffie op was, ben ik weer teruggestrompeld, voor de tweede keer die vreselijke, grote zandvlakte over, gelukkig was die tas wat minder zwaar, en toen ik eindelijk, eindelijk bij 't Paard z'n Bek weer de bewoonde wereld bereikte, weet je wat er toen gebeurde? Toen reed me, hoog op een fiets, een mokkel achterop. Ze keek naar me om, het scheelde maar niks of ze had ook nog naar me gezwaaid, en ik wist: dat was ze. Dus wees nou niet zo eigenwijs... Ze was op de fiets.'

'Die fiets had ze misschien bij 't Paard z'n Bek ergens neergezet, die hoeft ze heus niet meegesleept te hebben, het zand over. In de Sinaï zouden de Israëlieten erg onthand zijn geweest als ze fietsen hadden moeten meeslepen.'

'Toen had je nog geen fietsen.'

'Nee, da's waar, daar heb je helemaal gelijk in.'

'Daar kikker ik van op, dat je me tenminste nog ergens gelijk in geeft. Maar weet wel dat je net zo'n akelig mispunt bent als je vader... O, o, net als je vader heb je ook... En dan nog wel met de vrouw van je allerbeste vriend. De Heere zal 't je vergelden. Met dubbele slagen zul je geslagen worden.'

'Voor een berouwvol zondaar is er altijd vergeving.'

'Ik ben blij dat je dat nog weet. Maar dat je met die vrouw van die Jouri...'

'Waarom heb je me nooit eerder verteld dat ze herhaaldelijk aan de deur is geweest?'

'Je weet best hoe een van m'n lievelingspsalmen gaat. "Zet,

Heer, een wacht voor mijne lippen, behoed de deuren van mijn mond, opdat ik mij tot genen stond iets onbedachtzaams laat' ontglippen." Er zijn zoveel dingen die ik je nooit eerder verteld heb. Als ik tijd van leven heb, komt 't allemaal nog wel. En in dit geval heb ik ook altijd gedacht: als hij hoort dat dat mokkel hier telkens maar weer aan de deur staat, stijgt het 'm nog naar het hoofd, zo'n knappe verschijning, maar hij is al met een ander getrouwd, en die Izebel ook, dus daar kan alleen maar vreselijk veel narigheid van komen. Vandaar dat ik m'n mond heb gehouden, maar nou hoeft 't niet meer, nou gooi ik, net als m'n moeder, alles eruit in de paar jaar dat ik nog te leven heb.'

'Je wordt honderd.'

'Dat zou vreselijk zijn. Laatst belde oom Joost me op, hij is vorige week 94 geworden. "Christa," zegt ie met zo'n heel zielig, dichtgeknepen stemmetje, "nou heb ik toch van de dokter te horen gekregen dat ik ga sterven." '

"Wat een bofkont ben jij," zeg ik tegen hem.'

"Veel meegevoel heb je niet," zegt ie. Zeg ik: "Moet ik meegevoel hebben? Je bent 94, ze kunnen in jouw geval de baker toch echt de schuld niet meer geven." '

Mijn moeder kneep haar lippen stijf op elkaar en keek me nijdig aan.

'Ik wou dat ik ook mocht heengaan, ik bid er elke dag om, 't enige wat me dienaangaande begroot, is: tref ik Siem wel in de hemel?'

'Waarom zou Siem niet in de hemel zijn?' vroeg ik.

'Kijk,' zei mijn moeder, 'nog iets wat ik je nooit verteld heb. Ik heb 't er wel met de dominee over gehad, maar met jou nog nooit. Toen Siem z'n verstand kwijt begon te raken, ging hij raar praten. 't Begon ermee dat hij riep dat God, zijn Zoon en Satan drie-enig waren, en daarna ging 't snel verder bergafwaarts. Wat hij allemaal zei! "Jezus was een gewoon mens," zei hij, "en niks niet zonder zonden." Nou, ik ga 't niet allemaal navertellen, de rillingen lopen over m'n rug als ik er weer aan terugdenk. Doodleuk riep hij dat die ezel van Bileam niks gezegd had, want dat ezels niet kunnen praten, en slangen ook niet, zei hij er dan nog bij. 't Was op 't laatst zo erg dat het wel leek alsof ik met koning Achab, nee, met de duivel zelf getrouwd was. Op z'n sterfbed zeg ik tegen hem: "Siem, je gaat naar de Heere Jezus toe." Doet hij één oog open, kijkt hij me daarmee spinnijdig aan, zegt hij: "Mevrouwtje, lazer op met die flauwekul, Jezus was een gemene bedrieger." Da's 't laatste wat hij gezegd heeft, met die woorden op z'n lippen is hij een paar uur later voor Gods rechterstoel verschenen, terwijl je vader een uur voor z'n dood met het laatste frutje adem wat hij nog over had, de Heere innig heeft gebeden of al z'n zonden vergeven mochten worden... O, o, dus wat krijg je straks in de hemel, zit ik toch tot in alle eeuwigheid met je vader opgescheept, en Siem nergens te bekennen.'

'Wat zei de dominee daarvan?'

'Die wou me wel troosten, maar 't bleef bij beuzelen, da's ook maar een windbuil. Siem is heengegaan als Herodes, je vader als Stefanus, daar kon de dominee ook niks aan verwrikken. Straks treed ik daar binnen door een paarlen poort die wijd openstaat, schrijd ik daar tussen de engelen over die straten van goud, hoor ik opeens het ruisen van banden, komt je vader daar – ik krijg er nou al kippenvel van – met kapotte bretels aanfietsen over die straten van goud. Als ik niet slapen kan, en als je zo oud bent geworden als ik, slaap je nog amper, dus als ik niet slapen kan, komt altijd maar terug dat ik naast Siem door de Westgaag fiets, en ik kijk om, en ik zie dat voorwiel steeds een stukje verder opschuiven tussen het achterwiel van onze fietsen, steeds maar verder, met die fonkelende spaken in 't zonlicht, en dat roestig afbladderende spatbord. Als dat voorwiel er niet was geweest, zou m'n hele leven anders zijn verlopen.'

Werk van Maarten 't Hart bij De Arbeiderspers:

ROMANS

Stenen voor een ransuil
Ik had een wapenbroeder
Een vlucht regenwulpen
De aansprekers
De droomkoningin
De kroongetuige
De ortolaan
De jakobsladder
Het uur tussen hond en wolf
De steile helling
Onder de korenmaat
Het woeden der gehele wereld
De nakomer
De vlieger
De zonnewijzer
Lotte Weeda
Het psalmenoproer
Verlovingstijd

VERHALENBUNDELS

Het vrome volk
Mammoet op zondag
De zaterdagvliegers
De huismeester
De unster
Verzamelde verhalen
De vroege verhalen

NOVELLE

Laatste zomernacht

ESSAYS

De vrouw bestaat niet
De kritische afstand
De som van misverstanden
Ongewenste zeereis
Het eeuwige moment
Een daspeld uit Toela
Een havik onder Delft
Du holde Kunst
De gevaren van joggen
Johann Sebastian Bach
De Schrift betwist
De groene overmacht
Mozart en de anderen
Het dovemansorendieet

AUTOBIOGRAFIE

Het roer kan nog zesmaal om
Een deerne in lokkend postuur
Dienstreizen van een thuisblijver

WETENSCHAPPELIJKE STUDIE

Ratten